小姨多鹤

严歌苓 著

作家出版社

序

　　狼烟不止一处。三面环绕的山坡上都陆续升起狼烟。随着天际线由黄而红，再成绛紫，一柱柱狼烟黑了，下端的火光亮了起来，越来越亮。天终于黑尽。火光里传出"噘噘噘"的吼声。

　　村子里处处是女人们急促的木屐声。她们佝着腰蜷着腿跑得飞快，边跑边叫喊："中国人来啦！"自从那种叫原子弹的东西把广岛和长崎夷为平地，中国人就常常来打一阵枪或扔几颗炸弹。女人们很快就习惯佝腰蜷腿地跑步。最后一次满洲招兵，四十五以下的老小伙子们也全走了，眼下剩的村民中，绝大多数是女人。女人们把自己家的孩子召唤回家，十五六岁的少年们已经在护村墙的射击口各就各位。护村墙有半米厚，上下两排射击口，绕村子一周。六个日本村子都有护村墙，是他们从日本刚来的时候筑的，那时都认为本部首长多此一举：中国人见了日本人能躲就躲，躲不过去就鞠躬让道。这些天不一样了，代浪村的人们叫喊"中国人来了！"就像不久前全中国的中国人叫喊"日本人来了！"一样凄厉。

　　三天前，六个日本村子的村民集合起来，向满洲最北边的小火车站开拔。那个站叫盐屯，在满洲最北端，是他们从日本来满洲时下车的地方。他们打算在盐屯搭乘最后一班开往韩国釜山的火车。然后他们会乘上回日本的船，顺着他们多年前的西进渡满路线回去。六个村子加起来，三千多口人，不少人把牲口也带上了，给腿脚不灵的老人和不耐劳累的孩子们骑坐，或者拖拉行李。在盐屯站等了一夜一天，等来的却是本部的电报，让村民们立刻退回村里，因为大批苏联坦克已经过了中苏边境，也许会跟他们迎头撞上。代浪村的铃木医生跳上火车，叫村民们别听本部的，前进和后退都是赌博，真正的日本人应该选择前进。火车空空地开动了，一个空空的窗口，伸出铃木医生不甘心的脸，还在叫喊："跳上来吧！笨蛋！"

狼烟弥漫过来，低低地压在村子上空，给秋后骤冷的空气凝成一股浓烈的辛辣。火光渐渐繁衍成无数火把，漫山遍野，全中国的人都来了似的。吼声远比枪声吓人："噢……噢……噢……"

一个趴在射击口的少年先开了一枪。所有少年们都朝火把开起枪来。他们闭着眼咬着牙，朝密密麻麻的火点子开枪。那些火点子其实还在几里路之外。火把越来越多，一团火光霎时就能繁衍出一群火把。火把却不靠近，吼声也始终远远的，如同天边滚动的闷雷。

村民们被村长召集到村神社前的空地上，看来不撤也得撤了。

天就要亮了，远处的小火车"呜"了一声，或许又载来几十车皮的苏联大兵。村长的紧急通知说不背行李，只背孩子。谁也不听，撤离满洲国怎么可以不带行李。他们的村长不该是疏忽这样重要细节的人，这样的大撤离沿途一定会有食宿安排。女人们的脸上都有一种终于熬出头的安详。多年前他们从祖国日本来的时候，旗号是"垦荒开拓团"，那时谁也不知道舒展无垠的田野是他们的政府从中国人手里夺来的。现在中国人的大清算开始了。前几天集市上死了一个崎户村的村民。死得很难看，头发、鼻子、耳朵都不见了。

五十一岁的村长站在十多个元老前面，沉默地等待木屐声响停下。他说不要相互打听，也不要小声议论。人们照办了。他又说，站得近些，再近些。人群有秩序地动了动，很快成了个方阵。婴儿们都在母亲怀里或背上睡着了，大一点的儿童靠在大人身上打盹。村长的声音低低的，透着抽一夜纸烟的干涩。他说决定是他们共同投票的结果——他和活着的全体元老：一切必须在天亮前结束。村长不是善于言辞的人，想不出话来说的时候就给人们一再鞠躬。他吃力地表达了他的意思：大日本国人是太阳的臣民，战败的奇耻大辱远比死亡更加痛切。他又说苏联大兵

昨晚在附近一个日本村子里毙了三四个日本男人，轮奸了十几个日本女人，抢得一颗粮食一只家畜不剩，比匪盗还匪盗，比畜生还畜生。再看看这些山上的狼烟吧！没有退路了！中国人时刻会冲下来！用中国人的话说，他们现在的处境就是"十面埋伏"、"四面楚歌"。

这时站在最后面的一个十六岁的女孩子往一棵山毛榉后面一闪，然后她缩起身子飞快往村里跑去。女孩突然发现她的耳环不在耳朵上。耳环是金的，是她从母亲首饰盒里偷偷拿的，只为了爱美和好奇。崎户村是女孩母亲的娘家，女孩的家在铁道那边的代浪村。十天前，世道刚开始乱，母亲叫她来崎户村照顾有中风后遗症的外祖父。一个深夜，行走不便的外祖父却走失了。外祖父的尸体是村里的狗们发现的，大半个身体在河水里，一双脚卡在河滩的石头缝里。外祖母没怎么哭，能以这样的死来体谅她的丈夫，她很知福。

找到耳环之后，女孩飞着两只赤脚往村神社跑，木屐给她抓在手里。

女孩错过了情形的急转。她的身影消失在漆黑凌晨之后，村长代表元老会说，他们替五百一十三个村民做了抉择，就是在听说了苏联大兵在邻村造的孽之后。村长说他替大家选择了一条撤离"满洲国"最尊严、最不痛苦的路线。对于女人，是捍卫贞节的唯一路线。

人们开始觉得蹊跷了。瞌睡得东倒西歪的孩子们也嗅出命运的存心不良，全都抬头看着自己的长辈。两个女人情不自禁握住了彼此的手。站在最外面的一个女人拉着五六岁的男孩往边上溜了一点，看看，又溜一点，只有一步就要溜进到春天才栽的那片杨树林里了。村长和元老们到底要对他们干什么……

元老们肃杀地站在村长身后。村长宣布了他们的决定。他说，是日本人，就和日本人一块尊严地去死。元老会想方设法才弄到了足够的子弹。

人们都惊愕地进入了刹那间的休克。半晌，一个迟钝的人说，是一起自杀吗？为什么?! 有的女人哭了：我要等我的丈夫从前线回来啊。村长的声音突然一改，变得凶恶，阴毒。

村长说：你们想背叛全村吗?

这时候黑暗已经稀释，每一秒钟天色都浅淡一层。

取了金耳环回来的女孩此刻站在十来步开外，她正好听到了"自杀"二字。

村长说是好样的日本人，就好样地死去。他决定由一个元老下手，给每人一个好死。那个元老枪法很准，两次世界大战都没死成，这次如愿要为国家捐躯了。就在这个摆放着他们先人灵位的神社前面，每个人都会体面地倒下，死在自己人的群落里。

女人们开始乱了，语无伦次地找着借口，不愿意接受"好死"。任何地方都会有败类，崎户村也不例外：这些女人谢谢村长，请他别领导她们去死。孩子们不完全懂，只明白"好死"不是什么好事，一律张大嘴，直起嗓门，脸朝天大哭。

枪声响了。只是一枪。人们看见村长倒在地上。什么都是预先安排好的，村长领头做好样的日本人。村长妻子呜呜地哭起来，嫁给村长之前，她也对着母亲这样呜呜地哭过。现在她哭着就慢慢躺在了汩汩冒血的丈夫身边，就像新婚夜哭着躺在婚床上。她活着的每一天都没想过拧着丈夫的意愿。女人们都呜呜地哭起来，村长夫人这样给他们做榜样，她们还想往哪儿逃。第二声枪响后，村长夫妇成双归去。

那个七十岁的元老放下冲锋枪，看了看相依而卧的村长两口子。他们的孩子全死在战场上，现在老两口赶去大团圆了。接下来是那几个元老。他们站成一排，背也不驼了，一个八十岁的老头，嘴里拖出口涎，却也不减庄重。老人们很有秩序，一个一个来，如同战败后粮食短缺，排队领饭团子。几分钟之后，老人们的晚辈们全聚拢到老人们身边，聚成永恒的全家福。

不知为什么人们渐渐安宁了，每个家庭都以老人为中心聚拢起来。孩子们还在懵懂，但感到一种奇特的安全。安全感使一直在嘶鸣的婴儿们也静下来，拇指伸到嘴里，头慢慢地扭来扭去。

这时候一个声音在叫喊："多鹤！多鹤！"

叫多鹤的十六岁女孩此刻瞪着一双疯狂的眼睛正看着这一切。她看见外祖母孤零零地站在那里。所有人在此时唯一的恐怖是没有一具自己

的骨血热热地贴着你倒下，再一块儿冷下去。女孩多鹤此刻决不要这种天伦相依。一家一家抱成了团，枪弹都打不开他们。枪手的样子已经不像人了，满脸满手的鲜血。他的枪法很派用场，偶然有叛变集体的人，魂飞魄散地撒腿朝广场外面跑，他的子弹很轻巧地就追上了他们。他渐渐有了经验，好歹把人们撂倒，撂倒就好办了。他的子弹准备得很充分，够他把死亡双份地分发给每个人。

叫多鹤的女孩看见枪手停了下来。她听见什么异样的声音在很近的地方响着。她已经辨别不出声响是她的上下牙发出来的。枪手东张西望了一会儿，抽出一把插在腰间的武士刀。刚才他的射击成绩不理想，还需要他用刀返工。所有的返工也完成了，他看看刀，又用拇指在刀锋上刮了刮，把它往身边一撂。刀被热血泡软了。他坐下来，解下鞋带，将它的一头系在冲锋枪的扳机上，另一头绑在一块石头上。他脱下泡透了血足有十斤重的鞋子，袜子也是血红的。他两只沾满血的脚夹住连在扳机上的石头，一个打挺。

"嗒嗒嗒……"

过了很多天，叫多鹤的女孩子满脑子都是"嗒嗒嗒"的枪声。

听了多鹤颠三倒四的叙述，五个村长先后跌坐在收过秋庄稼的地平线上，跟初升的太阳同一高矮。

坐了十来分钟，代浪村的村长站起来。四个村长也跟着站起来，谁都没拍屁股上的泥土。他们得进村看看，有没有什么能帮上忙的。帮着合合眼，拽拽衣服，或许还有一两个需要帮着结束抽动、呻吟、活受罪。

透过树的枝叶看，五百一十三个男女老少像是在野外扎营，一齐睡着了。土地淤透了血，成了黑色。血真是流得阔气，泼溅在树干和树叶上。有这么一家人，枪子都没有打散，血也流成一股，从两块石头之间的浅槽往稍低的地方涌流，却过分稠厚，在石头边沿凝结出一颗巨大鲜红的血球，凝而不固，果子冻一般。

多鹤跟在自己的村长身后，血的气味膨胀在她的鼻腔和喉咙口，她快要闷死了。她本想找到自己的外祖母，但很快放弃了：大部分人都是从背后中弹，因此全是面朝下倒下的，她没有一丝力气和胆量去一个个地翻身辨认。

原先村长们来崎户村是要讨论撤离"满洲国"的路线的，现在明白了崎户村的最终发言。在附近的日本村庄里，崎户村是头目，因为他们是第一个从日本迁来满洲开拓的。这时代浪村的村长突然捂住了多鹤的眼睛。他面前，是枪手的尸体。代浪村的村长和这个两度参加世界大战的老神枪手很熟。老神枪手靠在树干上，枪还在他怀里，扳机上拴的石头已经从鞋带上脱落下来。子弹是从下巴射进去的，这时他那个成了空穴的头颅祭器一般对着天空。

代浪村的村长把自己的外衣脱下，罩在老神枪手残留的半个脑袋上。看来没有什么让五个村长插手帮忙的。那就点把火吧。让苏联人和中国人到了这里不再有什么可糟蹋。

代浪村的村长说话了。他说，应该这样：每个村的枪手务必负责到底，保证在点上火之后再向自己开枪。村长们应答说，也只能这样，只能依赖枪手的无私了。确实是个遗憾，枪手最终要把自己的遗体留给中国人或苏联人去处理。

他们谁也没注意叫多鹤的女孩子正悄悄地走开。一脱离他们的视线，她就狂奔起来，背后跟着好大一蓬头发。她不是个善跑的女孩子，如此疯狂地奔跑，也去不掉两胯的那点忸怩。多鹤要跑十多里路，要冒险穿过苏联人出没的铁道，跑回村里去告诉母亲，村长要替大伙当什么样的家。她必须以她不善跑的两腿和村长赛跑，赶在他前面，告诉她看见的那颗全家人的血凝结的血球，以及老神枪手对着苍天的大半个颅腔，他七十多年的记忆、智慧、秘密念头白里透红地飞溅在树干上。她得告诉村邻们这些，让他们在"好死"之前多一些选择。

就在她看到铁道桥时，从崎户村方向又传来枪声。多鹤脚步乱了一下，然后跑得更快。下了坡，就是铁道桥，已经能看见铁道上停的几节火车皮了。一节车皮的门口蹲着一个苏联大兵，似乎在刷牙。多鹤脸上被树枝划出一些口子，此刻被汗水蜇得生疼。她不能从桥上过河，只有沿着山坡向下游走，找个水浅的地方趟过去。而往下游去的山坡上一律

6

全是榛子树，又密又野，跟它们一棵棵撕扯，她没有时间也没有体力，万一她这点水性不够过河呢？

多鹤并没意识到自己在抽泣。世上竟有这样彻底的无望。

她突然掉转头向另一个方向跑去。离此地不远的一个屯子里，有三个常给她家做活的中国人。母亲叫其中一个三十来岁的中国汉子"福旦"。他们和母亲处得不坏，偶尔彼此还笑笑。多鹤可以找福旦送她回家，苏联大兵会把她当成中国人。苏联大兵们对中国女人手脚会老实些。多鹤跟母亲来过这个屯子一次，是跟着福旦来看一个草药医生。可是她一句中国话不会说，怎么能把福旦说动心，掩护她穿过苏联人把守的铁道桥？

多鹤还没走进屯子就后悔了。一群中国孩子在屯子口玩游戏，见了她便七七八八地停了下来，一齐朝她瞪着眼，面孔铁板。过去他们见了她也板脸，但眼睛从不朝她看。一个孩子低声说了句什么。其他的她不懂，但"小日本"三个字是懂的。她还没想好要不要跑，一个七八岁的男孩已经朝她砸过一块石头来。接下去石头、土块、牲口粪蛋一阵横扫，她要跑已经来不及了，退路和进路都被截断。她只得缩成一小团坐在地上，放声嚎哭。小男子汉们和大男子汉们一样，对于哭泣的女孩都是没办法的。多鹤一哭，他们觉得她和中国女孩一样可怜而讨厌。他们围上来，看了一会儿，一只手上来，轻轻揪起她的一缕日本头发，看看，也没什么特别，又放下了。又一只手上来，把她的后领口往下拉了拉，看了看她的日本脊梁，跟中国脊梁没什么区别。不一会儿，男孩们就被她哭烦了，一声吆喝全跑了。

福旦一见多鹤，不必听她说任何话，就明白他该做什么：该马上送她回家，绝对不能让邻居看见一个日本小姑娘出现在自己家里。福旦给她披了一件自己的烂褂子，又在她脸上抹了一把泥巴，村里少女过去就这样对付日本大兵的。福旦穷得使不起牲口，用推车把她推着，从铁道桥上穿过去。

福旦把多鹤送到家时，多鹤睡着了。她母亲请福旦把多鹤放在门内的地板上，轻手轻脚地鞠躬，轻声地道了十多声谢谢。母亲一共会说三

四十个中国字，这时都用得超支了。福旦走后，母亲又轻手轻脚摘下了多鹤耳朵上的金耳环，就这样多鹤也没被弄醒。

多鹤醒来的同时就从地上跳了起来，一切都晚了，村长大概已经回来了。正午的太阳把四野照耀得很白，多鹤的赤脚踩上去感到地面向后漂去。母亲提着水桶小跑着往回走，半佝着身子，不给偷袭者行方便。多鹤顿着脚，怪母亲不叫醒她，现在全晚了。

多鹤带回来的消息立刻就家喻户晓了。不久，代浪村的人又差几个男孩子把消息送到了另外几个日本开拓团的村子。代浪村没有什么男人，连老年男人也没有几个，村长一直是全体女人们的当家人。一旦村长回来，像崎户村村长那样替他们当家，就什么也来不及了。消息太突然，他们最快也需要一个钟头才能打点好行装。别的可以不带，食物总得全部带走，还有就是每个村分发的自卫步枪，一个村五杆。无论如何，他们必须赶在村长回来前逃走。他们承认崎户村人是好样的，但他们可不要村长领着他们也做好样的日本人。

太阳下沉时，五个"大日本满洲开拓团"的村民们集中在代浪村的小学校操场上。所有人都在提问，又都在向别人做解答。没有一个人够格给这么大一群人领头。他们只听说离他们五百多公里的一个城市有一个日本收容所，从那里可以搭上回日本的船。这个以女人和孩子为主的群落有三四千人，靠一个中学生的指北针上了路。牲口被抢得差不多了，剩下的是太老的或太幼的。这些老幼牲口就成了老人们的坐骑。

所有女人们迈着木屐碎步开始了五百多公里的远征。一个叫阿纹的女人挺着八个月的身孕，从队伍前面跑到后面，再赶到前面，缠着每一个人打听她的丈夫桐下太郎和儿子。所有人都累得懒得开口，只是摇头。多鹤背着一袋饭团子，摇摇晃晃跟在母亲身后。母亲背上背着四岁的妹妹，手上扯着八岁的弟弟。多鹤摇摇晃晃地得意自己今天的成功，到底还是赢了一场和村长的赛跑。她甚至没有去猜疑，村长们处理崎户村村民的后事怎么需要大半天工夫。她已经把早晨在铁道附近听到的一阵枪响忘得精光。枪响发自一伙中国游击队员。这是一种性质难定的民间武装，好事坏事都干，抗日、剿匪、反共，取决于谁碍了他们的事，也取

8

决于他们能占谁的上风。他们正打算进崎户村找点什么：找到冤报冤，找着仇报仇，找着便宜占便宜，却遇上了五个撤离到村口的日本村长，就开枪提前成全了他们。

人们怀念起村长们的好处是在出发后的第三个小时。那时暮色四合，三千人的队伍离开了大路，走上一辆大车宽的土路，队伍变得又长又松散。母亲们不断恳求队伍停下来，让她们哄一哄实在走不动的孩子们。总有女人对自己赖在路边的孩子说：村长来了，还不快些起来！她们想，要是村长在场，也许他能让孩子们用磨得血肉模糊的双脚从地上站起来。就在这时，路两边的高粱地里响起枪声来。首先倒下的是骑在牲口上的两个老人，然后几个顺着路往回跑的女人也中了弹。孩子们挺着肚皮大哭，有个老人还算明白，叫喊道：都趴下，别动！人们趴下来，而叫喊的老人已经中弹了。他们带来的枪还没来得及压子弹，仗已经打完了。

等到队伍重整时，人们发现少了三十多个旅伴。谁也没有带刨坑的工具，死者的家属们从尸体上割下一撮头发，把尸体放在路边的沟里，盖上一件像样的衣裳，就继续赶路了。

袭击每天发生。人们都很习惯死人了，都顾不上哭，只是默默地把死去的人背上背的食物解下来。人们也习惯尊重伤号的意愿，用最快捷、俭省的方法处死他们。也有不愿意被处死的，阿纹就是一个。多鹤看见她的时候，她枕着一块土疙瘩，铺的盖的都是自己的血。从她肚子里出来的婴儿也躺在血里，已经走完了他几分钟长的一生。她挥动着满是血污的手掌，给每个路过她的人喊"加油"，她自以为在笑，事实上是不断龇牙咧嘴。她会对每一个靠近她的人说："别杀我，我一会儿就赶上你们！我还没找到我儿子和丈夫呢！"一个五十多岁的男人实在看不下去，把自己一口袋饭团子和匕首留给了她。

老人们给年轻人省饭团子，省子弹，也给他们省事，几个人商量好，过河时往水里一扎，一声不响就没了。

人们摸索出经验，发现枪弹在夜间的命中率比较差，便改为晚间赶路白天宿营。第五天的晚上，人们起身的时候，发现靠在营地周边宿营的几家全都被刀砍死了。人们内疚地说，实在太累了，没有听见任何声

9

响。有人说，听见了又怎样呢？

多鹤的母亲教会女人们辨认野菜和野果。路程拖长了一倍，已经断了粮食。她告诉女人们，中国人是很难饿死的，因为他们可以把每一种野草、树叶变成粮食。她这一手是从中国长工们那里学的。好在是秋天，找到一片野坚果林可以采够两天的干粮。所有母亲都替刚进入青春的女儿剪掉了头发，再找来暗色的男孩衣裳给她们换上。尽管路一天比一天难走，队伍每天减员，他们还是把三百九十公里走到了身后。

一个清早，他们来到一片白桦树林里，准备宿营，枪声却在白桦林深处响起。他们现在已经有经验，立刻闪到树后面趴下来，孩子们全都在一刹那间被覆盖在了母亲的身体下面。对方的枪手们很大方，子弹一排排射过来。反正停战了，弹药不必节省，打着打不着，打个热闹。打得带劲时，枪手们用俄语欢呼。几个刚学会打枪的少年们开始还击。他们吃过开枪的甜头：一次碰到袭击，他们还了几枪，袭击者就作罢了。但这次他们的还击恰恰是个错误，捅了马蜂窝，本来不很认真的苏联大兵打仗打出的惯性又上来了。

人们丢下死去的，拖着伤号往后撤。地势还算有利，他们后面是缓缓的下坡。撤了一百来米，俄语呐喊突然从另一端冒出来，一个包围圈已经合拢。现在是动也挨子弹静也挨子弹。少年们胡乱打回去，只发几枪，就把自己的方位明示给对方了。很快的，少年们一个个倒下了。

火力越来越猛，把苏联人惹起性子，就得让他们发作一阵。

一颗手榴弹在多鹤母亲旁边爆炸了，硝烟散开，多鹤已经没了母亲、弟弟和妹妹。多鹤的爸爸一年前战死在菲律宾。好在眼下的险境容不得多鹤去想她孤儿的新身份。她是一边跟着大伙儿突围一边给全家哭丧的。

突围出来，各村的人数相加，只剩了一半。从出发到现在，这次的减员占了三分之二。还有一百多个人受伤，一下子把止血药粉全用完了。

第二天傍晚，人们醒来，发现所有伤员都自尽了。他们在夜里合谋，决定绝不拖累大家，然后悄悄地相互搀扶，走到五十米以外，自尽的方式五花八门，但都在一夜之间做了好样的日本人。

又过了一天，队伍几乎在山路上爬行。他们一再修改路线，选择更

偏僻的道路，而这些路线全都穿行在更深的山里。一连两天没有喝到水的孩子们怎么哄也不动了，母亲背上的婴儿们不是昏睡，就是嚎哭——已经不再是嚎哭，而是发出垂死野猫那样的号叫。

一颗饭粒都不剩了。水米未进的母亲们仍是把干得起皱的乳房塞给孩子，塞给吃奶的孩子，也塞给半大的孩子，连那些没了母亲的孩子，她们也只好用自己一对乳房去关照。队伍早已无形无状，延绵了三里路长，不断地发现有孩子走失，有大人走死。唯一能让孩子脚开步的一句话是："马上就到了，到了就可以睡觉了。"他们现在的期待不高，只要能让他们歇下脚就很好，他们早就不信"到了就有水喝有饭吃了"。

这样一个形如枯鬼的队伍在一九四五年九月的"满洲"走着。满山遍野的秋叶红得火烧火燎。

"满洲"的秋天很短，早晨他们露营时，四野白霜。他们就靠野果野菜和坚决到达目的地的信仰滋养着五脏和身心。走到第十五天时，人数下降到了一千三百。

一个早晨他们和中国民团遭遇了。他们不知不觉走得离一个集镇太近，惊动了驻扎在镇上的三百多号团丁。团丁们用的全是日本造的好枪好炮，先堵着打，再追着打。他们跑到了山梁上的松林里，身后枪声才渐渐稀拉。女人们都是身上同时背着、抱着孩子突围的。多鹤背着一个三岁的女孩，正发高烧，吐一口气就在她后脖颈上喷一小团火。女孩的母亲叫千惠子，自己怀里抱一个不足一岁的男孩。她不管子弹还会咬上他们，一屁股坐在地上，嘴角挂着白沫。另一个女人回来拉她，她两脚钩住一棵树，死命抵抗。她怀里的孩子尖厉地哭喊，她大张的两眼看上去是灵魂出窍后留下的空洞。就在这时，她朝怀里哭喊的孩子俯下身，旁边的人只看见她两个刀背似的肩胛骨奇怪地耸立了一会儿。等她直起身，那个孩子就一声不吭了。周围的女人们也一声不吭，怕她似的往后退缩，看她放下断了气的孩子，两手慢慢扮着树干把自己拖起来。

叫千惠子的女人杀了不足一岁的小儿子之后，又朝多鹤背上背的小女儿扑过来。多鹤哭喊着：明天再杀她，再让她活一天。多鹤到底年轻力壮，杀亲骨肉的女屠夫追不上她。她的大儿子跑到她身后，用树棍劈

11

头盖脸地打下去。她开始还躲，还把两个手护在头上，慢慢她撒开手，任十来岁的男孩把她打成一个血人。

杀婴就是这样起的头。从这个时刻起，队伍里女人们开始把生病的和太小的婴儿们扼死。出发的时候，发现谁家少了孩子，谁也不去打听。做母亲总得有得有失，总得保全他们能够保全的孩子。连兽类、畜类的母亲都有造物主给的这项特权，一旦嗅到天敌临近，它们无法保全犊子，就宁愿自己先咬死犊子。女人们面孔呆滞，眼睛里都有一种静默的歇斯底里。多鹤始终不让千惠子靠近，睡觉都把病女孩用腰带系在自己胸前。第二天早晨，从母亲手里逃生的女孩竟然病愈了。多鹤把一颗野栗子糊糊喂进她嘴里，告诉女孩，还有一天的路程，他们就要到目的地了。女孩问多鹤，她的脸怎么了。她告诉女孩，这不是她原来的脸，这是涂了河里的黑泥的面具。为什么？因为躲在黑臭的面具后面，她的真脸蛋别人就看不见了。为什么？因为他们就要穿过一个小城镇，不能把真脸蛋给别人看见。女孩子告诉多鹤，她叫佐滕久美，老家在日本上野省畈田县。这是母亲们督促孩子们在路途上背熟的扼要身世，一旦她们遭遇到不测，孩子们好沿着这点线索追寻自己的血缘。

那是在最终的劫难到来前，两个女孩唯一的一次交谈。

他们是在深夜启营的。久美的母亲没有醒来。人们把千惠子的一绺头发割下来，系在久美身上，便出发了。

夜色褪去，另一个白昼翻卷而来。这是秋后典型的好天，人们觉得它格外地好，因为终点站快到了。齐腰深的蒿草经了霜雪白雪白的，一望无际。人们太累了，还没躺直就已睡熟。他们睡得死亡般的深沉，上百匹狂奔而来的马都没有惊醒他们。

连枪声都没有立刻惊醒多鹤。她醒的时候，周围躺着的不再是熟识的村邻们，而是陌生的尸体。

第一章

台子上搁了十多个麻袋，从轮廓一点看不出里面装的是人是兽。吆喝的人说要买就论斤两，一角钱买一斤日本婆子，大肉也没这么便宜。斤两是预先约好的，最重的一个口袋也不过七十斤。穿黑制服的县保安团派了一个班维持秩序和买卖公道。小学校操场上从一早就挤满了老乡，不少光棍都是看得起买不起。七十斤的日本婆也要七块大洋，有七块大洋的光棍，就娶得起中国媳妇了，好好地弄个女鬼子回家干什么？

清早下了第一场雪，通向安平镇的大路小道已经给踏黑了。还有人陆续赶到，若是三五成群的小伙子，仗人多势众敢把脸皮一厚，大声问："买得不合适，保换不？"回答一律是："不换！""花那一大把银子，买个不适合的咋办？"人群中会有条嗓门喊："有啥不适合啊？灯一黑，全一样！"或者："合不合适的，狗皮袜子——反正一样！"

人们就笑。

笑声大了，也挺吓人的，最靠台子边沿的麻袋们蠕动了几下。

前天保安团跟一伙胡子接上了火，胡子给打死几个，大部分跑了，扔下十多个日本黄花闺女，胡子们还没来得及受用。被逮住的一个腿挂彩的胡子招供说，他们这回没有为非作歹，不过是打了千把个逃难的小日本——多少年前学生们不是说"抗日不分先后"吗？胡子们的胜利果实是胡子头目兜里半兜子的金首饰，都是从小日本尸首上摘的。后来他们子弹打光了，就把剩下的八九百小日本放生了。保安团拿这些十六七岁的女鬼子不知该怎么发落，她们个个饿得只剩一张皮一副骨架，加上

1

一双张着无数血口子的脚。保安团没闲钱余粮养活她们，昨天通知了各村保甲长，让老乡们买回去，好歹能推推磨。一头驴也不止七块大洋。

保安团的人不耐烦地喊道：买晚了，该买个冻死的回家了！

学校门口的人群动了动，把三个人让进来。他们是一对老夫妇和一个年轻男子。认识他们的人和旁边的同伴说："张站长两口子来了！他家二孩也来了！"张站长是火车站的站长。火车站连职工带站警带站长一共就一个人。小火车是勃利到牡丹江铁路上的一条支线，在安平镇只停靠一分钟。张站长一身绿制服在一片黑袄子里很出众。人们知道张站长用火车投机倒把，靠火车停靠的一分钟又是上货又是下货，不时还塞上个把没票的人，因此他家底不薄，买分量最重的日本婆也不在话下。站长媳妇矮矮小小地跟在站长身后，不时停下，朝落在五步远的二孩跺跺小脚。张站长只管这个儿子叫二孩，可谁也没见过他家的大孩。

张站长和二孩妈走到台子下，朝十多个麻袋看看，叫保安团的老总帮个忙。他们指着中间一个麻袋说："给这个扶直了，让我看看。"

保安团的班长说："扶不直，你没看麻袋不够大吗？"他见二孩妈还要啰嗦，便说："别耍奸了，你不是就想看看她多高吗？告诉你们实话：能够上你家锅台刷碗！小日本是倭寇。倭寇都是倭寇婆下的！"

人群又是笑。

天又开始飘雪花。人们看见二孩妈跟二孩说了句什么，二孩把脸一别。人群里有和二孩熟识的小伙子，这时吆喝起来："二孩你不是有媳妇吗？给咱省着呗！"

二孩对这句话连眼睫毛都不抖一下。二孩非常沉得住气，不爱听的话全听不见，实在把他惹急了，他也可以很驴。二孩长了一双骆驼眼睛，对什么都半睁半闭，就是偶然说话，嘴唇也不张开。这时他扛着宽大的肩膀跟上来，嘴唇不动地说："挑个口袋好的，回家还能盛粮食。"

张站长坚持要中间的那个口袋。保安团的班长叮嘱他们不准当众打开口袋，验货私下里验去。不然一见里头的日本婆子，不管她是俊是丑，都会弄得他们下面的买卖不好做。"七来块大洋，不瘸不瞎就行了。"班长数着张站长的大洋时说。

人们闪开一条很宽的道，看着二孩和他父亲把口袋里的日本婆子搁在扁担中间，步子轻松地走出去。

张站长这个头带得很好，没等他们把口袋装上车，两个口袋又给人从台上拎走了。等张站长的骡车到家时，十多个日本婆子全卖了出去。人们不再胡扯取笑：张站长一家子半点胡闹的样子也没有，就是来办一桩正经买卖的。

张站长家的骡车停在小学校对面的驿站，这时骡子已经给喂饱了水和料。他们把口袋搁平整，口袋里是个活物肯定没错，虽然她一动不动，但你是有感觉的。二孩怕累着骡子，让父母和口袋坐车，自己溜达着把车赶上路。雪片稠密起来，一片片也有了分量，直接给一股劲道从天扯到地。学校到小火车站有三里路，其中有不少是张家的庄稼地。

秃秃的原野眼看着肥厚雪白起来，人和车就这样走在一九四五年十一月的大雪里。人们后来说那年的雪下得晚，不过是一场好雪，好威猛。人们对那一年事事都记得清，讲给后人听时把每件事都讲成了征兆，因为鬼子投降了。也因为男鬼子们跑了，剩下了大群孤苦伶仃的女鬼子和鬼子孩儿。连张家人也觉得这段路走得像个征兆：突然间大雪就把路下没了。其实大雪帮了所有口袋里的人的忙，人们不忍心台上一个个口袋被大雪覆盖，就匆匆把她们买回了家。连此刻盛在张站长家口袋里的人也觉出这场雪的威猛以及这段路的艰辛。不过她还不知道，这一带的人的父辈们都这样，一辆车、一头牲口从关内来。那时只要谁活不下去，就往北走。正如口袋里那个小日本婆的父辈一样：谁活不下去，就往西走，跨过国界，去强占那里人父辈们开垦的大荒地。于是，这个被叫做关东或"满洲"的地方，成了他们冤家路窄的相遇点。

这时候，二孩妈发愁地看着那个一动不动的口袋，问二孩他袄子里穿长褂没有。二孩说没有。二孩妈不再说什么。她原想让二孩把棉袄脱下给口袋里那个人盖上，但儿子穿的是空心棉袄，她当然舍不得儿子冻着。二孩给骡子一鞭，骡子小跑起来，他跟着小跑。他明白母亲的意思。

张站长家和车站连在一块。候车室和卖票房一共只有六张八仙桌那么大，一个边门通张家的伙房，锅炉一烧，公私兼顾。伙房隔壁是牲口棚，也堆煤和柴草。卸下车，二孩把口袋拎到院子中间。雪下得他皱起脸，一双骆驼眼睛紧紧挤上，长长的睫毛已经让雪下白了。

他妈叫起来，说他还不直接把口袋扛屋里去，放在院子的雪地上干什么？

二孩赶紧提起口袋，往堂屋走去。他估摸这个口袋不到六十斤。保安团有什么好东西？诈了他们将近两块大洋。他进了堂屋就发现不对，搁下口袋，跑回院子，再跑到西边一间屋。屋里没人。小环走了。二孩连箱子都不用打开，就知道小环把冬天的衣服包了包，跑回娘家去了。二孩觉得小环是该跑，让他父母明白他们出的是馊点子。小环生不出孩子并不是小环存心的，父母却要买个日本婆子来替小环生张家的孩子。

这时二孩妈在堂屋叫："二孩！二孩呀！"

他坐在炕上，一锅烟都快抽完了。母亲的脸贴在玻璃上，手指敲了敲。

母亲说："你俩过来呀！"她倒是喜洋洋的。

二孩根本听不见她。母亲这才推开门。她儿子不搭腔她是习惯的，但是往儿子屋里看了一眼，也明白事情麻烦了。她和二孩爹的意思已经跟小环说了又说：只是买个日本婆来生孩子，生完了就打发她走。

母亲说她明后天跟儿子一块去接媳妇，把她好好哄哄，能哄回来的。眼下二孩先把口袋解开，把人放出来。

二孩半闭着眼，看了一眼母亲，慢慢站起来，嘴里嘟哝："你和我爸干啥呢？不会解口袋吗？"

母亲也不顶他：以后又不是我和你爸跟她生孩子。二孩妈了解儿子，二孩行动上都是顺从的，嘴巴不太孝敬而已，他已经站起身跟母亲走了，嘴里却还抬杠。二孩从小到大没有做过一件嘴上顺从而行动上逆反的事。买日本婆子给张家接香火这件事他从头到尾顶撞父母，但行动还是恭顺孝敬。

二孩和母亲穿过雪已积得很厚的院子，进了屋。张站长去了车站，下午两点有一趟不停的货车过站，他得给信号。

堂屋非常暖和，母亲去锅炉房添了煤，炕道直过热风。口袋里的人

4

形缩成一球，一动不动。二孩明白，母亲叫他来解开口袋多少有一点"揭盖头"的意思。另外，母亲也不敢自己上手，谁知从口袋里放出个什么来。小日本现在是投降了，但人们对他们免不了还是有那么一点怕。别说过去他们是凶神恶煞、杀人放火的占领军，光是个陌生的外国人也够可怕的。二孩觉得自己的心也咚咚地擂大鼓。

当二孩和二孩妈看见一个抱膝而坐的小人儿时，两人全呆了。这个小人儿剃着一寸长的头，光看头发和二孩还是哥儿俩，脖子只有一把细，脸上结满泥嘎巴儿。二孩妈看见小人儿的两条腿穿着半截裤，裤脚刚打到膝盖，腿上全是血迹，刚刚干涸。小人儿看看二孩妈。二孩妈给她那一眼看得心里不得劲，手脚都软了。她对二孩说："还不赶紧叫她起来！"

二孩愣愣的，眼睛这会儿全睁开了。

"二孩，快叫她起来呀！"

二孩对缩坐在口袋里的小人儿说："起来吧。"他对母亲发怨说："看你跟我爸办的这事！还不定活不活得了呢！"

这也正是二孩妈担心的。万一一个小日本死在家里，不知会落个什么后果，蚀本不说，跟外人讲清楚恐怕都费事。

二孩妈把两只手伸出去，好像也不太明白这手伸出去要干吗。她一硬头皮，抓住了小人儿的两只胳膊。她事先告诉自己这是个七分鬼三分人的东西，但手抓到那一双胳膊上，还是毛骨悚然了一下：那完全是两根骨棒子。她把小人儿拽起来，刚一撒手，她又跌回去了。保安团担保个个都全须全尾，怎么让张家摊上个残废？一定是腿上挨了子弹，打断了骨头，她站不直。

两人把她抱到炕上，小人儿仍然蜷着两条腿。二孩妈把她裤腿抹到腿根，没见任何枪伤。二孩妈这才意识到，血都是经血。二孩妈踏实了，至少这小人儿是个女的。

"去，拿点热水来给她喝，看能不能好些。"二孩很快把一碗茶递到母亲手里。二孩妈动作中的惧怕和嫌弃已经荡然无存，把小人儿的上身放在自己盘起的双腿上，将茶水慢慢往她嘴里喂。大部分茶从嘴角流出来，把一边腮帮上的泥嘎巴儿润湿了，糊了二孩妈一手。她叫儿子赶紧去打盆水，拿条手巾。二孩把炕头温着的一铁壶水倒出半盆，又摘下脸盆架上的手巾。

茶喂下去，二孩妈湿了手巾，一点点擦着那脸上的泥。她太懂得这把戏了：日本刚占东三省的时候，有时一车皮日本兵到镇北边的铜矿去，镇里年轻姑娘的母亲们就往女儿脸上抹煤灰抹河泥。

渐渐擦洗出来的皮肉非常细嫩，两耳下面还有一层茸茸的胎毛。一盆水成了泥汤，脸大致能看出模样了，要是胖起来，这脸是不难看的。

二孩在一边看着母亲洗泥萝卜似的把一个脸蛋洗出来：两道宽宽的眉，一个鼓鼓的鼻子。因为太瘦，这脸看起来有点龇牙咧嘴。

二孩妈说："挺俊的，就别是残废。你说呢二孩？"

二孩不理她，端起盆出去了。他把水泼在一边的沟里，怕当院泼了马上一结冰滑倒了小脚的母亲。二孩妈跟了出来，说是先打个鸡蛋汤给她喝，饿伤的肠胃一两天受不了干粮。她又派给二孩一堆差：去镇上扯几尺布，她给她缝个棉袄。二孩两手抄进袄袖子，往门口走。母亲想起什么，颠着小脚，一溜踏着雪过来，把一张钞票塞进他的袖筒，一面说："忘给你钱了！扯蓝底带红花的！"镇上杂货铺一共两种细花布，一种蓝底红花，一种红底蓝花。等二孩走到门口，二孩妈又说："还是红底的吧！红底蓝花！"

"花那钱干什么？说不定是残废！"

"残废不耽误生孩子。"二孩妈朝儿子挥挥手，"红底蓝花的，啊？"

"小环更不乐意了。"

"有啥不乐意？生了孩子，就把她撵出去。"

"咋撵哪？"

"还用那口袋把她装到山上，一放。"二孩娘笑得咯咯的，一看就是逗着玩。

二孩扯了布回来，见母亲和父亲都在堂屋门口，从门缝往屋里看。张站长听见二孩踏雪的脚步咕吱咕吱地进来，回头对他招招手，叫他过去。他走过，母亲赶紧把自己的位置让给他。他从门缝看见小小的日

本婆站起来了，侧身朝他们，在照墙上巴掌大的镜子。站立着，她竟不是那种会生出倭寇的倭寇婆，她跟镇上的姑娘差不多高。二孩撤出身来，母亲的样子像白捡了便宜似的。

"你看，她哪是残废？"她低声说，"就是窝在那口袋里窝的。"

张站长也低下嗓音说："外面人要问，就说是买回来给咱们做饭的。"

二孩妈对二孩摆摆下巴，叫他跟她去。二孩跟母亲进了伙房，看见一大碗高粱米饭上面堆着酸菜炒豆腐。母亲说送进去的一碗蛋汤她眨眼就倒进肚子了，直怕她烫烂了嗓子。二孩妈嘱咐说："你叫她慢点吃，锅里还多！"

"不是说不能吃干粮吗？"二孩说。

"不吃干粮能饱？"母亲太高兴了，显然忘了她刚才的提醒，"你就让她吃一口，喝一口水就行了。"

"我会说日本话吗？"二孩说，但脚已经顺了母亲的意思往堂屋去了。

他推开门时，眼睛只看见两条穿着黑棉裤的腿。那是母亲的棉裤。目光稍微往上升，就看见了一双手，手指头不长，孩子气未脱。二孩不再努力了，就让眼睛睁到这个程度，能虚虚地看见一段腰身和一双手。这段腰身往后移动一下，当然是退着往后走的。突然地，一个脑袋进到二孩半睁的眼睛里，并且是个脑瓜顶。二孩的心又擂起大鼓，他这是头一次受日本人一拜。没准受礼的并不是他，他手里的一大碗饭和酸菜炒豆腐受了她这一拜。

二孩一慌，半闭的眼睛睁开了，面前的脑瓜正好直起来。二孩脸红耳热，因为竟和对面这双眼接上了目光。这眼太大了，大眼贼似的。大概是瘦成了这副大眼贼的样子。二孩心里又是怜惜又是嫌恶，把一大碗高粱饭放在炕桌上，转头就走。

二孩出了堂屋就奔自己屋。父母一会儿也进来了，问他和她打了招呼没有。二孩什么也听不见，只是翻腾着樟木箱。刚才和小日本婆对上的那一眼不知怎么那么让他恼，让他觉得他对自己都说不清了。父母眉飞色舞，有一点兴妖作怪的高兴。母亲说，就算是纳一房妾，咱张家也

7

纳得起。

二孩统统以听不见作答。

张站长叫儿子别怕，他会和老伴一块去小环家求和。小环生不出孩子了，她不敢怎么样。过两年二孩就接替老子，又是一个张站长，小环腾出空马上有黄花大闺女顶上。

二孩终于翻出一副狗毛耳套。母亲问他去哪里，他不回答。等他从炕上拿了小环坐车盖腿的那条小棉被，他们才明白儿子这就要去媳妇家。

"雪下这么大，谁出远门？"张站长说，"明天你妈和我去不就行了？"

二孩扎绑腿的动作慢了不少。

"四十里路，万一小环不让你过夜，你还得再赶四十里路回来。"

"反正不能让小环落话把儿，说她不在家我和日本婆在家……"

"那不叫话把儿啊。"张站长摊开两只巴掌。

二孩看着父亲。

"那叫实情啊！"张站长说，"日本婆买来为干啥的？就是为生孩子的，当着她朱小环，背着她朱小环，这不都是实情吗？你他姥姥的二十岁一个大老爷们儿……好，行，你今儿就冒着大雪追到媳妇家去，让她夸你清白。"

二孩妈一点不着急。她从来不像丈夫这样跟儿子多话，因为她明白儿子对于父母温顺到了窝囊的地步。反而对于小环，他嘴上乖巧，其实该干什么干什么。

"我不能看你们这样欺负小环！"二孩说着，慢慢松开绑腿。

一夜雪都未停。第二天清早，二孩起床去锅炉房添煤，看见母亲在教小日本婆做煤坯。看来她就是瘦，人是健全的。二孩妈回头看见儿子，叫道："二孩，你来教她！"

二孩已经出去了，他又恶心又好笑：老娘们总是要扯皮条。这是她们的天性，她们也没办法。打煤坯笨蛋都会，有劲就行。第三天小日本婆就单独打煤坯了。张站长预先替她兑好了煤粉和黄泥，掺匀了水。到

了第五天，小日本婆精神多了，穿上了二孩妈给她缝的红底蓝花的新棉袄，她还把剩的布扎在毛栗子一样的脑袋上。绑头巾的式样是日本式样，怎么看都是个日本婆。她就穿着这一身新装，跪在门口，迎接张站长从车站下班回来。又过两天，张站长上班的规律她也摸清了，早早在门口跪下，替他把皮鞋带系上。她做这些事情安静得出奇，两只眼睛也认真得发直，弄得二孩妈和二孩也一声不出。

雪终于化了，又等路干了干，二孩和母亲乘着骡车往朱家屯去。张站长当然不会亲自出马去说和，车站交给谁去？再说堂堂站长不能那么婆婆妈妈。当时他说要去接朱小环，不过是随口应承，张站长随口应承的事太多了，谁也不和他顶真。他托火车上的人捎了两瓶高粱酒，又拿出存了多年的一支山参，让二孩妈送给两个亲家。

二孩妈叫二孩别操朱家的心，朱家都是懂事的人，只会怕女儿让张家就此休了。

"凭什么休人家?!"二孩脾气上来，骆驼眼也不怎么倦了。

"谁说要休呢？我们是那种缺德的人吗？"母亲说，"我是说朱家四个闺女，数小环嫁得好，是他们怕咱们。"

最初二孩并不喜爱小环，娶她也是公事公办。有一阵他还怨恨过她，因为小环帖子上的生辰是假的。婚后二孩听朱家屯一个同学说，小环是朱家的老闺女，惯得没样，熟人都知道她能闹，没人敢娶她。朱家怕她最后剩成个老姑娘，把她岁数改小两岁。二孩记不清从什么时候起他喜爱上了小环。小环很争气，结婚的第二个月就怀上了身孕。四五个月的时候，镇上的接生婆说小环的肚子、腰身一看就知道怀了个儿子。从那以后不仅二孩，连张站长和二孩妈都开始忍受小环的坏脾气，一面忍受，一面还贱兮兮地笑着捧场。

小环的脾气突然变好是她掉了孩子之后。七个月大的胎儿竟有一岁孩子那么大，那么全乎。二孩对这件事从头到尾的经过几乎没什么记忆，只听母亲和亲戚朋友们一遍一遍地回述：小环如何遇上四个日本兵，如何跟女朋友们跑散，如何爬上一头在路边吃草的耕牛，牛又如何载她和日本兵赛跑。最后也不知该把账算在日本兵身上还是那头牛身上：牛跑着跑着拿起大顶来，把小环甩了丈把高，又扔了丈把远——小环提前临盆了。

二孩记得最清的是小环的血。小环的血被一盆一盆端出来，县城医院的老大夫穿的戴的也都是小环的血。他两只血手张着，问张家老两口和小环的男人张二孩：留大人留孩子他们得给他一句话。二孩说："留大人。"二孩爸妈一声不吱。老大夫却不走，看了二孩一眼，低声告诉他，就是保住小环一条命以后也生不下孩子了，部件全坏了。二孩妈这时说："那就留孩子吧。"二孩冲着正要进去的医生后背喊："留大人！把小环留下！"医生转过身，让他们一家子先把皮扯完。张站长再一次代表张家宣布：母子二人若只能保住一条命的话，就保住张家的孙子。二孩一把揪住医生的脖领："你听谁的?！我是孩子他爸，是朱小环的当家的!"

其实二孩不记得他说过这些话的。这些话是他妻子小环后来学给他听的。小环说："你可真够驴的，把那老大夫差点吓尿了!"二孩后来一遍遍想，要是他真说了那些把老大夫差点吓尿了的话，就说明他喜爱小环。不是一般的喜爱，是宁肯冲撞父母、冒着给张家绝后的危险、巴心巴肝的喜爱。

进了朱家院子，小环的父母把几条凳子搬出来，让亲家母和女婿一边晒太阳一边喝茶。朱家在屯里算中上等人家，三十多亩好地，还做些油料生意。小环母亲连喊带嗔骂，才把小环叫出来。她叫了二孩妈一声"妈"，马上把脸偏过去，对着她自己母亲，两眼的吃惊，说："穿新袄的那位是谁呀？咱请他了吗？咋有这么厚的脸皮呢？"

她咬字特狠，才不管伤不伤情面。

二孩只管喝茶。朱家老两口陪着二孩妈干笑。二孩心里直为小环的深明大义而舒展，她把这么大一桩事演成了平常的夫妻怄气。从丈人丈母娘的表情上看，小环并没有把实情告诉他们。

小环的圆脸上总挂着两个潮红的腮帮，一对微肿的单眼皮，把很密的睫毛藏在里面，因此什么时候见她，她都是一副刚刚醒来的样子。她嘴巴很厉害，但也特别爱笑，笑起来左边腮上一颗酒窝，嘴角挑上去，露出一颗包着细细金边的牙齿。二孩讨厌任何镶金牙的人,不过在小环脸上,那颗牙在她的笑颜中一闪一闪,倒没败坏她的容貌。二孩认为小环不是美人,但她特别容易讨人喜欢,对谁都亲亲热热,骂人也不减亲热劲。

小环父母拿出一包烙饼,说够他们仁路上当午饭吃了。

小环说:"谁们仁?谁和他们一块回去呀?"

她母亲在她头顶上打一下,叫她去把带回婆家的东西收拾收拾,娘家可不打算留她。小环这才拧着脖子,斜着下巴进屋去。一分钟时间,她已经出来了,头上扎着头巾,棉裤绑腿也打好了。她当然是早早把东西收拾好了:听见二孩和他母亲进门,她已经把该带的东西归拢到了一块。二孩很少动作的嘴唇稍微翘了翘。他觉得小环还挺给他省事的,胡闹、收场都恰到好处。

第二章

四月的一天早晨，小日本婆跑了。小环起床上厕所，发现大门的门闩开着。那时天刚亮，小环猜不出谁会那么早出门。昨晚一场雪很薄，下在地上是淡灰色，小环看见雪地上的脚印从东屋起始，进厨房绕了一下，再伸向大门外。北屋住的是二孩爸妈和小日本婆。

小环回到屋里，晃醒二孩，对他说："这日本小母狼，喂肥了，她就跑了。"

二孩睁开眼。二孩从不问"你说什么"，他把那双骆驼眼睁到极限，就表示他认为你在胡扯，但他想让你再胡扯一遍。

"肯定跑了！你爸你妈好茶好饭喂了一头日本狼，喂得溜光水滑了，人家归山了。"

二孩"呼"地一下坐起来。他不在乎小环在一边满嘴风凉话，说他还真馋那小日本婆，看来她小不点儿年纪，还挺会调理男人的胃口。

二孩急匆匆地套上棉裤棉袄，一面问："你跟我爸说了吗？"

她只管说她自己的。她说七块大洋，睡了几十次，那是罗锅子卧轨，直了（值了）。镇上有几家暗娼开的酒店，娼宿一晚还要好几块大洋呢！

二孩凶起一张脸，对她说："你闭嘴吧。下雪天的，冻死了人咋办？！"

他说着往门外走，小环在他背后叫道："急成那样？别一跤把牙磕掉了，亲嘴儿跑气儿！"

二孩妈查了查东西，发现小日本婆除了带走几个玉米饼之外，什么也没拿。穿的衣服还是跟着她装在口袋里来的。都记得她当时仔细地搓洗了那身日本裤褂，又仔细用铁茶壶底把它们熨平，叠好，那时她就在准备逃跑的行李呢。一整个冬天，铺天盖地的大雪下面，她逃跑的念头都没冻死。

张站长说："这小日本婆，还不稀罕穿咱中国衣服呢。看不冻死她！"

二孩妈拿着那件红底蓝花的棉袄发愣。相处半年，她待她也像半个媳妇，怎么这么喂不熟？红底蓝花棉袄上面，还搁着两双新布袜子，是小环给的，人家一点情也不领。张站长戴上帽子就要出门。二孩也赶紧戴上帽子，蹬上鞋，根本不理睬小环叼着烟，靠着门框，一脸看好戏的坏笑。二孩从她身边匆匆出去，她故意往旁边一趔趄，动作表情都很大，似乎躲开一头撞出栏的大牲口。

张站长和二孩顺着脚印走到镇子口，脚印汇入了马车骡车的车轮印。父子俩手插在袖筒里，不知接下去再往哪里找。最后两人决定分头去找。二孩心里火透了，倒过头去怨恨父母：他们怎么会吃饱饭撑的找亏来吃？！一个半死的小日本婆花了一家人多少心血？为了她，他们一家子吵过多少嘴？现在孩子连影子也没见，他二孩有一辈子的难听话要听，朱小环下半生全占了理。

他和小日本婆根本就是陌生人，圆房也没去除半点陌生。第一次圆房他听见小日本婆哭了。开始他觉得这事是为爸妈做的，但她一哭他倒凶狠起来。她哭什么呢？好像真成了他欺负她。给脸不要脸，轻手轻脚她倒屈得很，忍受他的兽行似的，那不如给她来点兽行。他很快结束了，她哭得呜呜的，他费了很大劲才管住自己的手，不去揪她刚长出的头发，问她到底委屈什么。

后来的几次他发现她躺得像个死人，衣服穿得整整齐齐，下颏翘着，足趾朝天，真的像死了。他得替她脱下衣服，他突然意识到脱她衣服的动作很下作，很贱。她就是想把他弄得那么下作。她把自己装敛得严严实实，躺成一具僵尸，让他剥下她衣服时有种禽兽不如、奸尸的感觉。他气疯了，心想，好吧，我就禽兽不如。她的父亲、哥哥对中国女人就

13

这么禽兽不如。

只有一次例外。那次他作践她耗尽了体力，本来想从她身上移开，马上跳下炕，但他忽然想歇歇，就在她身上喘口气。他感到她一只手上来了，搭在他背上，轻轻地摸了摸。那只手又软又胆小。他想起头一次见她时，他看见她那双孩子气的手，手指不长。他更没有力气了。

这时二孩走到安平镇的小学校门口。时候还早，学校操场上空空的。他完全不指望任何收获地向那个校工打听了一句，是否见到一个日本女孩子走过去。

校工说他不知道那是不是个日本女孩，但他看见一个留着鸡毛掸子头的年轻人往镇外走。穿和尚领衣服？对，和尚领。半截裤腿？是，半截裤。

二孩傍晚回到家，什么线索都没找着。张站长去了保安团，找到了另外十来个日本婆的下落。有两个给卖到附近村子里，张站长到村里探访，发现那两个日本婆嫁的虽是穷光棍，但好歹过成了两口子，肚子也大起来了。看来他们和张家逃走的小日本婆没什么串通。

接下去的两天，二孩和父亲又往远处的几个镇子跑了跑，仍然一无所获。第六天晚上，小环到镇上一个女友家去串门回来，看见家门口站着一个黑黑的影子。她上去一把扯住她就往院里走，一面扬开嗓门叫道："回来了回来了！外头不好打食儿，饿掉了膘又找咱喂来了！"

小日本婆听不懂小环的话，但她的嗓音听上去像过年一样热闹，她便停止了倔犟，由她一直把她扯进堂屋。

二孩妈正在炕桌上独自摸牌抽烟，听见小环的叫声仅穿着袜子便跳下炕。看见进来的人又细瘦了一圈，走上去，原本扬着的巴掌落不下去了。

"小环，去站上告诉你爸，叫他赶紧回来一趟！"二孩妈支使儿媳妇。

"在门口待着，不敢进来，知道自个儿做亏心事了是不是？"小环对小日本婆说。

小日本婆看着小环，若不懂小环的话，小环的厉害是看不出的。

二孩这时从西屋过来，母亲马上说："行了行了，要说要打也是你爸做主。"

晚饭的时候，张站长回来，拿出一张纸，对二孩说："喏，你写：你为啥跑？他们小日本都认咱的字。"

二孩照办了，只是把"啥"改成了"什么"。小日本婆看了看纸上的字，不动，耷拉着眼皮。

"恐怕不懂。"二孩说。

"肯定懂……"张站长说，眼睛盯着一大堆头发下的脸。

"别问了。还用问？人家肯定想人家自己的父母了呗。"二孩妈说。她夹了块大肥膘送到小日本婆碗里，筷子不落，直接又夹了一块更大的肥膘揣到小环碗里。她正玩着一杆看不见的秤，秤砣、秤盘是二孩的两个女人。

张站长说："二孩，你再写：那你为啥又回来？"

二孩一笔一画地写下父亲的审问。

小日本婆读完了，仍然不动，耷拉着眼皮。

小环说："这我都能替她说：饿坏了，偷出去的玉米饼子吃完了，就回来了。你们又蒸玉米饼没有？多蒸点，这回指望背着它吃到哈尔滨呢。"

小环一说话，小日本婆就抬起脸看她。两只眼睛长得好，特别亮。她看小环的样子一点也不像她不懂小环的话，好像她不但懂，而且很欣赏她。小环第一次见她，嘴就没停过，拿一条头巾给她，会说："赶不上你们日本鬼子的头巾好看，是不是？凑合吧，啊？好看的我能舍得给你吗？"给她一双棉鞋，她也会数落："白捡一双鞋，凑合穿，别嫌旧，想穿新的自个做。"每回小日本婆都两眼发亮地看着她热情洋溢地发牢骚、出怨气，然后给她鞠躬，谢谢她的馈赠。

一晚上谁也没从小日本婆那里掏出任何实情来。第二天晚饭桌上，小日本婆把一张纸恭恭敬敬铺在大家面前。纸上写着："竹内多鹤，十六，父母、哥、弟、妹亡。多鹤怀孕。"

所有人全愣了。不认识字的二孩妈用胳膊杵杵张站长，张站长不做声。她杵得越发焦急。

小环说："妈，她有了。这才回咱家的。"

"……是咱二孩的吗?"二孩妈问。

"你咋这么说话呢?!"二孩嘴唇不动地凶了母亲一句。

"二孩,你问问她,几个月了?"二孩妈心急如焚。

"肯定是才怀上。"张站长说,"她跑出去,发现有身孕了,赶紧跑回来了呗。"

"没见她犯恶心、吐啊,什么的……"二孩妈说,还不敢相信。

"咳,她心里有数呗。"张站长说。

小环看了二孩一眼。她知道二孩特废物,心太软,为"父母、哥、弟、妹亡"那几个字心里正不得劲。叫竹内多鹤的小日本婆是个孤儿,才十六岁。

"孩子,快吃吧。"二孩妈把一个高粱馒头抹了点大酱,又夹了一截雪白的葱,塞在叫竹内多鹤的小日本婆手里。"怀了身孕,吃不吃得下,都得吃,啊!"

全家人陆续拿起筷子。谁都不想说话。尽管每个人都想说:也不知她全家都是怎么死的。

从那个晚上,小环和二孩都松了口气。孩子怀上了,二孩不必再上小日本婆那儿去了。夜里二孩把小环搂进怀里,小环不当真地反抗他,一边小打小闹一边说,他从小日本婆那儿吊起胃口,不过是拿她朱小环充饥。二孩还是一如既往地不辩解,沉默而热烈,让小环明白他就是拿她充饥,他对她"饥"得厉害。

小环睡着了,二孩却一直醒着。他想"多鹤"这名字古怪,但写着好看。他想他以后会把这个名字叫顺嘴的。他翻了个身,窗子上有月亮光,一块青白色。他想,多鹤这个陌生的东洋小女子生了他的孩子,就不会再那么难以熟识了。

孩子生在一月的一个半夜,是个女孩。分娩很顺利,产婆是从县里请来的,懂一些日本语。张站长到县城医院花大钱请半个东洋人的产婆自有他的盘算。他不愿本地人知道孩子究竟是从谁肚子里出来的。多鹤的肚子刚一隆起,她就藏在院子里不出门了。小环回到娘家住了四五个

月，直到孩子满月才回家。人们再看见小环，就见她抱着披桃红斗篷的婴儿招摇过市。问她哪儿来的孩子，她会说：还用问？当然是早上拾粪拾来的！要不她就说：刨人参刨出来的！假如说孩子长得俊，她便回答；那就对了，丑妈养个挑花绣！有那刻薄的说：小环，怎么闺女不像你啊？能像我吗？像我还不让媒婆操烂了心？天下有几个张二孩那样的大傻瓜！

小环从娘家回到张家那天是晚上，她直接去了自己屋。二孩妈的小脚迈着喜洋洋的碎步跑来，叫小环快去看看刚满月的大胖闺女。

"二孩在她那儿吧？"小环问道。

二孩妈当然明白儿媳妇的意思，小脚生风地赶紧退出去，一会儿二孩就被叫了来。

"你使那么大劲白使了，弄出一个赔钱货来。"小环说。

二孩本来满心欢喜来拉她去看孩子，她一句话出来，把他堵在了门口。他转身要走，小环叫起来："又去哪儿啊？"

他头也不回地说："接着使劲去呀！"

小环把他一把拖回来，恶狠狠盯着他半闭的骆驼眼。他就那么让她盯。盯了一会儿，小环给了他一耳光。不是真打的，有一点调情探问，又有一点谴责怨怪。二孩二话不说，一巴掌打回来。小环明白丈夫没有喜爱上多鹤，他理直气壮，绝不吃她一记不白之冤的耳光。

接下去的三四天，小环都没去看孩子。从她的窗子，能看见多鹤在院子里过往，步子急急的，头埋得很低，不是提一桶脏水出来，就是端一盆热水进去。多鹤的胸脯沉甸甸的，脸色白嫩得像奶脂。她的神态、姿态都和生孩子前一样，随时要给人鞠躬，但小环觉得她的神态、姿态和过去截然不同了。这是个自以为有人撑腰的小日本婆了，忙忙叨叨的木屐小步来回走动，她俨然当家做主，煞有介事，把张家院子走成她的占领地界了。

一天上午，出了雨后特有的那种大太阳。小环像往日一样十点多钟起床，坐在炕上抽第一袋烟。院子里的木屐声从北屋一直响到锅炉房。然后又好大一会儿没有动静。家里只有多鹤和小环，算上刚满月的闺女是两个半女人。小环穿上衣服，披了一块披肩，仔细地梳着头发。然后她走到院子里，抽下披肩，把碎头发和头皮屑抖下去。这时她听见锅炉房有人哼小调。日本小调。她凑到锅炉房的窗子上，看见里面雪白的热气蒸腾着一大一小两团粉红的肉体。用来做澡盆的竟是那口日本行军铝锅，是日本投降之后扔在火车站的。铝锅够深，却不宽大，多鹤在盆上架了个凳子，让长条凳横跨在两边盆沿上。她抱着孩子坐在凳子上，从锅里舀水给孩子和她自己洗澡。她举着葫芦瓢，把水浇在自己的左肩或者右肩上。水大概有些烫，每一瓢水淋下去，她都小小地、快活地打一个挺，那小调也冒一个尖声，像是小女孩被呵了痒痒，笑岔了音。热水经过了她的身体，调和了她的体温，才落到孩子身上，于是水一点也不让孩子怕。孩子当然不会怕，孩子在她母亲肚子里的一包热水里泡了十个月呢。十点多的太阳还在东边，拆去烟囱的墙留了个圆窟窿，从那里进来的太阳成了一根亮晃晃的柱子，落在地上，亮晃晃的，成了个地上的月亮。孩子贴在母亲胸口上，安详极了。多鹤的身子胀鼓鼓的，不仅是两个奶子让奶汁灌得要爆开，她整个身子都圆圆饱饱，灌满奶汁，一碰就要流出来似的。这样的母子图世世代代有多少？泥捏的、面塑的、瓷烧的……

她看见多鹤弯腰拿了一块毛巾，把孩子裹了进去。她赶紧往边上一闪，她可不愿意多鹤发现她这么眼巴巴地看她们。多鹤没有看见她——她嘴里哼着的小调顺畅连贯，证明她顾不上看任何东西。她水淋淋地站起来，走到五月阳光塑成的柱子里。一个湿漉漉的小母亲，肚子的大小跟生孩子之前没差多少，肚脐下面一根酱色的线，直插进两个大腿之间一大蓬黑绒毛里。那里长了有小半个脑袋的毛发，而多鹤脑袋上长了两个脑袋的头发。她的族类是个蛮夷的多毛的族类，因此在小环眼前显得更加触目惊心。小环的身子深处一阵奇怪的扭绞，她不知道自己是不是被自己所看见的恶心了。不是。分明不是恶心。这陌生族类的小母亲不知羞耻的身子让小环看见了女人是什么。她从来没好好地看、好好地想女人究竟是什么。她自己作为女人是当局者，当局者迷。现在像是站在局外，看着窗内一个小小雌兽般的女人。小环苦死了：心里没一个词来把她看到的、想到的顺序起来，铺排成一个意思。她抓挠不住的意思，

18

让个能读会写的人来铺排，大概会顺序出下面的意思：她正看着的，是个女人透顶的女人——灌足浆汁的皮肉把凸处不知羞耻地腆出去，又在大腿交叉处叵测地收敛，黑暗下去。那是个黑丝绒的诱陷，黑得像谜一样深邃，自天地起始，它诱陷了多少猎手？它可不平白无故诱陷，它的诱陷全是为了最终能分娩出这么一团粉红的小肉肉。

小环想到了二孩。他也被诱陷进去了。二孩的一部分化在了这团小肉肉里。小环不知是妒忌还是动了感情，心里和身上都一阵虚弱。不能再分娩出血肉果实来，还要这诱陷做什么？正如小环她自己，两腿间是块枯黑的荒地。

直到端午节这天，小环才第一次正式看见孩子。

这天她刚起床，二孩抱着孩子进来，说多鹤想给大家做一次日本的红豆团子，在伙房里忙，所以他得替她抱一会儿孩子。

小环一看他的样子便说："你是抱个冬瓜吗？有你这样抱孩子的？"

二孩换了个手势，更使不上劲。小环一把夺过襁褓，把孩子搁在她两臂窝成的摇篮里。她看看白胖的女婴，双下巴双眼皮，才两个月大已经活得很累了，懒得把眼睛全睁开。真奇怪，二孩的眼睛怎么就给搬到这女婴脸上了，还有鼻子，还有那双眉。小环轻轻从襁褓里扒拉出一只小手，她心都抖了：手指头手指甲都是二孩的。小日本婆子可没有这么长的手指头，这么结实、方正的指甲。她不知道自己盯着孩子已经盯了半小时，小环很少有定下神待半小时不抽烟的。她的手指尖描着孩子的额头、眉毛。她最爱二孩的一双眉，不浓不淡，所有表情都在眉头眉弓眉梢上。孩子又睡着了。真是个不劳神的孩子。那眼睛真像骆驼。和二孩的眉毛相比，二孩的眼睛更让小环疼。二孩的哪一处又不让小环疼呢？只是她自己不知道罢了。就是知道她也不承认，对自己也不承认。小环太好强了。

随后小环总是让二孩把孩子抱过来。孩子最打动她的一点是乖。她从来没见过这么好哄的孩子，两句儿歌一唱就乐，五句儿歌就睡着了。她想自己怎么这么没出息，人家的孩子抱着抱着就抱成了自己的心肝肉。

这天全家给孩子取名，不能总是"丫头丫头"地叫。一个名字取出来，二孩就把它用毛笔写下来。总是取不上一个让所有人都心服口服的名字，一张纸写满了毛笔字。

"叫——张淑俭。"张站长说。

大家明白他的用意。二孩的学名叫张良俭。

"不好听。"二孩娘说。

"好听！怎么不好听？"张站长说，"跟张良俭就差一个字。"

二孩娘笑了，说："张良俭也不好听。要不怎么从小学校到中学校，谁都管二孩叫二孩？"

"那你来！"张站长说。

二孩从头到尾看着纸上一溜名字，不是咬文嚼字就是土里土气。多鹤走进来。她刚才在隔壁给孩子喂奶。多鹤从来不当人面敞开怀。她看看每个人的脸。

小环叼着烟说："看什么呀，正说你坏话呢！"她咯咯直乐，多鹤更是把一张张脸看得紧。她把烟杆从嘴里拿下来，敲打着烟灰，笑嘻嘻地对多鹤说："只要你一背脸，我们准数落日本鬼子的罪行！"

二孩叫小环别疯了，多鹤那么看着大家，是想知道孩子究竟叫什么。

张站长又去翻字典。他当年是翻《论语》才给二孩翻出良俭两个字来。这时多鹤吐出几个字来，人们都看着她。多鹤和这家人从来不用语言相处，只是常听到她用日语给孩子唱歌。多鹤又把那几个日本字说了一遍，然后眼睛很亮地看看这个，又看看那个。二孩把毛笔递给她，又递给她一张纸。她偏着脑袋，抿着嘴，在纸上写下"春美"。

"这是小日本名字不是？"张站长问二孩。

"那不能叫咱张家孩子小日本名儿。"二孩娘说。

"只兴小日本叫'春美'？"张站长凶他老婆，"他们还能占领咱这俩中国字呀？"

多鹤看看老两口，眼睛有些害怕的意思。她很少看见张站长这么凶狠。

"日本字就是从咱这儿拿去的！"张站长指点着纸上的字说，"我还

20

偏叫春美！他们拿去了，我给它拿回来！都别吵吵了，就这么定了。"他甩甩手，出门接火车去了。

从此小环没事就抱着孩子出去逛。该喂奶的时间，她把她抱回家，喂了奶又抱出去。孩子细皮白肉的脸晒黑了，两个腮让风吹出两片皴红，渐渐也不那么安静了，刚刚长牙的嘴里又是涎水又是混沌不清的啰嗦。镇上的人老远就能看见小环怀里那件招展的桃红斗篷。

有一天二孩妈去镇上办事，看见小戏园子门口的台阶顶端坐着个大人，躺着个孩子。走近了，看见小环和孩子都在睡午觉。

二孩妈从来让媳妇三分，这时小脚一踩便叫喊起来。她说小环难道是想让孩子顺着台阶滚下来，跌得七窍流血吗？小环醒了，抱起孩子，拍打着桃红披风上的尘土、瓜子壳、纸烟蒂。一向占婆婆上风的小环这时一个字也说不出来。二孩妈把孩子夺过来，事也不办了，小脚播着小鼓一路回到家。

十分钟后小环回来了，完全不是在镇上张口结舌的样子，对婆婆的责骂回过味来了。是把她当后妈指责吗？是说她天天抱孩子出门为了把她摔个七窍流血吗？小环就是真有歪心眼也不能让谁指到脑门上骂，何况她对这孩子没有丝毫歪心眼。

"你把话说明白了：谁想把这丫头片子跌个七窍流血?!"小环说。

小环嫁到张家和婆婆从没大吵过。这回谁也别想拦她了。二孩去地里锄草，张站长去巡道，把多鹤也带去帮着捡铁道上的垃圾。

二孩妈手指头指着她："那台阶是让孩子睡觉的地方吗？"

小环把二孩妈的手指头往旁边一推，说："我就让她睡那儿了，怎么着吧？"

"那你就存心要让孩子滚下来摔坏！"

"你怎么把我想那么好啊？我想让她摔死还费那事？自打她两个月，我就天天抱她，把她兔崽子两条腿一拎，头冲地一撒手，我还等到现在干吗?!"

"问你呀！你想干吗?!"

小环眼泪一下子上来了。她狞笑一下："我……我想干吗你不知道？

我想拿把刀把那小日本婆给宰了！我肚里掉下来那条小命还没人偿呢！小日本造了多少孽我管不着，我就是要替我没见天日的孩子索他们一条命！"

二孩妈知道小环泼，但从来没领教她的毒劲。她本来是怪罪她的马虎大意，把孩子放在又高又窄的台阶上。现在看她一双埋在厚厚的肿眼泡后面的眼睛完全野了，说不定她一念之差能干出什么浑事来。

这时二孩回来了，气喘吁吁的。

"干什么呢?!"他大声说道，"一里路外就听见孩子哭!"

"半拉儿小日本的丫头片子，把你们稀罕的！传宗接代！让杀人放火的日本杂种传去吧……"小环简直是欢天喜地地朗朗叫骂。

二孩几步跨到她跟前，把她一拽就走。她下半身已进了他们自己屋，上半身还拧在门外，脸上还是带些狂喜。

"小日本还没把你们祸害够？现在还请进家门来下狼崽子！……"

二孩终于把小环整个人拽进了门，把门狠狠关上。他奇怪母亲怎么会忘了？小环在这种时候能够理会吗？他自己对瘫在地上哭闹的小环半闭上眼，走到炕前，脱了鞋坐上去。他对小环的骂和闹都是不听不看，完全忽略。等他一袋烟抽完，小环果然只剩下抽鼻子声音了。他还是不朝她看。

"过不了，不过了。"小环喃喃地说，显然发作得差不多了。

二孩又装了一锅烟，把一根火柴在鞋底上稳稳一擦。

"现在我要是跑出去跳井，你他姥姥的准定连捞都不捞我，准定连绳子都不去拿。是不是，张良俭？"

二孩看看她。她已经爬起来，浑身拍土了。

"我说得对不对？你才不拿绳子捞我呢！"小环说。

二孩皱皱眉。

"知道我老把孩子抱出去为啥呀？"

二孩抽一口烟，吐出来，眉梢一挑，表示对她的下文有所期待。

"为了那一天，你把小日本婆装回口袋里，扔出去的时候，孩子不觉着妈没了，她早早跟我亲上了，把我当她妈了。明白了吧?"

22

二孩半闭的眼睛大了大，在小环脸上搜寻一会儿，他眼睛仍回到半睁半闭，但眼珠子在眼皮下直动。小环看出他被她的话搞得心神不宁。小环你真是这个意思？二孩在心里自问自答，说不定你就是说说让嘴皮子舒服。

小环看二孩的样子，给她磨坏了，一只手伸出去，摸摸他的腮帮子。二孩躲开了。二孩的躲让小环害怕也伤心。

"你说等生了孩子就把她用口袋装到山上，一放。你说了没有？"小环说。

二孩还是随她的便，爱说什么说什么。

"等她给你生下个儿子，就把她扔出去。"

二孩的眼珠子在半闭的眼皮下忙着呢，脑子在那对眼珠后面忙着呢。小环全看得出来。假如她这时说，看你疼的！我逗你呢！他就会踏实些。不过她偏不说。她自己也糊涂了，她是在说斗气话还是借着斗气吐真言。

小环又逛到镇上去的时候，人们见她给大胖闺女戴了顶小草帽，是用新麦秸编的。小环手巧，就是人懒一点。只要不劳她的驾，给她吃什么她都嘻嘻哈哈、骂骂咧咧凑合吃，不过她也有来劲的时候，劲头一上来能帮镇上的小馆包出十多个花样的包子。张站长家人人干活，没有老爷、夫人，只闲养着小环这么个少奶奶，只图她高高兴兴一盆火似的走哪儿热闹到那儿。人们见大胖闺女顶个小草帽逗死人了，都说"丫头越长越像小环！"

"你骂我还是骂她？"小环问。

"丫头吃得太胖了，眼睛都不见亮了！"

"什么丫头丫头，我们也有个学名啦，叫春美。"

背地里，人们的嘴可不那么老实。

"春美是咱中国人的名字吗？"

"听着怎么有一点儿东洋味？原先我认识一个日本女教书先生，叫吉美。"

"张站长买回去那个日本小娘儿们哪儿去了？咋老不见她出门呢？"

"别是专门买了拴在家里下崽的吧？"

这天晚上，小环见二孩打了一大桶水在屋里擦洗，皮都给搓红了。每回他这样没命地擦洗，小环就知道他要去干什么。二孩不愿意脏着上日本婆的炕。春美过了一周岁，已经给她喂羊奶煮的小米粥了。多鹤该是怀第二胎的时候了。小环抽着烟，瞅着他哧哧直乐。

二孩看她一眼。她假装张张嘴，不好启口，又去哧哧地笑。

"大兄弟儿，就那点人味儿好，还给它洗了。"小环说，"是她让你好好洗洗？你该告诉她，小日本毛多，膻，咱中国人光溜，用不着那么恨皮恨肉地搓！"

二孩照例做聋子。

"又是你妈催你了？你爸也等不及了。七块大洋呢。要不就是你憋不住了？准是她背着我撩褂子给你看了，是不是？"

二孩在桶里投着手巾。"你把丫头的药给喂了，别光耍贫嘴。"他照例把她打趣过嘴瘾的话一下子勾销，"咳嗽不见轻呢。"

每回二孩去多鹤那儿过夜，丫头就由小环带着睡。丫头咳一夜，小环就醒一夜。她醒着又不敢抽烟，夜变得很苦很长。小环其实岁数不小了，二十七岁，不再是动不动"不过了，另嫁一个汉子去"的年龄。她有时候梳头从梳妆匣的小镜子里看自己，觉得那里头的圆脸女子还是受看的。有时听人夸奖"小环穿什么衣裳都好看"，或者"小环怎么总是十七八的小腰啊"，她就有点骨头发轻，觉得张家真惹急她，她还真敢一咬牙"不过了"。小环长着美人颈、流水肩，十指如葱白，长长的黄鼠狼腰是这一带人最艳羡的。小环的脸不是上乘的美人脸，但看顺了也风流。每到她头脑一热，对自己相貌的估价又会夸大，真觉得她能把她跟张二孩这一局牌洗了，再和另一个汉子开一局新牌。自从多鹤被买来，她常常这样想。

不过到了深夜，犹如此刻，她会想，要是她嫁的不是张二孩多好。张二孩是个让她离不开舍不下的人。再说普天之下也只有张二孩能对付她，她这样一个人，让谁受去？她和张二孩是太配对儿了。她走了，把张二孩留下，便宜多鹤那个日本小娘儿们？日本小娘儿们怎么会像她小

环一样把二孩看得浑身是宝？他一举一止，打个哈欠挑挑眉毛装一锅烟夹一筷子菜都那么好看，多鹤能看出那些好看来吗？她看不出，二孩一件件好处对她全是白费。夜深人静的时候，朱小环一想到那些要跟二孩"不过了"的念头，心都要碎了。

就是她舍得下二孩，她也舍不下丫头。丫头是不管你这个家由多少个冤家对头组成，她就那么咯咯一笑哇哇一哭把人们稀里糊涂连到了一块。这个家里的人彼此间不便亲热，借着丫头把感情都传递了。小环从来没料到自己会如此爱一个孩子，她没法确定自己是不是把她当半个二孩在爱。看见她嘴唇、眼睛动出二孩的影子，她心里就一阵阵地热，她把丫头紧紧地抱起，紧得似乎要把丫头揉进自己肉里，紧得丫头会突然恐怖，"哇"的一声嚎起来。正如此刻，丫头在怀里，鱼死网破地哭。

小环一惊，赶紧拍哄孩子，满心疑惑；为什么爱一个人爱到这样就不能自已？就要让她（他）疼？恨不得虐待她（他），让她（他）知道这疼就是爱？或者这爱必须疼？她把又睡着的丫头轻轻放回炕上。小环不去想这时二孩和多鹤在做什么，是不是完了好事一个枕着一个的胳膊香甜地入睡了。她从来不知道——知道了也会不相信二孩对多鹤的真实态度。

这态度在二孩知道多鹤无依无靠的身世之后有了一点改变，但不是根本改变。他每回来多鹤房里都像是牺牲，既牺牲多鹤又牺牲自己。只为那桩该死的传宗接代的大事。每次他来的第一件事是熄灯。不熄灯两人的脸不好摆置。多鹤现在好了些，不再把衣服穿得跟入殓一样。她会一声不响在黑暗里宽衣解带，拔下头发上的发夹——她的头发披下来，已经能把她大半个脊梁遮蔽在下面。

这天晚上二孩进来之后，听她摸索着走上来。二孩全身肌肉都绷紧了：她要干什么？她蹲下了。不，是跪下了。从她来到张家院，屋里的砖地给她擦得跟炕似的，随地能跪。她的手摸到二孩的裤腿，往下摸，摸着了鞋。二孩的鞋很简单，用不着她来脱。不过二孩没有动，随她张罗。她把他的鞋袜脱下，放在炕沿上。二孩便听见棉布和棉衣相搓动的声音。她解开了外衣、内衣。其实也多余，她身体的其余部分二孩是不

25

去碰的，那都是闲事，而二孩来，只办正事。

多鹤生了孩子胖了，不再是个小女孩的身子，肚皮圆滚滚的，两胯也大出许多。二孩听她轻轻叫了一声。他放轻一点。他的变化是他再也不想让这个孤苦伶仃、身陷异国的小女子疼痛了。二孩从来不敢想未来。一旦生了儿子，他们是否继续收容这个举目无亲的日本孤女。

多鹤的手很胆小，搁在他两边腰上，摸摸他皮肉上的一层热汗。这是他最受不了的，她的两只孩子气的手，有时在饭桌上看见它们，他会突然想到夜里的这一会儿。它们总是会胆小地、试探地摸摸他的肩、背、腰，有一次，摸了摸他的额。她多么可怜巴巴地想认识他。多鹤只和张站长、二孩妈、丫头大笑。她笑起来甚至比小环还要开怀，她可以坐在地上，笑得拳打脚踢、披头散发。其实二孩妈和张站长是被她的笑给逗笑的。他们也搞不清她是被什么逗笑的。她没办法讲出她大笑的由头。看见她笑，二孩会想，这样一个全家都走了把她留在世上的女孩子也能笑得这么好？她的全家是怎么没的？二孩又会暗暗叹息，恐怕他永远不会知道了。

多鹤的手柔软地拍拍他的腰，就像她拍女儿睡觉。他突然听她说："二孩。"

音调不对，但基本上能听懂。

他不由自主地"嗯"了一声。

"二孩。"她又说，声音大了点，受了他刚才那声"嗯"的鼓舞。

他又说："嗯？"他已经发现她毛病在哪儿了：她卷舌卷不好，又想学大家的口齿"二孩儿"，两个卷舌音放在一块，就被她说成了"饿核"。还错了音调，听上去像"饿鹤"。最后让她自己满意的是"二河"。

她却没有下文。二孩等得快要睡着了，她下文来了，说："丫头。"很古怪，听着像："压豆"。

二孩明白了，她是在向他显摆她的中国话。她比她的岁数更年幼。丫头。丫秃？丫头。压豆……二孩翻了个身，把后脑瓜朝她，意思很明白，他就教到这里。多鹤的手又上来了，这回没那么胆小，在他肩膀上抓了抓。

"天不错。"她说。

二孩吓一跳。这句话她是学他父亲的。张站长每天接清早第一班车，回到家正是大家起床的时间，他跟大家打招呼的话就是"天不错"！对他一个铁道线上的员工，"天不错"是个重要的事，天不错车就能准点从车站上过去，他不用在车站上守候。他也不用仔细巡道，巡道在他的年纪越来越惹他牢骚满腹。

"天不错?"她希望二孩给他点表扬或者纠正。

"嗯。"

"吃了没?"她说。

这回二孩动容了。他差点笑出来。托二孩父母办事拎着礼物进来，二孩妈一手接过礼物嘴里就是一句："吃了没?"只是多鹤不会说"吃"，她说"喊"，连起来是"喊了咪"，乍一听还是日本话。

"凑合吧。"

想都不用想，二孩马上听出这是小环的词儿。小环事情做得再地道，别人怎么夸她，她都会说："咳，凑合吧。"如意不如意，乐呵不乐呵，饭好不好吃，她都是满口"凑合"。有时候她情绪高，眨眼就能用笤帚把院子、屋里都划拉一遍，也是口口声声地说"凑合吧"。

二孩想，他可不能理她，一理她她更没完，那就都别睡了。第二天还得干活。

她的脸朝着天花板，一遍又一遍地说："俄亥，饿孩，二河……"

他紧紧搂着自己，给她一个后脑勺。第二天他跟父亲、母亲说起这事。

父亲抽完一袋闷烟说："不能让她学会中国话。"

"为啥?"二孩妈问。

"咋能让她学会中国话呢?!"张站长瞪着老伴。这么明白的事她脑子都绕不过来?

二孩心里清楚父亲的意思。多鹤是靠不住的，指不定哪天又跑了。会了中国话她跑起来多方便。

"你能挡住她学话? 狗和猫住一块住长了都得喵呜!"二孩妈笑眯眯

地说。

"跑也得先给咱把儿子生下来。"张站长说。

"生啥能由你呀?"二孩妈还笑眯眯的。

三个人都闷声不响地各自抽烟。

从此二孩再去多鹤屋里,她总是跟他不着边际地蹦出几个中国字。"不得劲"、"一边去"是跟小环学的,还有"美死了"、"哎呀妈呀"都是小环嘻哈嗔怒的字眼,多鹤都搬进自己嘴里。不过得用力听,才能发现那都是中国话。二孩连"嗯"也不"嗯"了,一任她自己试探,自己回答。二孩只是加紧了办事效率,一夜好几次。他心里恼恨自己父母,一声不吭也知道他们在催促他。

多鹤却把事情看错了。她以为二孩对她热起来了,有时白天偶尔碰见他,她会红着一张脸偷偷朝他一笑。她一笑他才发现她竟那么陌生,她在这种时候表达这层意思的笑和中国姑娘那么不一样。而怎么不一样,他又说不出。他只觉得她一笑,笑得整个事情越发混乱。

这种混乱在夜里变成她越来越大胆的手,竟然发展到他忍无可忍的程度。一夜,她的手抓住他的手,搁在她细嫩得有点湿涩的肚皮上。他的手还在犹豫要不要摆脱开,她的手已经把他的手按在她圆乎乎的胸上。他动也不敢动。假如他抽手,等于骂她下贱不要脸,不抽手她会以为他喜欢上她了。小环搁在那儿,他怎么能喜欢上她?

没有小环,他也不能喜欢上她。

那时父亲还在虎头站上当巡道工,哥哥大孩认识了一帮山林里的共产党抗日游击队。十五岁的大孩带着弟弟去领游击队的传单,再给他们往火车上散发。刚到虎头镇,就看见日本兵绑了两个游击队员,衣服裤子都被扒了,露出缠在腰上腿上的传单。鬼子把他们晾在镇子邮局门口,杀也不好好杀,用滚开的水从头往下浇。几桶开水泼出去,把人的皮肉和传单都泡糟了。那以后没多久,大孩就不见了。

父母白白养活了大孩一场。为父母在大孩身上操的心、流的泪,他也不准自己喜欢上这小日本婆。

日本兵在周围几个村子都杀过人放过火,在铜矿上为了杀抗日分子

28

把几十个矿工都封在矿道里炸死了。镇上住过的日本女人多人五人六，连日本狗都明白中国人不叫人叫亡国奴。安平镇小火车站上有一次来了一群花枝招展的日本婊子，等的那趟火车误点，她们居然不用站上的茅房，把站上唯一的脸盆拿来尿尿，几个人用伞遮住中间一个蹲下的，一边尿一边笑，等火车的中国汉子她们是不必避讳的，因为人不必避着骡子、马方便。

二孩咬咬牙，可别让他想到最要他命的那一幕。

……几个日本兵哇哇叫，唱着醉不成调的歌，他们前头，那个骑牛的中国女子从牛背上摔下来了。等他们赶到跟前，她厚厚的绿色棉裤裆间一摊紫黑。紫黑湿了一大片土，土成了紫红。女子的头发耷拉下来，头发下有张白纸似的脸。女子不顾日本兵围上来，两只手塞在两腿中间，要堵住那血似的。日本兵把女子衣衫下鼓起的肚子看明白了。那血他们也看明白了。她可不好玩，他们晃晃悠悠，接着唱醉得不成调的歌，走开去。看见这一幕的人不认识小环，就这样把这一幕一遍遍讲给后来围上来的人。二孩是抱着小环飞跑的时候，那人飞跑着跟在后面，上气不接下气地把事情告诉他的。

二孩怎么能准许自己喜欢上日本小娘儿们多鹤呢？

她是可怜，无依无靠，无家可归，不过……该！

想到这个"该"字，二孩心里疼了一下，不知为谁疼。为多鹤疼，还是为他能对多鹤这么个可怜女子发这样的狠而疼，还是为他自己和小环疼。没有日本兵追赶，小环不会跳到牛背上，让牛摔下来，把他们的儿子摔死。小环说得对，多鹤欠她一条小命。至少是多鹤那些杀人不眨眼的同胞欠小环一条小命。

二孩怎么能喜欢上这个日本小娘儿们?!

二孩一使劲，狠狠地抽回自己的手。还没开始的事，已经没劲去办了。他跳下炕，摸起衣服、裤子，又踢又打地穿上。多鹤跪在炕上，黑黝黝一个影子都充满失望。

"二河?"

他感到刚才握过她一团乳房的手心像趴过一只蛤蟆。

"二孩……"她倒是字正腔圆了。

"一边儿去!"

她愣了愣,咯咯地笑起来。小环说这话的时候是快活无比的,求张站长捎东西的人跟小环逗乐,小环就是一句含笑带嗔的"一边儿去"!二孩有时跟小环小声说句什么,她做个踢他的样子,也是一句"一边儿去"。

二孩又坐回炕上。多鹤人长到了十八岁,脑子却没长到。他刚刚点燃一锅烟,多鹤从背后扑上来,下巴颏抵在他的脑瓜顶上,两腿盘住他的后腰,脚丫子伸到他前腰。"一边儿去!"她说着乐着,今晚要把二孩变成她的玩伴。

二孩从来没有这样无奈过。和多鹤,事情总是这样莫名其妙就变了,真是很窝囊很诡异。他不可能把趴在他背上嬉闹的赤身女子扔下去,又不能按他原本的来意对她该干吗干吗。他等她疯够,在地上磕磕烟灰,爬回炕上。只觉得脸上身上到处是多鹤飘来荡去的一头长发和她软乎乎的一双手。

他很快睡着了。

第三章

就在从镇子到火车站的那片麦子地上，一场仗打了一天一夜。一边要毁铁道，一边要夺铁道，镇上人都弄不太清楚。地里庄稼收过了，一垛垛的麦秸正好用来打仗。第二天清晨，枪声停了。不久，人们听见火车叫，说：夺铁道那些兵赢了。

小环在家里闷了一天一夜，闷坏了，端着一碗棒子面粥，筷子上挑了一个咸萝卜悄悄跑出来。麦秸垛看不出什么变化，宽阔的田地很静，完全不是刚刚做过战场的样子。一大片麻雀落下，啄了一阵落在地里的麦粒又一大片飞起。打仗的时候麻雀们不知去了哪里。田野在这时显得特别大，远处什么景物都像是搁置在天地之间。一棵歪脖子槐树，一个草人，一个半塌的庵棚，都成了地平线上的一个坐标点。小环并不懂得什么地平线坐标点，她只是站在一九四八年的秋天，一阵敬畏神灵的呆木。

东边天空红了，亮了，眨眼上来半个太阳。小环看见毛茸茸的地平线上一线金光。突然，她看见一个又一个的尸首，斜卧的、仰面朝天躺着的。战场原来是这样。小环再看看一边的太阳和另一边还没撤退的夜晚，这一带打仗真是个好地方，冲得开、杀得开。

胜利的一方叫做人民解放军。人民解放军很爱笑，爱帮人忙，爱串门子。张站长家也来了帮忙和串门的解放军，你干什么活他们都和你抢。人民解放军带来许多新词语：当官的不叫当官的，叫干部；巡铁路的也不叫巡铁路的，叫工人阶级；镇上开酒店的吕老板也不叫吕老板了，叫间谍。吕老板的酒店过去是日本人爱住的地方，进了酒店大门就不让穿鞋让穿袜子。

人民解放军们把间谍们、汉奸们捆走枪毙了。会说日本话的都做贼似的溜墙根走路。人民解放军们还在镇上搭了一个个棚，招人民子弟兵、招学生、招工人阶级。将来到了鞍山，炼一个月焦炭，或者一个月钢铁能得一百来斤白面的钱。报名的年轻人很多，鞍山解放了，军管了，去的人叫做第一批新中国的工人老大哥。

来串门的解放军看见正拿着木棍抽打棉被的多鹤，问她在干什么。只要天好，多鹤天天把每张炕上的棉被搭到院子里的绳上抽打。晚上睡觉，张站长舒服得直傻笑，跟二孩妈说："多鹤又把棉被打肿了。"

多鹤看着他们，眼睛亮闪闪的一看就满是懵懂。解放军又问她叫什么名字。二孩妈在棉被那一面就赶紧帮她回答，叫多鹤。哪个"多"，哪个"鹤"？二孩妈笑眯眯地说：同志不是难坏了人吗？她对字就是睁眼瞎。这时候家里只有二孩在接待解放军，小环又把丫头领到镇上去了。二孩从伙房提着刚沏的一壶茶出来，告诉解放军们"多"是多少的多，"鹤"是仙鹤的鹤。解放军们都说这名字文气，尤其是在工人阶级家。他们对多鹤招招手，叫她一块过来坐坐。多鹤看看解放军们，又看着二孩，忽然对解放军们鞠了个躬。

这个躬鞠得解放军们摸不着头脑。镇上也有人给他们鞠躬，不过跟这个完全不一样。怎么不一样，他们也觉得不好琢磨。

一个叫戴指导员的解放军说："小姑娘多大了？"

二孩妈说："虚岁十九……她不大会说话。"

戴指导员转脸看见二孩正低头抠着鞋帮上的泥巴，捅捅他："妹子？"他们和小环熟，知道小环和二孩是两口子。

"是妹子！"二孩妈说。

多鹤走到一床棉被子另一边去抽打。那一刻所有人都停下了谈话，她"噼噼啪啪"抽打的声音在院子砖墙砖地上直起回音。

"日伪时期这儿的小孩都得上学吧？"戴指导员问二孩道。

"是。"

二孩妈知道他的意思，指指棉被后面说："他这个妹子是个哑巴！"

她说着便咧开嘴直乐。你把她当成说笑话也行。

解放军们把张站长家当成最可靠的群众基础。他们向张站长讲解了他是个什么阶级——是个叫做"主人公"的无产阶级。所以他们先从张站长家开始了解附近村子的情况，谁家通匪，谁家称霸，谁家在日伪时期得过势。张站长跟二孩妈和二孩嘀咕，说这不成了嚼老婆舌头了？他觉得什么都能没有，就是不能没有人缘。对这些村子的老乡们，得罪一个就得罪一串，祖祖辈辈的，谁和谁都沾亲带故。因此张站长常常躲出去，让二孩妈和二孩都别多话。

解放军们这天来是向张家介绍一件叫"土改"的大事。他们告诉张家的人土改已经在东北不少农村开始了。

当天小环从镇上回来，说你们不嚼老婆舌头，有人嚼得欢着呢。其实戴指导员来串门之前就听说了多鹤的事。镇上早有人把买日本婆的人家举报给解放军了。

张站长在晚饭桌上耷拉着脸，一句话没有。吃得差不多了，他目光凶狠地扫了桌上每一张脸，把一岁多的丫头也扫进去。

"对谁也不说丫头是谁生的。"他说，"打死都不能说。"

"是我生的，"小环嬉皮笑脸，突然凑到吃得一头大汗、一脸馒头渣的丫头面前，"是吧丫头？"她又对大伙说，"赶明给丫头也包个小金牙，敢说她不跟我一个模子里倒的？"

"小环你有没有不闹的时候？"二孩嘴不动地呵斥她。

"买日本小姑娘的不止咱一家啊。"二孩妈说，"附近几个村不都有人买吗？出事不都出事吗？"

"谁说要出事呢？是怕万一出事呗。他一个政府总有他喜欢的有他膈应的，就是怕这个新政府膈应咱家这样的事呗。弄个日本婆生孩子，二孩还有他自个儿的婆子，算怎么回事？"张站长说。

多鹤知道一来一往的话都是在说她，人人事关重大的表情也是因为她。两年多来她能听懂不少中国话，不过都是"多鹤把鸡喂喂"、"多鹤煤坯干了吗"之类的话。这种又严肃又快速的争执只抓得住一小半。她正在消化前一个词，后面一整条句子都错过去了。

33

"那当初您干吗了？"小环说，"不是您的主意，去买个日本婆回来干吗？自打她买回来，咱家清静过没有？不如明天就用口袋把她装到山上去。把丫头给我留下。"

"小环咱不胡扯，啊？"二孩妈笑眯眯地说。

小环瞪婆婆一眼。婆婆明白她在拿眼睛叫她"笑面虎"——她们吵架的时候媳妇扬开嗓子骂过她。

"我看咱躲开算了。"张站长说。

全家人都不动筷子了，看着他。什么叫"躲开"？

张站长用手掌把尽是细长皱褶的脸揉搓一把，表示他得醒醒神、提提劲。一般他有什么重大主意出来，总要这样揉搓一气，改头换面。

"你们搬走。搬鞍山去。我铁路上有个熟人，能帮你们先凑合住下来。二孩上炼钢厂炼焦厂一报名，人家准收。二孩上过两年中学呀！"

"一个家不拆了吗？"二孩妈说。

"我铁路上干了这么多年，什么时候都能让你坐火车不掏钱去看他们。先看看风声，要是买了日本婆的那些人家都没事，二孩他们再回来。"

"二孩，出门难，家里存的老山参、麝香，你们带去！"二孩妈说。

张站长白她一眼，她这才后悔说漏了嘴。他们的家底对儿子媳妇一直保密。

"我不走。"小环说。她一边说一边挪到炕边，趿上鞋，"我上鞍山干吗去呀？有我娘家人吗？有嫚子、淑珍吗？"嫚子、淑珍是她闲唠嗑的女伴，"我可不走。你听见没有二孩？"

她穿的黑贡缎皮马甲紧裹住又长又细的黄鼠狼腰，一扭一摆在镇上是条出了名的身影。

"鞍山有白给丫头吃糖的王掌柜吗？有让我白看戏的戏园子吗？"她居高临下地在门口看着一家人。

二孩妈看小环一眼。小环知道婆婆在用眼睛骂她"净惦记好吃懒做的事"。

"二孩你听见没有？"小环说。

34

二孩抽他的烟。

"说破大天去，要走你自个儿走。听见没有？"小环说。

二孩突然大声地嚷："听见了！你不走！"

全家人都傻着眼。二孩又驴起来了。他跳下炕，光着脚走到脸盆架前面，端起半盆水就朝小环的方向泼过去。小环两脚跳得老高，嘴皮子却太平了，一声都没吭。一年到头二孩驴不了一两次，每到这种时刻小环不吃眼前亏。她在事后算账从来利滚利。

小环走了，在门外听见了丫头哭，又回来，把丫头抱起，小心地从二孩面前走出去。

"现世的！"二孩妈说，不完全是说小环。

多鹤这时无声无息地下了炕，把空碗和剩饭放在一个木头托盘上，走到门口，二孩蹲在那里抽烟，她站住了鞠一下躬，二孩把她让过去，她屁股领路地出了门。此刻只要有一个外人，马上看出做了刚才这套动作的女子有什么不对劲。这些动作出现在张站长这样的家庭里很不对劲，但张家人完全习惯多鹤这一套动作，看不出任何古怪了。

张家的二孩和小环、多鹤在安平镇上从此消失了。二孩的妈在镇上今天一个解释，明天一个解释："我们二孩上他舅家去了，舅家开厂子。""二孩在城里找到事做了，以后吃公饷了。"

镇上驻了许多解放军，全是南方人，这正是个南方、北方大交错大混杂的时刻。镇上许多小伙子当了解放军，又往南方开。二孩这时候离开安平镇，是很潮流的事。

过了一年，张站长收到二孩一封信，信里说他们老两口终于如愿以偿，得了个孙子。张站长托火车上的人带去新棉花做的小被褥，又捎去一句紧急的话：好歹抱孩子去照相馆照张相，二孩妈想看孙子急得眼睛痒痒。

毛主席在北京登上天安门宣布成立新中国的第二天，二孩又来了封信。二孩妈看着信纸里夹着的一张小照，两行泪和一行口涎流了出来。一个威猛的大胖小子，头发全冲着天。张站长说他像多鹤，二孩妈气呼呼地说那么小个人儿看得出什么？张站长叹了一口气。他明白老婆在糊弄自己：对孙子的一半日本骨血死不认账，似乎就能把孙子的混杂血统给抵赖掉了。她揣起小相片，小脚颤颤地去了镇上，告诉人们这个孙子差点把小环的命都要了，个头大呀！一个小时就要呷一回奶，小环都给他呷空了！她边说边把一双眼笑成弯弯两条缝。只有曾经和小环在一块搬是弄非的亲近女友们偷偷地说："谁信呀？小环的部件都毁了，生什么孩子呢！"

人们问二孩妈二孩挣得多不多。在炼焦厂当一级工呢，二孩妈告诉大家，一级工吃着拿着还住着国家的房。人们就说：二孩真有福。二孩妈就很有福的样子把自己编的话都当真了。

安平镇附近的村子成立互助组的时候，张站长又接到二孩的信。张站长已经不做站长了，站长是段上去年底派来的一个年轻人。张站长现在成了张清扫，天天拿着扫帚在车站六张八仙桌大的候车室里扫过去扫过来，在车站门口的空地上扫得灰天土地。这天他收到二孩的信就更扫个没命，他非让二孩妈给哭死不可——二孩的儿子生了场病，上月死了。二孩也是，这么大的事，隔一个月才写信回来。老太太想好好哭哭，也哭晚了。

二孩妈果真把张清扫险些哭死。她把她缝的一堆小帽子小鞋子拿出来，拿出一样，哭一大阵。哭二孩苦命，哭她和老伴苦命，哭小环苦命，哭小日本该天杀，跑到中国来杀人放火、追她的儿媳，把她的大孙子追掉了。哭着哭着，哭到大孩身上。大孩死没良心，十五岁从家跑了，不知跑哪儿做匪做盗去了。

张清扫蹲在炕上抽烟，他心想老伴明明知道大孩去了哪儿。那时他们还住在虎头，他在虎头车站做锅炉工，大孩跟一帮山上下来的抗日分子混得好，后来他从家里跑了，他和老婆断定他是上了山，跟着破坏鬼子铁道、仓库、桥梁去了。二孩那时才两岁。张清扫心想，要是大孩活着，这时也该有信了。

二孩妈再也不去镇上了。

夏天的一个上午，从麦子地中间那条宽宽的土路上来了一辆摩托车，旁边挎斗里坐的人像个政府干部。摩托车驾着大团尘雾来到张家门口，问张至礼同志家是否在这里。

二孩妈坐在树阴下拆棉纱手套，一听便站起来。这些年她个头小了不少，腿也弯成了两个对称的茶壶把，往门口挪着小脚时，站在门外的政府干部能从她两腿间看到她身后的一群鸡雏。

"是我大孩回来了？"二孩妈站在离大门丈把远的地方，不动了。张至礼是大孩的学名。

政府同志走上来，说他是县民政局的，给张至礼同志送烈士证来了。

二孩妈这年头脑子慢，对着政府同志只是抿着没上牙的嘴乐。

"张至礼同志在朝鲜战场光荣牺牲了。他生前就一直寻找您和他父亲。"

"光荣牺牲了？"二孩妈的脑子跟这种消息和名词差着好几个时代。

"这是他的烈士证。"政府干部同志把一个牛皮纸信封交到二孩妈伸展不开的两只手上，"抚恤金他爱人领了。他的两个孩子都还小。"

这时二孩妈的理解力终于从一大堆新词里挣扎出来。大孩死了，死在朝鲜，他们老两口得了个"光荣"，他的寡妇、孩子得了一笔钱。二孩妈哭不出来，当着一个满口南方话的陌生政府干部她放不开——她哭是要拍腿叫喊的。另外，大孩十五岁跑出去，她那时候早就哭过他，哭完就没抱什么指望还能活着见到他。

县民政局的干部同志说张家从此是光荣烈属。每月可以得到政府一笔钱，过年还有大油大肉，八月节发月饼，十月国庆发大米。县里其他烈属都按同样政策优待。

"干部同志，我家大孩有几个孩儿啊？"

"哎哟，我还不太清楚。好像是两个孩子吧。您的儿媳也是志愿军，在军里的医院。"

"噢。"二孩妈使劲盯着干部同志，看他下一句是不是"您儿媳请您去家里看看孙子呢"，可干部同志两片嘴唇合上了。

二孩妈把干部同志往大门口送的时候，张清扫回来了。二孩妈跟二孩爸介绍了干部同志，两人正规地握了握手，干部同志叫二孩爸"老同志"。

"你跟我儿媳说，让她回家来看看！"张清扫流着泪说，"她要是忙，我们去看看她和孙子们也行。"

"我能给她带孩子！"二孩妈说。

干部说他一定把话带到。

干部的摩托车声远去，老两口才想起牛皮纸信封，里面有一个硬壳小本，红底金字。本子打开，除了大孩烈士证上的照片之外，还有一张和一个穿军服女子的相片，一行字凸现在相片上："结婚留念"。

烈士证上说大孩是团的参谋长。

二孩妈又上镇上去了。她的烈士儿子是参谋长，安平镇从来没见过参谋长这么大的官。

要去佳木斯看儿媳孙子那天，二孩妈把半个镇子都买空了，从山货买到皮货，再买到炒米糖、卤野兔腿、烟叶。

"二孩妈，想把您孙子撑坏肚子蹿稀啊？"

"可不！"二孩妈龇着四颗下牙大笑。

收到父母去佳木斯之前寄来的信，张二孩早就不是张二孩了，是二级工张俭同志。张俭是他到炼焦厂报名时填在表格里的名字。鬼使神差地，他提起报名桌上的蘸水钢笔就在脑子里一笔砍掉了他学名中间的"良"字。三年时间，张俭从学徒升到了二级工，升得飞快。新工人里像他这样的初中毕业生不多，读报、学习，工段长都会说：张俭带个头吧。开始他觉得工段长害他，要他这个从不说话的人当发言带头人。渐渐地他出息了，反正把几十个字背熟，哪次带头都是这几十个字。

带头发了言，他可以放松了去想家里的事。想如何把多鹤和小环摆平。想多鹤去居委会老不说话怎么办，想小环闹着出去上班能不能依着她。最近他想得最多的是大孩成烈士的事。哥哥大孩竟然活到了三十多岁，当上了参谋长，娶了老婆生了孩子，到牺牲了才回家找父母。他觉得大孩挺不是玩意儿。

这天学习会刚散，段里送报纸送信的通讯员把一封信给他。是父亲的笔迹。父亲又粗又花哨的几行大字洋溢着快乐，说他和母亲要去佳木斯看孙子去了。

张俭不往下看了。那不就好了？哥哥给张家留了根，他不就没事了？多鹤也没事了，可以打发她走了。打发她走到哪里去？先不管哪里，反正他要解放无产阶级他自己了！

他回到离厂区不远的家属宿舍，小环又出去了。多鹤快步上来，跪在他面前，替他把沉重的翻毛皮鞋脱下，又小心地拿到门外。翻毛皮鞋应该是浅棕色，炼焦厂的人头一天就能把它们穿成漆黑的。他在厂里洗了澡，但街上的人仍能认出他是炼焦厂的。炼焦厂的工人让焦炭给熏染得肤色深一层。

这是一间很大的屋，两张木床拼在一起，搁在屋的东头，像一张炕。屋西头搁一个大铁炉子，竖起的铁皮烟囱在天花板下面盘大半圈，从炕上面一个洞通出去。只要把炉子生着，屋里就暖得穿不住棉衣。

这是八月中旬，多鹤在外面做饭。所以她出去进来，脱鞋穿鞋，比谁都忙。小环是个懒人，只要不让她动手，她就牢骚不断地遵守多鹤的日本规矩。

他刚坐下，一杯茶静悄悄出现在他面前。茶是晾好的，掐着他下班到家的时间沏的。茶杯放下，一把扇子过来了。他接过扇子，多鹤已经是个背影。他的快乐在小环那儿，舒适却在多鹤这里。工人新村有几十幢一模一样的红砖平房，都是匆匆忙忙新盖的，每二三十栋房有一个居民委员会。在居委会那里，多鹤是张俭的哑巴小姨子，总是跟在她能说爱闹的大姐朱小环身后，上街买菜，下铁道拾煤渣，她大姐和熟人在路上遇见，打一句诨就交错过去，她在后面总是替她补一个鞠躬。

其实多鹤已经能够用中国话讲简单的句子，只是听上去古里古怪。比如她此刻问张俭："是你不快乐？"乍一听不对头，细想又没大错。

张俭"嗯"了一声，摇摇头。把这么个女人扔出去，她活得了活不了？

她把小环织了一半的毛衣拿过来织。小环兴头上会从张俭的线手套上拆纱线，染了以后，起出孔雀花、麦穗花各种针法，给丫头织毛衣。不过她兴头过去也快，毛衣总是织了一半由多鹤完成。问她针法怎么织她都懒得教，多鹤只好自己琢磨。

他们就这一间屋，外间是用油毛毡和碎砖搭出去的棚子。家家户户门外都有这么一个自搭的棚子，只是式样、材料、大小一家一个样。两张大木床上横放六块木板，每块都一尺多宽、三米多长。丫头的枕头最靠南，中间是张俭的，多鹤和小环一个睡他左边，一个睡他右边，还是一铺大炕的睡法。几年前刚搬进这里，张俭说把一间大屋隔成两间，小环恶心他，说夜里办那点事也至于用墙遮嘛！小环嘴巴能杀你，但做人还是有气度的。夜里偶尔被张俭和多鹤弄醒，她只是翻个身，让他们轻点，还有孩子睡在同一个炕上。

多鹤生儿子是小环做的接生。多鹤坐月子也是小环的看护。她管儿子叫"二孩"，不看僧面看佛面，对多鹤也亲热许多。儿子满月不久死了，她让多鹤赶紧再生一个，再生一个小"二孩"才能把全家每个人心上那个血洞给堵上。不然一个多月大的小二孩一走，每人心上都缺了块肉。

从那以后，张俭钻到小环被子下的时候，她都把他轰出去：他有富余种子别往她这不出苗的地上撒，撂下多鹤那块肥田正荒着。小二孩死了一年多了，多鹤那块肥田仍然不见起色。张俭看着坐在桌子那一面的多鹤想，现在有了哥哥的遗孤，张家的香火有人传接了。

多鹤，多鹤，真的是多余了。

"二孩。"多鹤突然说。她还是把他叫成"二河"。

他的骆驼眼睛从半闭变成半睁。

他收回了目光，心里在一遍遍看她刚才的神色。

她的目光也跟着收回去，在心里看着他半闭的骆驼眼不经意地睁开。她头一眼看到他，是隔了一层淡褐色雾霭——装着她的麻袋给外面的雪天一衬，就成了罩住她的淡褐色雾霭。她给搁在台子上面，他是从雾霭里向她走来的。她蜷缩在麻袋里，只看了他一眼，然后她闭上眼睛，脸几乎藏在自己肩膀下，如同即将挨宰的鸡。她把刚刚看到的他放在脑子里，一遍遍地重新看。他个子高大是没错的，但她看不见他的脸，不知他是否像其他大个子人那样笨拙，或者比例不得当。麻袋被他拎了起来，拎着她去哪里宰？她蜷缩麻木的腿和冻僵的身体悬起，随着他的步伐，

40

不时在他小腿上碰一下。每磕碰一下，她就恶心地缩成更小的一团。疼痛开始苏醒，成了无数细小的毛刺，从她的脚底、脚趾尖、手指尖、指甲缝往她的臂膀和腿里钻。他拎着她，从乌黑的一大片脚和乌黑的一大片身影、笑声中走过，一面慢吞吞回敬着某人的玩笑。她觉得一大片脚随时会上来，她转眼间就会给踏进雪里。这时听到一个老了的女声开了口，然后是一个老了的男声。牲口的气味从麻袋的细缝透进来，不久她给搁在了一块平板上。是车板。堆粪土一样堆在那里。牲口在鞭子催促下跑上了路，越跑越快，她这堆粪土就被越蹾越紧实。一只手不断上来，在她身上轻轻拍打，雪花被那只手掸了下去。那只手老了，伸不直，掌心很软。掌心每拍打她一下，她就往车后面缩一缩……车进了一座院子，从浅褐色的雾霭里，她看见院子的角落：一面院墙上贴着一个个黑色的牛粪饼。又是那个大个子男子把她拎起来，拎进一扇门……解开的麻袋从她周围褪下，她看见了他，也只是飞快的一眼。然后她才在心里慢慢来看她飞快看见的：他像一匹大牲口，那对眼睛多么像劳累的骡子，或者骆驼。大牲口的手指离她真近，他要想碰她，试试，她的牙可是不错。

她想，那时她幸亏没咬他。

"怀孕了我。"多鹤说。她的句子只有他们家三个人听着不别扭。

"噢。"张俭说，眼睛大大地睁开了。真是块好田，旱涝保收！

当晚小环带着丫头回来，一听这消息扭身又出去了，一边小跑一边说她打酒去。晚饭时三人都喝得满头汗，小环还用筷子头蘸了酒不断点在丫头舌尖上，丫头的脸皱成一团，她就仰面大笑。

"这回多鹤肚子再大起来，邻居可要起疑心了：怎么又没见小姨子的男人来，小姨子就大起肚子了？"小环说。

张俭问她是否有打算，她一埋脸，腮上的酒窝深成了一个洞。她说这还不好打算？把多鹤关家里，她腰里掖个枕头到处逛。多鹤呆呆地看着桌面。

"想什么呢？"小环问她，"又想跑？"她转脸对张俭，指着多鹤，"她想跑！"

张俭看小环一眼。她三十岁了（还是按她瞒过的岁数），还是没正形。他说她的戏法不行。一排房子就一个厕所，恨不能一个坑几个人，难道她揣着枕头去上厕所？难道多鹤不出门上厕所？小环说这点尿还把活人憋死了？有钱人家谁上厕所？都在自家坐便盆。张俭还是叫她别扯了。

"要不我陪多鹤回安平镇去，把孩子生那儿。"小环说。

多鹤眼睛又亮闪闪了，看看张俭，又看看小环。张俭这回不让小环"别扯了"。他默默抽了两口烟，跟自己轻轻点一下头。

"咱家离镇子远哪！"小环说，"吃的东西也多，鸡仔儿多新鲜？面也是新面！"

张俭站起身："别扯了，睡觉。"

小环绕在他左右，说他一到打主意拿主意时屁用也没有，回回叫她"别扯了"，可回回都是她的主意行得通。他这么大的个子，原来全是听他那笑面虎老娘的。张俭随便她啰嗦，伸开两臂长长地打了个哈欠。多鹤和丫头收拾桌子，说笑哼唱，成了一对日本母女，小环闹脾气她们一点都不难受。

小环问张俭那他刚才点什么头。张俭说他什么时候点过头？抽烟抽得好好的，就点了点头！那好，他以后不点头了。张俭只想把小环的思路马上掐断，他不想把不成型的主意拿出来。

张俭一旦拿出主意来就没商量了。第二天他进了家门，多鹤上来给他解鞋带，他叫她等等，他得先把事说了：他们下月搬家。小环问，搬哪儿去？搬得远了。比哈尔滨还远？远。到底是哪儿？工段里没一个人清楚它到底是哪儿，就告诉说是长江南边一个城市。去那儿干吗？工厂有四分之一的工人都得去那儿。

多鹤跪下，给张俭解开翻毛皮鞋的鞋带。长江南边？她在心里重复着这四个字。在多鹤为张俭脱下鞋子、换上一双干爽的雪白棉布袜的时间里，小环和张俭的问答还在继续。一个说她不去，另一个说由不得她。为啥非去不可？因为他好不容易才申请到的。

小环头一次感到害怕。去长江南边？连长江她这辈子都没想过要去看一眼！小环上过六年小学，但对地理一点也不通。她的世界中心是她土生土长的朱家屯，安平镇已经是外地。嫁到安平镇最让她宽心的是它

42

离朱家屯只有四十里，"活不了啦"、"不过了"也不过只需要跑四十里回朱家屯。现在要去长江南边，长江和朱家屯之间还有多少道江多少条河？

夜里小环躺在炕上，想象不出不往朱家屯跑的日子是什么日子。活不了也得活，再没有爹、妈、哥、奶、嫚子听她说"不过了"。她感觉一只手伸进她的被窝，准准地摸住了她的手。她的手乏乏的，一点性子也没了。那只手把她的手拖过去，放在那副说话不爱动的嘴唇上。那副嘴唇有些岁数了，不像它们刚亲她时那样肉乎了，全是干巴巴的褶子。那嘴唇启开，把她的手指尖含进去。

过了一刻，他把小环的胳膊也拖进他被窝，接下去，是小环整个身子。他就那么抱着她。他知道她是没见过世面的土窝子里的娇闺女，他也知道她有多怕，怕什么。

小环还是有长进的。她长到三十岁至少明白有些事闹也白闹，比如她男人拿了大主意的事：去南方。

第四章

　　坐落在长江南岸边上的这座城市是崭新的，被九座不太高的山围住，环绕三片湖水，一面临江。叫做花山、玉山的两座山，其实就是巨大的盆景，一座五百米左右，另一座六百米出头。山上松树林是像样的，刮风的日子松涛声也打哨，山下都听得见。两座山的山脚凭借山势立着崭新的红砖楼房。绿的山和红的房，让上山的人往下一看，就要大唱《社会主义好》。

　　楼房一律四层，张俭家在四层楼最靠头的单元，楼上邻居谁也不会有意无意走错门走到他家去。房有两间，带一个能摆下吃饭桌的过道。阳台上一扒，脸往左一侧，就是一面开满金红色野花的缓坡。

　　整个怀孕期间多鹤没出过门。这天下午，她套上张俭的帆布工作服，八个多月的便便大腹就被遮得严严实实。她呼哧带喘地来到山坡上，倒是要看看这是什么花，一开开成一片山火。走近了，她失望了，发现这不是代浪村附近山上开的猪牙花。猪牙花每年四月开，到了夏天，就变成更美的山百合了。每次小环和丫头爬山回来，总带回松果、野葱和野芹，从没有把花带回家。

　　多鹤被大得吓人的肚子压得微微仰身，看不见脚下的路，只能拉紧一棵棵松树慢慢往上坡爬。三月的太阳已经有点烫人，不久多鹤脱得就剩一件贴身背心。她把工作服打了个包，用两个袖子把它捆在背上。

　　金红色的花细看花瓣上一层细绒，花蕊长长地翘出来。丫头好奇起来，眼睛完全绽开，从二孩那里来的骆驼眼睫毛就成了黑色的花蕊。多鹤常常发现自己的脸映在丫头黑得像井底的眼珠里。丫头把小环叫成"妈",把多鹤叫成"小姨",每回她的腮帮或手背或后脖颈痒痒地停落着丫头那双毛茸茸眼光时,她便觉得六岁的丫头不那么好糊弄:她六岁的脑瓜在飞转,这三个人到底都是什么关系?用不了多久,丫头会有她自己的答案。那是她们秘密母女关系的开始。

远处,工厂的小火车悠扬地叫了一声,比一般火车调门稍高些,也模糊些,听上去跟另一个世界似的。

世上没有多鹤的亲人了。她只能靠自己的身体给自己制造亲人。她每次怀孕都悄悄给死去的父母跪拜,她肚子里又有了一个亲骨肉在长大。

几个月前,丫头和多鹤一同洗澡,她突然伸出她细嫩的食指,顺着她肚子上那条棕色的线划下去,然后问她肚子是不是从那里打开、关上。她说是啊。丫头手指划得重了一点,肚子都给她的指甲割疼了。但她丝毫不躲,让她往深处探问。丫头果然又说:"打开了,这里就会出来一个小人儿。"她笑着看她入迷的样子。丫头又说,她从里面出来,然后这里就关上了,等弟弟出来,这又打开。她的手指甲使劲划上划下,马上就想打开它,要看透大人们扯的一切谎。

手上抓了两大把金红色的花,多鹤发现下山几乎寸步难行。她找了块石头坐下,炼钢厂的小火车拉长声调从一头往另一头开,过一会儿,又有一辆拉长声调开过去。多鹤把眼睛一闭,拉长声调的小火车就是她童年世界里的声音了。代浪村的孩子都是听着小火车长大的,吃的、穿的、用的日本货是小火车运来的。她记不清日本的任何事物,小火车运来的一包包摆放整齐、装帧考究的紫菜,一小捆一小捆仔细折叠包装的印花布,就是她的日本。代浪村有个哑巴不会说一个词,学小火车尖叫却学得一流。多鹤这时闭着眼坐在石头上,把远处钢厂的小火车听成逗孩子们乐的哑巴。

铃木医生也是从小火车上走下来的。铃木医生戴雪白手套、漆黑礼帽,穿藏蓝洋服,走起路来,手杖迈一步,腿迈两步,两条腿和一根手杖谁也不碍谁的事,把村里的乡间小路都走成了东京、大阪的华灯大街。不久她就知道铃木医生连同手杖一共有四条腿——他的左膝下面接了一条机器腿。铃木医生因为要支配那么多腿才从前线退了下来。多鹤相信东京、大阪一定美好，因为铃木医生就那么美好。全村的女孩子都这么看铃木医生：即便打仗打掉一条腿还是那么美好。在代浪村最后的日子里，铃木医生的真腿、假腿、手杖急得走乱了，他一家家鼓动，要人们跟着他乘小火车离开，经过釜山搭船回日本。他说苏联人突然和英、美站到了一起，从背后的西伯利亚扫荡过来。所有人跟他来到盐屯车站，却看着火车把怒发冲冠的铃木医生带走了。多鹤觉得铃木医生最后的那瞥目光是落在自己脸上。多鹤相信有些神秘的铃木医生能把别人心思看得一清二楚。他应该知道多鹤多么想跟他走。

多鹤有点冷了。太阳已经被山头挡住。一帮孩子从山坡顶上下来，脖子上套一块三角形红领带，一个男孩举着三角形旗子，他们大声问多鹤什么。多鹤摇摇头。他们太七嘴八舌。她发现他们不是扛着棒子就是拿着网。他们又问她几句，她还是摇头。她不懂他们说的"田鼠田鼠"。他们的旗子上三个字她认识，但放在一块儿她又不明白是什么意思："除四害"！

学生们从她旁边跑下坡。他们一个个斜睨她，琢磨这个女人不对劲在哪里。

多鹤再站起来往山下走时，一脚踩滑，顺坡溜下去好几米远，最后被一块石头挡住。她听见哗哗的水响，侧头去看，一条石沟里浑黄的汛水飞快冲过。她怕再来一跤，索性把两只鞋脱下。这些布底鞋是她跟小环学着做的，穿旧了又松又大，也滑。一阵腹痛来了，她两手赶紧抱住肚子，肚子又紧又胀，铁一样硬。她发现自己不知怎样已经又坐回地上，被一座小山似的大肚子压在下面。疼痛在肚子里乱撞一阵，很快找着方向，朝两腿之间的出口冲来。

多鹤看见沟里的泥黄色汛水上，翻腾着金红的花。

她知道疼痛与疼痛之间还有一段时间，她可以往家里一点一点挪。生过两个孩子，她觉得她已经很会生孩子了。她眼前现在是太阳落山后的晴天，蓝得微微发紫，鸟叫出晚夜归林前的那种叫声。等这阵疼痛过去，她会跨过石沟，往家里去。过了石沟，山坡下上百座红砖楼房中的

一座，就是她家。可是疼痛越来越凶猛，扯住她肚腔里所有脏器往下坠。她把手按在肚子上，她得把这个亲人平安无恙地生下来，她可不能死。她要给自己生许多亲人，然后她就再也不是举目无亲的女人了。

蓝紫的天在她眼前明一阵暗一阵。疼痛过去了，她的脸冷冰冰的，汗珠在她额上像一层冷雨。她侧脸看看旁边的石沟，要她跨过这道哗哗作响的水，等于要她跨过长江。

这是下班时间。每座楼下的小路通向去厂区的大路，每天这时大路就到了汛期，人流轰轰地往前冲。全是穿帆布工作服脖子上扎毛巾的下班工人。多鹤从来没有听过那么多自行车铃一块儿响。这个人群被楼前一条条小路切分开，穿帆布工作服的男人们各自把自行车锁在楼梯口，然后水泥建筑的秃楼梯上好一阵都会响着男人们百十斤重的脚步声。这时从钢厂回来的张俭会发现多鹤没了。又跑了？他会转身就下楼，累散架的身子马上聚紧。

张俭从鞍山到了这座新的钢铁城市，给调到了刚成立的钢厂，几个月的训练学习结束，他已经是吊车手。这些消息是多鹤听他跟小环说的。多鹤总是把每次听到的话记在脑子里，有空时再从记忆里翻出，慢慢拼凑出意思。这时张俭会在哪里找她？他知道她从没出过家门，哪里也没去过。

疼痛再一次发作。她叫了一声。山坡下已经有灯光了。她又叫一声。她叫叫心里好受些。一叫就顺应了疼痛的劲道。她自己不是很清楚她在叫什么。

她这一刻恨所有人，头一个恨让自己莫名其妙怀起孩子的中国男人。多鹤不喜爱这个男人，这个男人也不喜爱她。她不是要跟这男人讨到喜爱，她讨的是生存。她母亲、她祖母差不多都是这样。她们真正的亲人是她们自己生出来的人，或者是把她们生出来的人，一条条的产道是他们亲情来往的秘密隧道。她和丫头有时候对看着，忽然都一笑，她们瞒着所有人的一笑，小环是没份的，连张俭也没份。

她叫啊叫啊，什么东西进到她嘴里，一看，是她自己的头发，她向一边扭脸时，咬住了散了一肩的头发。母亲把她生下来，把弟弟和妹妹生下来，给她自己生下这么多亲人，加上把母亲生下来的外婆，以及从外婆的产道里爬出的一个个骨肉，这是一个谁也进入不了的骨血团伙。因此父亲的阵亡通知书在母亲的面前展开时，母亲没有疯。她生下这些亲人们就为了这一刻：在丈夫一去不返时，一群小小的亲人围绕身边膝下，让你知道你还没有完蛋，每一个小小的亲人都将可能是你的转机。

多鹤要把肚子里小小的亲人生下来，这样，她才能接下去一个一个地生。她要生出这个家的大多数来，看小环怎样把他们一个个制服！他们都会像丫头那样，瞅个空就递过来一个微笑，那笑就跟密码一样，除了血亲，谁也解不开。

她就那样叫啊叫啊。

一个人在远处叫了起来："多鹤！"

多鹤立刻不叫了。

那个人打着电筒，抱着一件破袄子。手电筒的光先照到多鹤脸上，马上又去照她裆间。她听见这个人叫了一声："哎呀妈呀！"

多鹤顾不得想，为什么来的不是张俭，而是小环。小环的脸凑到她脸前，一股烟味。小环凑那么近是为了把一条胳膊塞到多鹤颈下，抱起她来。多鹤比小环胖，加上肚子上那一座山似的身孕，小环一试就知道她是妄想。她叫多鹤再挺几分钟，她去山下叫张俭。小环一劈腿从石沟上跳过去，还没站稳又跳回来。她给多鹤盖上破袄子，又让多鹤拿着手电，万一摸不准方向，多鹤可以用手电给他们打信号。她一劈腿又从沟上过去了，没走多远，多鹤又叫一声，小环给这一声非人非鬼的高腔吓坏了。

"现世现报！你跑啊！跑山上找你亲爹亲妈亲姥姥来了？"小环一边大发脾气，一边又从沟上跳回来。

多鹤的姿态变了，她改成头朝山顶脚朝山下，两只手把身子撑成半坐，两个膝盖弯起，腿分得大大的。

"成母野猫了！把崽儿下在这儿……"小环上去拉扯至少有一千斤重的多鹤。最近她饭量大得不成话，连丫头都得省一口给她。

小环再一次使劲，不但没拽动多鹤，反而给她拖倒了。把手电捡回

来，光一下子晃在她两腿之间：一坨东西凸在裤裆里。小环上去就扯了多鹤的裤子，手电光里，一团湿漉漉的黑头发已经出来了。小环马上脱下自己的夹袄，垫在多鹤身下。没用了，血水把泥泡透，已糊了多鹤一身。

小环听多鹤说了一声什么，她知道那是日语。

"好，想说什么就说……使劲……有什么心里话都说给我听听……使劲！"小环怎么跪也使不上劲，一脚还得使劲蹁着树根，不然她会滑下坡去。

多鹤下巴朝天，说了很长一句话。小环只是说"好，行，说得对！"多鹤其实也不知道自己在说什么。假如这时有个懂日语的人在旁边，会从那些断断续续的词句里听懂她在跟一个人恳求。是跟一个叫千惠子的女人恳求。多鹤的牙齿深深咬进每一个字眼，求她别杀死久美，让久美再多活一天，久美才三岁，明天她的病还不好，再把她掐死也不迟。就让她背着久美，她不嫌她拖累……

"行！好！"小环满口答应着多鹤，一手托住那个又热又湿的小脑袋。

多鹤的声音已经变成另一个人的，她低哑阴沉地恳求着，声音越来越低，变成了咒语。假如这个懂日语的人附到她嘴边，会听到她在胸腔深处嘶喊：别让她追上来，别让她杀死久美……杀孩子了……

"行，听你的，有什么都说出来……"小环说。

多鹤哪里还像个人？整个山坡成了她的产椅，她半坐半躺，一手抓紧一棵松树，狂乱的头发披了一身，大大张开的两腿正对着山下：冒烟的高炉，过往的火车，火红的一片天，那是钢厂正在出钢。多鹤不时朝山下拱一拱，大肚子顶起，放下。那个黑发小脑袋对准山下无数灯火，任这两个女人怎样瞎使劲也不出来。

多鹤的肉体全破了。她的母亲就这样把她生到地球上，那么甘心地忍受一场超过死的疼痛，就因为她要生出一个自己至亲的亲人来。

小环呜呜地哭着，多鹤的样子让她不知为什么就哭出来了。手电的光亮照着多鹤死人般的脸，眼睛死不瞑目地大睁着，什么样的磨难才能把一个女人变这么丑？什么样的了不起的磨难……

小脑袋一点点脱离了多鹤，在她手心里了，然后是小肩膀、胳膊、腿、脚。小环进一口气，用她包了金的牙咬断脐带。小东西的哭声在山野里吹起小喇叭。

小环说："多鹤，儿子！咱又来了个儿子！"

可多鹤的姿势没变，肚子的大小也没变。她两手抓的松树给摇得窸窣窣响，脚朝上挪挪，再蹬实在。小环把滑溜溜、黏糊糊的孩子搁在自己的衬衣上，把手电光对准多鹤的腿间：居然又出来一个小脑瓜！

小环尖叫："哎呀！是双胞胎！你可真行，一生生一对！"她不知该怎么忙了，太受惊吓又太欢喜。这样天大的大事怎么轮到她小环来应对。

多鹤拉住两棵松树，向下发力，然后自己坐了起来，手捧住已经出来一大半的脑袋瓜。小环一手抱着哭喊的孩子，一手上来按多鹤。她也不清楚为什么要按她，似乎是怕她滚下山坡，又似乎帮她纠正分娩姿势——分娩该是躺着的。但她挨了重重一记，差点掉进石沟。小环几秒钟之后明白她挨的那一记来自多鹤，多鹤踢了她一脚。

手电也不知被扔到哪里，小环抱着肉虫子一样扭动的婴儿，脑子和手脚都不够用。山下灯火在泪眼汪汪的小环看去，是一片火浪。

第二个孩子是自己出来的。多鹤只是轻轻托住他的头和肩，他熟门熟路地就出来了。

"多鹤，看见没，俩！你是咋生的?！"

小环把自己的裤子也脱下来，把两个孩子紧紧裹好。手忙脚乱渐渐过去了，她动作有了些效率。一面忙着，她一面交代多鹤一动别动，就在原地躺着，她把孩子抱回家，再让张俭来背多鹤下山。

风在松树里变了声音，呜啊呜地响，带个长长的笛音。小环看看快没气了的多鹤，忽然想到了狼。她不知这座不高的山坡上会不会来狼。多鹤眼下可别成了狼的一堆好肉。

小环突然在石沟边上站住了。她浑身暴起一层鸡皮疙瘩。不是冷风吹的，是她让心里那个她不认识的念头给吓的。那个念头其实是她不敢认识，或者认识也死活抵赖。小环活了三十多年，多少歹念头从心里生在心里灭，统统不算数，但从来没有像刚才那个念头那样，让她毛发直竖。那念头是血淋淋的：是一群饿狼你牵我拽地争食之后，世上再也没有一个无亲无故的孤女多鹤了。

正是好时候，一双儿子刚出世。

小环站在哗哗作响的排汛沟边上，听着自己的歹念头哗哗流动，流走了。

她慢慢走回多鹤身边，坐下。两个孩子被捆紧了，不再为世界的无边无际而害怕大哭。小环拉起多鹤的手，手像死了一样，手心被松树干磨得又干又粗。她告诉多鹤她不能把她一个人留给狼，谁也说不准这山上会不会有狼。

多鹤的呼吸慢慢悠悠，放宽了心似的。小环不知她是否听懂了她刚才的话，她让多鹤别担心，她们俩不回去，张俭会找来的。丫头告诉小环，小姨一定上山采花去了，小姨问了好多次，山上的花叫什么名。

小环最初看见的是快速移动的手电筒光亮，至少有二十个人打着手电从山下上来了。

小环大声叫喊："来人！救命！"

两个刚出世的儿子被大而无当的世界吓坏了，你一声我一声地哭喊，两只小喇叭又高又亮。

来巡山的是几个民警。张俭在十点钟敲开派出所值班室的窗子，说他家一下子失踪两个女人。一个是他爱人。另一个呢？他差点说也是他爱人，话到嘴边他说是个女眷。女眷？就是小姨子。民警把人集合起来已经是近十一点，他们派了几个人去火车站、长途汽车站，剩下的人按张俭提供的线索往山上搜。民警们不喜欢这片山，人失踪在哪片松树林里都没有好事。贪污的、殉情的、两口子打架的，都到松树林里上吊。这时他们一边四面八方晃着手电，一边问张俭这俩女人怎么串通一气失了踪。张俭每答一句都觉得自己一定答错了，可又记不清他究竟答了些什么。他的两个爱人一块跑了。爱人这称呼他好久才习惯，听久了也不觉得它不正经了。这时他觉得这称呼特别适合他的家庭：两个爱人，就是有那么一点不正经。

一听到小环叫喊张俭就猜到是多鹤出事了。紧跟着的一个猜想是多鹤肚子里的孩子出事了。然后他发现自己已经远远地把警察和其他所有人落在身后。又一个猜想追着他，他又要像当年一样做一次罪孽的选择：留大人还是留孩子。紧跟着的下一个猜想是，他猜自己会对医生说：那就……留孩子吧。那样的选择后，他这一生也许都会感到造了大孽，但他猜想他这次不会像上次那样选择了。他的手电光柱找到了小环。

小环穿着花短裤站在石头砌成的水沟那一面，怀里抱着两个包裹，满嘴是血。新月刚从山后上来，那血迹漆黑漆黑。她已经把发生的事讲了：多鹤生了，一对小子。民警们陆陆续续上来，相互之间说：生了孩子？谁生了？是双生子！活着呢？

等人们集合到排汛沟那一边时，多鹤已经站起来了，穿着左一层右一层的衣服，七长八短，是小环和张俭两人凑的。她半依在小环怀里，一只手扶着松树。人们说找到就好，这下放心了，怀这么大个肚子，怎么敢爬山？母子平安就好，真算是命大。

他们把手电打开，照照两个孩子，又去照他们的母亲。每一道手电光上来，孩子的母亲就深深鞠个躬，人们于是不求甚解地也回个鞠躬。很快他们又反应过来：好像我们从来不这样鞠躬啊。

大家嘻哈着说张俭应该散红鸡蛋，别人不散，他们这些三更半夜帮他搜山找人的至少一人够格吃五个红鸡蛋。一个老气横秋的民警叫老傅。老傅一直不笑，认为张俭的当家人当得太差，要不是小姨子，他的老婆孩子今天命都没了也难说。

事情再清楚不过：两个女人中的产妇是张俭的老婆，穿红花短裤抱孩子的是小姨子。真相给拧了麻花，张俭想过来是要费很大劲的。他这时只能随口敷衍，打哈哈说一定给派出所送红鸡蛋。

到了山脚，左边的小路通向张俭家那幢楼。两个警察抬着多鹤飞快地错过去，张俭急了，问他们要把人往哪里抬？人民医院呀！孩子都生了还去医院干什么？小环也急了，赶上来拉住担架。民警坚持要检查一下，看看大人孩子有没有什么差错。大人孩子都好着呢。好？好也得卫生卫生，万一在这荒山野地里生产出了事，跟组织上交代不了！

下半夜才把多鹤和两个小子以及被吓着的丫头安置睡下。

小环让张俭去睡，她要做一夜看护，得保证大人孩子没差错。张俭

52

也搬了把椅子坐在多鹤床边。

清早病房阳台上落了几只鸽子咕咕直叫，把张俭从一小觉中叫醒。小环挤在丫头旁边熟睡，她的头占了多鹤小半拉枕头。两个小子都在多鹤腋下。大小男女六口原来睡成了一窝。他抬起头，多鹤正看着他。他觉得他浑身每一处都给她看了很久，非得在他睡着了、全无防备的时候看？他半睁的眼睛又半闭上。外面大亮了，屋里还点着日光灯，多鹤伸出的一只脚惨白浮肿。

张俭走出去，在路口的小摊上买了一碗豆浆，让摊主打了两只荷包蛋，又加了五大勺红糖，硬把白色豆浆搅成棕色。他端着豆浆鸡蛋回来时，小环的身子已经彻底睡到床上来了，把丫头挤到多鹤这边。多鹤的眼睛还是盯着他，看他两手捧着蓝边的粗瓷大碗穿过走道。他又想，她这样看他什么意思？刚才走了一路好好的，这时豆浆却泼洒出来。

第二天晚上，估摸着所有邻居都睡了，张俭把多鹤和一对双胞胎接回了家。

等到双胞胎大孩二孩出了满月，张俭把两张木床加宽了，还是做成炕的样子。大孩二孩跟多鹤睡小屋，他自己、小环和丫头睡大屋。偶尔来个厂里的人和张俭副组长谈事，大屋也是客堂。拼命干活、拼命不说话是张俭的优势，他占了这优势升任了吊车组的副组长。

从此张俭基本上不去多鹤的屋。六岁半的丫头已经很好使唤，跟她说，去，把大孩二孩抱来，她就会先抱一个、后抱一个地把两个弟弟抱给张俭。二孩稍微瘦一点，张俭就凭这个记号辨别一对双胞胎。兄弟俩特别能吃能睡，张俭再正眼看多鹤时，发现她多余的肉全化成乳汁，让两个小子喝走了。多鹤还是多鹤，一天到晚有条有理地做她的那一套。丫头的衣服给熨得光整无比，打补丁的花格子裤还给熨出两道刀刃似的裤线。连丫头去幼儿园别在胸口上的手帕，也熨得棱角分明。生了孩子的第六天，她一早就下床了，拎一桶水，跪在地上撅着屁股把水泥地面擦得发蓝。

张俭有两个年轻的工友，是和他一块儿从鞍山来的。二十岁的那个姓彭，二十四岁的那个姓石。组里一共三个从鞍山来的，马上就跟从上

53

海来的、武汉来的开始了对台戏。小彭头回上张家是双胞胎满月不久，他要让张俭给他的入团申请书查查错字。门一开他站在门口不动了。问张俭他们家铺的是什么地面。告诉他跟别人家一样的水泥地，他说不可能。他蹲下去，用手指搓搓地面，说真光溜啊，跟玉似的。再看看他自己的手指，一点灰尘也没沾。他看看张家门口的一排鞋，又看看张家人脚上雪白的布袜子，自己却穿着一双油污的翻毛皮鞋走进来。第二次他是跟小石一块来的，两人做了准备，换上了一双破洞最少没有过分臭味的袜子。

又过一阵，小彭和小石来张家，发现张家也做了准备，张家的小姨子不声不响把两双木拖板放在他们面前。他们觉得张家的小姨子就跟没长脸蛋似的，看见的总是她的头顶，要不就是她的后脖颈。

他们来张家最主要是因为小环，头一回来小彭给小环嫂子的一团热乎劲弄得家也不想了。小石听了小彭的叙述，才跟着来见小环嫂子的。小环总是把大围裙往小细腰上一勒，嘴角的烟嘴俏俏地斜着，问他俩想吃什么，嫂子亲手给你们做。小环对油盐柴米一点都没数，只要做出的东西好吃，一斤油她也舍得用。她最拿手的饭食是猪油蒸大米饭。做起来很省事，最合适她这种懒人做。只要有好板油，切碎了和大酱大葱一炒，拌进大米里蒸，香气把楼顶都能掀起来。

小彭和小石发现张家小姨子从不上桌，她带着三个孩子在小屋吃他们自己的。一次大屋里的人吃乐呵了，说把双胞胎小子抱过来玩玩。张俭高起嗓门，半醉地叫丫头把大孩二孩抱过来。过了几分钟，丫头的童花头出现在门缝里，说："爸，我小姨说，我会把弟弟摔着，要抱你自己去。"

张俭三两酒喝成了个小神仙，摇晃到隔壁，见两个儿子躺在多鹤怀里吃奶。多鹤穿一件手套线织成的线衣，中间开襟，这会儿全打开了，两个粉白的奶抵在儿子圆鼓鼓的脸蛋上。张俭从来没注意过多鹤给孩子喂奶的样子，这时他看着看着，心忽地一下打了一个秋千。多鹤用她自认为是中国话的话说他可以抱走了，儿子们都吃饱了，再不抱马上就该睡着了。张俭走上去，手从大孩的颈窝下抄过去。多鹤一耸肩，他的手

碰在她奶头上了。他的手凉。

　　头一夜呢，是他的手先认识了她的身体？他没有看她就关了灯。屋子里一点光亮也没有，她就是一条瘦小的黑影。头显得很大，她的头发厚得出奇，虽然头发也是黑色，但它不是他熟识的黑头发，是异类的、蛮夷的黑头发。蛮夷男人们杀人放火，剩下这个孤零零的女人就是这样一条细小的黑影。他在她眼前逼近，再逼近，在她眼前越来越高大。黑暗让高大的东西更加高大。他在她眼前一定是个杀人放火者的巨大黑影。她哭起来，慢慢躺倒在炕上。他可没有对她蛮夷，手脚并不重，只是动作得毫无兴趣。动作很有效率，但绝对无所谓。她哭得越发痛，细小的黑影抖动蜷曲，被碾在鞋底下一条豆虫似的。他蛮夷起来，在发抖的黑影上杀人放火。

　　她对他不是完全无所谓，至少她把他当自己的占领军。敌族女人对占领军是什么心思？他觉得她又这样看他了，满怀暧昧的心思。抬起头，果然，她眼睛非常非常的蛮夷，充满敌意的挑逗。

　　事情还不仅坏在这里。事情坏在他自己。他的心一下一下打秋千，他一步也走不动。

　　丫头的声音使张俭猛醒过来。丫头在和多鹤说话，说她不要穿"丸不斯"（日语：Onepiece，连衣裙）。多鹤说：要穿"丸不斯"。张俭发现"丸不斯"原来就是一件花布连衣裙。他怎么会没注意到这两个人一直以来的对话？时而会半句中国话夹一个日本词。这么奇怪的语言，讲到外面去会怎么样？

　　"以后不许说那句话。"张俭轻声地对丫头说。

　　丫头用跟他一模一样的骆驼眼看着他，蒙昧、无邪。

　　"你不要教孩子日本话。"张俭向多鹤转过脸。

　　多鹤也看着他，似乎同样地蒙昧、无邪。

第五章

　　一年时间，小环换了两个工作。她先去钢厂当临时工，学刻字码，学会了又说太闷人，刻一个字码把半辈子的心事都想完了。一天要刻十多个字码，那就是好几辈子。她辞了工，在家里待了两个月，又闲得脾气见长，去了一家旅店。小环人喜庆，找工作占便宜。小环上班的那家旅店在火车站附近，南来北往的客人多，她聊天有的聊了，因此看上去一时不会再跳槽。小环手松，从小不懂算计，挣的钱不够她花。上班总要有两身衣服，因此她得花钱扯布裁衣服。扯布顺便也给多鹤扯一身。碰上商店处理零碎布头，她会一次买下十多块，给丫头和两个男孩做一身。两个男孩不过半岁，穿着小环为他们买的花红柳绿的布做成的衣裤，人人都把他们认成一对双生女。小环对旅店工作最大的仇恨是值班。每月底一个星期日她得一连十六小时坐在值班室。

　　事情就出在一个星期日。小环一清早去旅店值班，她刚出门张俭就起来了，他伏在阳台的栏杆上抽烟，听见身后有人开窗。多鹤。她的眼睛在他脊梁上、后脖颈上、又厚又硬的板刷头上。小环不在，两人都听得见彼此的心跳似的。

　　立了秋热也热得不同。远处钢厂出钢的热气也不会长久停留在空气中。要是这个家没有多鹤该多么好，张俭狠下心这么想。他看见邻居们一家一家地出门，父亲们自行车后座上坐着抱婴儿的母亲，车前杠上坐着大孩子二孩子，抱怨着欢笑着骂咧着从楼下小路拐上大路，让他眼热得痴傻了。他的自行车也能打扮得花花绿绿，前杠上加一把自己焊的小

座椅给丫头坐，小环坐在后座上背上背大孩，怀里抱二孩。他们也能是个让人眼热的一家子，偏偏多出个多鹤。

张俭抽光两支东海烟走进大屋，听见丫头刚睡醒嘎声嘎气的嗓音。她一醒就跑到小屋小姨那儿去了，丫头似乎说弟弟如何她也要如何。多鹤和丫头的对话谁也管不了，就这样流畅地混杂着日本字。他走到小屋门口，阴沉下一张脸。

"丫头，咱们家不说外国话。"

"没说外国话呀。"丫头挑起和他一模一样的两条宽眉毛。

"你刚才说的话我为啥不懂？"

丫头愣愣地看着他，过一会儿才说："那你说的是外国话。"

他觉得多鹤的眼睛现在在他的右手上。他揍过丫头两回。那是他驴起来的时候。平时他很宝贝丫头，从钳工那里捡的碎钢片给丫头车成扮娃娃家的小桌小椅。他揍丫头的时候两个女人就结成了死党。多鹤会从后面袭击他，用头撞他后腰。小环的嘴是凶器，一长串的恶心话：怎么那么本事啊？在厂里舔领导屁眼做小组长，回来捡最嫩的肉捶！

他眼睛看着丫头的脚，说："多鹤，咱家是中国人。"丫头穿一双白色的布凉鞋，多鹤做的鞋面小环纳的鞋底。白布凉鞋外面露着丫头干干净净的脚指甲。这一座城也找不着这样的白布凉鞋和粉白透亮的脚指甲。

这个家到处可见多鹤不吭不哈的顽固：擦得青蓝溜光的水泥地，熨得笔挺的衣服，三个孩子不论男女一模一样的发式，一尘不染的鞋袜。

如果什么都能解开重来，如果没有一场战争和日本人在中国畜生了那么多年，张俭会娶多鹤的。他不会在意她是哪国人。

他就那么站着，站在她一双黑眼睛前，让自己的念头吓一跳：我会娶她？！我是喜爱她的？！

吃了早饭，多鹤咿咿呀呀唱着日本语的儿歌，把大孩二孩绑在前胸后背，一手拉着丫头。他这才反应过来：这四个人要出门。去哪里？去公园。认识路吗？不认识，丫头认识。

张俭站起来，一边往赤膊的身体上套衬衫。多鹤看着他，脸上的笑容不敢浮上来，但是现在突然就浮了上来。她跑回自己小屋，张俭听见她开木箱。过一会儿箱子盖"啪"地合上，多鹤穿着一条花连衣裙出来，又戴了一顶花布遮阳帽，背着一个带荷叶边的花布坤包。她在三十多平米的单元里小跑，步子很快却不利索。

这是多鹤第一次正式出门，何况是跟张俭带着三个孩子出门，她穿戴起所有的家当。

在走廊上打牌下棋的邻居们看着钢厂吊车手张师傅一前一后绑着两个孩子，他小姨子一身花地拉着一身花的七岁女孩小跑，手里一把油纸伞举在张师傅头顶，为他和两个儿子挡太阳。

人们想这么个家庭队伍哪里不对劲？但懒得去想清楚，很快又回到他们的棋盘、牌桌上。

张俭带着女人孩子乘一站火车，来到长江边。他听厂里人说这里是一个有名的古迹，周末到处是南京、上海来的游客，小吃店排很长的队，露天茶摊子上都得等座位。

他们坐在石凳上吃多鹤临时捏的几个饭团，每个饭团心子是一块酱萝卜。

多鹤颠三倒四地讲着她的中国话，有时张俭不懂，丫头就做翻译。下午天气闷热，他们走到一个竹林里，张俭铺开自己的外衣，把孩子们搁上去。多鹤不舍得把时间花在歇脚上，说要下到江水里的岩石上去。张俭一个盹醒来，太阳西沉了，多鹤仍没有回来。他把大孩二孩绑上，拉着丫头走出竹林。

诗圣庙前围着许多人看盆景展览，张俭挤进去，却不见多鹤的影子。他心里骂骂咧咧：从来没出过门，她还自不量力地瞎凑热闹。这时他突然从人缝里看见一个花乎乎的身影：多鹤焦急得脸也走了样，东张西望，脚步更不利索。

不知怎样一来，张俭避过了她的目光。他的心打雷似的，吵得他耳朵嗡嗡响，听不见自己心里绝望的责问：你在干啥?！你疯了?！你真像当年说的那样，想把这个女人丢了吗？他也听不见自己内心发出的叫好声：正是好时机，千载难逢，是她自找的！

他把孩子们领到一个小饭馆，一摸口袋，坏了，他把身上唯一的一

58

张五块钱给了多鹤，怕她万一会有花销。原来他是有预谋的：给她五块钱可以给自己买几分钟的良心安稳，至少她几天里饿不死。原来他早上出门时就有预谋：没有带她去她原先想去的公园，而带她来了这个山高水险的地方。他在看见她喂奶，手碰到她奶头，他的心忽然荡起秋千的那一刻就有了预谋……他有吗？

天暗下来，一场好雨来了。小馆子的老板娘十分厚道，一杯杯给他和孩子们倒开水。丫头问了一百次不止：小姨哪儿去了？

张俭把孩子们交代给老板娘，跑到雨里。他沿着弯弯曲曲的小路跑上山，不久他又沿着路跑回来。小路挂在山边，通到江里。江水一个一个漩涡，一旦落进去它是吃人不吐骨头的。

张俭哭起来。从十来岁到三十来岁，他没有哭过，连小环肚里的孩子死了，他都酸酸鼻子过来了。他哭多鹤从不出门，从未花过一毛钱，第一次出门，第一次身上装了五块钱就被人丢了。她知道怎样去花钱买吃的吗？她能让人家不把她当个傻子或者哑巴或者身心不健全的人吗？人家会听懂她那一口音调古怪、乱七八糟的话吗？她不会告诉人们她是日本人的，她晓得利害。她真晓得吗？张俭哭从此没亲妈的孩子们，大孩二孩半岁，一下子断了他们吃惯的口粮。不过孩子们会比他好得多，毕竟是孩子，忘得快。但愿他也忘得快些，等水泥地不再干净得发蓝，衣服上不再有掺花露水的米浆香气和刀切一般的熨烫褶痕，他就能把多鹤忘得淡一些。

他浑身发抖，就像给自己的眼泪泡透了。江和天相衔接之处，有船只在"呜呜"地拉笛。他的脸突然跌落到膝头上，哭得胸腔里空空地响。有什么办法能忘掉多鹤最后给他的一张笑脸？她听说他要带她出门，回去更衣梳头，还偷偷在脸上扑了孩子们的痱子粉。她最后一个笑颜是花的：痱子粉让汗水给冲开，又混进了尘土。

张俭回到那家小饭馆时，天色已经晚了，饭馆开始供应晚饭，丫头坐在一张长凳上，大孩、二孩躺在四张长凳拼起的床上，睡着了。老板娘说丫头把泡烂的馒头喂给了弟弟，自己吃了一个冷饭团子。

"我小姨呢？"丫头劈头就问。

"小姨先回家了。"他说。头发上的水珠冰冷地顺着太阳穴流下来。

"为什么?"

"她……肚子痛。"

"为什么……为什么?"

张俭拿出了老伎俩:根本听不见丫头的话。吃饭的客人里有一个中年男人,他说他已经和小姑娘谈了话,知道他们姓什么,住哪个区、哪个楼。张俭一边把儿子们绑在身上,一边向陌生的中年人和老板娘道谢。

"我小姨的呢?"丫头问。

他看着女儿。得要多久,丫头的语言里才没有多鹤的话语、口气?

"我小姨的呢?"丫头比划着那把油纸伞。

他带着伞出去,怎么会淋得透湿回来?他花不起这个时间和精力去追究了。

"我小姨是坐'气下'(日语:Kishya,火车)回家的吗?"

到了火车站的售票窗口,丫头这样问他。不用猜,是火车的意思。他要售票员行行好,把他的工作证扣下,先卖给他一张票,等他寄了钱再来赎工作证。售票员看看他和三个孩子,惨状和诚实一目了然。他把他们直接领进售票房,让他们等九点那班慢车。

火车上还很热闹。游玩了一天,又下馆子吃了长江水产的大城市人在火车上又摆开茶水席,吃此地特产的豆腐干。慢车的终点站是南京,广播里播放着上海滑稽戏,讲一个志愿军回家相亲的事。听懂的旅客就一阵一阵哄笑。两个男孩睡得香甜,丫头脸转向窗外,看着自己投在黑暗玻璃上的面影。或许她在看那上面投射的父亲的侧影。张俭坐在她对面,怀里抱着二孩,一只脚伸在对面座椅上,挡住躺在椅子上的大孩。二孩大孩长得一模一样,但不知为什么张俭对二孩有些偏心。

"爸爸,我小姨是坐'气下'回家的吗?"

"嗯。"

丫头已经问了不下十遍。过了几分钟,丫头又开口了:

"爸爸,今晚我和小姨睡。"

张俭听不见她了。几分钟之后,张俭感觉眼泪又蓄上来,他赶紧给

自己打个岔，对丫头笑了笑。

"丫头，爸和妈还有小姨，你和谁最好？"

丫头瞪着黑黑的眼珠看着他。丫头是聪明的，觉得长辈们说这类话是设陷阱，怎么回答都免不了掉进去。丫头的不回答反而出卖了她自己：假如她对小环和张俭心重些，她会不忌讳地说出来。她偏偏更爱小姨多鹤。张俭想，丫头对这个身份模糊、地位奇怪的小姨的感情是她自己也测不透的。

"小姨坐'气下'回家了。"丫头看着父亲说。眼睛和他的一模一样，而这时却睁得很大，让张俭看到他自己若好奇或者怀疑或者恐惧的神色。

"'气下'叫火车。"张俭说。

丫头已经是小学一年级学生。她在学校左一个"气下"右一个"气下"，太可怕了。但丫头拒绝他的教诲，过一会儿又说："'气下'到咱家，小姨不认识咱家的楼。"

"'气下'是火车！会说中国话不会?!"张俭的嗓门突然压过了滑稽戏演员的调笑，把四周嚼豆腐干的游客全吼乖了，静静听张俭说："火——车！什么姥姥的'气下'？火车！给我念三遍！"

丫头看着他，眼睛圆起来，眼光强烈起来。

"好好说中国话！"张俭说。一车厢人都给他训进去了。他的眼泪使他感到鼻腔肿大，脑子酸胀。他可不要听到丫头一口一个"气下"，他对多鹤的记忆可就没指望褪去了。

丫头还看着他。他看出她那饱满嫩红的嘴唇里面，关闭了上百个"气下"。她的眼睛是他的，但眼光不是。是多鹤的？他好像从来没注意多鹤有什么样的眼光。一个哆嗦，他突然明白了。她的眼光是她外公、或许祖外公，也或许舅舅、祖舅舅的，是带着英气和杀机的那个遥远血缘的。

张俭把眼睛避开。多鹤的影子永远也清除不掉了。他父母花七块大洋，以为只买一副生儿育女的肚囊。有那么简单？实在太愚蠢了。

多鹤走失了。这是一句现成的理由。一半真实。一小半真实。一小半……

张俭对丫头、小环铁嘴钢牙地咬死这句只有一点儿真实的话：多鹤自己要下到江里那块大礁石上去——很多人都下去啊——然后就走失了。丫头听了这话，把自己哭睡着了。七岁的孩子对所有事情都抱绝对希望：人民警察过几天会把小姨找回来。爸爸、妈妈也会把小姨找回来。小姨自己会去找人民警察。对七岁的一颗心灵，天下处处是希望。所以丫头早上起床，还会照样刷牙、洗脸、吃早饭、上学。至少从表面上是看不出她对"小姨走失"这件事有什么怀疑。

小环是昨天半夜下班的。她一回家见到张俭抱着哭闹的大孩在屋里瞎串，就明白了一大半。她上去抱过孩子，对他"呸"了一下。他问什么意思，她说他到底干成缺德事了。早晨丫头上学离了家，小环叫张俭给工段打电话，告一天假。

"组长有多少事？告不了假！"

"告不了就辞了组长！"

"辞了谁养活这一大家子？"

"养不活还没法子？一个个拿口袋装上，到山上转迷了东南西北，再一放。"

"屁话！"

"旧社会过去了，不兴卖人了，不然口袋把孩子老婆装出去过过秤，卖了，还用着当什么组长挣那一把血汗钱？孩子个个吃好奶长好块头，卖出好价钱够小半辈子柴米钱了！"

小环仰着圆脸盘，像是在骂南墙那边的某人，一面从箱子里拿出出门的小花布坤包、花布遮阳帽。

"你姥姥的往哪儿去？"

"穿上鞋，跟我走。"

"我不去派出所！"

"对了。去派出所成投案了不是？"

"那你打算去哪儿？"

"你在哪儿把她扔了，我跟你去哪儿。"

"她自个儿跑丢了！她又不是没逃跑过！你不是还叫她喂不熟的日本小母狼吗？"

"小母狼斗不过你这头东北虎。"

"小环，她在咱家待得不合适，不舒坦。你让她舒坦去。"

"咱家不舒坦也是个家。再不合适也是她家。她出了这个家活得了吗？到处抓美蒋特务、日本间谍、反动派！我们旅店就常常有公安局的便衣，大半夜冒出来各屋查，厕所茅坑都查。你让她上哪儿去？"

"那谁让她自个儿走丢的？"

张俭绝不松口，绝不心软，他对自己说，最痛的就是这一会儿，最难的就是开头这几天。孩子断了母奶闹着不肯吃粥，第二顿就老实了。当时他坐在江边石台阶上为什么那样嚎啕大哭，就是在哭他心里为多鹤死掉的那一块。哭也哭过了，痛死的一块心灵好歹得埋葬起来，接下去，还得活人，还得养活活着的人，大人、小人儿。他绝不能心一软口一松，说：那就去找她回来吧。

何况即便去找，未必能找回来。

除了去公安局报案，报案就会出大麻烦。张家人世代是良民百姓，从来把涉案看得很大。买卖人口，强迫女人生孩子，丢弃女人，是不是会弄得家破人亡？他不敢想下去。

"张良俭，我告诉你，你要不把她找回来，你就是杀了人了。你知道把她扔在外头她活不了，你是蓄意杀人。"小环急起来从来叫他的老名字，连名带姓，宣判书似的。她出去工作，学会不少社会上的词，"蓄意杀人"也是新学的。

"你去不去找？"

"我不去。找不回来。"

"找不回来？明白了。"小环狞笑起来，那颗带金边的牙寒光逼人，"你把她装口袋里，搁江里去了！"

"她那么听话？往口袋里钻？！姥姥的！"

"你哄啊。不然她怎么乖乖跟你上了火车，乖乖让你拐带到江边大石头上？"

63

"朱小环，你血口喷人！你知道我对你……孩子们长大了，这个家更没法过正常日子……"张俭半闭的骆驼眼那样衰弱、悲哀。

"别把账往我和孩子们头上赖。你下毒手是为这个家？这么天大的情分咱娘儿们孩子咋承受得起？咱可领不起你这情。要这么看，我就带着孩子们回我娘家。不然我怕你这回干顺手了，下回把孩子们拐带出去，躲在哪个旮旯，看着他们把自己走丢了！你现在是厂里红人，得进步，这些半拉日本杂种碍着你进步的大事！把他们除了那不叫杀人，那叫民族大义！"

小环蹬上鞋，走出门。张俭跟了出去。两人来到江边是上午十点，一个游人也没有。小环向一个管理人员打听，他是否见到一个中等身材的二十六七岁的女子。还有什么特征？头发盘成个大窝窝头。还有呢？眼眉特黑脸特白，说话鞠躬，说完了又鞠躬。还有呢？还有，一看就跟一般中国女同志不一样。哪里不一样？哪里都不一样。那她是中国女同志吗？

张俭抢一步上前，说那女人穿一件花连衣裙，是白底带红点点、绿点点、黄点点的。

售票的人说他没什么印象，昨天游客多少？连外国人都有五六个。

张俭和小环沿着山上那条小道弯弯曲曲地上下好几圈，碰到修剪花木的、扫地的、背冰棍箱叫卖的，谁都对他们打听的这个和"中国女同志不同"的女人摇头。

伸到江水里的礁石被江潮淹没了大半。船只"呜呜"地在江上的雾里过往。张俭真觉得多鹤死了，是他下手杀的。在两个爱人中间选择一个，他只能这么干。

他们找了一整天。不能一直不顾饥渴地找下去。也不能一直把孩子们托给居委会照顾。张俭和小环坐九点的慢车往南去，他见小环闭着眼靠在椅背上，以为她是在补值班欠缺的觉，但她突然一耸肩，抽风似的，把眼睛睁得雪亮，一看见对面坐的张俭，再靠回去，闭上眼。似乎她有了什么新点子，但发现对面这个人不值得她信赖，欲说还休了。

接下去的几天，张俭慢慢知道小环的新点子是什么。她去周围市、

县收容站，查了被收容的人，但没找到多鹤。没有多鹤，小环只得请假照顾两个半岁的男孩和上学的丫头。大孩二孩不习惯小环：小环一天给他们换两次尿布，而多鹤至少换六次。也因为小环不勤洗尿布，尿布没有足够时间晾晒，他们得忍受半湿的尿布，不久，就开始忍受奇痒的尿疹。丫头也退出了儿童合唱团，每天一放学就跑步回家，屁股上的铁皮文具盒叮叮当当响一路。她得帮忙洗菜淘米。因为小环下午带着弟弟去邻居家串门，教邻居大嫂大妹子怎么包豆馅山羊、豆馅刺猬。反正小环嘴里胡扯惯了，人们也不拿"我妹子跟人私奔了"这种有关多鹤下落的话当真。

才十来天，一向干净得闪着青蓝光泽的水泥地上蒙上一层油污。小环包饺子在过道剁肉馅，溅了一地肥肉她也不好好清扫。吃饭的时候她总是头一个坐下，等其他人跟着坐下了，她会想起菜还没端上来。菜端上来了，她又忘了给每个人摆筷子。并且她干活总是扯着嗓子骂人：卖菜的把泥当菜卖，害得她一通好洗，米店黑心烂肺，往米里掺砂，害得她好拣。不然就是：张俭，酱油没了，给我跑一趟打点酱油！丫头懒得骨头缝生蛆，让你洗一盆尿布你给我这儿泡着泡一天！

原本小环在旅店的工作就是临时工，半个月不去上班，警告就来了。小环不能撇下两个半岁的孩子，只能忍痛把一份好不容易可心的工作辞去。

有一天，张俭打了一盆水，坐在床边上，用肥皂搓洗他的脚。小环坐下来，看着他一双脚心事重重地翻搅着让肥皂弄得灰白的水。

"多鹤离开有二十天了吧？"小环说。

"二十一天。"张俭说。

小环摸摸他的脑袋。她不愿说这样用肥皂洗脚是多鹤强制的。张俭从来没有认真抵抗过多鹤的强制。谁会抵抗呢？多鹤的强制是她不做声地迈着小碎步端来一盆热水，搁在你脚边，再搁一块肥皂。她会半蹲半跪地脱下你的袜子。她埋下头试探水温时，谁都会投降。二十一天没有她，洗脚还按她的方式洗。得再需要多久，小环能把张俭彻底收服回来？

收服回来的他，还会是整个的吗？

一个月之后，张俭开始受不了这个家了。这天他上大夜班，睡醒觉起来，打一桶水，像多鹤那样撅着屁股搓擦地面。搓出一块明净地方来需要几分钟。正搓着，听见一个女邻居叫唤："哎哟！这不是小姨吗！"

张俭两个膝盖不知怎样就着了地。

"小姨你怎么了……怎么成这样了……"女邻居的尖嗓音像见了鬼一样。

门在张俭后面打开。张俭回过头，看见进来的女人像个污秽的花影子：那条花连衣裙一看就知道当了一个月的被子、褥子、毛巾、绷带，谁也不会相信它原先是白底色。女邻居在多鹤身后，空张着两手，又不敢扶这么个又脏又虚弱的东西。

"你怎么回来了？"张俭问。他想从地上爬起，但爬不起，一种得赦般的后怕和松心使他崩塌在那里。

多鹤的头发披得像个女鬼，看来谁都低估了她头发的浓厚程度。小环这时也从厨房出来了，手里的锅铲一撂，跑上来就抱住多鹤。

"你这是怎么了？啊?!"她哭起来，一会儿捧起多鹤的脸看看，再抱进怀里，一会儿再捧起来看看。那脸很黑，却浮着一层灰白，眼神是死的。

女邻居满心疑惑地分享这一家重逢的悲喜，嘴里念叨着："回来就好了，回来就没事了。"张家的人谁也顾不上她看多鹤眼中的嫌恶和怜悯。这证实了邻居们对她的猜测：她是个脑筋有差错的人。

门在女邻居身后关上。小环把多鹤在椅子上搁稳，嘴里吆喝张俭冲糖开水。小环对卫生一向马虎，这时也认为多鹤急需卫生卫生。张俭刚被她差去冲糖水，她又十万火急地叫他把木澡盆泡的尿布拧出来，先让多鹤洗个澡。

多鹤从椅子上跳起来，咣当一下推开小屋的门。两个男孩躺在一堆棉花絮里，因为他们尿湿的被子床单还没来得及洗。屋里气味丰厚，吃的、抽的、排泄的，混成热烘烘一团。孩子们把方的扑克牌啃成了圆的，把馒头啃得一床一地。多鹤上去，一手抄起一个孩子，两腿一盘，坐上了床，孩子们马上给搁置得稳当踏实。她解开墩布一样污秽的连衣裙胸

66

前的纽扣，孩子们眼睛也不睁马上就咬在那对乳头上。几秒钟后，孩子们先后把乳头吐出来。多鹤再一次把乳头填进他们的嘴，这回他们立刻就把它们吐出来，像吐两颗被呷尽了汁呷空了肉的瘪葡萄皮。大孩二孩睡得好好的，被弄醒，去呷两个早已干涸的乳头，这时全翻脸了，又哭又喊，拳打脚踢。

多鹤一动不动，一声不响，平静而顽固地抱着他们。他们每一个挣扎，她松弛的乳房就晃荡一下，那对乳房看上去有五十多岁。再往上，乳房的皮肉被熬干了，脖子下的肋骨显露出来，从锁骨下清晰地排列下去。

多鹤一再把乳头塞进大孩二孩嘴里，又一再被他们吐出来。她的手干脆抵住大孩的嘴，强制他吮吸，似乎他一直吸下去，乳汁会再生，会从她身体深层被抽上来。只要孩子吮吸她的乳汁，她和他们的关系就是神圣不可犯的，是天条确定的，她的位置就优越于屋里这一男一女。

她的强制在大孩这里失败了，她便又去强制二孩。她一手狠狠地按住二孩的后脑勺，另一只手将乳头顶住他的嘴。他的脑瓜左右突击都突不了围，后面更撤不出去。孩子的脸也憋紫了。

"遭什么罪呀？你哪儿还有奶？"小环在一边说。

多鹤哪里会懂道理、讲道理？她对两个半岁的儿子都横不讲理。

二孩撤退不得，干脆冲锋。他一个突刺出去，用他两颗上门齿和一排下牙咬住了那个坚持欺骗他的乳头。多鹤疼得"噢"了一声，让乳头从儿子嘴里滑落出来。两颗废了的、没人要的乳头无趣地、悲哀地耷拉着。

张俭看不下去了。他上来抱二孩，一面小心地告诉多鹤孩子们已经习惯吃粥吃烂面条了，看着不也长得不错？一两肉都没掉。

多鹤突然搁下大孩，再一转眼，她已经和张俭撕扯上了。不知她是怎么下床，蹿跳起来的。瘦成了人壳子，动起来像只野猫。她吊在张俭宽大的肩上，一只拳头胡乱捶在他头上、腮上、眼睛上，脚也生出爪子来，十个长长的黑黑的脚指甲在张俭小腿上抓出血道道。张俭被这突如其来的袭击打得两眼一抹黑，手里抱着哇哇大哭的二孩，怕孩子挨着乱拳，只能把这顿打挺过去。

小环怕大孩吓着，把他抱得紧紧的，退到小屋门口。不久多鹤把张俭就打到了过道，张俭踢翻了水桶，踩在擦地刷子上向后跟跄了老远。那把铁锅铲给踢过来踢过去，叮叮当当敲着地面。

多鹤一面打一面哭嚎，声音里夹着日本字。张俭和小环认为那一定是日本脏字。其实多鹤只是说：差一点，差一点！她差一点回不来了。差一点从扒的运西瓜火车上滚下来。差一点拉肚子憋不住拉在裙子上。差一点，就让张俭的谋害成功了。

小环瞅准一个空子，从张俭手里夺过二孩。她知道她这时拉也拉不住，多鹤成了人鬼之间的东西，自然有非人的力道。她只是忙着把桌上的剩茶、冷菜挪走，减低这一架打出的损失。换了小环她不会打这男人，她就用他剃胡子的小刀在他身上来一下，放放他的血。

多鹤松开张俭。张俭跟她强词夺理，说她自己瞎跑跑丢了，回来还生这么大气！多鹤其实听不见他说什么，两个男孩子从刚出生一哭就吹起嘹亮的喇叭，现在个头长大喇叭也成了大尺寸的，并且一吹就谁也不败给谁。楼上有上大夜班的人这时还没起床，都瞪眼听着两个男孩锃亮的黄铜嗓音。

多鹤抄起地上的锅铲朝张俭砍去，张俭一佝身，锅铲砍在了墙上。这时要跟他你死我活的不是多鹤，是代浪村人。他们那特有的地狱一样的怒气，恰恰产生于长时间的沉默和平静。代浪村人在多鹤身上附了体，锅铲成了她挥舞的武士刀。

"你让她打几下，打出点血就好了！"小环在一边劝张俭。

其实她的嗓音也被孩子们的哭声捂在下面，张俭根本听不见，听见他也未必理会她。他只盼她多打空几下，这样就把力气白花了出去。他瞅个空蹿进大屋，掩上门，掩了一半，多鹤整个身子抵上来。就这样，两人一里一外，门成了竖着的天平，两边重量不差上下。他和她的脖颈都又红又粗。张俭觉得太可怕了，一个风摆柳一样的女人居然能抗得过他：门缝始终保持半尺的宽度。多鹤披头散发，晒黑的脸和饥饿、缺觉的灰白这时成了青紫色。她用力过度，嘴唇绷成两根线，一个多月没刷的牙齿露在外面。小环从来没见过这样可怕的形象。她扯开让烟熏干的

嗓子，拼命地喊："张良俭，你他姥姥的！你是大麦麸子做的？打打能打掉渣儿？让她打几下，不就完了？"

多鹤十个脚趾几乎掐进水泥地，支撑她斜靠在门上的身体。多鹤突然放弃，一闪身，门"嗵"的大开，张俭一堆货似的倒塌下来。

她突然失去了清算他的兴致和力气。代浪村人的沉默可以更可怕。

张俭爬起来，坐在原地，眼睛前面就是多鹤那双脚。那一双逃荒人的脚，十个脚指甲里全是黑泥，脚面上的污垢结成蛇皮似的鳞斑，鳞斑一直沿到小腿和密密麻麻的蚊子包连了起来。

小环拧了个毛巾把子，递到多鹤手里，多鹤直着眼，手也不伸。小环抖开手巾，替她擦了一把脸，一面念叨："先歇歇，养一养，养好了再揍。"她跑回去，把擦黑的毛巾搓干净，又出来替多鹤擦脸。多鹤一动不动，头像是别人的，转到左边就搁在左边，擦成斜的就让它斜着。小环的嘴还是不停："打他？太客气了！得拿小刀慢慢割他！废物不废物？大男人领四个人出门，少了一个都不知道！看看他跟个大老爷们儿似的，其实他当过家吗？大事小事都有人给他当家！"

小环上去踢踢张俭的屁股，要他马上去烧洗澡水。等张俭把一大锅水烧开，端进厕所，一块块地捞尿布，小环的烟枪嗓音还在絮叨："他还在厂里当小组长呢！管二十多号爷们儿哪！他管仨孩子一大人都数不清人口！"

小环把多鹤拉进厕所。她只要情愿做的事都做得麻利漂亮。几剪子就把多鹤的头发剪出了样式，然后就把多鹤摁在澡盆里，用丝瓜筋替她浑身上下地搓。污垢在脚上和小腿上结成的蛇皮花纹一时洗不掉，小环便用手掬了水一下一下泼上去，然后再涂上厚厚一层肥皂，让它先沤一沤——得九死一生才能落下这副模样。她嘴上却讲着孩子们的事：丫头的功课门门一码的一百分。大孩二孩一听外面广播车唱"社会主义好"就不哭闹了。丫头被班里选出来给回国报告的志愿军献花。她不时扬起嗓门，问张俭下一锅水热了没有。

一共洗黑三盆水，终于洗出跟原先有些相像的一个多鹤来。一个黑皮肤、瘦长条的多鹤。剪去了长发，头上包着一块毛巾，里面是除虱子药。丫头三天两头从学校惹回虱子，多鹤一直备有虱子药。

这时门外有人喊："张师傅！"

还没来得及去开门，一只手已经把从外面拉开了厨房的窗子。张家厨房的窗子跟其他住户一样，朝着露天的公共走廊。窗外的脸是小彭的。小彭被派到张俭家附近的一所技校学俄语，碰上小石上大夜班，白天有空，两人下午就来张俭这里。如果张俭在，就和他下棋或打拱猪，若张俭上白班，他们就和小环斗嘴玩。小环不在家的时候，他们会被多鹤不声不响地款待一番：两杯茶两块自制的柚子皮糖。开始两人吃不惯多鹤那又咸又甜又苦的柚子糖，时间长了，一喝茶他们就问张俭和小环：没柚子糖呀？

小彭和小石进来，一眼看见张俭脸上一块淤青。问他收拾了厂里哪个上海佬，张俭对他不想回答或答不上的话从来听不见。小环接过话，回答他们，那是张俭的老婆打的，两口子炕上动手没轻重。小彭和小石这时又看见张俭胳膊上的抓痕，他们不信小环的话，嘴上顺着说，小环嫂子倒是会打，没破张师傅的相。小环挤一只眼笑笑说，舍不得打破，打破了炕上谁管够去？

张俭烦了，闷声吼道："扯臊！"

"都是自家兄弟，怕什么？是不是？"小环把脸转向小石和小彭，"二十岁的大小子，在咱们屯都当爹了！"她像以往一样，扭头叫道："多鹤，沏茶了没？"

多鹤却没像以往那样轻手轻脚地出现，挂一个大大的笑脸，大大地鞠一个躬。之后她就会两手托着一个木头托盘，上面摆着茶杯、小盘、牙签。小盘里放着柚子糖或者其他什么古里古怪的小吃食，是塞牙缝的分量，牙签是让人用来取盘子里那一口吃食的。

小环自己去了厨房，粗手大脚地端了两杯茶上来。小石和小彭一直觉得这个家庭有点不正常，这天气氛越发古怪。

他们在大屋下棋时，观局的小彭看见一个黑瘦的女人走过去。再一看，是多鹤。她没了头上的大髻子，包了一块花条子毛巾，穿一套蓝白条裤褂，瘦成竿子的身子使衣裤的襟摆、裤腿成了蓝白条的旗。一个月

不来张家，张家发生了什么事？

"哟，那不是多鹤吗？"小石叫道。

多鹤站住脚，把怀里的大孩、背上的二孩往上颠一颠。她看着他们，嘴巴还在不出声地唱着什么。小石想，她可别是自己跟自己说话。他和小彭听这楼上的邻居说，张俭的小姨子脑筋有点错乱。

过了几天，小彭和小石到张俭家来混礼拜日，见多鹤已经神色如常了。她剪了一排齐眉刘海，厚实的黑发堆在耳后，脸黑了，瘦了，但她好像适合这张黑瘦的脸，年轻女学生似的。

她照样哑声笑笑，笑得把嘴咧到尽头，小碎步在泛着青蓝光亮的水泥地上忙过来忙过去。小彭被小石踢了一脚，才发现自己盯多鹤盯了太久。

小环从外面回来，头上一顶蒙着灰土的护士帽。居委会让各家支援社会主义建设，去砸石子，铺工人大礼堂门口的路。动员到张俭家时，小环骂骂咧咧地出了工，把多鹤留在家里。

"一榔头砸我大脚趾盖上！"她嘻嘻哈哈地说，"得亏我穿张二孩这双翻毛大皮鞋，现在还剩十个脚指头！"

小环一回来气氛马上热乎。她又是勒上一条围裙，支唤这个，差使那个，要给大家改善生活。她砸石子一小时挣五分钱，但她砸一小时石子得抽一毛钱的纸烟。回到家俨然是个财大气粗的挣钱人，把家里仅有的五个鸡蛋全用油摊了，再剁碎，和粉条韭菜做成饺子馅，包了两百个饺子。

吃饺子时小彭还是不断打量小屋里的多鹤。

小石笑着说："咳，眼珠子看掉下来了，别给吃肚里去！"

小彭红了脸，猛站起身给他一脚。小石个子小，一张女气的脸上圆鼻子圆眼睛，入团宣誓都是这副淘气样子，小彭却是典型的关东大汉。小石其实也觉得多鹤突然出落了，没有头上那个古老的发髻，她看着极其顺溜，又不是一般女子的韵味。

"小环嫂子，也不给小彭操办操办……"

小彭又要站起来动武，小环拉住他。

小环说："坐好坐好，我给你俩都操办操办。"

张俭一直在慢慢剥着南瓜子，剥三五颗，脖子一仰扔进嘴里，再呷一口白酒，呷得愁眉苦脸。他听到这里用半闭的骆驼眼横了一下小环，说："咱家丫头在这儿听呢！"

小环假装没懂小石和小彭的打闹针对的是多鹤，就说她过去工作的旅店里有个女出纳，两根大辫子，哪天把她领来，让他们哥儿俩相相。

小彭不太高兴了，闷头只喝酒，也不吃饺子。小石说小环嫂子放心，他和小彭谁在女人面前都不是省油的灯，谁也不会剩下。小彭说他省不省油扯上他小彭干什么？张俭喝成一张关公脸，说他俩高兴来玩好好玩，表现差就不准来玩。

小彭和小石走了，已经是晚上八点，张俭上大夜班前只剩三小时的睡眠时间。他睡下一会儿，又起来，走到过道里，横了横心，手指终于按在多鹤房门的把手上。门轻轻被推开。

多鹤正在织一件线衣，没有开灯，借的是外面进来的路灯光。她的脸基本在阴影里，但张俭看到两束目光冷冷地把他抵在门口。她误会他了。他不是冲那个来的。他站在门口，轻声说："给你申请落户口了。有了户口你到哪儿都丢不了。"

多鹤抵在他身上的两束冷冷的目光暖了些，软下来。可能她不懂什么是户口，但她这些年靠的不是言语的理解，靠的几乎是动物一样的灵性。这灵性让她明白户口是件致命的事，是好事。

"有了户口，你愿意出去工作，也行。"

她的目光融化了，在他脸上身上荡过去荡过来。

"早点睡吧。"他一手拉着门，要退出去。

"早点睡。"她回答。外人一听就听出这话的别扭，不仅是发音吐字的事儿，她把"早点睡"当成"晚安"来回礼了。

但张俭觉得这话很正常，挑不出茬子。他替她掩上门，提着气，把金属门把一丝一丝拧向左边，让那个铜舌头一丝一丝缩回，然后再让门把回转，让那个铜舌头一丝一丝伸出，使那"咯咯"的转动声捏在他巨大、厚实的手掌里，因此基本是无声无息地完成了这套关门动作。孩子们睡得正熟，他不愿惊醒他们。他对自己解释。

但小环另有一套解释。她一听他摸索着上了床，便轻声笑起来。笑什么？笑他被人家踹下了床。他根本没心干那件事！有心也没关系，她又不吃醋。她吃哪门子邪醋？他就是跟她说落户口的事！不说事光干事她也绝对拥护，她要是不拥护，他当时能跟她生孩子吗？拥护个卵！难道他这时还想跟她去干那事？他难道是头猪？看不见她遭那么大的罪回到家？

小环只是哧哧地笑，不理他的分辩。

张俭一点睡意也没了，坐在床上，两个大膝盖头几乎顶住下巴。这样彻头彻尾的窝囊他可快疯了，小环若再有一句不三不四的话，他跳下床就走。

小环头靠在墙上，点起一支烟，自得地、美味地抽起来。抽了一根烟，她长叹一声。接着她不着边际地说起女人都是很贱的，跟一个男人有了肌肤之亲，就把自己的命化在男人的命里，这女人承认也好，不承认也好。何况不止肌肤之亲，还生了一窝他的孩子！她不承认她把命给了你也没用，那是她自己哄自己呢！

张俭一动不动地坐着。隔壁传来孩子半醒的哭声，不知是大孩还是二孩。大孩和二孩越长越像，一旦粗心大意就会弄错：一个喂了两遍奶糕，一个还饿着；或者一个洗两遍澡，另一个还脏着。尤其在两人一丝不挂的时候。只有多鹤一眼认出两人的差别。

小环点上第二支烟，递给张俭。张俭没接，自己从窗台上摸到烟杆，装上烟丝，点着。小环今晚如何会这样深明大义？张俭仍保持高度警惕性。她的话从天上一句地下一句渐渐扯到多鹤身上。多鹤是日本女人，没错，赌一条东海烟她也早把命化在她的男人身上了。喜爱不喜爱她的男人，另说，也无所谓，想从这男人命里掰出自己的命，她办不到。想跟多鹤和解，只有一个法子，就是跟她肌肤之亲去。女人表面上都会推的，说不定还打两拳、踢三脚，但那都是假的。她可不知道自己在作假；她以为她真在推拒、在出气、发泄委屈，实际上她已经跟你和解：你要她，比什么"对不起"、"抱歉"都管事。

张俭听进去了。小环的话有三分道理。小环大事不糊涂。他挨着她躺下来，头抵着她的腰。她的手伸到他头上，摸摸他的头发。这两年她常常有这种体恤、照料的动作，多少有点老三老四，把他当成个晚辈或者兄弟。不过这时候她撸他头发的动作特别让他舒服。他睡了一个又短又沉的觉，醒来满心清明，好像很久没这么精力充沛了。

十一点钟的时候，张俭准时出门上大夜班。他在过道穿衣穿鞋，帆布工作服摩擦的声响把多鹤很薄的睡意搅散了。一个夜里出去上班、为全家挣生计的男人发出的这些声响让女人们觉得安全极了。

多鹤躺在床上，听这个出门挣钱养活全家的男人走到门口，铝饭盒轻轻响了一下。大概是他摸黑出门撞着门框了，这声音使睡眠晕晕地袭上来。

一个多月前，她从江边礁石攀上来，找到回竹林的路，曲曲弯弯走进去，发现路被她走岔了。再拐出去，重开一条路，找到张俭和孩子们歇脚的那块空地，看见大孩或二孩丢失的一只鞋。她反身从竹林里摸出来，每个热闹地方都找遍了。不久，完全陌生的方圆几公里被她走熟了，连各个公共厕所都找了几遍。在游客渐渐稀疏的公园里她突然明白张俭把她带到这么远的江边来为了什么——为了丢弃她。她发现自己不知什么时候坐在很陡的小径石阶上，离一切都遥不可及。她从小长大的代浪村那么远，越过代浪村，往东，是她的祖国日本。祖国也有一个代浪村，埋葬着竹内家的祖祖辈辈。祖国的代浪村太远了，她原先在丫头、大孩、二孩身上还能找回那个代浪村，还能从他们的眼睛里，看到那些埋葬在祖国的代浪村祖辈们的一喜一怒。那种代浪村人特有的沉默、宁静，那种代浪村人特有的狂喜和狂怒。她每次摸着大孩二孩的头发——那头发仔细看是和眉毛连成一片的，就想她父亲、哥哥、弟弟借着她的孩子们还了魂，借他们小小的肉体暖着她，给她依靠。多鹤坐在那条对着长江的石径小路上，天也远水也远地想，她生出的三个小小的代浪村村民现在和她天涯之隔。

再从石径上下来，公园已经空了。她想跟人打听火车站，又不会说"火车站"三个字。走到一个正在收摊的茶水站，她手指头蘸了桌面上的

74

茶渍，写下"火车"两个字。茶水站的主人是个六十岁的老太太，对她又笑又摇头，脸都羞红了，意思是她不识字。多鹤每天大部分对话是和丫头进行，两人自然方便地讲她们自己的语言，爱在哪里用日文就在哪里用日文。老太太拉了一个过路人，叫他认认用茶水写在桌面上的两个大字。那是个拉架子车的小伙子，以为她是哑巴，拍拍他的架子车，手势很大、表情也很大地表示他用架子车带她过去。下了架子车，她的手插在连衣裙的侧兜里，手指捻着那五块钱，不知要不要拿出来给小伙子。最后她决定不给钱，多给他几个鞠躬。她那双膝并拢，两手抚腿，弯腰九十度的鞠躬把小伙子吓着了，拉着架子车匆匆离去，又在远处回头，没想到又受她一躬，这下他头也不敢回地跑了。

她很快发现小伙子把她领到一个错误的地方，因为她只在纸上写了"火车"两个字，而没有写"站"，小伙子就把她放在两条铁路交会的地方。不久就有一列货车通过，货车在这里突然减速，几个坐在芦苇沟边上的孩子跳了上去。孩子们向她招呼，叫唤：上来呀！上来呀！她奔跑起来，孩子们伸出四五双手把她拉了上去。上了车她问：玉山的？玉山去的？孩子们相互看看，还是不明白她到底问什么。她觉得自己的话一点毛病也没有，他们却听不懂，信心减退下去。呼呼的大风里，她把句子在嘴里重新组装，用小了一倍的声音问：去的玉山？其中一个男孩为大家做了主，朝她点点头。他们看上去有点扫兴，用牛劲拽上来一个话也讲不通的女人。

油布下装的全是西瓜。孩子们拉起油布，油布成了包括多鹤在内的七八个人的屋顶和铺盖。这时多鹤才明白火车为什么到了那一段减速：它刚刚通过了一段被雨水冲垮正在修复的路段。多鹤伏卧在西瓜上，身体左右滚动，从油布缝隙看见修路工地灯火通明。张俭在早晨看着她时想干什么她明白了：他想要她的身体。他伏在阳台栏杆上抽烟，她在他身后打开窗子，他就是不回头。她看他什么时候回头。终于不行了，他回头看了她一眼，隔着两米的距离，嘴唇已经亲吻了她。他是想和她好合一次，最后一次。

多鹤竟让轻轻滚动的西瓜给晃睡着了。

她是被冷醒的，身上的油布不知哪里去了。回过头，七八个孩子全不见了，不少西瓜随他们一块下了车。火车扎在无尽的黑夜里，往更深的夜色里蹿着，她不知道时间、地点。但她知道，什么都帮了张俭的忙，让他得逞了，让他分开了她和她的孩子。她和祖国、代浪村、死去的每一个竹内家的骨血终于被分开了。

西瓜车在毒太阳里开开停停，在大雨里也开开停停。她多次下狠心跳下车，又多次下狠心留在了车上。一连几天的西瓜餐，她浑身都让红色、黄色的西瓜汁泡透，被风吹散的长头发又被西瓜汁粘住，成了一件头发结成的蓑衣。她脑子里全是呼呼的风声，是火车和黑暗摩擦出来的声响。那声响灌进皮肉、血管，随着两行泪横飞。她伏在一个个冰凉、滚动的西瓜上，任这些无信的、不负责的球体把她抛到左抛到右。多年前她被装在麻袋里，被土匪搁在奔跑的马背上，她也不比这时更绝望。她仰面躺在西瓜上，想到了阿纹。

那个躺在路边生孩子的阿纹。阿纹长发披散，脸色如蜡，嘴唇煞白，就这样躺在一九四五年的九月傍晚。她躺得像一堆血糊糊的垃圾：泡透了血的一件和服，两条血淋淋的腿，一个还在冒热气的血孩子。她是走着走着就完成了分娩的。婴儿眼看着就不动了，长长的脐带打了好几个弯，瓜蔓一般连着未熟的瓜。阿纹不要人们靠近，一边龇牙咧嘴一边嘶喊："加油啊！快走啊！别过来！别杀我！我一会儿就跟上！别杀我——我还没找到我丈夫和儿子呢！"她的手掌满是血污，向人们一下一下地挥舞，要从她身边过去很久人们才悟到，她那龇牙咧嘴原来是笑容。她笑着向人们讨饶："别杀了我，我还没有找到我丈夫和儿子呢！"她血淋淋的手掌握起拳头，一上一下地挥动，给自己的嘶喊打拍子："加油！加油！"嗓音撕布一样……

不体面的阿纹。就因为要找她的孩子。

于是这样一个不体面的多鹤出现在南来北往的旅客眼前，披着头发结成的黑蓑衣，馊臭的连衣裙上一片绿苍蝇。

那个苍蝇如云的车站叫做"武昌"。她不知道到达这个站之前火车被换过几次车头。迎面而来的楼、房屋、密集的电线杆让她知道这是个大

地方，比她住过的两个城市都大。西瓜一车皮一车皮地被人卸下去。快要卸到她这一车了，她突然想到，她吃下去的、用作洗脸洗手当便盆的西瓜有几十个。跟那七八个孩子下车的西瓜至少也上百。那上百个西瓜的账也会记到她头上。你有证据说你没有吃或者糟蹋掉那上百个西瓜吗？你有证据没有跟沿线的盗匪里应外合把西瓜抛下去，回头再跟他们分赃吗？多鹤不了解中国的法律怎样制裁这样的事，但她知道天下法律都不会轻饶这样的事。

她看准一个空子，从车上爬下来，等正在卸前一辆车的工人们反应过来，她已经成了他们眼里一条披头散发、肮脏的花影子，在一大团蒸汽里一闪而逝。蒸汽发自一列刚刚停靠的客车，她从客车轮子间爬过，车肚皮上挂着迢迢千里的黑色尘土又蹭在她泡透红色、黄色西瓜汁的白底子带红点、绿点、黄点的花连衣裙上。

她走在旅客当中，人们不顾肩上扛的沉重行李一再向她回头。

前几天的西瓜餐这时发作了。她被肠道内突然的冲击力弄得浑身发冷，脖子上和手臂上乍起一层鸡皮疙瘩。她会用中国话打听厕所，但人们终于听懂她的话之后给的回答却是她不懂的。所有人都用完全不同的音调、吐字，和气地对她一遍又一遍地讲着什么。她觉得肠子里的咕咕响动一定让他们听见了。她捂着肚子，半佝着腰，一动也不敢动。

人群中终于有一个女人，扯起她黏糊糊的手便走。

蹲在茅坑上她突然想起自己没有草纸。

那女人竟十分善解人意，推开茅坑的隔门，递给她一张印满人脸的纸。纸的背后还有石灰，是刚从墙上撕下来的。人脸上画着红叉，对着自己的终极下场目瞪口呆。她但凡有一点办法，绝不会把这样带脸的纸做那样的用途。

等她头重脚轻地走出厕所，两个戴口罩的人朝她走来。她蹲在茅坑上的时间足够那个女人推测她是怎么回事了。那女人用多鹤完全不懂的话对戴口罩的人大声说着，一边指着多鹤。两个人走近了，才能看出男女。他们中的男人用音调奇怪的中国话说多鹤病得不轻，得跟他走。他们中的女人说车站医疗室不远，走几步就到。

两人的眼睛在大口罩上面微笑。多鹤发现自己已经开始跟他们走了。

医疗室的长椅上躺着哼哼唧唧的男人女人，还有两个人躺在白色带轮子的床上。多鹤被带进来，戴口罩的女人对一个躺着的男人说了句什么。男人缩起腿，戴口罩的女人让多鹤坐在刚刚搁过男人赤脚的地方。多鹤刚坐下，那男人的脚又回来了，她只好坐在地上。

戴口罩的女人从里屋拿来一根体温计，放在多鹤嘴里。这根体温计让多鹤安全起来。她到张家这些年，每次发烧，体温计就是一个手掌。小环或张俭的（过去是张站长或二孩妈的）手掌在她额头上按一按，体温就测出来了。自从离开代浪村，她的嘴还是第一次接触这冰凉的易碎的玻璃棍，她闭上眼，醉在那微辣的酒精气味里：那气味就是她对于铃木医生的记忆。戴口罩的男人这时走出来，翻开多鹤的眼皮，仔细地看，手指也像铃木医生那么轻盈灵巧。

根据体温计的测量结果，她的体温不高，基本正常。戴口罩的女人是个护士，这时走上来，说是要抽血。她一边在多鹤胳膊上擦酒精、系胶皮管、扎针头，一边用她那一口总有点偏差的中国话告诉多鹤，正在流行的血吸虫病很厉害，从东边来的火车总会带来几个病重的。

多鹤对他们的话不全懂，但猜出此地正流行某种可怕的疾病。她问护士什么叫血吸虫。

护士看着她，好像没听懂。

她想她的话有那么难懂吗？她会不会把句子讲颠倒了？她硬硬头皮又问了一次，这次换了一种句法。

护士反问她是哪里人。

多鹤不讲话了。

护士抽了血，拿了一个硬皮夹子，上面铺着一张表格。她说这是病历，必须填写。要填的项目有：姓名，住址、家庭成员、婚姻状况……多鹤拿起笔，又放下。不知为什么，她哭起来。填什么也不准确。代浪村的家是多鹤唯一记住的住址。代浪村的人走上逃亡血路，从那一刻起，这些项目就没法填了。从那颗手榴弹落在妈妈、弟弟、妹妹身边之后，她怎么填写"家庭成员"？从张俭把她丢弃在江边礁石上，从她的乳房因

78

为没人吮吸而胀成两只铁球，从她断了跟丫头之间的私密对话，她两臂间空去大孩二孩的位置，"家庭成员"四个字成了她最不想去读、最不愿去理解的四个字——四个中国、日本共用的字。

女护士先站在她身边看她哭，过一会儿，她蹲下来，想从她两只捧住脸的手缝里找她的眼睛。再过一会儿，男医生来了，问她到底怎么了。

躺在椅子上、床上的五个病人全停下了哼唧，听她哭。

她哭得气也喘不上来，几次噎住了，一点声音也没有，医生和护士以为她哭完了，刚开口问她"家住哪里，有证件吗"？她一口气捯过来，疏通开，又接着哭下去。哭得她浑身筋骨疏开又抽紧，男医生两只焦虑颠动的脚，在她泪水淹没的视野里，成了一对不可认识的异物。

她哭尽了最后一把力气，靠在椅子腿上。医生和护士小声嘀咕她什么，她不在乎，在乎她也听不懂。他们之间讲的话跟这里人一样，冒出许多陌生的滑音，完全不同于张俭和小环的中国话。

他们改用先前的语言同她谈话：家里出了什么事？家里还有人吗？碰到坏人了？她的样子让他们怀疑她遭受了人身袭击。她是死里逃生逃出来的吗？她一定受了太大的刺激，他们理解她——谁受了过度的刺激都一时不愿开口。

他们给她打了一针，等他们拔出针头，两个戴口罩的人影在她眼前已经一层虚光，再一眨眼，他们跟灯光不太亮的空间混成了一片灰白色。

她醒来已是早晨。两个乳房把她胀醒了。她看看周围，发现她已经不在原先那间医疗室，而在一间病房里。窗外在下雨。病房还有三张空床，她不明白她为什么享受单间的特权。身上的衣服被换过了，现在是一身不分男女、印着红十字和某某医院字号的衣裤。她的花连衣裙被团在对面空床上，她想到那五块钱，她不知五块钱到底是多大一笔财产，但那是她眼下仅有的财产。

五块钱竟然还在那个带荷叶边的布包里，和裙子一样带着黏黏的潮湿和西瓜的馊味。她把五块钱和连衣裙都塞到自己枕头下。

似乎是她的动作引来一个人。那人穿白色制服，戴领章。她想起了：是警察。警察她是见过的，过年过节到居民楼来，站在楼下，跟趴在公共阳台上的家属孩子们讲"提高警惕，防止敌人趁机破坏，看见可疑的人陌生的人要及时报告"。

这个警察二十多岁，一边打量她一边把手里的硬壳帽戴到头上。他问她是不是好一点。他的话又跟那个男医生和那个女护士不同，又是一种音调。因此他讲到第三遍时她才点点头，接着给他鞠了躬。

"你暂时先养病吧，啊？"警察说。

这回他讲到第二遍她就点头了，点完头她又鞠一躬。

"不要那么客气。"警察皱起眉头，有点嫌烦的意思，同时他做了个手势。她是懂他的表情和手势的：他嫌她鞠躬鞠多了。"等你病好了，我们再谈。"

然后警察又做了个手势，请她躺回床上，他自己出去了。她躺在床上，看着急需粉刷的天花板，想警察到底是友善还是敌意。似乎都不是，似乎兼而有之。天花板上一条条细细的裂纹，有的地方石膏蜕皮了。警察和她谈完话会拿她怎么办？

为什么会是一个警察？是一个常常到楼下宣讲"碰见可疑的人、陌生的人要及时报告"的警察？那么，就是昨天的男医生和女护士给她打了安眠针之后向警察报告了。她是一个可疑的人。难怪她单独住一间病房。可疑的人威胁正常人的安全。

一个年纪很轻的护士推着小车进来，从屋角拉过一根铁架子，又从车上拿起一瓶药水，走到床尾，大眼睛愣了几秒钟，再回到药水瓶上。她在多鹤手臂上极其认真地扎了三四个眼，终于成功地扎了进去。两个小时后，输液结束了，多鹤爬到床尾，看到那里挂了一个牌子：姓名：？性别：女，年龄：？籍贯：？病因：急性胃肠炎。

这是一个充满疑问的病人。这个病人给看起来了。门外的警察有枪吗？可疑的病人一旦出了这个门，沿着走廊飞奔时，一颗子弹就会把她撂倒在光滑的水磨石地上吗这条走廊有七八米长，从小护士推车走来的声音，能大致测出它的长度。上厕所呢？就在床下便盆里解决。不行，不习惯便盆，必须去厕所。习惯不习惯，由不得你！

可疑的人或许连最不可疑的生理要求也显得可疑。从窗子看出去，

白杨树的高度让她明白病房在二楼。

她悄悄地下床，眼睛同时搜索她的鞋子。那是一双凉鞋，鞋面是用白布自制的，在鞋匠铺上了轮胎底，走路一点声响也没有。可是它们不见了。可疑的病人一旦没了鞋就更好看守了。

她抖开一团馊臭的连衣裙，飞快地换下身上的病员服，再一次摸摸小包里的钞票。

最难的是悄无声响地打开玻璃窗，甚至难过跃到白杨树上再顺着树干溜下去——多鹤两只微微内翻的脚掌走路不理想，但擅长上树。代浪村村委会门口有四根木杆供孩子们爬，多鹤常常赢男孩子们。这楼房老旧，木头都变了形，开窗时窗子和窗框少不了扯皮，弄出很大的响动。

但这扇油漆龟裂的窗子是唯一的出口，通向丫头、大孩、二孩的唯一出路。她的手沿着窗子和窗框接缝的地方轻轻推动，让窗扇一点点从窗框松动开来。然后她站到了床头柜上，握着窗把手，用力往上提，同时用全身重量控制着它，把它的响动压在身体分量下。窗子被推开了。声响在她的知觉里如同打雷。她站在床头柜上，回头瞪着门，门一动不动。门外悄无声息。或许她并没有弄出任何响动。她的脚心已经踏到砖砌的窗台。再一步，她就正面对着那棵白杨树了。

一步能不能跃到树干上？树杈够结实吗？她来不及想得太周全了，就是朝死亡里跳，她也得跳。

她从树上下滑时，一个戴大白围裙、挑两个大桶的女人看着她。她从她面前跑过去，女人往后猛一退，把挑着的两大桶泔水泼了出来。她那么一退是怕她的意思，多鹤一边跑一边想。原来可疑的人是让正常人怕的，也许她在她眼里是个女疯子。

多鹤在雨里跑着，东南西北对她都毫无意义。她唯一的方向就是远离那所医院。街边停了一排黄包车，车夫们从车篷缝隙里露出脸，看着她这个披头散发、赤着双脚的女人匆匆走过，谁也不敢揽她的生意。

一个阴暗的杂货铺里点着一盏煤油灯。她跨进去，铺主从柜台后面直起腰，对她说了一句她听不懂的话。语言客气、眼睛不客气地告诉她，他没把她当正常人。她要纸，要笔。纸和笔来了。她写下长江南岸的那座小城的名字。铺主摇摇头。她又写下：我去。铺主活了五十多岁，从来没和人打过如此古怪的交道。他还是摇头。

多鹤指指柜台里一块酥饼。铺主立刻照办，把酥饼取出，放进一个报纸口袋，抬起头，一张快沤烂了的五块钱放在柜台上。铺主从一个铁皮盒子里数出大大小小许多钞票，又一张一张放在她面前，放一张，他嘴里出来一个她不懂的词。但她知道他一定在念数字。一张钞票上印着"2"，两张印着"1"，剩下的是一堆小钞票，各种数字都有。算了算，这块饼花去了五分钱。就是说，她这笔财富是不小的。

她想，这下铺主会回答她的提问了，她和他成交了一小笔买卖。她指指那座城市的名字，又指指"我去"，铺主还是摇头，同时扬开嗓门，仰起脸，叫了一声。多鹤听见有人在某处应答。天花板开了个洞，露出一张少年的脸，对铺主说了几句多鹤不懂的话，又对多鹤说，那座城市远得很，要坐轮船！天花板上的洞封上了。

铺主重复：坐轮船！他这回的话也好懂些，讲到第二遍多鹤就使劲点头。

多鹤想，明明不是轮船把她和西瓜带到此地的。她又在纸上写：火车？铺主跟天花板上面的男孩大声商量一阵，都认为火车也行。

铺主为多鹤截了一辆黄包车。半个小时之后，黄包车停在火车站门口。多鹤算了一下，一块偌大的酥饼值五分钱，那么一个车夫一天应该能挣二十个酥饼。给他六个酥饼的钱，应该是体面的车费了。果然，车夫接过三角钱时给她一个满口乱牙的笑容。

当她把大大小小的钞票一块从售票小窗洞递进去时，一个女子的声音说她的钱不够。

她把自己的脸挤在小窗洞上，她觉得她没听懂，这样凑近能看见售票女子的一截脖子半截脸蛋，似乎离理解就近多了。那女子问她买不买呀？不买让后面的人买。

"我买！"她讲中国话头一次这样粗声大气。

"你钱不够！"售票的女子脸露出来了，但是横过来的。

"为啥?!"她问。她声音更粗大，把"啥"说成"哈"，这是她向张

82

家人学得最好的一句话。她实际上是说，为什么我不能回我家?! 为什么我不能回到我的女儿、儿子那儿去?! 为什么我两个奶胀得要炸而我的孩子们在闹饥荒?!

这就使多鹤的"为哈"听上去充满蛮横不讲理的爆发力。不论为什么她都要去马鞍山，不论为什么她都得有一张火车票。

"为啥?!"那张横放在洞口的女子面孔消失了。"咔哒"一声，整个窗子大开，女子正襟危坐，手指划拉一下："问问你后面的群众，为啥? 差一多半钱呢! 会看票价表吗? 票价是国家定的! 你不是中国人呀!"看热闹的人群大起来。一双赤脚、一头散乱肮脏的长头发、一件泡了西瓜汁又泡了雨的花裙，使人群和多鹤之间的距离也大起来。

一个小孩大声问了句什么，人们哄地一笑。多鹤是被那句"你不是中国人"提醒了，她打算破开这道人墙。趁她转身，那个小孩一步蹿上来，从后面揪了一把她的长发，高兴地尖叫着跑开。她走了几步，那只孩子的手又揪一把她的头发，又是高兴地尖叫，往回跑去。就这样，她走着，他揪着。最终她赢了：她的毫不反应让孩子败了玩兴。

她在候车大厅里买到一张全国铁路图。在上面她找到了长江，找到了她眼下所在的武昌，不久，她的食指尖停在那座长江南岸的小城。她和西瓜们是兜了怎样的圈子，才到达这里的? 那城市和武昌其实是同一条长江相串联的呀!

有了这张图她可以回到丫头、大孩、二孩身边去了。她走也得走回去。两个儿子没有奶吃，她爬也要爬回去。她在火车站附近的商店买了一双鞋，最便宜的一种，花了一块多钱。她还需要一把伞，但她实在下不了手花那一块多钱了。

她在候车室的长椅上睡了一会儿。天黑下来，她沿着铁路线走着，向东走。雨小了，风却很冷，楼房电线杆从稠到稀再到消失。她走进了一座小站。不一会儿，一辆货车停靠下来，她爬上去，发现车上装的是木头。货车每经过一个站，她就盯紧站名，再借着站上的灯光对照铁路图上的名字。

半夜她从拉木头的车上跳下来，因为那趟车从此分岔。她在一个小站外面等候下一趟货车，但没有任何一趟车在小站停靠。

小站没有候车室，只有一圈木栅栏加一个棚子。她在棚子下的长椅上睡下来。太阳刚升起，远处的田野和农舍在绿中透蓝的山下非常宁静，连苍蝇的嗡嘤也是这宁静的一部分。苍蝇渐渐多了，把地上一块甜瓜皮落成黑绿色。侧卧的多鹤看着一道道炊烟，水田里的天空、山影，目光虚一些，景色就熟识一些。多鹤自从离开了代浪村就总是在找和代浪村相似的东西。现在远处的村景和代浪村相似，还有九月雨后的太阳。因此多鹤就熟睡在苍蝇嗡嘤的九月里。

她一睡睡了十多个小时，醒来忘了自己为什么会在这样一个小火车站的棚子里。她也不知道自己睡着时，身上除了落过苍蝇还落过什么。

直到第四天，她才爬上一趟运化肥的货车，但两小时后就被人发现了。在审问中她明白化肥值钱，因此常有人扒车偷化肥。她从审问者的眼睛里看出自己是多么可疑。她已经发现她越说话疑团越大，因此她随他们去自问自答、大发脾气。渐渐地，她看见自己在对方眼里不再是可疑的，而是残废的，又聋又哑又疯。

从那以后她不再冒险扒火车。一根枕木、一根枕木地走回去，会安全得多，也安宁得多。沿着铁路线的车站她都歇过脚，有时雨大了，她就住下来。车站真是好地方，总有容她睡觉的长椅，有便宜的饭食，有匆忙过往的旅客，对她的可疑刚有警觉和兴趣，已经和她错过去。但尽管她每天只吃一顿饭，口袋还是渐渐空了。最后的一段路她吃的是生玉米、生红薯，总之她得手偷着什么，就吃什么。

她从来没有注意连衣裙是什么时候扯烂的，鞋子是什么时候穿飞的，那便宜鞋子有足够的理由那么便宜：布鞋底被作了弊，里面是硬壳纸。她只注意到自己的胸一天天没了分量，没了原先的圆润。她走得疯了一样，这一对没了分量的乳房是怎么了？它们在干枯吗？她最终把两个干枯的乳房给她饥饿的孩子们吗？就像所有代浪村的母亲们，干枯龟裂的乳头不再能堵住孩子们的哭喊。

完全不像多鹤预料的那样：她在一模一样的楼群里迷了路。一律的红墙白阳台，她却毫不彷徨地朝着其中一幢走去。她成了一条母狗，被

84

那股神秘的气息牵引着，走向她的儿女们。

她抱起两个尿臊刺鼻的儿子，却发现自己早已没有奶水。她左边的乳头一阵钻心疼痛：二孩居然咬了她一口！她的骨肉给这两个中国人离间了。代浪村的人都说中国人一肚子鬼，果真如此。一双手上来，把二孩抱走，是张俭的手。一个声音赔着小心，告诉她俩儿子已经习惯吃粥吃烂面条了，不也长得不错？一两肉都没掉。也是张俭的声音。什么意思？是说没有了母亲和乳汁，没有了天条规定的成长环节，儿子也照样活，照样长得不错？他们有没有真正的母亲两可？

一转眼，她和张俭撕扯上了。她吊在张俭宽大的肩上，一只拳头胡乱捶在他头上、腮上、眼睛上，脚也生出爪子来，在张俭小腿上拼命地抓。

张俭抱着二孩，怕孩子挨打，赶紧撤到大屋里。多鹤整个身体抵在门上，不让门关严。她和他一个门里一个门外，相持了几分钟，多鹤突然一闪身，门"嗵"地大开，张俭栽到了门外。

多鹤放弃了。她突然觉得这种讨伐太卑琐。

五百多个崎户村村民是好样的，几代同堂地死。几代同堂的血流成一股，浓厚程度可以想象。它拱出石缝，结成一个球，比父亲喝清酒的酒杯还大。血球颤巍巍，有着那种固体和液体之间的东西特有的柔嫩，一触即溶。第一线阳光从两座山坡之间的山垭岔里伸出来，那也是柔嫩至极的阳光。光亮照进血球，光和血球都抖了一下。那令人惊悚的美丽只是一眨眼工夫，然后，太阳就从山垭岔里整个地出来了，已经不再柔嫩。几个收尸的村长走过，他们中的谁踩在血球上——它并不像它看上去那么一触即溶，它冻结了。那些脚移开，它依然圆润光洁，看上去已经有了历史，就是琥珀、玛瑙形成所需的一段长长的历史。

这时，二十五岁的多鹤松开了抓着张俭的手，眼睛睁得老大，但眼光却很虚惶。

她多鹤用得着这样和他扭打吗？她不声不响就能让他明白什么都来不及了。

千惠子朝她的一岁的儿子俯下身，长而密的头发盖下来，母子俩被盖得风雨不透。母亲饿得又细又薄的身体对折起来……不是对折，是盘卷成一个螺蛳壳，把她的心头肉盘卷在里面。对孩子疼爱得不知如何是好，才会有这个动作。那螺蛳壳越绞越紧，一岁男孩的哭声越来越轻，被封在了壳内。千惠子的两个肩胛骨吓人地耸起，突然静止住。就在这个时候，孩子的哭声断了。螺蛳壳碎裂开来，冒出一张如释重负的脸。她替儿子在所有不堪的下场中选了个最好的：让赐予他生命的人索走他的生命，这多少也是一种圆满。逃难队伍中所有的母亲刹那间都开了窍，随即也都如释重负了。她们至少能使孩子们的苦难不再恶化，她们能够在孩子们所遭受的疲惫、惊恐、饥饿上划一个限度。千惠子两个虎口锁定在一岁男孩的脖子上，把一切未知的苦难变成了已知——对于他们的处境，未知本身所给予的折磨远远大过惊恐、疲惫、饥饿。披头散发的千惠子并没有疯，她开始追逐她的女儿，张着她柔软的怀抱和两个铁硬的虎口，一心想让三岁的女孩久美早一点进入她永恒的呵护。跟在千惠子后面的女人们不再追逐她。一个个年轻的母亲扶着树干，蓬头垢面、衣衫褴褛，想着千惠子教给他们的最后一种母爱，又上了路，高高的山毛榉枝叶间透着风、月光和一两声夜猫子的啼叫。

不声不响地杀婴就这样开始了……

一只手把她拉进厕所。是朱小环的手，红润如她的脸蛋，也带酒窝。小环说着什么多鹤没有去听，只看着那双红润带笑的手把一桶热水倾倒在木澡盆里。接下去，事情不对了，小环很家常地讲起丫头的事来，"回头你看见她，可得好好表扬她，啊？功课门门一码的一百分，老师还在一百分旁边画了五角星……就是手工课不行，让她拿纸剪个猫，她拿回家来，全让我给她剪！"说着她把手里的丝瓜筋蘸了热水和肥皂，狠狠搓到她脊背上，把她搓得东倒西歪，坐都坐不稳，背后的皮肉被搓得起了燎泡似的发疼，但她疼得舒服极了，疼得好美。

"……知道大孩有多坏吗？"小环用力用得话也说不连贯，"……小

子可坏了……躺那儿会玩自个的小鸡鸡……抱他俩出去，一见邻居家晒的干虾米，二孩这小子抓了就往嘴里搁，你说他咋知道那干虾米是吃的？我记得你怀他俩的时候，就特别馋虾米。这孩子神不神？把他娘爱吃的都记住了……"

多鹤脱口插话，说她自己小时候就爱吃外婆做的干虾米。

她很意外，自己怎么跟小环搭话来了：她明明在做和孩子们同归于尽的打算呀！这时小环把她从水里扯起来，抬起木盆一头，把脏水倒出来，让水冲在厕所地面上，一面哑哑嘴，又笑道："可惜了啦，这水能肥二亩田呢！"

多鹤看看厕所地面上一层灰色的体垢，不自觉地也笑了。她真的太意外了，怎么竟笑了呢？她不是正在想怎样让三个孩子毫不疼痛、毫不害怕地和她一块走，去做好样的代浪村村民吗？

这时小环突然想到了什么，丢下多鹤从厕所跑出去，随手带上铁皮门，"咣当"，大锣欢快地敲响了。不久铁皮门又敲了一声大锣，小环手里拿着一个小红布包，打开来，里面一根红线绳上拴了一颗牙齿。是丫头掉的第一颗乳牙。丫头要等小姨回来，把它给扔到一个瓦房顶上去，这样她以后出牙才出得齐整。多鹤用手指尖试了试那颗在奶头不知过往多少回的小牙齿，觉得不行了，她可能做不了那件同归于尽的漂亮事了。

当天夜里，张俭的两个朋友小彭和小石走了，张俭也去上夜班了，丫头悄悄跑到小屋。

"小姨？"

"唉。"

"你有'黑密促'（日语：Himitu，秘密）吗？"

多鹤不说话。丫头爬到她床上，她盘起两条腿，丫头坐上去。

"小姨你是去结婚了吗？"七岁的脸正对着她。

"嗯？"

"结婚？"

"伊也（日语：Iie，没有）。"

丫头松了一口气。多鹤问她听谁说的。丫头又扯出另一个话题：

"小姨，你跟我们王老师结婚吧。王老师是我们班的班主任。"

多鹤笑起来。这也出乎她的预料，她居然还笑得"咯咯咯"的。

"王老师'苏步拉希伊奈'！（日语：Suburashiine，特别好）！"

多鹤问怎么好。

"王老师给我一个上海奶糖呢。"

多鹤抱着她前后晃，一大一小两个身体晃成了一匹游乐园木马。

"还有，我喜欢的王老师的钢笔。"

多鹤抱紧丫头。这是夜里十二点。按她预先设想的，她这会儿跟丫头、大孩、二孩已经死了。多鹤搂着丫头，觉得真走运，假如死了，她就听不到丫头这么逗乐的话了。她居然给她当起媒婆来。七岁的媒婆。丫头抬起脸，给她一个缺牙的甜美笑容，多鹤那代浪村人对于死的热情彻底冷却了。

一个多月以后，小环告诉多鹤，丫头的班主任王老师要来家访。王老师一进门，多鹤差点笑出声：丫头给多鹤保媒的王老师是个大辫子姑娘。丫头一会儿看看坐在大屋床边的王老师，一会儿看看站在大屋门口的多鹤，目光里有一种成人之美的得意。等王老师走了，丫头问多鹤她愿不愿意和王老师结婚，多鹤这才倒在床上挥拳踢腿地大笑。

又是一个星期日，小环最后一个起床，梳洗过后就带着三个孩子出去了。她说她要带他们去坐船采菱角，但张俭明白她想给他一个好环境跟多鹤过几小时的小日子。

厨房的门半掩，能听见里面"嗞啦嗞啦"的声响，是烙铁落在浆湿的衣服上的声音。声音一起，一股带花露水味的米浆甜味就膨胀开来。他推开门，多鹤隔着白色蒸汽看着他。十月底，她的宽袖衣衫被两根松紧带箍在大臂上，臂膀几乎全部裸露出来。那臂膀一直没有圆润起来，也许她再也恢复不了先前的模样：圆润、白嫩、稚气。

"我去买粮。你要捎点啥？"他照例半垂着眼皮问道。

她两眼的莫名其妙：他什么时候学会请示女人了？她也从来没有让人"捎点啥"的先例。有时小环出去逛商店，会拽上多鹤。两人空手去，

空手归，图的是把商店的绸缎、布匹挨个用手指捻过，在镜前比过，相互间讨论过等攒了钱买哪样。也都是小环跟镜子里的自己讨论：红不红？这叫枣红，穿着还不那么浪，啊？还能穿几年红？也就眼下这两年了。攒到五块钱就来扯布，五块钱用得了不？四块多钱就够了。她也会把多鹤拽到镜子前，拿这块布那块布往她身上披：蓝得挺正，瞧这花多细法，裁件棉袄罩衣得四块钱吧？等着慢慢攒。攒钱是张家人最大的抱负。攒了钱把爷爷奶奶从佳木斯接来。张家大儿媳在军队做医生，去年改嫁了，不能还让前公婆老住在家里。可两张车票钱且得攒一阵子。

多鹤摇摇头，又埋头去熨她的衣服。眼睛余光里，张俭穿蓝得发白的工作服的腰部不自在地定了一阵，转身走了。粮店离张家十分钟路程，张俭骑着车五分钟就打了个来回。他把粮倒进灶台下的木箱，从衣兜里掏出一个小纸袋，又长又粗的手指窘迫得乱了。

"这……给你吧。"

多鹤打开纸袋，里面有两块包着晶莹彩色玻璃纸的糖果。她看见那又长又粗的手指缩回去，捏成拳，恨它犯贱似的。他把手缩回的瞬间，多鹤正巧从炉子上拿起烙铁，似乎烫着了。她一下子撂下烙铁，上去捧住他的手。

"没烫着。"他说。其实烫着了指头尖。

她细细查看。她从来没有仔细看过这个男人的手。手掌上有厚厚的茧，手指的关节很大，指甲坚硬整齐。一双相貌堂堂又有点傻乎乎的大手。

不知怎么，张俭已经将她抱在怀里。小环说得对，这是最好的讲和。多鹤的委屈总爆发了，他一抱，她就哭成一个无声的泪人。小环说，你要她，比什么都能安慰她。他一连几次地要她。小环多不容易，一人带三个孩子出去，就为了让他俩能过几个钟头的小日子。不能负了小环的苦心。

多鹤一直闭着眼，短发被涕泪沾了一脸。她像赌咒又像表决心又像讨好他，喃喃地说她要再给他生孩子，生十个、八个。

开始他听不懂。她的话稍不留心还是一种似是而非的语言。他终于醒悟她在说什么，马上没了热情。再怀孕把她往哪里藏？就算藏得住，怎么有钱养活？现在的一大家子已经让他吃力极了，工厂的补助费、加班费、夜餐费，他都舍不得动，夜餐只吃家里带去的冷馒头。他已经没有任何余力再勒索自己了。

多鹤实在是块肥沃的田野，种子撒上去从来不白糟蹋。她这天远远地站在张俭下班必经的路口，路口堆着一座碎石垒的小山。她见张俭的自行车从铁道坡上溜下来，站在碎石小山头上向他又叫又喊。张俭停住车，她稀里哗啦跟着下滑的石头一块下来，浑身都是连滚带爬的狂喜。

"我……三孩！"她乐得话语全没了章法。

"三孩？"

"三孩，在肚子里！"她被冻得半透明的红鼻子起着细密的皱纹，那种稚气的笑容又回来了。

张俭抽了一口立冬后阴湿的冷气。她跟他往前走，脸不时仰起，样子像是他这个长辈还欠她这个晚辈一句表扬呢。张俭满脑子的数目，三十二块一个月，加班费、夜餐费、补助全加上，最多不超过四十四块。还吃得起红烧茄子吗？酱油都是金贵东西了。

周围人不断招呼他："张师傅下班啦？""张师傅上白班啊？""张师傅……"他顾不上回个招呼，连那些在他身上停停又飞到多鹤身上的目光他都忽略不计。他突然想，小环说过，啥日子都能往前混。

"来吧！"他拍拍自行车后座。

多鹤坐上去。他一边蹬一边想，这个女人是很会生的，说不定一下子又来个双胞胎。多鹤两只手抓着他帆布工作服的边沿。这么一个不起眼的女人，她那肚子还真是风水宝地，孩子们真爱卧！他的父母瞎碰运气，挑的那个口袋等于摸着彩了。

晚上小环靠在墙上抽烟，一手撸着他的头发，叫他放心，吃糠咽菜也能把孩子拉扯大，来多少，拉扯多少。多子多福，从来没听说过嫌孩子多的！多鹤的孕期在冬天、春天，等显肚子了，就到附近乡下租间房，藏那儿生去。乡下人有两个钱打发，嘴就给封上了。张俭翻个身："有两个钱？那么容易就有两个钱了？"

小环不吱声，手还是胸有成竹地、一下一下撸着张俭刺猬一样的头发。

90

多鹤却流产了。春节前她正上楼梯，三个月的胎儿落了下来。她撑着走上四楼，每个水泥台阶上一摊血。她刚进门就听见邻居们大声议论，谁家出了人命?! 怎么到处都是血?! 议论声聚到了张家门口：了不得了，是张师傅家出事了! 捶门的，推窗的，叫喊的堵了半条走廊。多鹤静静躺在热乎乎的血泊里。想着她今后是否还有可能生三孩、四孩、五孩，是否还会给自己生一群亲人，让她在他们眼里看见永别了的父母、舅舅、外公、外婆，看见代浪村的村景、田野、樱花林……

也许她失落的这个三个月胎龄的三孩带走了她的生育能力。那流浪的一个多月，那一场场的惊吓、饥饿的后果原来在此。

外面为张师傅家操心的人越来越多。有人照小石、小彭的做法拉开了厨房的窗子，有人嚷着"借板凳去!"有人喊："小环大嫂在吗?"

小环带着两个男孩逛够了，推着车走到楼下，正看见一个打补丁的大屁股塞在她家厨房窗口。她挑起烟熏火燎的嗓子问那是谁的屁股，大白天偷她家的金条、银元吗? 她家可是刚刚少了一个崭新的电唱匣子!

人们趴在公共走廊的栏杆上，七嘴八舌讲着楼梯上的血迹。

小环立刻扔下儿童车。一只胳膊夹一个男孩跑进楼梯口。她马上明白多鹤出了事——出了什么事? 等她赶到自己家门口，也顾不得问刚才那个屁股是谁的，谁这么大胆。她打开门，反手又将门关严。地上的血已经成了血豆腐，多鹤躺在床上，身下一块椭圆的深红色。她把大孩二孩放在大屋床上，赶紧回到小屋。

小环用手掌抹去多鹤额上的冷汗。多鹤看看她，两人都不说话。还用说什么? 小环从阳台上抓下大孩、二孩的尿布，叠了叠，塞进多鹤的裤子。多鹤又看看她，她看回去。多鹤头一眼看小环，小环就知道她没事，就是累，再说话就累她了。

小环去厨房，捅开灶火。窗外人还操着心。随他们操心去，她得赶紧给多鹤煮点糖开水。等多鹤捧着一大缸糖水时，小环才想起她把儿童车丢在楼下了。可她跑到楼下，发现车不见了。那车是小彭和小石做的，车身是两张并排的小木椅，前面挡的横梁可以打开合上，车轮是用轴承自装的，特别好看好使。

小环把煤灰撒在血迹上，一层楼一层楼地清扫，一层一层地骂街：偷了咱们孩子的车给你孩子坐？让你孩子坐出大疔疮来，让他满腔长毒痛，一个痛八个头，流脓淌血淌死他！看我们家人害点妇女病就想来欺负？把女人的脏血泼你家去！让你晦气一辈子！让你生儿子没鸡儿生女儿没眼儿！

小环骂得扬眉吐气，邻居的孩子们一个个端着晚饭站在公共走廊上做她的观众、听众。小环骂街在朱家屯就是个名角儿。孩子们吃着、看着、听着，不时提一两句台词：小环阿姨，是满腔生大肥蛆，不是毒痛！或者：小环阿姨咋不说一肚子坏下水……

张俭听说多鹤流产暗暗地松口气。一个多月后，多鹤还是流血不止。张俭和小环都怕起来，商量要不要请大夫。小环把多鹤扶到一家私立妇幼院，诊断后让多鹤立刻进手术室，因为流产并不彻底。

手术后，多鹤在医院住下来。

小环天天傍晚带着三个孩子来看她。第三天下午，小环进了病房，发现另外三个产妇都赶在一块出了院。多鹤睡得头发七拱八翘，小环用梳子蘸了水替她梳。

多鹤突然说她救过一个小姑娘，从她自己母亲手里救下的。她母亲要掐死她。小姑娘叫久美，当时三岁。那么当时多鹤几岁？十六。为什么母亲要杀这个小姑娘？当时好多母亲都把自己孩子杀了。为什么？因为……自己杀总比别人杀好。谁会杀他们呢？战败国的人，谁都会杀，所以崎户村的村长让一个枪手把几百村民全部杀死了。

小环不动了。她坐下来。这是个好天，开春的气味从窗外飘进来。住了这么多年，她对东北老家的想念才淡了些。多鹤一个没了村子、父母、兄弟姐妹的人，得要多久，才能让想念淡下去？何况她的村子、母亲、弟、妹是那样没的。她听着多鹤吃力地讲述她怎样看见崎户村人的自杀，代浪村和其他日本村子的人怎样走上不归路。多鹤的中文还远远不够来表述这么恐怖、惨烈的故事，有些地方，小环要靠猜测才能把她的意思连贯起来。也幸亏她不能尽情表达，不然这个故事小环是听不下去的。

一个护士进来，多鹤停住了叙述。小环看见她的手指抖得吓人，上

了岁数似的。其实即便护士用心听，也不见得能听懂多鹤的讲述。张家人把多鹤的话听熟了，不觉得她难懂罢了。

护士走了后，多鹤继续讲。剩下的八百日本人已经不成人样。没被母亲杀死的孩子们也一个个在饿死、冻死——他们已经从秋天走进了冬天。土匪们的快马冲过来，抓起女孩子们，谁都挣扎不动，叫不出声来了。只有一个老人——唯一一个活下来的老头说：枪呢？举起枪来，朝女孩子们打呀！可是枪早就丢了……

小环觉得心里那股难受特别奇怪：这故事的惨烈可怕不像是人间的。日本人怎么那么热爱死这桩事呢？一个村长能替全村人当家去死？一个母亲可以替孩子们当家去死？

她听完多鹤的故事就让自己的心一直空白，一直空白到她回到家，看见坐在桌上自斟自饮的张俭。她眼泪顿时流了出来。

张俭问了几句，问不出结果。丫头吓坏了，起先还说妈妈吃饭吧，饭都凉了，后来也不敢做声了。她从来没见过小环哭这么痛：小环是那种让别人哭的人。小环哭了一阵，拿过张俭的酒杯，干了两杯白干，吸着鼻子进大屋睡去了。等张俭也上了床，她才把多鹤的身世讲给他听。

他听到多鹤抱着三岁的病女孩久美边跑边哀求她的刽子手母亲时，手捶了一下床帮子，叫道："哎呀！"

那一夜张俭和小环没睡什么觉。两人都靠在那里抽烟。抽一阵，张俭会想出故事中某个细节，再问小环，当小环复述了那个细节之后，他绝望了似的：真是那么惨绝人寰。有的细节他问了好几遍，每证实一次他心情就更坏一点，可他仍是不停地问，希望自己听错了。

快天亮时张俭才睡着。第二天早晨上班他头昏脑涨，组里谁出一点错他都不依不饶。十六岁的少女多鹤经历过那样的惨事。多鹤刚从麻袋里出来的模样幽灵似的出现在吊车前面，出现在他饭盒子前面、储衣柜里、淋浴的水花里。他恨他父母，干什么不行，偏要去花七块大洋买回这样一个女子，现在好了，她的身世弄得他要疯。假如他们买她回来，就把她的身世告诉他，多好。他会坚决地把她推出去。那她去找谁……早一些知道她的身世，他会换个态度待她。可换什么样的态度呢？

第六章

多鹤出院前一天，张俭去了佳木斯。一直很健朗的张站长突然中风了，半瘫在前儿媳家。当军医的儿媳是个好儿媳，说一对老人还是留在她身边，她毕竟是个内科医生。张俭回到家把这话和小环一说，小环入木三分地说："你爸半瘫可以做半个保姆，你妈做饭、洗衣、打扫，军队多一个人多一份口粮钱，她又得钱又得劳力，看把她给合算的！"

探亲假一个多月，张俭回厂里上班，段里的书记告诉他，他的入党申请批准了，几乎全票通过，一致认为张俭埋头苦干，作风朴实。张俭的性格很讨巧，上上下下都能从他身上看到优点，滑头的人发现从他那儿偷点懒很容易，他不计较，自己多做一点就是了；顽劣的人觉得他迟钝，作弄作弄他，他没什么反应，撸掉他的帽子他没火气，自行车和他抢道撞上，他也让你撞。他的寡言让领导一看，就是稳重、埋头苦干的象征。告诉他入党的喜讯，他那双看穿千里风尘的骆驼眼仍是半闭半睁，说："我哪够格呀。"

出了工厂大门天正下着小雨，他生了风似的蹬车。路上他碰到熟人，差点把"下班了"问成"入党了"？入党是桩好事，大好事。不入党升工段长之类的好事是没你份的。张俭不是官迷，张俭只想多挣点，一家子好活一点。

他在路上买了一瓶六角钱的白干，比平常阔气了一角钱。他又一顺腿拐进了自由市场，都在收摊子，能买到的、他舍得买的下酒菜就是五香煮花生米。

　　他把花生米包在手绢里，也不管手绢马上就五香起来，骑上车，正要蹬，又跳下来。长长的自由市场在一个芦席搭成的拱形棚里，他在尽里头，往外看，入口处一片拱形的雨后夕阳，又明亮又柔嫩的光线里刚走过一个熟悉的身影。张俭心里从来没有戏文似的酸话，这时也禁不住了。那个身影真美。他又骑上车，悠晃着出了席棚，跟在那个身影后面。渐渐近了，渐渐成了肩并肩。他侧过脸，她一惊，随后马上笑起来。

　　为什么离去的一个多月让所有的记忆都不算数了？他记忆中的她不是这样卓尔不群。可什么时候他又在人群中见过她？她齐耳的浓密黑发，厚厚的刘海让她一看就不是本地人，不属于这里。流浪在她身上留下的永不消失的痕迹，就是那些鲜明的轮廓线条。而两个多月前的流产和手术又在她鲜明的轮廓上添了薄薄的丰润，她的两腮润泽得像发育中的女孩子。她白底蓝细格的衬衫也那么衬托她，看起来她是世界上最干净、刚刚从水里出来的一个人。是真的美丽。张俭记起他半生中读过的有限的几本书，所以现在对她的感叹和欣赏不是空无一词。当然，他嘴上还是没什么话，只问她去哪里，刚才是不是淋了雨。

　　多鹤说她要去丫头的学校，丫头把雨靴雨伞落在学校了，她去帮她找回来。小环呢？小环在罚丫头站呢，抽不开身。

　　这时是晚上六点半。天已经长了，刚落山的太阳在新栽的杨树梢上留着残红。

　　两个人一声不响地往前走。他也不说他要陪她去学校，她自然知道他已经在陪伴她。不说话马上就让两个人的心累起来。他侧过脸，看着她从黑发中露出的眉、眼、鼻梁、鼻尖、嘴唇……他怎么要到三十几岁才能踏踏实实地看她，看出不同来呢？

　　她也侧过脸，她的左半个脸颊被他看伤了似的，有一点不适。

　　他们的眼睛对上了，都吓坏了。他想，在认识小环前，他恋过哪个姑娘吗？他在看唱戏的时候，对某个小旦有过男人们都有过的非分之想吗？他怎么了？会对一个他认识了八九年的人这样心跳？那就是说他没认识过她？她能看出他的心跳，她也在心跳。

　　刚刚才对视过，她又开始寻找他的眼睛。先从他的手，看到他的挽起袖子的臂膀，然后到他的肩。在她的目光爬上他的脸时，他回过头。这一次看得长一些，两人都对这种对视很贪。他每看她一次，都看出她眼睛的一个特色：黑的特黑，白的特白。前面圆圆的，几乎没有内眼角，往后一点点窄下去，外眼角是两道弯弯的长褶子。这双眼睛说不上标致，但与众不同。再细看，她的睫毛多密呀，给眼睛镶了两道黑圈。

看着看着，他的心又是那样，打了个秋千，只不过他不再像上次那样惶恐。上次他惶恐得竟想把她丢弃掉。那的确是畜生干的事。他不愿想那畜生该如何治罪，现在的好时光千载难逢。

两人越是对视，越是贪婪。他们把五分钟的路走成了二十分钟。路上碰到一个卖白兰花的老太太，张俭掏出五分钱，买了一束，让多鹤挂在衬衫纽扣上。他对自己的异常行为毫不惊奇，好像他生来就是会跟女人风花雪月的公子哥儿。他要到他的心有空闲分析他这些行为时，才会吃惊。现在他的心忙坏了，忙着接受多鹤每一瞥风情十足的目光，忙着以他温存的目光或者悄悄捏一把她的手或腰或肩来回报她的风情。男女之间可干的事真多，何止那一桩事呢？在人来人往的街道上，悄悄地捏一捏她的手心，让他心尖肝尖都酥麻了。那手心真软真嫩，像一切被偷盗来的东西那样难以言喻的美妙，比他和她例行公事地躺成一并排，他触摸她的女性基本点要销魂多了。

两人来到学校时天已擦黑，门房问清了他们的来由就放行了。张俭记得丫头是一年级三班，一年级的教室在靠近操场的那排苏联式房子里。学校像这个城市一样崭新，如果不明白"社会主义"这个词的定义，可以看看乳黄色的校舍，再看看这座红白楼房与铁灰高炉相间的新城市。

三班教室的大玻璃窗离门岗不远，用心的话，可以看见刚才那个老门房正在门岗里吃晚饭。张俭问多鹤是否知道丫头的座位号。不知道。一般教室按大小个儿排座，大个儿坐后排，小个儿坐前面。丫头中不溜的个儿，应该坐中间的几排桌椅。中间的课桌全被他们打开桌盖检查了，什么也没找到。那就一张桌一张桌地找。

天渐渐暗了。

两人正要出门，又像失落了什么在身后，都在门口停住。

带着夕阳色彩的暖色黑暗中，他们把彼此看得很清楚：刚才一路走来看到的每个细节每根毫发每颗雀斑此刻都成了他们的体己秘密。他们轻轻地拥抱，慢慢把身体分量依到对方怀里，好滋味要一点一点地尝。偷尝的好滋味是好上加好。

张俭把多鹤抱到最靠门的课桌上，多鹤轻声说不行不行，门房离那么近，可以看见。

张俭把她的纽扣解开，嘴巴顶住她的下巴。正是这种随时出现敌情的地方让他浑身着火。他的手掌碰到她的胴体，他的感觉又打了一下秋千。这回是下腹的深处。他存心让自己活受罪，让下腹深处荡起的秋千越悬越高，就越来越让他灵魂出窍。他觉得整个人都荡起秋千来。这受的是什么罪？天堂般的罪。

他感到她也完全不同于过去。过去她只把他当一个男体，一个能够跟女体配偶的男体，而现在不同了，她把他当作天下独一份，只属于她的独一份，是那种茫茫人海里稍一大意就错过的独一份。这下什么都不同了，抚摸成了独一份的抚摸，每一个抚摸都让她痉挛。谁说女人不会进攻？她的肉体迎出去老远，几乎把他的牵拉过去。她那片优质土壤似乎要把他也埋没包藏了。

他闭着眼乘着秋千一上一下，满心是多鹤左一瞥右一瞥的风情目光。她那么风情又那么蒙昧，这是张俭最感到新鲜刺激的一点。

滋味怎么这么好？一个人的心恋上另一颗心，他的肉体也会恋上她的肉体？

结束时两人全身湿透，却非常不甘心。她穿衣服的时候问他几点了。管他几点，大概八点多了？别去管它。

他们从门岗前走出去时，老门房上下打量了他们一眼，断定他们进去没干好事，不是偷东西就是偷情。看来是后者。

走到他们那幢楼的楼下，两人对看一眼。张俭挑挑下巴，多鹤明白了，快步先上楼去。在楼梯上，她摘下衬衫纽扣上的白兰花。花已经成了肌肤相碾的牺牲品，但她还是舍不得扔，放在衬衫口袋里。她进了门就胆战心惊地对小环一笑。小环正在和小彭、小石聊天，没在意她。小彭看着多鹤，眼光像是有怨，怨她失约似的。

小石招呼得很大方，说，"哟，小姨回来了。"

多鹤见三个孩子全睡着了，白天的痱子粉在大孩二孩的脖子上，和汗、灰尘混在一起，陷在那肥嫩的肉缝里，成了一圈圈灰白混凝土。丫头也没洗澡就睡着了，只是把自己唯一的白衬衫洗了，也没拧干，挂在灯泡下烤，滴得草席上一大片水。多鹤坐在七歪八倒睡得呼呼作响的孩子们中间，听觉伸到楼梯上去了。她心焦地听着张俭那双大皮鞋又慢又沉地踩在楼梯台阶上。他要她先一步回家，他在后面让蚊子小咬叮，把足够的时间磨蹭掉。就是说，他要把他们之间刚发生的事瞒住小环。她不是也想瞒吗？把白兰花藏进口袋，白兰花又不会告密。可人在最珍惜自己隐秘、最忠于自己秘密恋人时，觉得一切都不可靠，什么都会告密。

就是说，张俭成了她的秘密情人。他们一个屋顶下生活了八九年，一口锅里吃了千万顿饭，一条炕上做过上百次夫妻，偶然一个回首，对方陌生了，但这是一种多好的陌生，和他们先前的陌生不一回事。这陌生把什么旧痕都洗掉，给他们一个新的开头。没有陌生，哪有今天在黑暗的教室里的艳遇。以后，他们人在家，心和身子却可以天天私奔。

她坐在床上想，她和张俭的私奔将背叛这个家庭。正因为此，艳遇好美呀。

她一直听着张俭上楼的声音。一直没有听到。他比她更背叛得彻底。隔壁的大屋传来三个人的说笑。难道他们不奇怪吗？多鹤出去找伞去了两三个小时，张俭干脆失了踪。

九点多钟，两个客人告辞了。在公共走廊上碰见扛着自行车走来的张俭。多鹤听小环说："哟，你把车扛到四楼上来干吗？"张俭没有回答，只说："姥姥的，加班加到现在！"小环说："加班加出牛劲儿来了？把车扛上来，有地方搁吗？"多鹤想，张俭一定心不在焉，心里忙着编瞎话，扛着车上楼也没注意。

多鹤觉得张俭这样的人撒这样的谎，比直接对她唱情歌好听一百倍。又是对小环撒谎。张俭对小环撒谎，等于对他自己撒谎。在多鹤刚进张家时就看出来，他俩就好成了一个人。

　　他和她在学校的空教室里接头。他们发现根本不必去走大门：学校的围墙不高，一翻就过。他们还在公园的灌木丛里接头。在铁路边的芦苇沟里接头。在山坡的松林里接头。有一天，他用自行车驮着她，骑了两个小时，到一块陵墓里，四周种了许多美人蕉、大丽菊，他在花丛后面铺一张报纸，就是两人的婚床了。他总是用大夜班下班后的时间带她去远些的地方。如果他上白班，下午下班，他就和她去后山坡。一次两人正缠绵，几个上山玩耍的孩子突然出现，他赶紧用衣服把她盖起来，自己掏出口袋里所有的钱，给孩子们扔过去。

　　他们无处不能幽会，幽会的方式也五花八门。万一碰上人，粗粗一看，看不出他怀里还有个人。他从厂里拿了一件胶皮雨衣，打开来如同船帆，他披在身上，面对一棵树或一堵墙，人从他背后看，都以为他在随地方便。

　　在小环眼里，他们也没有破绽。多鹤流浪一个多月回来后，学了不少本事，现在会出去买煤、买粮、买菜。小环乐得让她出去干这些没乐子的差役。渐渐地，她出门成了正常的事，闷了，出去散步去。小环知道多鹤一出门就装聋作哑，因为流浪时她那一口话总是惹事。说不通的事，多鹤就给人写：煤太湿，便宜吧；肉太瘦，别人买肥肉，价钱一样？不好！

　　用心猜猜，人人也都懂她。

　　有时张俭会为多鹤准备好搪塞的东西；一捆干黄花菜或者几个皮蛋，或者几个包子。他们幽会结束，他让她拿回家，让小环误以为多鹤逛那么久，为了买几个包子。

　　这天丫头没有上学，因为种牛痘有点反应。小环把大孩二孩交给丫头看，拉着多鹤去逛街。多鹤和张俭上午要接头，因为他是八点钟下大夜班。多鹤现在撒谎撒得很漂亮，说丫头不舒服，怎么放心她看两个弟弟。

　　小环前脚走，多鹤后脚便出门了。

　　张俭老远就看见了她，叉在腰上的双手顿时放松了，落下来。不必

听他说什么，他的身姿已经是望穿双眼四个字的写照。他头顶上一棵巨大如伞的槐树，垂吊着一条条裹着树叶的虫，珠帘一样。

他骑车把她带进了厂里的俱乐部。他已经情胆包天了。俱乐部九点放头一场日场电影。他们各种幽会都体验过，唯独没进过电影院。他不顾她对广播里电影里的中国话基本不懂，像全中国所有搞对象或搞腐化的人那样，坚持请她看电影。他也像所有看电影的情侣那样，买了两瓶汽水一包蜜枣一包瓜子。

上午第一场电影没有多少观众，有的就是回家过暑假的大学生。也有几对年轻情侣，照样的汽水、蜜枣、瓜子，俱乐部小店一共就这三样东西。

灯黑下来，情侣们都不安分了。张俭和多鹤的手相互寻觅到对方，然后绞过来拧过去，怎么都不带劲，又怎么都带劲。

汽水和零食很碍手碍脚。被张俭拿到他边上一个空座位上去，搁不稳，又被他放在地上。他和她似乎寻求到了和平常不同的满足。其实他们每找到一个场地，都寻求到不同的满足。越是简陋、凑合，刺激就越大，满足也就越大。电影院是全新的刺激，多鹤在张俭手下疯狂了。

电影结束，观众们退了场，张俭和多鹤两脚踏云地往外走。走到外面休息室，张俭向右边一看，那里的门似乎是通向后台的。他看了她一眼。她跟他闪进那道门。门内很黑，到处堆着工人业余剧团的布景。布景有树有山，有城有屋。从关着的窗帘缝里，一道道阳光切进来，明暗交替的空间有些鬼魅气。

霉味直冲脑子，多鹤一步踩空，手抓住窗帘，霉透的绸料烂在她手里。工人业余剧团显然许久没有在此活动了。

张俭把布景摆置一番，铺开他的工作服。他的手缺乏准确和效率，动作又快又傻。就是傻子高兴过度的动作。和多鹤头一个晚上的圆房他也没有这么紧张过。那晚上太黑了，太黑不好，眼睛要很久才能看见人和物的影子。那次不是完全黑暗的，有一点光亮从后窗外进来。

后窗外面，坡上的雪让月亮弄成镜子，照进窗里，这是他和一个外族女子的圆房之夜。他看见日本女孩的影子，小小的，逆来顺受的。就

是令天下男人受不了的那种娇小柔顺，拥到怀里就化的那种柔顺。他腿肚子一蹿一蹿，马上要抽筋了。他恨自己没用：又不是没经过女人。他想去摸灯，中途手又改道去摸烟袋。点上灯是为了看看腰带上的死疙瘩如何解开。可点上灯还不把她吓死？也能把他自己吓死。他一使劲挣断了裤腰带。她果然柔顺，一点声息也没有，一拥到怀里果然就化了。他知道她在哭。逆来顺受的泪水并不让他烦，他的手掌在她脸上一抹，原想把泪水抹掉，但马上不忍起来：他的手掌可以盖没她整个脸，只要稍微使劲她就会给捂死。他的小腿肚子仍然硬邦邦的，随时要抽筋。他怎么会这么没用呢……

后台已经不再黑暗，两人都能看得清对方了。他们在电影场里相互逗起的馋痨这下可了不得了，两人滚在工作服上，恨不得你吞了我，我吞了你。

一个回合完了，他说起他们的第一夜，所谓的圆房。她一下子用手掌捂住他的嘴，那一夜她所有的记忆都是黑暗的。

没有点灯，没有月光。屋里的燥热在黑暗里流不动。他就是一股黑暗的体味，随着他一件件地脱衣，味道大起来，热起来。然后他就成了一个个黑暗的动作，其中一个动作是抓住她的手腕。他的两个大手紧紧地抓住她的腕子，到了那一步好像还怕她挣扎似的。她说了一声：我怕。他没有听懂。她是怕在这实心的黑暗里从小姑娘变成妇人，她一生只有一次的东西就在黑暗里给他拿走了。她又说：我怕。他搂住了她细小的腰部……她哭起来，泪水尽往耳朵里跑，他也不来替她擦擦。

现在她记不清他当时是否替她擦了泪。他说他擦了，她说没有。都记不清了，记不清更好，现在想怎么回忆就怎么回忆。他们爬起来，发现饿极了。这才想到他们买的蜜枣、汽水、瓜子一样没拿。算了吧，去哪个馆子吃一顿。他还没带她下过馆子。情人都是今朝有酒今朝醉，从来不花钱的张俭和多鹤此刻倾家荡产也不在乎。

俱乐部对面有几家小馆子。他们无心挑拣，坐进了一家最近的。张俭要了两盘菜：炒肉丝、炒土豆丝，又要了一瓶五两装的白酒。多鹤也要了个杯子，喝了两杯酒。酒喝下去，两人的眼睛就离不开对方的脸，手也离不开对方的手。两人不管其他顾客的错愕：工人区从来没有公开缠绵的男女。他们说的"恶心""肉麻"，他俩的耳朵也忽略了。原来下小馆喝几两酒也有了新意思，也给他们新刺激。

从那以后张俭隔一阵就带多鹤去看看电影，吃吃馆子。他们的主要幽会地点就是俱乐部后台。即便台上挂着大银幕在放电影也不打搅他们的好事。他们把布景搭得很富丽堂皇，宽大的城堡，常春藤密布，西方人的长椅。他们不断在后台历险探宝，发掘利用的东西越来越多，他们的幽会也就越来越古典、戏剧性。有一次他们正躺在长椅上，听见打雷般的口号声。前台不知什么时候开起大会来。他们从后台出来，才发现那是表彰大会：上级领导表彰了张俭所在的钢厂出了优质钢材，造出了坦克。

他们幽会所耗的巨资渐渐成了张俭怎样也堵不住的窟窿。多加班、多上夜班、少喝酒、戒烟都无济于事。他在厂里背的债越来越重。原先他每次上夜班带两个馒头，现在他馒头也免了。他把好吃的好喝的全留到多鹤能跟他共享时才拿出来挥霍。

这天他和多鹤坐在一家上海人开的点心铺里。多鹤说她听见小石和小彭议论，说张俭欠了厂里不少钱。

张俭放开了她的手。

她问他欠多少？

他不说话。

她说以后不下馆子了。

他说也就欠两三百块钱，铆铆劲就还了。

她说以后也不看电影了。

他一抬头，脑门上一大摞皱纹。他叫她别啰嗦，他还想带她去南京住旅店呢。

这是他们幽会两年来他第一次凶她。

等到居委员又来动员家属参加劳动，小环又是嬉皮笑脸地说她孩子

太小、她肝、脾、淋巴都大，没法出工时，多鹤从小屋走出来。她愿意去打矿石，挣那一小时五分钱的工钱。

这是个鄙视悠闲的年代。十岁的丫头忙出忙进，每天跑很远去捡废铁，鞋子一个月穿烂两双。多鹤跟一大群家属每天坐卡车到矿石场，用榔头打矿石，再把矿石倒进一节节空车皮。多鹤和所有家属穿扮得一模一样，都是一顶草帽，草帽下一块毛巾。不同的是，她不像她们那样套两只套袖，而把一根松紧带结成圆形，交叉勒在胸口，两端的圈把袖子固定到大臂上，露出雪白的小臂。代浪村的女人们再冷，都是这样露着两条赤裸的臂膀耙田、搂草、磨面、喂牲口。女人们分成两组，一组人打，一组人运。两组人隔一天轮一次班。从一条独木桥走上去，把挑的矿石从货车厢外倒进去最是艰难，人也容易摔下来。多鹤很快成了显眼人物：她用一个木桶背矿石，木桶的底是活的，有一个扳手，她走到独木桥顶端，调转身，脊梁朝车内，把扳手一抽，桶底就打开了，矿石正好落进货车里。

家属们问多鹤这个发明是从哪里学来的，多鹤笑一笑。这是她们代浪村的发明。家属们觉得张家的小姨子肯吃苦，不讲东家长西家短，一流人品，可惜就是呆子一个。

多鹤把挣到的钱交给张俭，张俭看看她，那双半闭的眼睛让她在他脸上印满亲吻。他们已经很久不幽会了，偶然幽会，就是小别胜新婚。他们幽会的圣地还是工人俱乐部的后台。后台添了些新布景，工人业余剧团刚演出了一出新戏。戏里有床，有大立柜。上午九点，剧场里正演电影，他们买了电影票，却从休息室钻到后台来了。他们悄无声息地搭着他们的窝。常常来这里，就摸出许多门道，后台另外还有两道门，都通野外。

深秋的潮冷里，两具温暖的肉体抱在一起简直是求生必需。他在这场小别胜新婚的劲头上居然说出他平时会臭骂"什么鸟玩意儿"的话来——"我爱你！"他不止一次地说，说得多鹤都信了。多鹤从来没听过这句话，也不知道它是陈词滥调，她感动得快死了。

他紧紧抱住她。这是一个多圆满多丰满的回合。他歇下来，滑落到她侧边，下巴填满她的颈窝。

一支手电的光柱突然捅进来。

"里面是谁?!"

张俭脑子"轰"的一声。他不知什么时候把多鹤紧紧抱住，用他的脊梁朝着手电光源，把多鹤完全包在胸怀里。

"滚出去!"张俭的嗓音既低沉又凶狠。

"你们滚出来……不出来我叫人了!"

张俭的脑子转得飞快：前台放电影的声音并没有断，一般情况下电影院不会轻易断了一场电影来处理他们这类事，这意味着接下去的一场场电影时间全乱套。电影院不会干这种傻赔钱的事。尽管观众们或许不在乎停下电影看一场捉奸的好戏。他觉得多鹤在怀里缩成又小又紧的一团，一只手冰凉地抓住他的肩头，微微哆嗦。

"闭了手电，不然我一刀剁了你!"张俭的声音低沉，把握十足。他一面诈着，一面纳闷：他怎么脱口说出"剁了你"来了？急红了眼想到了旁边一排做道具用的刀枪？

那人声音虚了一点，说："我喊人了!"

张俭仍然用整个身体挡住多鹤，从那床上滚落到地上，嘴里一面说着："你喊喊试试!"

"你们出来!"

"闭了手电!"

两人伏在地上，手电的目标就小了许多。张俭向靠在枪架上的道具枪移了一步。然后他的大长腿一伸，够过来一块压幕布的铁块。手电光追过来已经晚了，张俭已经把铁块抓在手里。

"把手电闭了!"他说，"姥姥的，你闭不闭?!"

"不闭你敢怎么样?"

"那你就别闭试试。"说着他手里的铁块照着手电的光源投过去。

手电立刻暗下去。对方显然认为没必要用性命去试试他狗急跳墙、兔子咬人的疯狂招数。钢厂的民兵连里枪法、刀法好的民兵不少，常常和其他厂的民兵们举行射击和刺杀比赛。

"出来！不然我真喊人了！"

张俭把多鹤的衣服塞给她，推了她一把。她不懂，一只手没命地抓住他的胳膊。他对着她的耳朵，告诉她悄悄打开西北角那扇后门，他会很快跟上她。

她信以为真。前台电影的音乐抒情美妙，多鹤乘着那起伏的旋律逃了。过了一会儿，张俭知道外面等着他的不再是一个人了。但他没想到等在外面的是俱乐部的全体职员，除了那个电影放映员。银幕上的人物仍过着他们的幸福生活。

张俭工作服胸前的纽扣扣错一颗，鸭舌帽拉得很低，翻毛皮鞋拖着长长的鞋带，在面前满脸义愤的人眼里是个地道的反派。他也知道这点。他却奇怪自己为什么没有半点反派的感觉，倒是感觉像个悲剧英雄。他牺牲了自己，为保护心爱的女人，他不悲壮谁悲壮？

"还有一个呢？"那个握着手电的人说。他现在不怕张俭了，就是这个东北大汉真要剁谁，眼前七八个人可以分担危险。

张俭想多鹤是机灵的，已经跑到正在落叶的榆树丛里，已经穿戴整齐地在等他。一个身世如多鹤的女人不机灵是活不到今天的。

"还有一个什么？"张俭懒得理他似的。他那双半睁的骆驼眼表现傲视最精彩。

果然七八个职工被他的傲视看得大怒。这个东北大汉要是自己不降，制服起来大概要费点事。

"少装傻！问你那个姘头呢？"七八个人中间的北方人说。职工们叫他谢主任。

"谁是我姘头？！"

"我都看见了！还想赖！"拿手电的是个四五十岁的南方人。

"看见了还问？你们叫她出来呗！"张俭说。

"那你承认她是你姘头？"

张俭不理他们了。他后悔跟他们一答一对地说话。他从小不爱开口原来早就看出人们不值得理会，你只要跟着他们的思路走，一来一往跟他们对答，很快成了他们下流话的接受者。他和多鹤那样的感情成了轧姘头：多鹤那样一个女子成了姘头?! 他们在这里提一提她都脏了她! 张俭可以苦，可以累，可以痛，就是脏不得。

他们中一部分人进到布景的迷宫里搜索，另一部分人看守张俭。没搜出那个女人。一个职员报告：后门没锁，姘头可能从那里跑了。一定是这家伙掩护她逃跑的。看来是个腐化老油子。要不是接到伟大领袖来钢厂视察的通知，谁会去查那些黑暗角落？还以为美蒋特务埋个定时炸弹什么的，结果找到一对雌雄糖衣炮弹!

张俭的工段也天天在打扫布置，扎红纸花、红彩球迎接伟大领袖毛主席的视察。但以往也说省长、市长来视察，后来并没有出现在高炉边上。所以这一次工人们也将信将疑。听俱乐部的人这么一说，张俭想，原来伟大领袖真要来，因为俱乐部是厂部直接管辖，消息灵通而可靠。

搜查的人陆续回来了。他们从西北角那扇后门追出去，也没追上那破鞋。俱乐部谢主任文雅地说看来是个飞毛腿破鞋。没关系，抓住这个，她飞不到哪儿去。

张俭被带到厂部。走廊上碰见小彭，小彭两眼一瞪，看着七八个人开路的开路、压阵的压阵，把张俭带过去。他问压阵的一个俱乐部职员，张师傅怎么了？搞破鞋! 谢主任马上问小彭，是不是和这个腐化分子很熟。小彭没有吱声，看了一眼张俭巍巍然的背，又看看他皮鞋的带子甩过来甩过去，拖成了两根泥绳。小彭的俄语学了一半，俄语班取消了，让他到厂部打杂等候重新分配。他跟着七八个人进了厂部保卫科，门关上了，他和一大群秘书、打字员、清洁工堵在门口，都半探着身子，想听到里面的审问。

审问有时轻得几乎无声，有时"哇啦"一声吼叫起来，像车间外面挂的接触不良的广播喇叭。无论是吼叫还是轻声询问，张俭始终一言不发。

终于听到张俭开口了："什么叫作风问题？"

审问者向他解释，就是自己有爱人，在外头又跟别的女人搞男女的事。

"我没那啥作风问题。"张俭说，"我只跟我爱人搞那事。"

106

审问者又像喇叭来电一样嗓音洪亮："你跟你爱人跑俱乐部里搞得快活些?"

外面的人全乐了,女打字员红透了脸蛋,皱起鼻子:这话真是臊臭不可闻。

"你和你爱人怎么就看上了俱乐部的后台,你倒是说给我听听,让我开通开通?"审问者觉得此人犯简直对他的常识和逻辑在放肆玩弄。

张俭又拿出他的沉默功夫来。审问者威胁他:在伟大领袖毛主席视察前破坏风化,往工人阶级脸上抹黑是要受重罚的。党员开除党籍,非党员降工资。假如破化了风化而不好好坦白认错,反而编谎话欺骗保卫部门,那就罪加一等。不说话了?好?愿意沉思是好事情。那就沉思三分钟。

"我再问你,和你发生作风问题的女方是谁?"

"我爱人。"

这回轮着保卫干事沉默了。

"你爱人?那干吗跑哇?"俱乐部谢主任文雅地问。他似乎比保卫干事逻辑好些。

"跑?"保卫干事说,"是爱人首先就不会到那种阴暗角落去!在家的被窝里干那事,多清静、多暖和!"

堵在门口听热闹的人又哄堂大笑。小彭突然想起什么,从人群里撤出来,跑到楼下,跳上自行车向家属区飞快蹬去。

难怪张俭和她小姨子多鹤总是一前一后地回家。张俭这个三拳打不出个屁的东西,风流得可以,把窝边肥嫩的草全撸自己嘴里。他觉得这事不可能有第二种解释。

到了张俭家,邻居们告诉他小环到居委会大食堂去了。按他们给的地点,小彭找着了居委会,是粮店楼上的两间大屋,大屋靠窗的一边,砌了几眼大灶,上面架着铁皮烟囱,通向屋外。居委会的另一间大屋改成了托儿所,几十个孩子滚在芦席上唱着"戴花要戴大红花"。

小环借着玩兴在大食堂帮了几次伙,但马上跑不掉了。居委会所有女干部动员她留下来当首席大厨,给她上课,讲解"劳动光荣",让她看家属们排练的说唱小节目"脸上搽得香，头发梳得光，只因不生产，人人说她脏"。两个星期的班上下来，小环开始跑医院，开出一天半天的病假条来。

小环一见小彭，喜眉俏眼地扬着两只沾满白面的巴掌跑出来。

"想你小环嫂子了?"

"孩子们呢?"小彭问。

"在托儿所呢。"小环朝大食堂隔壁的大屋甩甩流水肩。她一扭身跑回去，揭开蒸笼，从里面拿出一个花卷，"刚蒸的!"

"嫂子你听我说，"小彭往后退着，退到楼梯口，"张师傅出事了!"小彭小声地说。

"什么事?!"小环马上解下围裙，往走廊栏杆上一搭，"要紧不?!"

小彭示意她赶紧跟他走。在楼梯上，小环步子都踩错了，差点栽到小彭身上。她一口气问了几声"伤了哪儿"? 到了楼梯根，小彭看着她。

"不是出的那事，要是那事就好了，伤了还能好。"小彭说。

小环的八哥嘴居然一句话也说不出了。她全明白了。

小彭把他在保卫科门外听到的讲了一遍。小环看着他事关重大的脸，突然扑哧一声笑起来。小彭想这女人疯得没边了，不知道她丈夫以后就做不了人了吗?

"我还以为他跟着我跑出来了呢! 我左等不见他，右等不见他，心想他准保跟我跑岔了。走走走，带你嫂子去你们厂部!"

小彭骑上车，小环坐到后座上。骑上五分钟不止，小彭才说："小环嫂子，你的意思是，跟张师傅在俱乐部的……真是你?"

"不是我，我能愿意为他顶这屎盆子吗? 你小环嫂子是那省事的人?"

"那你们……"

小环又笑起来。这个笑有点脏，有点坏："小彭兄弟，等你有了女人，你就知道，猴急起来，管不住自己呀!"

小彭不说话了。他不相信小环的话，但他相信他对小环性格的了解，她不可能对另一个女人忍让一分，自己的妹子也不可能。

小环步子带蹦地上了厂部楼梯，一面沿着走廊朝保卫科走，一面拽衣服整头发。小环烫得发黄的头发用一块手绢勒在耳后，三十好几了还是个好看的女人。到了保卫科门口，她也不敲门，直接去拧门把手。

门大开，坐在大办公桌对面的张俭大半个背朝着门口。小环大青衣出场一样款款走进门。

"听说你们要悬赏捉拿我。我就来了！"她两只微肿微红的眼睛笑得弯弯的，却透着厉害，"你们哪一条王法不让夫妻俩过夫妻生活？在家睡老婆那叫同床，到外头睡老婆那就叫男女作风问题了？对了，这屋里有没娶媳妇的吗？"她扭头扫一眼屋内的脸庞，"有就快请出去，我下面的坦白他们可听不得。"

保卫干事看着这个袅袅婷婷、但很有可能会脱下鞋就抽人的女子。

"你是张俭的爱人？"

"明媒正娶。"

小环此刻站在张俭旁边，胯斜出去一下，顶在他肩头，意思要他挪点地方。张俭刚往右一挪，她一屁股坐下来，半个屁股落在一角椅子上，半个屁股压在张俭腿上。她跟保卫干事和几个俱乐部职员东拉西扯，讲自己如何嫁到张家，如何跟张俭妈合不来，才让张俭从东北搬到此地。张俭发现她一面扯一面东张西望，可就是不来看他。小环在这些人眼里泼辣俏皮，但他知道她心里受伤了，她恨他了。

"你们是夫妻，已经有了三个孩子，怎么不嫌丢人，跑到外面干事呢？"

"不到外面来，我们办不了事啊。"小环皮厚得全屋的男人都脸红。她才不怕，她的话能荤到什么程度，他们还有待领教。"你们去我家里看看，屁股大一点就别想拐弯！还有三个孩子，我们闺女都快赶上我高了。稍微动静大了，闺女就问：'妈呀，咱家进来耗子啦？'哟，这里你们谁没娶媳妇？对不住了，啊。"

她说得手舞足蹈，让保卫干事都不敢接话。这是个女二杆子，在农村乐起来跟男人打闹能扒男人裤子，不乐了，她敢扒自己裤子堵在你门上骂。

"家家户户都这点房，都一窝孩子，全像你们这样搞到外头来，这个钢厂还能看吗？伟大领袖毛主席来视察，就让他老人家视察这个？"

"是啊，伟大领袖视察了，就知道咱工人阶级房不够住，都得找阴暗角落生接班人！"小环自己说得开心起来，拍着她自己的大腿和张俭的大腿大笑。一边笑一边支使一个俱乐部职工，"给倒点水！"

保卫干事把张俭和小环暂拘在保卫科办公室，自己开着摩托来到张俭的工段。工段书记是张俭的入党介绍人，一味只说张俭如何吃大苦耐大劳，上班除了撒尿从不下吊车。保卫干事又骑着摩托去了张俭家住的那幢楼，问邻居们张家夫妇感情如何，为人怎样。邻居们都说两人黏糊得很，张俭跟朋友出去钓鱼，小环不舍得他走，四楼追到一楼。小环就是爱闹，张俭硬要出去，她会拿一壶水从走廊栏杆上往他头上浇。

保卫干事想，看来这一对就是万里挑一的宝贝了。他安排了另外一个保卫干事监视和窃听张俭和小环在拘留期间的表现和对话。结果是两人一句对话没有，连坐的姿势都没变过：男的坐在窗下的藤椅上，女的坐在窗对面墙根的木椅子上，大眼瞪小眼。

他们并不知道，这一男一女相隔七八米距离坐着，一动不动，一声不出，把什么都说了。正像多鹤很多年前就发现的那样，这是一对好成了一个人的男女。这样对面坐着，张俭觉得是跟自己的另一半坐着，那是没有被多鹤占有、永远不会被她占有的一半。

小环的鼻子红了。他见她抬起头，去看天花板。她不愿意眼泪流下来，当着张俭流泪她不在乎，她不愿当着外人流泪。这门缝里、墙缝里哪儿哪儿都藏着外人，看不见而已。小环也最爱在张俭面前流泪；女人只爱在为她动心的人面前流泪。多年前，这个男人的一句话"留大人"，让她落下了这个坏毛病，就是爱在他面前流泪。

那时的张二孩撩开临时挂起的布门帘，走进来，站在门帘里头。她已经知道自己在他心里的地位，知道她可以仗他的势。从那以后她甚至会时不时仗他的势小小地欺负他一下。布门帘是块褥单，是小环母亲自己织的布，又请人给印成了蓝底白梅花，作为嫁妆陪过来的。门帘把一个像以往一样的黄昏隔在外面，黄昏里有母亲们唤孩子回家吃晚饭的嗓音，也有鸡群入笼前的咕咕的叫声，还有二孩妈擤鼻涕、二孩爸干咳的声音。二十岁的张二孩站在门帘里，身上一件洗得发黄的白褂子，肚子、胸口、袖子上留着小环和未见天日就被处死的儿子的血。是怎样处死的？可别告诉她。血已经干了，成了酱色的罪迹。年轻的父亲在蓝底白花的褥单前站了好一阵，骆驼眼什么都看，就是不去看这个非得处死儿子才救得下的妻子。不单是处死儿子，还得违背父母，背起断子绝孙不肖不孝的骂名。小环的泪水好迅猛，如同开春的山野化冻。从此后她和他只剩了彼此。没了孩子，他们把相关不相关的人们都惹了。她泪水真多呀，连她自己都不知道哭开来可以如此舒坦。泪眼里的张二孩比他本身更大更高，给她的泪水泡发了似的。两盏煤油灯映在她的泪水上，映出许多倒影，他在一片灯火倒影中朝她走过来。他伸出巨大的手掌，不知是先给她擦泪还是擦汗。她用两只手抓住那个手掌，搁在嘴上，手掌很咸，每一条手纹里都淌着汗。不知过了多久，她有力气嚎啕了，她为那个儿子尖声嚎丧。嚎着嚎着，她嚎得跑了题："你个蠢蛋！留我干啥呀你？！没了咱孩儿，你爹妈能让我活吗？那些嚼老婆舌、戳人脊梁的人能让我活吗？！"二十岁的张二孩让她哭怕了，笨头笨脑地把她抱进怀里。然后她发现他也嚎起来，只是一点声也没有。

此刻面对不再是张二孩的男人，小环的鼻腔堵成一团，堵得她头晕。那个张二孩没了，成了这个张俭，这就足够她再放开来嚎一次丧。但她绝不让泪落下来，让外人看去。她的泪正是为了自己被划成外人而生出的。

张俭的目光越来越重，撑不住了，落在一双没有系鞋带的鞋上。慢慢地，又落在他扣错了的纽扣上。只有在小环面前，他才觉得自己狼狈。他把眼睛抬起。

他知错了。他伤了她的心。

对于任何人，他都没有错。假如任何人强迫他承认他错，他宁愿死。但对小环，他错了。

她怎么也没想到他会这样不要体面，丢人现眼，散尽德性。她对他疼得还不够爱得还不足？他们背着她干这样的事，把她当个外人瞒着。到底瞒了她多久？

……不短了。两年多了。

　　就像她会为难他俩似的！难道不是她朱小环劝他去跟多鹤和好？不是她朱小环把道理讲给他：女人都是半推半就？她朱小环是需要瞒哄的吗？给他们一次次腾地方的不是她朱小环吗？

　　可这不一样。一腾地方，就不是那回事了。

　　为什么不一样？不是哪回事？！

　　心里不是一回事。心里的那回事，不好说。

　　就是说，心变了？

　　不是的！不是这么简单！这心是个什么玩意儿，有时候自己都不认识。

　　是心变了。

　　天大的冤枉！

　　心是什么时候变的？

　　张俭看着小环，眼光又怕又迷瞪：心是变了吗？

　　小环从他眼睛里看到了他问自己的话：是变了吗？是吗？

　　不变他对多鹤怎么会这样……看不得、碰不得？一碰浑身就点着了？他过去也碰过她啊。变化开始在两年多以前自由市场的那个偶然相遇吗？不是的。开始得更早。小环把多鹤的身世讲给他听了之后，就在第二天，他看见多鹤在小屋里给孩子们钉被子，心里就有一阵没名堂的温柔。当时她背对着他跪在床上，圆口无领的居家小衫脖子后的按扣开了，露出她后发际线下面软软的、胎毛似的头发。就那一截脖子和那点软发让他没名堂地冲动起来，想上去轻轻抱抱她。中国女孩子再年轻似乎也没有那样的后发际线和那样胎毛似的头发。也许因为她们很少有这种特殊的跪姿，所以那一截脖子得不到展露。他奇怪极了，过去只要是日本的，他就憎恶，多鹤身上曾经出现的任何一点日本仪态，都能拉大他和她的距离。而自从知道了多鹤的身世，多鹤那毛茸茸的后发际和跪姿竟变得那样令他疼爱！他在这两年时间里，和她欢爱，和她眉目传情，有一些刹那，他想到自己爱的是个日本女子，正是这样刹那的醒悟，让他感动不已，近乎流泪：她是他如此偶然得到的异国女子！他化解了那么大的敌意才真正得到了她，他穿过那样戒备、憎恶、冷漠才爱起她来！

　　她的身世让他变了心，变得对小环二心了。

那他打算把她朱小环怎样发落？让她继续做个外人同住在那屁股大点就磨不开身的屋里？她朱小环是狗剩儿?！她朱小环就是一条狗，也是吃屎吃尖儿的那条！她朱小环在这里陪他丢人现眼，陪他给他老张家祖宗散德性，回了家，账可要一笔一笔地跟他好好算。

三个小时的拘留，不了了之。张俭骑着车，带上冷漠乖顺的朱小环慢慢往家走。路上都没话，话在你看我我看你的时候看得差不离了。下面就是制裁、发落。张俭只服小环的制裁、发落。

过铁道的时候，小环让张俭往右拐。沿着铁道全是野生的茭白和芦苇，常常有上海职工带着全家老少在铁道边上忙，割茭白做菜或到市场上去卖。初冬季节，幸存下来的茭白叶子枯黄，和大蓬大蓬的肮脏芦絮碰出焦脆的声响。张俭陪小环一格一格地走着枕木，自行车推不动，但他咬着扛着它往前走。一列火车远远地来了，在弯道上悠长地鸣笛。小环哇地一声哭起来。

张俭把自行车往芦苇丛里一撂，上来拉她。她一贯的撒泼放赖的劲又来了，跟他又打又抓，死活不下铁道。火车震得铁轨"嘎嘎"哆嗦，小环哭得透不过气来，但他能从她不成句的话里听出：谁躲开谁是鳖养的！死了干净！一块让火车轧成肉馅儿最省事！

他给了她一巴掌，把她抱下铁道。

火车飞驰而过，一杯剩茶从车窗里泼出来，茶渍茶叶在风里横向落在他俩脸上。火车开过去他才听清小环嚷的是什么。

"你俩肯定来过这儿！在这些苇子里面快活死了，也不怕着凉得血吸虫病！得了病回来害我跟孩子们……"

小环的烫发蓬成个黑色大芦花，见张俭傻眼看着她，扯一把他的裤腿，要他跟她一块坐下，骂他现在装电线杆子，在这儿跟多鹤快活的时候肯定鲤鱼打挺、鹞子翻身、玉龙驾云似的……

张俭挨着小环坐下来。过了一会儿，她转过脸。早晨八点下了大夜班，觉也不睡就去会多鹤，现在天又快黑了，十二点钟的大夜班又在等着他。冬雾从芦苇沟里升起。她看见他两个骆驼眼真像穿过百里大漠似的疲乏，眼睛下的两个黑圈，腮上两个深深的凹凹，凹凹里的胡子有一半漏过了剃刀。这时他的脸看去可真不怎么样。欺瞒、哄骗、东躲西藏可真不容易，人显然是瘦了、老了。她发现自己的手又在他刺猬一样的头发上了。他心野得什么也顾不上，头发也长得野成这样。小环想，其实她对张俭的心也是有变化的，变化似乎开始在多鹤怀上丫头的时候。那天晚上还是张二孩的张俭把丢在多鹤屋里的一双鞋、一个坎肩、两本他喜欢的破小人书收拾起来，回了他和小环的屋。该为张家干的，他干完了，从此该续上他和小环的正常日子往下过。

上了炕，钻进被窝，两人抱得紧紧的，但小环身子里没那个意思。她告诉自己这还是她疼爱的二孩啊，不该生分啊。可她的身子对二孩只不过客客气气，有求必应罢了。那以后她的身子对他就是体贴周到，可就不再有那个意思。她对自己恼恨起来：瞧你小气的！这不还是二孩吗？可她的身子不和她理论，她越攒劲它越是无所适从。小环这才暗暗为自己哭了。她哭原先的小环，那个只要躺在她的二孩怀里就从里到外地得劲，从身到心都如愿以偿地得劲的小环。"得劲"这词不能拿别的词置换，它是天下什么东西都置换不了的。日子再往下过，她觉得自己在张俭那里不光光是个老婆，她渐渐成了一个身份名目模糊的女人。好像所有女人的身份名目都糅合到一块，落在她身上——姐、妹、妻、母，甚至祖母。所以对他的疼爱也是所有这些女人的。不仅这样，她的这些身份名目使她给家里每个人的疼爱都跟过去不一样。她伸过胳膊，从他口袋里直接拿出烟杆，装了一锅烟，又伸过胳膊，掏出他的火柴，把烟点上。她抽了几口烟，眼泪又冒上来：他居然觉也不睡、饭也不吃，作践成这副又老又瘦的贼样！他的手慢慢搂住她的腰。她又伸手从他工作服左边的口袋里掏出一块手绢。她对他太熟悉了，哪个兜里装着什么，她一点不用兜远路，直接伸手就能拿到。手绢叠得四四方方，留着花露水兑掺米浆的香味。家里每一条手绢都逃不过多鹤的烙铁。大大小小的人走出张家，都像刚从烙铁下走出来一样平展。

小环抽了一袋烟，自己站起来，也把张俭拉起来。她要张俭带她去下一个"阴暗角落"，看看他们人不要做、做猫狗在外面胡交乱配，到底找了什么样的地方，怎样猫狗了两年多。不久，张俭把车骑到了人民医院旁边的上海点心店。后窗可以看见湖水，还能看见湖那边的山坡。

他领她坐到窗口的一张小桌旁，桌上廉价的钩花台布到处斑斑点点。什么东西到这个新兴的工业城市很快就革命了，一革命上海的不上海、南京的不南京，成了粗犷、大而化之、不拘小节的风格。

小环想，这两人也不知坐在这儿说些什么？多鹤的话虽然他能听懂，但答对流畅是谈不上的。他们不过是捏捏手，碰碰脚，一个飞眼换一个媚眼。他心变了是没错的，不然他半辈子没学会花钱，肯花这么多钱坐在这里捏捏手，碰碰腿，传个眼色？

心是变了。

服务员上来问他们点什么吃的，张俭菜单也不看就说要一客小笼包。小笼包上来，两人都吃不下。小环的鼻子又酸了。张俭让她快吃，不然小笼包里的汤就冻上了。她说太干得慌，吃不下去。张俭又叫来服务员，问他什么汤是这个店的特色。服务员说公私合营之前，这个店最好的是鸡鸭血汤，不过现在已经取消了。

小环咬了一口小笼包。张俭告诉她，过去的小笼包只有现在半个大。小环想他倒挺熟，来这儿吃了多少顿了。上大夜班给他往饭盒里放两个馒头，他都舍不得吃，常常是原封不动带回来。在家喝酒从六角一斤的喝到四角，又喝到三角。后来干脆到自由市场去买农民私酿的，喝上去像兑了水的酒精。他倒舍得把钱花到这种以汤充肉馅儿的小笼包子上。窗子外的湖景也不白给你看，花在没馅的包子上的钱一半买风景了。心一变，还用吃什么？风景都看得你饱看得你醉。

"我想好了，只能辞了工，回咱老家去。"张俭说。

"别扯了。老家那些人知道你买了个日本婆子，回去了咱三个孩子都得给他们当日本崽子看。房也旧了，快塌了，你爹妈回去还没地方住呢。"

前一阵收到张俭父母的信，老两口终于对自己的变相保姆身份大大觉悟，回到安平镇老房子去了。信里说房子长期没人住，空得快塌了。

张俭半睁眼，看着窗外漆黑的湖面，是那种走投无路的沉默。

小环也知道他们三个人走投无路。或许多鹤不把她的身世告诉她，事情会容易一些。她咬咬牙，心里一股凶狠上来：多鹤为什么要讲她的身世？这么深的罪孽关她屁事？关张俭屁事？张俭的一颗心哪叫心？软得就像十月里的烘烂柿子，经得住那样惨的事去蹂躏？他把多鹤带到这里，窗外山景湖景，他烘烂柿子似的一颗心就在她面前化成一包甜水了。她想，我的二孩呀！

她的手在桌子下面一把抓住他的手。她把那手握得太紧，都握冷了。

多鹤那该死的身世，她那该死的处境：孤身一人活在世界上，把她扔出门她是活不了的。她要是不知道她的身世多好！她可以把她扔出去，活得了活不了，关她朱小环屁事。朱小环可不是张俭那种没用的东西，长得五大三粗，心却是一个烘烂的软柿子。她朱小环有女屠夫的血性，偷她的男人偷到她家里来的女人，她一定拿她开宰。她从小宰鸡，宰鸭，宰兔子就宰得很出色。

两人出了点心店，已经八点了。小环突然想起丫头今晚叫她去看她表演腰鼓。伟大领袖毛主席来视察，学生们选拔出来组成腰鼓队，今晚在第三小学校的操场彩排。小环叫张俭赶紧用车把她送到第三小学，赶个收尾也好。家家都有家长去，丫头的家长不去丫头会伤心。

第三小学和丫头的第六小学一模一样：乳黄色的校舍，浅咖啡色的门窗。那个苏联建筑设计师画了一个学校的图纸，盖了十几座一模一样的小学校。也是他的一张图纸，使山坡下湖岸边起了几百座一模一样的楼房。十几个小学选出的四百名腰鼓手都穿着白衣蓝裤，扎着红领巾。因为是初冬，小学生们都在白衬衣里面穿着棉袄或夹袄，白衬衣像绷带一样紧紧缠在身上。他们整齐地变换鼓点，变化队形，一张张小脸都涂了过多红胭脂，猛一看满院子蹦蹿着小关公。

小环在第三排找到了丫头。丫头立刻咧开嘴向她笑。小环指指她的肚子，丫头低头一看，一截彩色裤带从白衬衫下面掉出来，甩嗒甩嗒比她还活泛，丫头笑得更像开花似的。

张俭也挤到了小环身边，周围全是指手画脚、相互聊天的家长们。有人认出小环，大声问她：闺女也选拔上来见毛主席了？小环不饶人地回她：风头就兴你们儿子出啊？又有一只手伸过来，递给小环一把瓜子。张俭想她出去串门没白串，上哪儿不愁没烟没瓜子。

　　孩子们休息下来。丫头问小环和张俭，她打腰鼓驼不驼背。小环说挺好的，蹦得多带劲。

　　丫头说："那老师老说我驼背。"

　　小环问张俭："她驼吗？"

　　张俭根本没看，说："驼点好，驼点像我。"

　　小环看着丫头回到同学里去了。这个家是由每一个人撑着的，哪一个走掉，都得塌。丫头高兴得这样，要是三个成年人中间抽身走一个，丫头会怎样？丫头心目中的家就塌了。就像丫头走了，或者大孩、二孩走了，小环的家也塌了。这时来分谁是谁，不是已经太晚？分不出谁是谁了。

　　她对自己说：咳，凑合吧，看在孩子们的分上吧。她心底下其实明白，哪里有这么简单？她跟张俭也是这么说的：她看的是孩子情分。他看看她，当然明白没那么简单。这么不清不楚、窝里窝囊的十来年，缠进去的，都别想解脱开。他何尝不想豁出去，撕出血淋淋的爽快来？

第七章

　　矿石在榔头下碎得颇整齐，想让它碎成四块，就四块，想碎成三块就三块。多鹤想，人能把铁榔头、木头柄都长成自己身体的一部分，劲怎么使，全由神经掌握。石头也能和你熟识，坐在这里敲了一个秋天、一个冬天，它们跟着你心愿破碎。

　　她不必再向组长请假了。去年她常常在小纸条上写："家里有事，请假半天。"这是张俭替她遣的词、造的句。他怕她的谎言写得别人看不懂，会害他在幽会地点白等，也怕她写的谎言不是纯粹的中国谎言，引起小组长对她身份的猜疑。这不比去肉铺、粮店，带领家属们上工地的都是妇女骨干，比正经干部的政治嗅觉灵敏多了。毛主席视察期间，就是妇女骨干揭露出来的两起破坏案。一起是在垃圾箱发现了贴橡皮膏的毛主席塑像：原先打碎了，又用橡皮膏打上了绷带。另一起是抓到了一个矿石收音机组装小组，教中学生们组装收音机，这些收音机竟能接收到英文、日文。多鹤的小组长现在非常依赖多鹤的生产效率：她一坐一上午或一下午，一言不发，打出三个人的矿石量来。隔天她运矿石，也是一趟不停，比一台好机器还可靠：装石头，上桥，转身，抽掉桶底，仰身，石头落进车厢。到了开春，多鹤跟大家打矿石打了一年了，她还是老远见人就鞠躬，脸上的笑容大大的，好像见到你是她这天最高兴的事。人们跟小组长嘀咕：多鹤怎么不像咱中国人啊？怎么不像？中国人一个小时就熟得你吃我饭盒里的菜，我掰你半拉馒头了。人家那是讲卫生。那么卫生就不对劲。哪点不对劲？说不上来。

人们渐渐发现多鹤缺心眼。你叫她：多鹤，那桶绿豆汤你给搬过来！她吭哧吭哧就把两人才抬得动的搪瓷桶搬过去。你对她说：那条路不好走，趁大伙休息你用锹去垫垫。她拿起锹就走，绝没有半点疑问：趁大伙休息？那我是谁？我不是大伙中的一分子？

家属们聚在一块，都是讲谁家丈夫打媳妇，谁家媳妇和婆婆斗智斗勇。这天有人对正从独木桥上背着空木桶下来的多鹤喊道："朱多鹤！你姐那么活泛，谁都认识，咋不给你找个婆家？"

"就是！朱小环给多少人做过媒！"

"朱小环做媒还净做成！我们隔壁那家的豁嘴子小叔子，就是朱小环给介绍的媳妇。从菜场上认识的郊区菜农，还挺好看！"

"朱小环要在旧社会，挣钱可挣老了！"

"那她咋回事？搁着这么个漂亮雪白的妹子，都快老在家里了。"

"朱多鹤，你多大岁数？"

多鹤看看这个，看看那个，她们的话太快，有的是南方人，又是两两三三摞在一块说，她全没听懂。

"问你，小朱，多大了？"

这回她听懂了。她先伸出两根手指，然后两手一并排，伸出九根手指。她的表情和动作都十分认真，像那种痴傻的人要证实自己不傻，识数。然后她又像那样笑了笑，就是她那从陌生到熟识从来不变的诚恳的、大大的笑容。

家属们愣了一下。她们跟这个朱多鹤就是处不热乎，处着处着哪儿就不透气了，憋在那儿了。

"赶明儿我给你介绍个对象吧？"一个南方女人说，"我有个表弟在南京化工学院，三十好几，一表人才，就是有点秃顶。等到三十几，就要找个像多鹤这样斯文漂亮，又白又嫩的。"

"多鹤你怎么晒不黑呀？"

多鹤已经装满了矿石，往铁道那边走去。

"搽粉吧？"一个东北女人说，"我们在老家买的日本香粉可好了，什么脸一搽都白细白细的。小日本投降以后，那粉满街都是。"

多鹤根本听不见她们在说什么。她这时才把南方女人的话重新拼凑，拼出句子。等她把石头倒进车皮，她才明白那拼起来的南方话是什么意思。是要介绍一个三十多岁的秃顶男人给她。化工学院。爱漂亮女人。细皮白肉就像她多鹤。

人人都要把她多鹤嫁出去，包括张俭、小环也想把她嫁出去。假如她能舍下她的孩子的话，假如她能编造一个身世让人相信的话，他们大概已经把她嫁出去了。

四个多月前，她在俱乐部后面的榆树丛里看着一群人把张俭带走，等张俭再出现在她面前时，她知道什么都变了，是在什么都没变的表层下变的。他那天换白班，有一整天的时间。这一整天要在过去可是拿命都不换的，他会带多鹤去很远的地方，远到他曾经丢了她的江边。而这天他从下了夜班就睡觉，多鹤连他进厕所、倒洗脚水的声音都没听见。他从上午八点一直睡到下午六点。多鹤那时把两个儿子安置到饭桌上吃晚饭，见他睡得鼻青脸肿，从大屋出来，拖泥带水地拉着两只脚进了厕所。他根本没看见多鹤似的，儿子叫他他也不搭理。等他从厕所出来，儿子又叫他，他扶着门框转身，似乎他睡瘫了，现在站着便是立着的一摊泥，不靠门框他非塌不可。

多鹤叫了他一声。多鹤叫他很特别：二河。她十多年前就这么叫，饿亥、饿孩、二河。小环纠正过她多次，后来笑道：二河就二河吧。她担心自己叫不准，所以尽量少叫，叫了，就证明她迫不得已，急眼了。

他一摊泥地靠在那里，眉毛上面一大撮褶。

"我累死了。"他说。

她受了惊吓那样看着他。他受过刑？他受了什么样的惩罚？他眼睛里有那么多疼痛。这时门锁开了，小环进来，带回从食堂买的三合面馒头和粥。在食堂工作除了打饭分量不亏，什么姥姥的好处也没有。小环牢骚冲天：这他娘的炒茄子还叫炒茄子？个个茄子都他妈怀孕八个月，一包籽儿！小环老样子，刻薄越来越办不下去的大食堂。好像什么都没变。张俭直接回到大屋，又去睡了。

又过一个礼拜，张俭还是大睡特睡，似乎要把他跟多鹤幽会耗掉的

精神、体力好好地睡回来。他偶然跟多鹤说话，就是大孩真能吃，五岁能吃两个二两的馒头！要不就是：二孩又往楼下尿尿了？楼下刚才有人骂呢！或者：我的工作服不用熨！厂里哪儿都爬哪儿都坐，一会儿就没样了！

多鹤总是看着他。他从来是装糊涂，假装没看懂她目光里有那么多话：你打算怎么办？你不是说过你爱我吗？你把我的心领出去，你倒回来了，可我的心野了，这么小的地方关不住它了！

他再也不给她约会的暗示。她跟他打暗号，他也装看不见。她打暗号是要他跟她面对面地给她一句明白话：厂里究竟把他怎样了？小环是不是知道了？他们从此就这样，回到半生不熟、不明不白的关系里去？

这个春天来得早，矿石场四周都绿了。多鹤坐在一大群吵闹的家属中间，听她们给她保媒，听她们向她打听保养皮肤的秘密。多鹤总是在她们的话讲完半天，才大致明白她们在讲什么。等她大致明白某个女人在讲脸上搽的粉时，那女人已经上来了。等她明白那女人往她跟前走是什么意思时，已经晚了，那女人伸了一根手指在她脸上抹了一下，然后看看自己指尖。多鹤这才明白，一帮女人打赌，说朱多鹤搽了粉，所以伸手抹一下，看看能不能抹下一点白。

多鹤愣愣地看着这一群三十多岁的女人。

家属们都斥责那个伸手的女人。不是真斥责，护短地玩笑地说她见人老实就动手动脚！

那女人说："哎哟，好嫩哟！不信你们都来摸摸朱多鹤的脸皮子！"

女人们问多鹤能不能摸。多鹤正在想，她们不会那么过分吧？女人们一人一只手已经上来了。多鹤看着她们一张张嘴都在说话，说的是好话。多鹤自己也摸了一下被她们摸过的地方。等多鹤走开，家属说朱多鹤就是不对劲，问她的脸让不让摸，她站得毕恭毕敬地让你摸。

多鹤头一个爬上回家属区的卡车。刚才家属们的举动让她更觉得孤独。她戴着跟她们一样的草帽—— 一年的风吹日晒，和她们一模一样的破旧；穿着跟她们一模一样的帆布工作服——都是丈夫们淘汰的，因此全都又肥又大，但她们永远从她身上看出异样来。

小姨

卡车开动了。每一个沟坎卡车都把她和所有女人抛到一块,挤得亲密无间,但她感到她们的身体对于她的抵触。在和张俭相爱之前,她从来没有想过她要融入一个中国人的社会,要中国人把她作为同类来认识。她甚至没有觉得孤独过。她有她的孩子:她为自己生养出来的一个个亲骨血——那些身上有一半竹内家血脉的亲骨血。她曾经想,只要他们围绕着她,就是代浪村围绕着她。但是这些都变了。她一生相托地爱上了张俭,似乎他是不是她孩子的父亲,已无关紧要,已文不对题,要紧的是,她在这块异国国土上,性命攸关地爱上了这个异国男子。两年多时间,她和他私奔过多少次?她再也回不到原地了。她秘密建立起的代浪村毁了。是她自己毁的。因为她渴望这块生养张俭的国度接纳她,把她不加取舍地融进去。因为致命地爱上了张俭,她不加取舍地接受了他的祖国。

卡车上所有家属们又在咯咯地笑。她错过了她们讲的笑话。她永远融不进她们。

张俭对她突然暴发又突然泯灭的爱使她成了个最孤单的人。卡车停下来,家属们一窝蜂地下车,一个拉一个,先下车的在车下接着,对后下车的喊:跳啊,有我呢!多鹤慢慢往卡车后面挪动。她急什么?再也没有那个用火烧火燎的亲吻等待她的张俭了。多鹤最后一个下车时,其他家属们都走远了。

多鹤走上大坡,却没有拐上通往自家楼梯口的小路。她顺着大坡一直往上走,身后自行车的铃声渐渐听不见了。迎面来的是越来越密的狗尾草,再往前,松树来了,慢慢就有了松树特有的香气,随着在脚下陡峭起来的山坡,松树香气越来越潮湿,阴凉。石头上,苔藓灰一层、绿一层、白一层。小火车拖着呜呜长声,响在她的背后。石头的苔藓、小火车的长鸣、松树的香气,还要更多的东西把她带回到十多年前、回到不复存在的代浪村吗?不,这些就够了。铃木医生被小火车带来,又被小火车带走。他在火车站上跟上千人暴跳,一条机器腿和一条好腿以及一根手杖大闹别扭,吱嘎吱嘎的脚步声磨痛了少女多鹤的神经。铃木医生从来没有那么恶的样子。他凶神恶煞地预言,这列小火车可能是他们逃生的最后机会,错过它,他们就把自己留给了苏联大兵和中国人,他

122

们就会为战争抵命抵债。他们这些日本垦荒人上了政府的当，开垦的哪里是荒地？政府把中国人好端端的肥田蛮不讲理地说成荒地，分派给他们开垦。十六岁的竹内多鹤不知道自己是不是唯一一个想跟随铃木医生跳上小火车的人。她倒并没有看清绝境，她只想让一向温文尔雅的铃木医生消消气，让他觉着费了那么多口舌至少没有白费，还是有个叫竹内多鹤的无关紧要的小姑娘愿意跟他上火车。她还想让他看到，她不在那个面无表情、被他骂成蠢人的村民们之列。她已经把母亲和弟妹拉到了车门口，母亲转过头来，突然发觉一直在拉她、把她拉出了村邻群落的那只手竟是女儿多鹤的。母亲大大地抡了一记胳膊。这时她和母亲以及弟妹的位置已经有了高低：她的脚站在车门踏梯上，还有一尺远就是铃木医生的机器腿。刹那间她想到了很多。她不知自己怎么从踏梯上下来的。火车开走后她才有空来理顺自己刹那间想到了什么。

而一直到多年后的现在，她还没理顺她在那一刹那间想到的。小火车鸣叫、松树香气、石头苔藓弄假成真地又让她回到了代浪村，她突然想到自己站在火车踏梯上，看着铃木医生的机器腿想到，她要和这神秘的腿结缘了。它是铃木医生所有神秘中的神秘。她要和它很近很近地相处了。

松树的香气淡一阵，浓一阵，在树梢上轻轻打着哨音。哨音是湿润的，摸在她的额头上、面颊上。那么是什么意思呢？少女多鹤是要做那个永久伺候铃木医生的人吗？假如母亲的手臂抡开了她，她向上跨一步，而不是向下，她就是另一个多鹤了，一个不会为一个中国男人心碎的多鹤了。

迎面来的松树越发密集。她拉住一棵树，在一块苔藓很厚的石头上坐下来。她的脚离那条排汛石沟不太远。天长了，到现在还没黑。这个城市总是黑不透的，不是这里出钢，就是那里出铁，或者某处轧出了巨型钢件，所以它看上总有一个个微型的日出或日落。

多鹤顺着下坡慢慢往回走。这时才觉得腿沉重得迈不动，两个膝盖发虚，一步一打闪。背石头是很重的活。

多鹤突然停下来。她看见了少女时的自己。

少女多鹤被一个奇观吸引了：一股血从指头粗的石缝流出，朝日出的方向流，渐渐在石头边沿结成一个球，一个金瓜那么大的血球，半透明，颤巍巍。几代同堂的血多稠啊，流成了这样固态和液态之间的一种东西。几代同堂，体温、脉动、痉挛都分不清谁是谁，最后就成了一个血球。少女多鹤听了村长们对自己村民的打算后便往村外跑，往田野那边跑。一个个高粱垛子朝她来了，又闪开她，再让她丢在身后。那是她跑得最好的一回。在空旷里跑出呼呼的风来。脚下一个个高粱桩子，一个个地要钉住她，钉穿她的脚心。她跑得头发里净是风，衣服里也净是风。风从冷到热，到滚烫滚烫。

她怎么会想到，那个少女多鹤竟然是在朝这几百幢一模一样的红白相间的楼群里跑，往一个她得而复失的中国男人怀抱里跑，往这个心碎的夜晚跑。

可以很简单，就在这山上找棵树，挂上一根绳子，打个活结。得找一根好绳子。好样的日本人都用好刀好枪做这桩事情。仪式最重要不过，因为人的一生能有几个如此重大的仪式？女人最重要的婚仪她是没福了，这个仪式可不能再凑合。她得去找一根好绳子。

快走到她家楼下了，多鹤见一大群人从楼梯口涌出来，老远就听到小环的烟油嗓音："谁给借辆车去？"

等人群近了，多鹤看见小环怀里抱着的是二孩。人群里有人说："哟，他小姨回来了！"

多鹤挤开帮不上忙却制造混乱的人们，一路上听人们议论：好像没死……活着吧……那还活得了吗……等她挤近，她见小环两只眼睛瞎子一样直瞪前方，怀里抱着个孩子，步子跌撞却飞快地走过去。她只能看见二孩的头顶。因为抱孩子，小环的紧身线衣被搓了上去，爬在她胸口上，露出一段细长的腰。小环毫无感觉，她连脚上穿一只木拖板一只布鞋也没感觉。

多鹤终于接近了小环，伸出胳膊去，要把二孩接过去，马上挨了小

124

环一胳膊肘："走开!"那是如此尖利的胳膊肘,要把多鹤的手臂凿穿似的。

人们的议论慢慢在多鹤的理解力中连接起来,发生了意义:二孩是从四楼阳台上掉下来的。他和大孩在阳台上往下飞纸镖,不知怎么翻过了栏杆,栽了下去。

多鹤不顾一切。她再次挤到小环身边,叫了一声:"二昆(日文:erkun,二孩的昵称)!"谁也不懂她叫的是什么。她两只沾满矿石粉的手成了利爪,抓住二孩的胳膊,嘴里还在喊:"二昆!"她不住口地喊,一直紧闭眼的二孩居然睁开了眼。

小环一下子站住了,两行泪飞快地落在二孩脸上,死瞪着的眼睛有了活气。

二孩却又闭上了眼。

小环一屁股坐在马路上,晃着怀里的孩子,又哭又叫:"我二孩!你咋地了!哪儿不带劲儿?告诉妈呀……"

二孩怎么也不睁眼,灰白的小脸睡熟了似的。他身上没有一点血迹,蓝色的旧褂子洗得发白,袖口被接长的一截蓝色还很鲜,肘部的补丁是黑色的。这是个穷人家的孩子,却是一个极其整洁自尊的穷人家的孩子,补丁打得多精巧,衣服给烙铁烙得多挺括!

小环对多鹤说:"你再叫叫他!"

多鹤叫了他两声。叫的是二孩的学名"张钢"。

二孩这回不睁眼了。

"像刚才那样叫!"

多鹤两眼呆滞,看着小环,她不知道她刚才叫过什么。

这时一个人骑着三轮平板车过来,小环抱着二孩上了车,多鹤也上了车,离他们最近的是厂部门诊所。平板车上,多鹤不时伸手摸摸二孩脖子上的脉搏:还在跳动。每一次她从二孩脖子上拿开手,小环就看着她,她便点一下头,表示二孩还活着。小环催蹬板车的人:"大哥,快呀!大哥,咱娘儿仁的命都在你身上啦!"

到了门诊所,急诊医生做了各项检查,说孩子好像没什么大伤。全身骨头一块没断，连内脏出血也没发现，只有一处疑点，就是他的头颅。

这时护士给二孩拿来一个水果罐头，打开后，把糖水一勺一勺喂给他。他的吞咽没有问题。孩子从那么高的地方掉下来会没有问题？小环问。看不出什么问题，假如头颅内部受伤，他不会吃东西的。谁从四楼上掉下来会没问题？只能说是个奇迹。也许孩子分量太轻，楼下的冬青树又托了他一下。有了问题咋办？从所有检查结果看，看不出问题。

医生让小环和多鹤先把孩子带回家，出现什么情况再回来。

"会出现什么情况？！"小环跟着医生从椅子上站起来。

"不知道……"

"不知道你让我们回家？！"她一把扯住医生的白大褂前襟。

医生秀才遇见兵似的看着这个北方女人。她狠起来嘴唇扯紧，腮上很深的酒窝一点不甜美，恰恰强调了她的凶狠。"你放……放开手！"医生也凶起来，但还是个秀才。

"你说，会出现啥情况？！"小环揪在手心里的白大褂增多了一些。

"我怎么会知道？你讲不讲理？"

"不讲！"

"小丁，"医生回头对不知所措的女护士喊起来，"叫人把她轰出去！无理取闹！"

小环不知怎么已经在地上躺着了："推我！王八羔子他推我……"

门诊所一共十来个人全跑来了，女护士证明医生没有推过小环，小环指控她袒护。所长调停的结果是让门诊所出一辆救护车，把两大一小三个人送到人民医院，再好好查一遍。人家那里权威，仪器也多。

那个医生用手抹着被小环揪成了抹布的前襟，嘟哝说："会有什么情况？那一罐糖水枇杷都给吃完了……"

人民医院的急诊大夫是个女的，她轻手轻脚地在二孩身上按按这里，扳扳那里，做完一项，就对两个伸长脖子看着她的女人点头笑笑。她在大白口罩后面的笑容非常柔和，然后她又把二孩推进X光室，最后是让检查颅内的机器查了二孩的脑子。折腾到晚上十点多，她才走到办公桌后面坐下，开始写什么。

　　小环气也不出地看着她。多鹤看看小环，拉住她的手，不知是要安慰她，还是从她那儿讨安慰。小环的手毫无知觉似的，不像它惯常那样有主见。多鹤觉得那手还下意识地抽动一下，又抽动一下，似乎女大夫一笔一画是写在二孩的生死簿上。不，是写在小环她自己的生死簿上。小环全神贯注，嘴都忘了合，能看到隐隐闪动的一点金牙。多鹤反而比小环泰然，她在代浪村毕竟读了中学，从所有检查结果看，二孩没有危险。

　　女大夫将口罩往下一拉，这下露出她整个笑脸来。

　　"孩子没有受伤，一切都正常。"她边说边从办公椅上站起身。

　　小环不知怎么又在地上了，这回是跪倒在女大夫脚前，抱住她带一截白大褂的腿，呜呜呜地哭起来。

　　"大夫啊！谢谢你呀！"她呜呜呜地说。

　　女大夫给她弄糊涂了，又有点害怕和难为情："我有什么可谢谢！你的孩子本来也没事啊！"

　　小环可不理会，只管抱着她的腿大哭："观世音再世……我们孩子起死回生……大恩大德……"

　　女大夫又拉又抱，最后多鹤也过来拉，才把哭成泪人的小环拉起来。女大夫递给多鹤几张处方，告诉她孩子贫血，要多吃猪肝。处方上的药是防止内出血的，吃三天，假如孩子一切正常，就停药。小环用哭肿的脸对大夫"唉，唉"地答应着。多鹤奇怪，小环撒野也好、愚昧也好，都让她离"找根好绳子"的念头越来越远。

　　急诊室的门嘭的一声大开，进来的是张俭。他一身油污的工作服，头上戴着安全帽，脖子上系着毛巾，一看就是直接从吊车上下来的。他这天上下午四点到夜里十二点的小夜班，一个邻居把消息带到车间，他赶到了这里。

　　他直奔躺在轮床上的二孩，二孩是他心头肉。按说他没理由对两个一模一样的儿子偏心，但他总觉得二孩身上有什么他看不透的东西令他着迷。果然，常常令人料所不及的二孩又玩了个奇迹。

　　他抱起二孩就亲，二孩无力地睁眼看看他，又闭上眼。女大夫说孩子受了很大惊吓，精神创伤可能需要疗养一阵。

回到家张俭对两个女人大发雷霆，他发雷霆是一声不吱，虎着脸看着她俩。按小环的话说：这就是他驴起来了。他那样看人特别可怕，你觉得他随时会抓块煤球或半截砖拍你，不过最有可能的是拍他自己。

　　他把她俩看得心发毛。

　　"俩人都看不好孩子?!"他说话了。

　　"谁让居委会办食堂?"小环说。张俭一开口就万事大吉，"多鹤不出去挣那点钱，咱连猪大油都吃不起!"

　　张俭闷头抽了一会儿烟，最后他把决定宣布出来：多鹤立刻把工辞了。吃不起猪大油吃猪花油，再吃不起吃棉籽油，什么油不吃，也不能再把孩子交给丫头一人。丫头自从二孩被送到医院，到现在还吓得躲在邻居家。母亲小环常挂在嘴上有三句话："揭了你的皮!""捶烂你的屁股!""使大针扎你的嘴。"

　　小环这时站在邻居家门外破口大喊："有本事你一辈子躲人家家里!回来看我不揭了你的皮! 捶烂你屁股!"

　　多鹤在身后拉小环的胳膊，小环这样管孩子虽然和楼上各家都一样，但让多鹤觉得难为情。小环不怕的东西很多，头一样不怕的就是丢脸。她把小环往自己家门拉，一张矮桌被撞翻了，上面摆的一副象棋也飞了，有一些棋子从栏杆空隙直接飞出去落在楼下阴沟里。象棋的主人叫起来，说少了两个卒。小环的嘴忙里偷闲呵斥他们："不才少两颗子儿吗? 凑合玩吧……"

　　多鹤不动了。找好绳子干吗? 凑合活着吧。

　　街上出现的叫化子越来越多。一旦有人敲门，家家户户都不敢开，怕打开了门口站着叫花子。有时叫花子一来来三代。

　　多鹤从此不再上矿石工地挣那一小时五分钱的工资。食堂也关了门，小环"谢天谢地谢谢毛主席"地回到家，又开始早上不起晚上不睡地过起懒日子来。

　　现在碰上小彭和小石来串门，她也不把围裙勒在小腰上，气魄很大地说："想吃什么，嫂子给你们做！"现在她能招待他们的是"金银卷"，不过该用玉米面的地方用了红薯面，该用白面的地方用了玉米面。大孩二孩快七岁了，丫头也有了大姑娘模样，一律头大眼大，四肢如麻秸，总是在半夜饿醒。

　　小彭和小石来下棋聊天，常常在工作服兜里装半兜绿豆或黄豆，是他们在黑市上用高价买的。小彭又回技校学了一年，回到车间就是彭技术员了。他这天到张家，和小环、小石一块玩拱猪，多鹤进屋给他们兑茶，兑完茶，多鹤脊梁领路从屋里出去。小彭把洁白的工作服袖子往上撸撸，大声说："谢了，小姨。"

　　三个人都被他突然提高的音量吓一跳，多鹤也朝他懵懂地一笑。小石突然哈哈直乐，抓住小彭的左手腕，高举起来："新手表！上海牌！你们怎么都看不见?！"

　　小彭脸涨成一块猪肝，但他这回没揍小石，只嗔骂一句："新手表咋的？你狗日吧嗒吧嗒眼瞅着呗！"同时他瞟一眼多鹤，多鹤又一笑。

多鹤的笑从来不藏掖，她就那样一笑笑到极致。她让小彭这类男子误以为他是今天最逗她乐、最讨她欢心的人。这么多年来，小彭总是想搞明白多鹤和一般女人不同在哪里。他总觉得她有个看不透的故事。她和一般女人那么不同，不同又是那么微妙，那么滑溜，一抓住，它其实早溜走了。

"多鹤你来玩两把，我出去买点菜。"小环说，一面探下一只脚，在床下找鞋。

多鹤笑笑，直摇头。小彭发现小环和多鹤说话就不那么快嘴快舌，一字一字细细地咬。

"坐下坐下，我们教你！"小石说，"这玩意儿得过脑膜炎的人都会玩！"

多鹤看他洗牌。孩子们都上学去了，该洗该熨的衣服也都洗熨了，到吃饭晚还有一段时间。她犹豫着坐下来。摸牌的时候，小彭的手总是擦着她的手而过。小彭会飞快地看看她。小石不是讲话就是哼歌，要不就是自吹自擂他的牌有多么好，要让小彭输得光屁股。

多鹤吃力地理解着小石的话，漏掉半句，听懂半句，又有半句意思迟到。还没等多鹤学会玩牌，孩子们放学了。初一学生丫头跟着二年级学生大孩二孩跑进来。多鹤赶紧起身，对两个客人鞠躬告辞，要他们继续玩，同时对孩子们说："洗手！"

孩子们不情愿地走进厨房。丫头立刻大喊："二孩偷吃'爿'（日语：pan，馒头和面包，这里指花卷）！"

三个孩子蹿出厨房，二孩手里拿着一个四合面花卷，但不知是葱卷面，还是面卷葱，比面还多的洋葱落了一路。

"把'爿'放下！"丫头边追边喊。

三好学生丫头是两个男孩的小家长。他们已进了大屋。

"我数一二三，你给我站住！"丫头命令道，"一、二、三！"

二孩停下来，大孩趁机夺过他手里的花卷。面本来就没有黏性，又掺了太多洋葱，这样一过手马上散架。二孩一下子跳起来，抱住大孩的脖子，一口咬住他肩头。

"我的'爿'！赔我'爿'！"二孩喊着。

小彭小石看看他们不再是玩闹，真打出仇恨来了，赶紧上去拉。然后问丫头什么是"爿"。丫头告诉他们，就是花卷。是哪里方言？不知道。我小姨老这么说。小彭和小石对看一眼：这是中国话吗？

晚饭后，张俭和小彭下象棋，小石观局，准备接败手的班。小石问张俭，小姨多鹤到底是哪里人，怎么把花卷说成一句外国话。张俭锁着眉瞪着棋盘，他不接话茬谁也不会奇怪。

这时在大屋缝纫机上补衣服的小环叫起来："他小姨说的什么话你们真不懂？"

小石笑着说："瞧小环嫂子的耳朵多灵！缝纫机那么响还偷听咱们说话呢。"

小彭大声说："小环嫂子，他小姨说的话我们真不懂。"

小环说："真不懂？那我可告诉你们啦——爪哇国的话呀！我妹子去过爪哇国！"

小石和小彭都笑着说爪哇国的话这么难懂，快赶上日本鬼子的话了。

他们常常是这样，真话假话没人计较，解闷就行。多鹤坐在大屋的床上织补孩子们的袜子，不时给三个男人续上开水。张家已经早就不喝茶了，茶叶钱全买了粮。秋天多鹤常去郊外采一种草籽，慢火炒黄以后泡茶很香。可这时刚入夏。

该小石和小彭下棋，张俭观局了。他站起身，进小屋去看看做作业的几个孩子。多鹤眼睛的余光看见小石踢了踢小彭，小彭不动，小石却动了。他站起来，从饭桌上端的毛主席画像上起下一颗图钉，然后把图钉搁在张俭坐的椅子上。多鹤不明白他的意思。张俭走出来，正要往椅子上落座，多鹤突然明白了。她叫起来，叫得又尖又亮，小彭和小石从来不知道声音温和的多鹤会有如此的女高音。

她叫的是："二河！"

张俭回过头。多鹤已经跑过去，把那个本来应该已经扎进他屁股的图钉拿起来，面孔血红。

"走！你走！"多鹤对小石说。

小石尴尬地咯咯直笑。"我跟他玩呢……"他指着张俭。

多鹤一把抓住小石的衣袖，把他从凳子上拉起，往门口拽。

"你走！你走！"

小彭呆了。他从来没看多鹤发过脾气，也不知道她有这么大牛劲，张俭和小环两人拉，她抓着小石衣袖的手都不撒开。其实工段里爱作弄张俭的人不少，有人在他鞋里放沙子，有人从他工具箱里偷线手套。政治学习的时候，常常有人在他椅背上用粉笔画猪八戒或猩猩。张俭在俱乐部的后台被抓获，原先爱作弄他的人更活跃了。所有认识张俭的人里，或许只有小彭明白，张俭没有人们想象的那样温厚。他的老实、沉默寡言是他不屑于跟人一般见识，他心里似乎有更重要的事需要他去对付。

但那是什么事呢？小彭太想看透了。

小环和张俭终于给小石解了围。小石嬉皮笑脸地给多鹤左一个作揖右一个打千。小彭想，张俭那与世无争的沉默不定会在哪天爆炸，也不知会轮上哪个倒霉蛋做这爆炸的牺牲品。

小彭也明白小石想以他的机灵顽皮引起多鹤的注意。他俩谁也不知道引起张家这位小姨子的注意图的是什么，但他俩总在暗暗竞争，争取多鹤哪怕无言的一笑。难道他俩想跟她搞对象吗？小彭被这个想法吓一跳：他怎么能娶一个比自己大好几岁的女人？再说，老家有父母给订的娃娃亲，他不可能永远赖着不回去结婚。二十六岁的人，还能赖多久？

小彭连是否喜欢多鹤都不知道，就是多鹤那种跟一般女同事不同的韵味引得他心痒。他看着小石还在油嘴滑舌地向多鹤表白他对张俭的兄弟感情，突然明白了——张俭和多鹤是一对情人。难怪一颗图钉就让她成了只母豹子，扑上去就要撕咬加害她的雄豹的人。一切都清楚了：朱小环在俱乐部事件中为他们俩打了掩护。现在小彭明白孩子是谁生的了。

小彭觉得自己和无耻、乌七八糟的家庭混了这么几年，太埋汰他了。他和小石走出张家的时候，他下决心再也不来了。但第二天他又来了。接着的一天又一天，他比往常来得更勤。他不知自己是个什么东西，他甚至没有把自己的推测告诉小石。他瞧不起小石的老婆舌头，瞧不起小石那没有两寸深的心眼。

　　八月这天，他下了班之后，洗了澡洗了头，换了一件短袖海魂衫，把胳肢窝下的破洞用橡皮膏粘了粘。他到了张俭家楼下，正遇见多鹤下楼，背上背了个木桶。他问她去哪里，她指指粮店方向。他说我帮你去扛粮吧？她笑了，说多谢啦。他马上把自行车掉了个头。

　　到了粮店门口，她又指指前面："那里。"

　　小彭跟着她走。她走起路来很有趣，步子又小又拖拉，却非常快。跟她离得近，他更觉得她不同于一般女人。

　　"还远吗？你坐到我车上来吧。"

　　多鹤指着背上颇大的木桶："桶。"她笑笑。

　　小彭想了想，叫她把木桶解下来。他看着她解，觉得这个桶也怪头怪脑，不像一般人家用的东西。他左手拎着桶带，右手握车把，歪歪扭扭骑上路。过一会儿，就进了菜农的领地。

　　路边有一群人在地上翻拣什么。是一堆新起的花生，泥比果实多多了。一个邻居把卖花生的消息在楼上传开，小环跟邻居借了五块钱让多鹤去买。孩子们都缺乏营养，大孩的肝脏肿大了近半年了。

　　小彭和多鹤刨了两手泥，刨出七八斤花生，多鹤正要往秤上的筐子里倒，小彭拦住她，把桶里的花生倒在地上，又把花生壳上滚了太厚泥层的挑出来，再把泥搓掉。他对多鹤笑笑。多鹤明白了，也蹲下和他一块挑拣。小彭想，这个女人活到这么大，还不懂人间有多少诡诈；若不是他来，她不就要花买花生的钱买泥巴回家了吗？

　　卖花生的农民把他长长的秤杆指过来，险些戳到多鹤的脸。他叫喊着不卖了不卖了！谁要挑拣就不卖了！

　　小彭一把揪住他的秤杆，说他的秤杆戳着人了。农民说他有言在先，花生没挑没拣！小彭跟农民用那杆秤拔河。他说挑拣了就该挨你秤杆戳脸吗？还是女同志的脸，是随便能戳的吗？戳瞎了眼睛算谁的?！没戳瞎呀！噢，这狗日的还真安心戳瞎她眼睛呀？

　　农民毕竟比小彭简单，小彭的第一句指控就把争端截流了，他却稀里糊涂跟着小彭往逻辑支流上走。

　　"她眼睛没瞎嘛，不是好好睁着吗？"农民也对抢购的人们说。

133

"那是你有那坏心没那本事！大家听见没有？我们国家正在困难时期，这些奸猾农民趁机吸我们工人老大哥的血！"

小彭把秤杆夺到手里，农民在旁边跳脚顿足，求他别拿秤杆舞金箍棒，把它耍断了。

"这些近郊的农民心肝最黑！趁我们缺粮少油拼命抬高市价！"

"可不是！"抢购者中有人应声。

一个东北家属嘴边糊着泥，大声说："这些农民老弟太不够意思，卖给咱这点花生，还先搁泥里酱酱！"她刚才趁工人阶级和公社社员拔河，剥开酱过稀泥的花生，飞快往嘴里填。她想填个半饱，好给孩子们省出一顿饭来。现在她的脸看上去也像在泥里酱过了。

工人家属们对郊区农民积压了多年的怒火暴发了。农民知道上海工人离不开鱼虾，就把鱼虾价钱涨得跟上海一样高。卖的青菜泡足了水，揭穿他他还狡辩：哪里是泡了水？是浇小尿（发音suī）的！粉嫩的！

小彭挥舞着秤杆，对家属们说："俺们工人阶级是无产阶级，闹饥荒只能干扛着，他们还有自留地！他们是有产阶级！"小彭不管自己讲的大道理是否在理，是否有说服力，他的派头很好，连那个投机卖花生的农民也怀疑他什么来头。

小彭一边耍着秤杆，一边拿出业余话剧演员的舞台嗓门，教育有产阶级的农民。他眼睛不断朝多鹤看去。多鹤穿一件白底子蓝细格的衬衫，白的很白，蓝得也快白了，原先的长袖破得无法补缀，剪成了短袖，但那种洁净挺括仍然使她在一群工人家属里非常刺眼。多鹤眼睛睁圆，看着他，对他突然展露的才干似乎很意外，是他做群众领袖的才干还是做业余话剧演员的才干，无所谓，她的目光一直在照耀他。

多鹤咯咯一笑，小彭感觉像二两酒上了头。他绝不能马上放弃刚为自己搭建的舞台，只听咔巴一声，那根树苗粗的秤杆撅折在他手里，他的膝盖也被老秤杆硌得生疼。他顾不上疼痛，领导工人阶级大翻身，把农民的花生按人数分成一个个等份，每人拿出三块钱，他替天行道地对农民宣布：要是嫌少连这三块钱也没有了。

农民大骂他们是土匪。

小彭一点也不生气，哈哈大笑，人们欢欢喜喜围着小彭，就像他真的领导了一场大起义。小彭跟家属们点头、挥手，但他的感觉都在多鹤身上。他要多鹤看看，张俭是什么玩意儿，有他这么精彩的口才吗？有他这样服众的魅力吗？

小彭在技校时读过几本小说，他对多鹤绝不像少剑波对小白鸽，也不像江华对林道静，多鹤对于他，是个具有巨大的神秘吸引力的怪物。她的口齿不清、脚步奇特、惊人的天真都是她神秘吸引力的组成部分。有时小石和他怀疑她智力发育不良，但一看她的眼睛，那怀疑就立刻被驱散：她不仅智力健全，而且相当敏感、善解人意。

他把半木桶花生绑在车大梁上，和多鹤步行。夏天太阳落得晚，正在出钢的高炉给这个城市又添了个太阳。他刚才领导起义弄出一身大汗，海魂衫粘在前胸后背，胳肢窝下面用作打补丁的橡皮膏被汗湿透，卷起，又在他手舞足蹈的演讲中掉落了。他每一个慷慨激昂的动作，都使那些破洞大一点，露出了野性的腋毛。

多鹤不时看看他，笑一笑，她的寡言也是可爱的，一般女人到了三十来岁怎么都有那么多话？终于，多鹤说话了。

"衣服破了。"她说。她的眼睛那么认真，虽然还在笑着。

他跟她讲了一路小说啊，歌曲啊，诗歌啊，她的回答是"衣服破了"。

"这里。"她指指自己胳肢窝。

她胳肢窝下面也有一块小小的补丁，现在浸透了汗水。不知为什么，小彭被她补着小补丁、浸透她的汗水的胳肢窝弄得心神不宁。

他站住脚。她不明道理地跟着站住了。

"你给我补一补吧。"

她定着眼睛看他，鼻尖上一层细珠子似的汗，厚厚的刘海也被汗濡湿了。她明白他吐出口的话无关紧要，让它给一阵微风刮去好了。至关紧要的话他不必说，因为一只雌动物懂得什么也不说的雄动物。

她眼里突然汪起泪水。

他害怕了，她要是太当真大概很难收场。

135

他们走到家，小彭大大方方地对小环说，他帮多鹤驮东西，多鹤答应帮他补衣服。他一晚上都为多鹤的眼泪心烦，她要把他当救世主就麻烦了，她会全身心扑上来，跟他拉扯起一个家庭。张俭用过的东西，他捡了来用，他贱死了！多鹤正把他的海魂衫洗干净用烙铁熨干了，又拿到缝纫机上给他缝补。他听着缝纫机哒哒哒的声音就想：你看，她已经扑上来，要跟你拉扯过日子了！

张俭这天晚上上小夜班，小石上大夜班，只有小彭一个人，拌嘴逗趣不是小环的对手，他只好去听丫头读她写的作文。丫头有一个大本子，里面是小彭小石给她从报纸、杂志、书本上抄录的优美、豪情的句子。每次丫头写作文，就从里面找。写到丰收，便是"满屯流金沙"，"疑是白云落棉田"，"棒打枣树落玛瑙"……谁都觉得这些句子高级，只有小环在一边听着说："那咋还饿成这样？咱大孩咋会肝肿大？孩他爸咋会瘦成个大刀螂？"或者她咯咯地笑着说："难怪了——满屯流金沙。金沙煮不成饭！枣树落下玛瑙来，能吃吗？所以呀，百货公司门口天天有饿死的叫花子。"

丫头有时给小环弄得写不下去，就说她落后，右倾。

小环说："右倾咋啦？"

"右倾都得扫厕所，不愿扫就爬上高炉跳下来！"厂里有两个工程师被打成右派，扫了一阵厕所，前后脚从五十米的高炉上跳下来。一般来说，交锋交到这里就没人吭气了，毕竟右倾和跳高炉这类事远得和张家不沾边。

丫头的作文完成后，多鹤也替小彭补好了海魂衫。她交给他时，他给了她一张小纸片。他是趁丫头念作文时匆忙写的。纸条是他给多鹤的一封看电影邀请信，电影是下午场，四点半。然而电影放完多鹤也没有来。他本来只是无事生非找一份隐秘的额外温柔，多鹤的失约却让他突然心重了。她居然怠慢他，她竟不是那种轻佻女子，碰碰就黏糊上来的。她胆敢让他浪费两张电影票钱：一张票买了个空座，另一张买了他一个无魂的空壳，一场电影他的魂全在多鹤那里，不知道电影演的是什么。她是找死呢？敢激怒他？他可是知情的人，可以把张家三个人的狗男女

136

关系透露给保卫科！她是为了张俭守身如玉？这个女人一腔苏三之情，凭他张俭也配?！

小彭再到张家来的时候，先不上楼，守候多鹤单独下楼的时机。他知道多鹤常常去即将收市的菜场，收罗老菜帮黄菜叶。有时去肉铺，一天的肉割完，肉皮在关张前会贱卖，多鹤会排在一大群家属里碰运气。

他看见她拿着一条挂了一整天、被苍蝇叮了一整天、边沿干得发卷的肉皮快步走出肉铺。他迎上去。

多鹤一退，但马上给了他一个大大的笑容。

"你那天为什么不来看电影?"他问道。

她又笑一笑，摇摇头。她这种稚气是怎么回事，三十几年的饭全白吃了？

"你怕什么?"他又问。

她还是笑笑，摇摇头。

"没什么呀——朋友之间看看电影，很正常啊。"

她看着他的嘴唇，眉头紧了紧。小彭想到小环和张俭对她说话的口气，便放慢了语速，重复一遍刚才的话。

"不是。"她说。

她的"不是"可以有无数个意思。他觉得现在自己对和她的关系心重无比。他怕她的"不是"表示"我不是那个意思，你自作多情了"。不知怎样一来，他知道痛苦是什么感觉了。

那天他没有跟着多鹤回家。痛苦开始要他的命了，他不去张俭家不见多鹤更让痛苦恶化。他怎么会煞有介事地痛苦起来？他不理小石的激将、恶嘲，坚决不再去见多鹤。转年的春节，小彭回到老家，把饿得脸肿如银盘的未婚妻娶进了门。婚床上他拿新娘解恨，动一下对自己说一声："让你痛苦！让你痛苦!"

等他回到厂里，父亲来信说，他媳妇怀孕了。他对自己更凶恶，咬紧牙关，闭紧眼睛，捶打自己左胸，念咒似的说："让你痛苦！让你痛苦!"

结婚的事他连小石都没有告诉。这是提一提都让他痛不欲生的事。

小彭只有在一个时刻会忘了痛苦，就是他看见那张和伟大领袖合照的相片。那张照片是毛主席来到炉台上，跟一群领导讲这个新兴城市如何是祖国的希望的时候拍摄的。小彭背后有闪亮的钢花，虽然他在画面边角上，但整个人那么朝气那么浪漫。要把这座小城建设成一个新型的钢铁联合企业，毛主席把手一挥，就像列宁和斯大林那样一挥。小彭不和自己的记忆计较：伟大领袖是不是那样挥了手。小彭的印象是钢花满天，毛主席挥手指向那个尚未出世、一定会出世的钢铁圣地。这种无边的诗意是小彭唯一能够用来镇痛的。他的手伸出去，握住了毛主席的手，那居然也是三十六度五的手，他的手又把毛主席的三十六度五的体温传给了上百个人。上夜班的人一来，就握住小彭的手。有这样一双被领袖伟大的手握过的手，应该也去呼风唤雨。这样一个大时代，哪里容得下他那点痛苦？

又一个夏天到来，小彭穿着多鹤给他缝补的海魂衫骑车从单身宿舍往厂外走。街上又出现了狗。看来狗们也嗅出世道稍微安全了一些，它们不会动不动就变成人们砂锅里的一道菜。到了百货公司大门口，唱歌和打鼓的声音传过来。几十个淮北乞丐组织了一个凤阳花鼓班子，正在表演花鼓歌舞。一只黑狗叼着一个破草帽，在观众面前站立起，再跪下。草帽里没什么钱，有红薯面窝头、红薯、四合面馒头。草帽装的东西多，沉重了，狗的脖子拼命向后仰，才能让那草帽里的食物不翻出来。等草帽装满了，一个女人过来，取下草帽，把窝头馒头分给十来个坐着躺着的孩子。黑狗静静地站在一边，瘪瘪的肚皮快速抽动，一大截舌头吐在外面。女人把空草帽交给狗，狗又走回观众面前，立、跪。

观众里一个男孩说："给狗吃点儿！"

小彭顺着声音看去，说话的是二孩。他头上包着绷带，肩上背着铁环。放暑假期间，二孩身上总是不断挂彩。他身边站着大孩，个头比他高了半头。小彭想，可别看见多鹤！

果然看见了她。二孩跑进人圈，从狗叼的草帽里拿出一块红薯，递到狗嘴边。多鹤从观众里倾出身来，拉住他。黑狗对二孩的赏赐毫不动心，头一甩继续它的使命去了。花鼓班子里一个老头走过来，手里的笛

138

子一指黑狗。狗马上四足挺立，放下草帽，老头又指了它一下，它突然朝二孩跑来，多鹤"啊"的一声抱住二孩。狗却就地一滚，四爪朝天。老头对二孩说，现在可以喂狗了。

二孩把红薯放在狗面前，它转身站起，两口就把红薯吞下去。

"这狗卖吗？"二孩说。

"你买得起吗？"老头说。

小彭看见多鹤使劲把二孩往人群外面拽。八岁的二孩个子不高，细细的腿上却尽是肌肉。他那肌肉发达的腿蹬着地，多鹤得费十多秒钟才能拉他走一步。大孩站在多鹤后面，希望别人不把他俩认成双胞胎。

小彭走过来，笑嘻嘻地说："二孩，你想要那条狗？小彭叔给你买。"

多鹤一绺头发跑到脸上了，她取下发卡，用牙齿扳开，又把头发顺到耳后。这些动作小彭并没有正眼看，但他觉得多鹤是为自己做的，因此做得如此多姿。

二孩二话不说，挣脱开多鹤，拉了小彭的手就回到那个花鼓乞丐的群落里。一个警察刚刚到达，说淮北真能害人，三年自然灾害都过去了，还派出这些花子到处散虱子散跳蚤！

乞丐们扛包、抱孩子、牵狗，大喊小叫地散开。他们跟警察玩惯了藏猫猫，警察一走还会回来。市里有三家一模一样的新型百货公司，都有冷气，叫花子们在这个门口圈场子等于避暑。

多鹤给小彭鞠了躬，说："下班了？"

人人都这么相互打招呼"上班去？""下班了？"但多鹤这么一打招呼就奇怪得很。加上她行那么大个礼，真是怪极了。小彭也半玩笑地浅浅鞠了个躬："出来走走？"

多鹤指指二孩的头，表示那是她带他们出来的目的：刚换了药。她那种笑是慈母对儿子又爱又烦恼的无力的笑。她还是穿着一年前的白底蓝细格的衬衫，只是更旧了，蓝细格都被水洗走了。她要不那么爱干净，也省点衣裳。他奇怪他的痛苦哪里去了？他明明满心欢快。一年没见到她，就这样跟她站在一块儿，不着边际地说两句话，看看花鼓叫花子们的歌舞就足够令他欢快了。

从百货公司背面那扇门又传来花鼓音乐。二孩拖起小彭就走。

到了乞丐们的表演现场，小彭掏出一直没空寄回老家给孩子老婆的十五块钱，找到了刚才那个老头。老头看见钱，嘴从笛子上挪开，说："十五块，就想买我的狗?"

"那你要多少?"

"我这狗是二郎神的狗。"

"管你妈的谁的狗，你卖不卖? 我这孩子想要，给了我，也就值床狗皮褥子钱。"

"这狗比两个会唱会打花鼓的丫头还值钱。"

"谁买你的丫头?!"

多鹤拉住他的胳膊，用力往外拽。

"十五块，买狗皮褥子也不够!"老头说。

他从另一个口袋又掏出五块钱。他买了这个月的八块钱饭票，全部剩余就是这五块钱了。

"二十块?"老头看看他的口袋，觉得继续榨还能从那口袋里榨出油水。

"你别过分啊。二十块钱够买两百斤米了!"小彭说。

"我们不吃米。"老头说。

多鹤的手一直在他胳膊上使劲。等他被她拉出来，她的手还留在他胳膊上。绝望的二孩躺在积着雨的地面上蹬腿打拳，嘴里喊着"我要'亦牛'（日语：inu，狗)!"

连喊了十多声，小彭问大孩："什么叫'亦牛'?"

大孩说："就是狗。"

多鹤跟二孩小声说着什么，声音听上去是哄慰加恐吓，但有的词小彭也不懂。她劝一会儿，苦着脸看看小彭，意思是：你看，都是你惹的。

小彭冲进百货公司，买了四块糖果，跑出来给了大孩二孩，又许愿二孩他一定给他把这条黑狗买来。

九月初，小彭从远郊买了条小黑狗，在单身宿舍养着训练它站、坐，又训练它叼帽子。单身宿舍的另外三个人烦死了,威胁要把小彭和狗一块儿炖砂锅。到了年底,小黑狗长得跟花鼓乞丐们那条一样大了。他牵着狗,骑着车,凯旋似的到了张家。

张家在吃晚饭。过道里放着一个煤炉,上面坐了一口铁锅,里面是热腾腾一锅酸菜豆腐。所有人围在四周,大人们坐着,孩子们站着,吃得又是鼻涕又是汗。小石坐在多鹤旁边,正往锅里下绿豆饼。

小环指着小彭说:"这人是谁呀?俺们认识吗?"

小彭身子一闪,亮出身后跟着的狗。

二孩扔下筷子就跑过来,张着两只胳膊,然后跪在狗前面,抱住它。多鹤和小彭对看一眼。

小环说:"哎哟,一年多不来,一来就给我们送肉来啦?正好立冬吃狗肉,还落张狗皮褥子!"

二孩抓起一个馒头,揪了一半喂给黑狗,黑狗不动。小彭把馒头拿过来,重新递给它,它才吃了。吃完,小彭要它站起、转圈、坐倒、跪下,二孩又要喂它馒头,小环用筷子敲敲锅:"人刚有粮吃,就喂狗啊?"

多鹤又看一眼小彭。小彭知道她要他给二孩做主、撑腰。

张俭终于开口了。他说:"咱养不了。"

小环说:"它来了咱去哪儿啊?两个孩子大了,跟他小姨还睡一个床,一夜下来把他小姨身上都蹭青了!就是不杀,过两天也得送走!"

"谁杀我的狗,我和他拼了!"二孩突然说道,嗓子都劈了。他一腿跪着,一腿蹲着,两手护住狗头。

小彭从来没注意到这个男孩的眼睛可以如此地野。他留心过他的性情,总是热情比一般人高,爱什么是带着高度热情去爱,恨什么也恨得热辣辣的。

"妈,咱一人少吃一口呗。"丫头说。

只有大孩不声不响吃他的饭。他是不需要操心的孩子,最多到邻居家借个篮球,在公共走廊上拍拍,练练运球。

小环做了主,把狗先养下来,实在养不了再还给小彭。小环叫小彭自己到厨房拿一副碗筷，她往大铁锅里添了一大勺猪油、一大把粗盐。

晚上小彭和小石一路骑车回单身宿舍。

"怎么，隔了一年多，发起第二次总攻？"小石说。

"那你呢？总攻不断，就是一回回都打退。"

"咳，你以为她那么难上手？"

小彭的心跳少了一下。"你得手了？"他的口气听上去是个坏过的男人。

"她那肉皮子，跟元宵面似的，又细又黏……"

小彭想跳下车就地掐死小石。"你摸过？"他口气不变，心里剧痛起来。

"信不？不信你试试呗！"

"我早试过了！"

"你咋试的？"

"那你咋试的？！"

小石急蹬几下，车子飞出去，又一个急拐弯回来，嘴巴同时打了个又尖厉又婉转、坏到家的口哨。

"哎呀妈呀……"小石说，"那滋味……能告诉你？你真试过？"

小彭不敢朝小石看，一看自己非出事不可。他会用自己的车把这个长着木偶脸、女人都喜欢又都不当正经事的小个子撞倒，随便找个什么砸死他。前面十多米就是火车道，火车在两三里之外的弯道上拉笛，它会帮忙把他砸烂的那张木偶脸轧成包子馅。这个王八羔子居然占了他的上风，小彭即便得到多鹤，也只是在下游接他的脏水。张俭、小石都在他小彭头上尿尿（读suī）。他小彭还指望钢花满天来缓解他浪漫的痛苦呢。

一个晴朗透彻的秋天下午，小彭来到多鹤出没的马路上。大饥荒已经过去，但张家的大饥荒尚未缓和。两个男孩食量惊人，一个吃出了高度，一个吃出越来越野的性子。所以多鹤还得到收市的国营菜场去包圆烂了大半的西葫芦、发了青的土豆、被虫蛀成网子的白菜。菜场的人都认识她，见她文雅多礼，不吵不闹，每天专门为她留一堆垃圾，用锹撮进她背在背上的木桶里，让她回家慢慢挑拣去。小彭从臭气熏天的菜场开始跟踪她，见她进了肉铺，出来后菜场的垃圾上又增加了肉铺的垃圾：几块刮得白生生的猪骨头。等她走出水产店，一大群苍蝇开始追随她，木桶不够它们停泊，就停在多鹤的头发上。

这时她走进一家小饭铺，出来的时候手里拿个报纸包，油从里面洇出来。她在小饭铺收罗顾客们啃下的骨头、剩菜，回家去喂二孩的心肝宝贝黑狗。苍蝇落在她的肩上、背上。

他想，她是多清丽淡雅的一个女乞丐呀。

"多鹤！"小彭在她走出饭铺时追上去。

她一见他就带着一头一身的苍蝇跑上来。天下也有这样不知遮掩自己欢心的傻女人。又是一个深深鞠躬，同样一句古怪之极的家常问候："下班了？"

小石这个小屁球，也配吃她的豆腐！他小彭多了一点恻隐之心，下手晚一步，给他的就是剩豆腐了。

多鹤哪里知道他此刻的心像锅里翻腾起泡的油饼子，在他旁边连笑带说，舌头不当家地讲二孩如何疼爱黑狗，她如何感激小彭的慷慨。他觉得自己是在敷衍她：一条狗？小事一桩！不值一提！她接着饶舌：感谢他理解孩子——二孩是个很不快乐的孩子。

二孩是个很不快乐的孩子？被她这么一点，他也醒悟了。三年前他从四楼上摔下去，没摔折一根毫毛，倒把他的快乐摔没了。原来多鹤对他如此亲热，一反她的寡言，用她那一口奇怪的话向他喋喋不休地表示情谊，都是为了二孩。对于多鹤的亲与疏，小彭永远猜不透，越猜不透，他越不甘心，越是不依不饶地追索，结果对她就越来越心重。

"我就是来告诉你，明天我在这儿等你。"小彭板着脸说。

多鹤的笑脸一伸，又一缩。

"你欠我一场电影。"小彭板着脸，让她无可选择，无可逃遁。"你必须跟我去看电影。"他的意思是：让你贱，你看你惹的是谁？！

泪水又在她黑而清澈的眼睛里成了两个闪光的环，转过来，转过去。

姥姥的，这女人真贱呀！好好地拿她当人，带她进大雅之堂的电影院，跟她做一次新社会的才子佳人，她倒委屈得要流泪。小石那下流种子引她去什么狗洞，拿她当糯米糍粑揉揉，她也就让他揉了。

"你跟小石谈对象了?"

她眉头皱起，目光凝聚起来，嘴唇微微启合，好像跟着他的话在心里默诵。她眉毛忽然扬上去，两个闪闪亮的泪环也消失了，她一连声地说："没有，没有!"

"谈对象有什么不好?"

"没有!"

"他都告诉我了。"

她看着他。他感觉丫头、大孩、二孩都通过她的眼睛在审视他，看他到底什么时候绷不住，笑出来，结束这个玩笑。

什么也不用再说了。小彭凭自己的男性直觉评判了事态。小石是诈他；多鹤和小石是清白的。好像他小彭在乎这份清白似的，他又不打算娶她。他突然落回原处的一颗心让他对多鹤的迷恋更难以解释。厂里的主要技术员有十多个，他小彭是最有培养潜力的，因为他家几代贫农，又是党员，又代表技术员们陪伟大领袖毛主席上了高炉。他凭什么会放不下多鹤这么一个话都说不好的女人?

第二天下午，多鹤真的来了。她有意收拾成进电影院的样子，头发洗得很亮，一条棉布百褶裙，配上圆领线衣。所有工人家属都让丈夫们省下白线劳保手套，然后拆成线，染上彩色，织自己和孩子们的衣服。多鹤的这件线衣染成黑色，圆领口抽出带子，带子两端当啷着一对黑白混编的绒绒球。棉布百褶裙也是黑白格的。多鹤不像小环腰身妖娆，一动一静都是风情，多鹤的身段线条没有明显的曲直，都是些混混过渡，加上她提不起放不下的快步，她从背影看十分憨拙。她怎么看也不可能是小环的妹妹。

那么这个叫朱多鹤的女子到底是谁?

电影院门口，小彭指着一张巨大的海报告诉多鹤：这是个新片子，叫做《苦菜花》，听说特别"打"。"打"是青年工人们形容激烈的战争影片的词。

多鹤的表情变得非常焦虑，看着一幅幅电影画片，最后她盯着一个

日本军官看了很久。电影院里小彭苦坏了：多鹤两手交叉，抱在胸前，他不能到她怀里硬去抢夺她的手。她似乎完全进入了电影，剧情和音乐都到了大哭大喊的时候，她也差点大哭大喊起来。小彭已经真要动手抢夺她那只堵在嘴上的手了。这是个良机：女人太伤心了，男人伸出肩膀让她舒舒服服把悲伤发散，水到渠成就把她拥进怀里。没有这一步，以下步步都迈不开。小彭正想一横心：干了吧！忽然听见多鹤说了句什么。他尖起耳朵，听她又说了一个词。像是在学着电影里的鬼子说日本话。不，更像是她在纠正鬼子的话。也许都不是，是她不由自主说了什么。一个日本词。地道的、滚瓜溜熟的日本词。

多鹤是个日本人。多鹤？多鹤。他早就该猜到这不是中国名字。

小彭被这个无意中的推断吓得瘫在那里。张俭家的人长了什么胆？窝藏了一个日本女人，一窝十多年，生了一窝日本小崽儿。看看银幕上的日本人，那还叫人？那是魔鬼，哇哇怪叫，杀人不眨眼。

他那只一直想瞅空蹿出去的手也瘫了，松软地搁在自己两个大腿上，手汗慢慢洇湿工作服的裤腿。多鹤是哪里人不好，偏偏是日本人？他和一个日本人坐在黑暗的电影院里看电影，他竟然去揉捏日本女人的手……

他和多鹤走出电影院时，他跟在她背后。看清了她奇怪的表层之下藏了个日本女人，其实一切也就不奇怪了。电影里的鬼子和这个女子是一个种。小彭明白了多鹤是怎么回事。她再多礼也有那么一点不可驯化的东西。她笑得再恳切也有那么一点生涩。而这一点生涩会在二孩身上暴发：二孩那冷冷的热烈，那蔫蔫的倔强，那种对某人某物蛮夷的喜爱和愤怒，原来是从这儿来的。

外面天将黑，毛毛雨的秋天傍晚是很俗套的情侣气象。小彭领着多鹤穿过毛毛雨，来到他的宿舍。他现在住的是双人宿舍，室友正在走廊上用一个小煤油炉烧小灶，一看见小彭领个女人来，连忙说他一会儿去他的四川同乡屋里聚餐。

小彭请多鹤坐在自己书桌前，给她找来几本钉在一起的电影画报。然后他冲了两杯茶。暖壶的水不烫，茶叶如同漂浮的垃圾一样堵在杯口。

"你不是中国人吧？"他看了她一眼，把眼光落在他室友泡在脚盆里的脏袜子上。

多鹤倒也不像他预期的那样大惊失色，给揭了老底的潜藏日本女人，他以为会跪在他面前求饶。

"我早就发现了。"小彭说。

多鹤把原本端在手里的茶杯放到桌上，手抹了抹裙子褶。

小彭想，她想什么呢？想避而不答就完事？我能那么轻易让她过关？

"你是怎么留在中国的？"他把脸正对多鹤。

多鹤嘴唇跟着他默诵了一下，吃准了自己的理解力。

"卖的。"她简单扼要、实事求是的态度又和小彭的期待有点偏差。

他见她毫不回避的眼睛里又亮晶晶起来。别流泪，别来这套，别弄乱了人心，小彭在心里默默呵斥她。

她极其困难地开了头。讲得一句一停，半句一顿，有时她吃不透自己的语调，会用不同音调重复，直到她看见小彭脸上一个恍悟，才再往下说。故事给她讲得干巴巴的，到处断裂，小彭还是听呆了。三千多个由女人和孩子组成的逃难队伍，一路血，一路倒毙，一路自相残杀，这哪是人的故事？这哪是人能听得下去的故事……

而眼前这个叫竹内多鹤的女子，是那场大劫之余数。

一直到此刻，小彭不知道自己还会为不相干的事痛心。或许张俭和小环也经过同样的痛心？

多鹤起身了。一个长而深的鞠躬，他上去想拦阻她——这样的鞠躬是破绽，会让人顺着这破绽摸索下去，最后毁了她。但他的拦阻动作半途上自己变了，变成一个不怎么浪漫的拥抱。抱住多鹤微微反抗的身体，他感觉那点痛心消解了一些。为了让自己心里的痛心完全消解，他紧紧抱住多鹤。假如他不去想自己在老家的媳妇和孩子、张俭和小环，他是可以做江华而把这苦难的日本女人作为林道静而浪漫的。

他把多鹤用自行车送到张家楼下，分手时他说他一直爱她。要不他不会从二十岁刚见到她就总是往这个楼来。八九年时间，这条从工厂来的马路被他的车碾出多少道辙？那些车辙是证明。他怕她不懂这种技校学生的印刷体情话，咬字吐词山盟海誓一样沉缓、用力。

多鹤听懂了。她把自己一折为二，鞠了个躬。他一步抢上前，她恰好直起腰，他的手打在她脸上。

"我不是张俭。你也不是为我做小老婆、为我生孩子的奴隶，所以你别这样。"

多鹤转身走进漆黑的楼梯口。

他想，他是进过高等技校，学过俄语，陪过伟大领袖的新青年，即便老家有老父老母给娶的媳妇，他和多鹤的相处，也会是十分新社会的。实在不行，他冒着气死老父哭死老母的危险，休了乡下媳妇。那媳妇肿成银盘的大脸早就不在他记忆里了。

他迎着毛毛雨向厂里走，把自行车蹬出一个进行曲节奏。风大了，雨猛了，他蹬车的节拍变成了劳工号子。多鹤生过三个孩子，那又怎样？她比他年长好几岁，那又怎样？一切的不寻常都让他更加骄傲，因为只有不寻常的人才能够得到不寻常的浪漫。

雨中的工厂灯火显得特别亮。每一个雨珠都成了一片小小的反光镜，天上地下地叠映，使灯火无数倍地增加了。雨只有落在这样喧腾的工厂区才会如此细声细气，就像多鹤的泪水落进硬汉小彭宽阔的怀抱。小彭那还欠缺最后定型的、男孩气的身躯，跳下自行车，站在一望无际的繁华绚丽的灯光里，站在漫漫的雨里和刚走出饥荒的一九六二年里。

第二天小彭在上班时接到一张纸条，是从吊车上飞下来的。纸条上张俭的字迹飞扬跋扈："中午吃饭的时候等我一下。"

不出小彭的预料，张俭开口便问："电影咋样？"

"不错。"他瞪着张俭，狗日的你想镇住我？

张俭端着一饭盒米饭和一堆炒胡葱，往会议室走。堆满备料和工具的会议室只配两把钥匙，一把归工段长，一把归组长。

小彭一进去就在一个空氧气瓶上坐了下来。不然张俭说"你坐吧"，局面就被动了，真成了他审小彭。

张俭却站在他面前，连人带影一座塔似的。"你打算跟她怎么个了(读liǎo)？"

他想这样一高一低他又成受审的了。他刚露出要从滚动的氧气瓶上站起来的念头，张俭伸过手，在他肩上拍拍，又按按，让他"坐下谈"。

"我对她咋也没咋。"

张俭一下黑了脸，"你还想咋？"

"看个电影……"

下面他所有的知觉，就是张俭那打掌子的翻毛皮鞋：底和帮穿分了家，又被重新缝合，前脚掌半圈白白的新麻线，后跟两块黑黑的胶轮胎。

"你干啥?!"小彭给踢得滚到氧气瓶下面，膝盖打弯的地方正合上那弧度。

"干啥？踢你!"张俭说，"我最恨人赖账。你跟她好，也行，回去把你家里那个休了去。"

小彭发现三脚踹不出个屁的张俭挺能说，舌头翻得圆着呢。更让他吃惊的是，他整天不吭不哈，倒把别人的底抠在自己手里——他什么时候抠到了小彭老家有媳妇、孩子的底？

"那你咋不休了小环嫂子?!"小彭刚想站起来，张俭又一脚。氧气瓶弄得他很不带劲。

"驴日的，我能休她吗？"

张俭这句话根本不是道理，也没有因果逻辑，他那种不容分说的坚定让小彭觉得又输了一轮辩争。

"你要是休不了你媳妇，你就给我就地收手，别糟蹋了她。"

"你凭什么糟蹋她？"

张俭往门口走，手已经搁在门锁上。他对小彭这个致命提问又装聋了。

小彭痛苦得团团转。他想干脆揭露张俭，让公安局把他当重婚罪犯抓起来。那多鹤也会被抓起来，会永远从这里消失。在二十八九岁的热恋者小彭心里，世界都可以消失，只要多鹤不消失。从此他一有空，就到张家楼下打埋伏，有几次见二孩带着黑狗出来，他向二孩问了几句他小姨的情形。二孩的黑眼睛对他端详，一眨不眨，小彭突然做了一个他马上会臭骂自己的动作：他抱住二孩，在他眼睛上亲吻了一下。

等他臭骂着自己蹬车逃去时，他眼泪流了出来。他小彭是新中国培

养的第一批技术员,现在给什么妖孽折磨成这样?

发生了他对二孩失控的那个举动之后,小彭真的自恨自省,要做最后的抉择了:要么回家休了媳妇,每月照样寄十五块钱给她,然后娶多鹤;要么把二十岁到二十八岁在张俭家度过的好日子彻底忘掉。

这天在厂里,小彭从电焊光里、气割光里走过。一个人的脸从电焊面罩后面露出来。一见他,马上又躲到面罩后面,好像他整个猴似的身子能全部躲到面罩后面似的。小石在躲他。他走了几步,钢厂里纵横的钢轨上不时过往装着钢锭的火车。小彭觉得老天爷怎么老是在关键时候让他顿悟:跟他处成了兄弟的小石就是告密者!他妒忌小彭和多鹤,刺探到小彭在东北老家娶媳妇生孩子,又去向张俭告了密。

他等一列运钢锭的火车过去,从轨道上跨回来。小石刚焊完一件东西,正用榔头敲焊条的碎渣,小彭走上去说:"馋死你——王八羔子!那皮肉哪是啥江米粉团子,是猪大油炼化了,又冻上,舌头一舔就化!"

小石还装着万般不在乎的样子,摇头晃脑地笑。

"你去告密?你还知道啥秘密?人家那天晚上啥秘密都告诉我了!"小彭在钢板上走得惊天动地地响。

"啥秘密?"

"十条大前门我也不换给你,就这么秘密!"

"哼,还不就是那秘密……"小石两头看看。其实他们周围到处是震耳的金属撞击声,钢厂内的火车频繁过往的声响,吊车的哨子声,他们直着喉咙嚷,在他们身边的人也听不见。

"你知道的是啥秘密?"小彭警觉了,瞪着小石。

"你才知道那秘密呀?那一年多你没上张俭家去,我早知道了!"

这个女人跟谁都倾诉她的血泪身世,小彭原来并没有得到特殊待遇。一阵无趣,小彭觉得自己的浪漫如此愚蠢,小石和张俭背着他非笑坏了不可。

小彭在铁轨上坐下来,想着自己浪漫小丑的角色,又失败又悲哀的小丑。也许他是唯一为多鹤的身世心碎的人。他成了他们的笑料。

到处是一蓬蓬刺眼的焊花,金属撞击声比一千套锣鼓更声势壮阔。

心碎的小彭缩坐在几条铁轨的纠结处。人人都在焊花的焰火和钢铁的锣鼓中过节，笑料小彭坐在这里，没有了东南西北，没有了下一步。

"叮咣叮咣"的金属声响敲打着他的心、肺、肝、胆，他的脊梁骨、脑髓。声响属于伟大时代。伟大时代处处时时是盛大节日。突然几节车皮倒退而来。小彭站起身要跨到铁轨那边去躲开它。

他却被人拉了一把。

"你个王八羔子往哪儿跑？不活啦？"小石指着另一端来的火车头，正和倒退的几节车皮相交错。

小彭如果往铁轨那边躲让，正好给火车头撞死，他自己差点变成车轮轧成的包子馅。

"姥姥的。"他嘟哝一句，甩开小石的手。他和小石这样的手足情是不能感激涕零的。

"我看你就不对，坐在那儿跟瘟了似的！"小石跟在他身后说，"为一个娘儿们，真去卧轨呀？不嫌腻味！"

"你姥姥的腻味！滚！"

小石知道他是知恩的：小彭这下不仅捡回了命，也捡回了魂。

晚上两人一块儿去澡堂，出来的时候小石说他去张家送猪肉去。食堂死了一口猪，肉全白给工人们。他抢了一份，给孩子们解解馋。

"能让孩子们吃死猪肉吗？"

"嘻，多熬熬呗！毒不死！"

"看这肉都发蓝，血憋在里头。看着脏得慌！"

"吃着不蓝就行！日本小鬼子饿急了，蓝肉也吃。他们吃生棒子生高粱，从河沟里捞出泥鳅就往嘴里搁……"

"多鹤告诉你的？"小彭问。多鹤告诉他，在逃难路途上她吃过蚯蚓。

小石愣了一下。这时他俩站在初冬的傍晚，刚洗过头发，湿气从头上冒起。

"她也告诉过你？"小石说。

"没听她说这些惨事，你以为日本人都是吃狼奶长大的。日本女人都是母狼，养出那些杀人放火的野兽。我过去对她也……也没咋的。一听

她跟我讲的那些惨事,真不想再糟践她。"

小石静静地听着。过一会儿他口气散淡地开了口:

"那她咋没回日本?"

"日本她啥人也没了。"

"那咱中国咋没给她关起来?日本间谍可多了,不是都得抓起来吗?"

小彭从他的惆怅浪漫情绪里一下子浮上来,换一口气,看着现实里这个小个子。他上当了。这个小个子套走了多鹤交给他的身世秘密。

"你他姥姥的诈我?!"小彭想,他到底没玩过这个精刮过人的猴子。

小石哈哈直乐,做出防御姿势,退到小彭爆发性攻击够不着的地方。"我说她咋那么嫩?日本豆腐!"

"王八蛋!"

"王八蛋咋了?王八蛋分清敌我,"他在三步之外打猴拳,"不吃日本豆腐,是有民族觉悟的王八蛋!"

"你有屏的觉悟!"

"你连屏的觉悟也没有!"

小彭知道他越逗越来劲,索性把毛巾往头上一顶,自己往宿舍走去。等他打开宿舍的门,小石的口哨在黑暗的楼梯上吹响了。这天晚上他不搞清多鹤是怎么个来龙去脉,他是不会让小彭清静的。

结果是他俩把那发蓝的肉吃了。两人借了个煤油炉,把脸盆洗了洗,在里面炖了一大盆肉汤。六两酒就着多鹤的惨烈身世喝了下去。吃着喝着,小石把小彭的床吐得一团糟,小彭刚去清洗,小石又爬到小彭同屋的四川人床上,又把四川人的床吐得一团糟。小彭一口一个"王八羔子"地伺候着小石,心里想这个王八羔子听故事也听得五脏六腑翻江倒海了。

第九章

这一带下大雪是千载难逢。小环趴在阳台的栏杆上，看呆了。山上的松树全白了，乍一看是朱家屯的那座山坡。她从会走路就去那山坡上拾松果，摘野山里红、野葡萄，跟父亲趴在雪里，等狐狸出洞。东北的雪真好，是暖的，父亲给她垒个窝窝，里头暖着呢。从土改把娘家划成富农之后，她这么多年只回过两趟朱家屯，一次是父亲过世，一次是母亲过世。母亲病到最后几天了，说她在世上最丢不下的是她的老闺女朱小环，年轻时给娘家和丈夫宠惯得没样，老了怎么办？孩子们到底不是从自己身上掉下来的肉，一旦知道真情，会给小环什么老景？母亲满心牵绊挂记地走了。

雪下得真痛快，把脏乎乎的垃圾，从不绝耳的吵骂声、广播声全盖在下头了。孩子们还不知道他们的楼房被捂在大雪里，他们都睡在东北老家的大雪里。小环心里很少会这样酸丝丝的，腌得慌。临终的母亲问她：孩子们对她亲不亲，信不信小环是他们的亲妈？那日本婆子有没有背地里给孩子们挑唆，让他们跟小环生分？小环叫母亲宽心地去，孩子们和大人们都是她小环一人治理。母亲知道她的老闺女要强要惯了，原本让她担心，但在她闭眼之前，这是小环身上最让她放心的缺点。

其实跟母亲进行最后一场母女私房话时，小环是心虚的。孩子们一天天大起来，从来没有怀疑过他们的亲生母亲是谁，放学回来，还没进家门就"妈、妈"地喊。"妈，饿死了！""妈，尿憋了！""妈，二孩又跟人干架了！""妈，告你一件事：乐死我了……"

152

小环也是应接不暇地回他们："饿死了？那我的东西不给饿死的吃，反正已经饿死了！""尿憋了不会在学校尿？给家里积肥呀……"

小环从小到大攒了一肚子鬼神故事，孩子们在张俭上大夜班的星期六晚上，都会把她挤得紧紧的，听她讲从来不重样的故事。孩子们对她不仅亲，而且佩服，因为小环，他们从来不受人欺负，小环会骂到门上去，骂得人家开后窗逃走。小环交际广泛，几十幢家属楼都有她的亲朋好友，所以没有打输的官司。孩子们也虚荣，每次开家长会，小环穿上唯一的一套裙服，烫发梳得波浪迭起，手上戴着旧货摊上买的表，同学们说："你妈像黄梅戏剧团的（那是孩子们最高的审美标准）！你妈戴的金手表得多少钱哪？"孩子们总是很自豪，从来不揭穿他们母亲的金手表不会走动。

几个孩子里，小环最爱的还是丫头。丫头很懂眼色，只要小环有一点不高兴，她总会悄声悄气问她几声：妈你生谁的气了？妈，你胃又疼了？丫头十五岁了，只穿过几件新衣服，都是参加学校活动的白衬衫，其他衣服都是小环和多鹤的旧衣服拼的，要不就是手套线织的。张俭省一双翻毛皮鞋可以换几十双劳保手套，能织好几件线衣。

屋里的收音机响了。张俭醒来头一件事就是拧开收音机。这个新习惯代替了他过去醒来抽烟的老习惯。闹了三年饥荒，给他养成的好习惯就是戒掉了过去的坏习惯：抽烟、喝酒。他去年涨工资，马上买了个收音机回来。

小环办过父亲丧事回来，在多鹤眼里和张俭眼里分别刺探，想刺探到两人旧情复发的苗头。她也装着漫不经意地问过孩子们，小姨是不是每天夜里跟他们一块睡觉。她的眼光终于让张俭烦了，告诉她，他只想一家子相安无事把日子过下去，除此之外，他心如止水。这下她可以满足了？放心了？下回再回朱家屯不必把孩子们雇来当密探了？张俭不久成了乌鸦嘴：两个月后，小环妈也一病不起。第二次从朱家屯回到家，小环见屋子布局重新调整了：张俭和两个儿子睡大屋，多鹤、小环和丫头睡小屋。小环问张俭，她不在家他瞎搬什么？他笑笑说从今以后分男女宿舍，谁也别疑神疑鬼。

收音机里的歌把所有人唱起来了。孩子们穿着衬衣就跑到阳台上，捧一把雪回屋，捏成球，在屋里相互扔，然后又出来捧雪。小环叫喊着：不穿棉衣不准到阳台上！

多鹤跟大孩二孩低声说了一句什么。男孩子们欢呼了一声，又去跟丫头嘀咕，丫头也欢呼起来。十五岁的丫头，已经胸是胸屁股是屁股，疯起来却只有六七岁。他们嘀咕的那句话里的日本词，就是红豆沙糯米团子。多鹤昨夜忙了几个小时，蒸了两屉团子。砂糖吃不起，多鹤用了些古巴糖和糖精片做豆沙馅。每个人咬到团子上她都紧张，然后代团子抱歉，说："不好，甜一些就好了。"

碰到多鹤团子做得多的时候，小环会用盘子托上几个，给邻居们一家送一个，让他们尝尝小姨的手艺。多鹤还会做酱虾酱小鱼，孩子们去挖了知了蛹回来，酱起来，也是代浪村人的风味小菜。小环总是一家一小碟地送给邻居品尝，她的外交策略在楼上楼下是常胜的。

二孩吃着吃着突然说："给彭叔叔留一个。"

"彭叔叔不会来的，"小环说，"你吃了吧。"小彭已经很久不来了。周末他们的客人还是小石。

现在小石每次来，总有点鬼头鬼脑。小环是什么人？从一开始就明白小石、小彭的心思。他俩看多鹤不姑娘不媳妇地守着，替她亏得慌，都想让多鹤在他们手里失守。小石最近嘴也不贫了，每次来跟姑爷似的提溜着一包桃酥，或半斤小磨香油，或者四只猪蹄子。四级工小石虽然没有老的小的要养活，常常来张家当阔姑爷也会成穷光蛋的。有一次多鹤在擦地板，小石盯着她撅起的屁股呆看，小环见张俭手上的青筋都暴突起来。张俭的心头肉裸出来给一双脏眼看了。小环从那个时候明白许多事，张俭和多鹤那段情断不了，只是暂搁在那里。或许生生去斩断它是不对的，反而帮着它生了根。所有的儿戏你不能去生生地斩断，本来儿戏自生自灭，你一斩，它疼了，它反而至死不渝了。小环对人世间道里参得那么透，却还是在张俭和多鹤的事情上失误。她见张俭拿着报纸的手背上，那根树杈子形的青筋直跳，起身走到多鹤面前，找了个借口支唤她出门。找的什么借口，小环早就忘了，总之多鹤不再撅屁股让小

154

石饱眼福。小环接过地板刷，蹲下去，"嗞啦嗞啦"地刷。这些年下来，张家大大小小几口人，都觉得粗硬的刷子擦过水泥板的声音圆润悦耳。小环想，一旦没有了这平滑如镜面的地面，没有了熨得平展、浆得香喷喷的衣服，没有了酱小虾小鱼知了蛹和红豆团，张家的人能否活得下去？多鹤断断续续地和小环讲过她的童年、少年、代浪村、樱花树、村子神社，她还多次讲到她的母亲，孩子们看到最多的是母亲弓下的背：擦地、洗衣、熨衣、拜神、拜长辈丈夫儿子……十多年来，多鹤陆陆续续把代浪村的家搬进了这里。

吃完早饭孩子们牵着狗出去玩雪，丫头的几个女同学约她一块儿去看解放军比武——下大雪比武也照常进行。张俭换上夜班，白天睡不着，拾起前一阵开始做的木匠活接着做。他照小学校的课桌给大孩二孩也做一张，这种连座的课桌会给这套太小的房子省些地方。

楼下有哨子响，是煤店的小卡车送煤来了。张俭和多鹤拿着筐和桶跑下楼梯，见小石刚到，已经脱下棉衣，借了邻居一个旧铁桶装上了煤。

没出去玩的孩子们都拿出桶和盆，帮张家搬煤。这楼上谁家来煤，孩子们都帮着搬，然后他们会对大人们说："雷锋叔叔教我这样做的！"再往后，他们相互给老师写信，表扬某某同学学雷锋帮他的邻居搬煤。楼梯上很快落满碎煤，往上冲和往下冲的孩子们撞车，滑倒在煤屑上，都成了人形煤球。

终于把多鹤也滑倒了。小石赶紧搁下一桶煤，把她搀扶起来。这是三楼和二楼连接的地方，学生们正在喝小环冲的糖水（大半糖精）。小石背对着三楼的楼梯，突然在多鹤脸上亲了一口。

多鹤吃惊地瞪着他，本来摔瘸的膝盖马上痊愈，一步蹿到两个阶梯下面。小石紧追下去，从后面搂住她腰，嘴又上来了。多鹤正要叫喊，小石说："你敢叫！你叫我也叫，我叫抓日本鬼子！"

多鹤看着这个看了十年的娃娃脸，看不出他是真诡诈还是开玩笑。

小石再次吃了一口日本豆腐："下午你跟我去厂里。"

多鹤一动不动，一点反应也没有。

"不然，我连你和张俭的关系一块检举。"

多鹤嘴唇微微动作，小石听到她完全哑声地重复"检举、检举"。

"检举你不懂？你们日本人不检举？我们中国人最爱检举，特别是检举日本鬼子。"

多鹤点点头。她明白他的意思，尽管每个词义她不是完全懂得。

"你们日本鬼子祸害中国人祸害够了，现在你替他们受报应。"

多鹤还是看着他。娃娃脸还是又像逗乐又像威胁地挑着两个嘴角。

"日本鬼子，怎么样？跟我去不去？"

"你让她去哪儿？"小环的声音从三楼传来。她其实早就站在拐弯处。

"哎哟，小环嫂子，你怎么下来了，快别脏了手！"小石说。

"你要带俺妹子去哪儿？"

"说着玩呢！"

"说日本鬼子可不好玩。"

小石吸吸鼻涕，换着脚"稍息"，生怕给冻在僵局里。

"小石，你这会儿别搬了，去给嫂子办件事。"

"什么事？"小石可有个讨好小环的机会了。

"去把小彭找来。这雪多好，我回头给你哥仨做点好吃的，你们喝点酒。"

多鹤看着小环，小环抽下身上的围裙，把多鹤衣服上的两只煤黑的手印往下拍打。怎么也打不干净，小环笑了笑，摇摇头。

小环什么也没跟张俭说。她打发走帮忙的孩子们，从阳台的瓦缸里捞出几棵酸菜，又泡了一斤粉条。干了外皮的胡葱里面水嫩玉白，她切出一大盘，跟鸡蛋一块儿炒。秋天晒的干豆角干茄子焖红烧肉。等小彭和小石到来，三个大菜已经端上了桌。

张俭蹊跷了：小彭似乎从这个家断了踪迹（当然只有他明白踪迹是怎么断的），怎么又突然回来了？小彭性格里竟然还有这样一股贵气，会一声不吭地躲藏起来，慢慢去舔自己的伤，舔得差不多了，才又回来。他没有热情招呼谁，让小彭感觉他们的关系并没有一年的间歇。

小环叫多鹤坐到客人们中间去，多鹤死活不肯。一年前她把小彭跟她一块看电影的事告诉了张俭，张俭掉泪了。她记得他那样蹲着，就像

156

他父亲张站长冬天晒太阳那么蹲着，眼泪打在地上。不知为什么，她一想到他长时间地蹲着，小臂搁在大腿上，牢牢实实舒舒服服地蹲在那里掉泪，就觉得她错怪了他。他对她从来是一往情深，是没有拥抱、没有亲吻、没有交欢的一往情深。有时小彭让她觉得遗忘张俭是有可能的，或许她能在小彭那里找到不同的欢悦，但蹲着掉泪的张俭让她知道不可能。男人的泪珠又快又重地打在地面上，女人会为这个死心眼爱自己的人而爱他。因此她不愿意去见小彭。

小环手指尖戳戳她的头，轻声说："傻瓜，又不把你装口袋里让他俩提溜走，你怕什么？"

她劝不动多鹤，从小屋走出来。小彭看看那扇灰色的门，喝一口酒，又看看那门。灰色的门就要给他看成茫茫秋水了。小环想，小彭和小石风流得多么不同，小彭不会在楼梯上堵着多鹤，一双煤黑的爪子就抓上去。

小环给每个人斟上酒，又在每个人碗里添了菜。小石嘴不停，学上海家属又抠门又客套，请人吃橘子一瓣一瓣地推让：勿要客气，吃橘子呀吃呀吃呀剥都给侬剥好了……自己来自己来……吃呀吃呀…… 一瓣橘子推让得那么热闹。一瓣吃完，下一瓣又来了：勿要客气，吃橘子呀……小环和张俭都给他逗笑了。

小彭喝了两杯酒，眼神有点凶了。他面前的菜还堆得高高的。小环于是学上海家属，夹一块肉往小彭嘴上送："勿要客气呀！猪都给你杀了……"

小彭不笑，又闷喝一口酒，酒杯一放，说："小环嫂子，你请我们来，要说啥吧？"

"先吃一会再说吧。"小环说。

张俭这才明白，人是小环请来的。他看看两个客人，又看看小环，担心小环不会有什么好话。

"小环嫂子，你说吧，说了再吃。"小彭说。

"那行。"小环眼睛看着自己的手，手把左边的筷子搬到右边、右边的搬到左边。她在踩着心里锣鼓点出场。然后她把脸抬起来，挑起镶金牙的那边嘴角，媚气地一个亮相。"你们哥仨是从鞍山一块来的，坐的一趟火车。火车站上，小石你姐还来送你，跟我说，你们的爹妈都走了，以后她也不能跟到南方去照应你，我就是你嫂子。你还记得吧小石？（小石点头）我把你俩照应得怎么样？（两人都点头，使劲点。）现在你俩知道了多鹤的身世，也知道多鹤跟我们老张家的关系。自己兄弟，我瞒你们是我的不是，今天我这顿酒饭，就算我朱小环给你们二位兄弟赔罪。现在兄弟之间就谁都不瞒谁什么了，对不对？"

三个男人看着她。张俭想，她事情做得算漂亮。

"既然是哥仨，也就肝胆相照了，咱以后不兴诡诈、告密什么的。不过亲兄弟也有反目成仇的，你小石跟我们翻脸，去告密，毁我们，我们也没法子，小石你说是不是？"

"咳，我是那人吗？"小石愤怒地说。

"我知道！这不就拿你打个比方吗？"

小彭一语不发，又喝了两杯酒。

"小彭你别喝醉喽。"小环说，"上夜班不上？"

"不上，"小彭说，"我今天夜里的火车。"

"哟，去哪儿啊？"小环问。

"去沈阳出差。顺便回家一趟。"

"家里挺好的？"小环问。

"不挺好。我爸要我回去，他要揍死我。"

"干吗呀？！"小环问。

"那你还回去？"小石说。

"揍死就算了，揍不死我就把婚离了。"他把自己一年多以来一直在奔着的伟大方向说出来：离婚离成了他会照样寄抚养费给妻子、孩子。他自学了阿尔巴尼亚语，可以到技校教晚间的课，挣些外快。他刚说完就站起来，不容别人反应，已经走到门口。他一面穿鞋一面说："离不成婚，我不会见多鹤的。"

小环包了两个馒头，装了一饭盒茄子干烧肉，追了出去。她突然对这个男子怜爱起来：一年多，他不知囚在哪里跟自己过不去，相思得头

158

上有了白发。

小环把饭盒夹在小彭自行车的后座上。

"嫂子刚才不是冲你的，啊？"小环说。

他苦苦地看看她。

"你知道小石怎么诈多鹤吗？"她放低声音，"她不让他上手，他就把她当日本间谍举报！"

小彭呆了一会儿，打了个酒嗝，然后仰起头，让雪花落在脸上。

"他那人，没正经。"小彭说，"他不会举报。"

"万一呢？"

"我了解他。他才不会干那种对他自个儿没好处的事。举报了，他连打拱猪的地方都没了，有啥好处啊？"

"我可亲耳听见他诈我妹子！"

"你放心。"

小彭蹬车走了。车轮在雪上画着巨大的S，下坡时连车带人一个滚翻，小环叫起来跑着追下坡，打算拉他，他却又跳上车画着S远去。

人在一块儿待长了也有害，不知怎么就生出了莫测的变数来。小彭一副要追求多鹤追求到死的样儿，这也是待在一块儿待出来的变数。他绝没有祸心，不过变数自身有没有藏着祸心，小环不知道。谁也不知道。小石不一样，祸心已经露出来，小环今天跟他柔中带刚地掏出心扉之言，是不是已把他的祸心杀下去，小环也不知道。或许有那么个谁都不管的大荒地，能容多鹤、张俭、她和孩子们在那里过他们一无所求的日子。这种大荒地有没有？热闹了半生的朱小环头一次对热闹憎恨起来。这一幢接一幢一模一样的楼房，几十幢上百幢，一幢幢都掏出一模一样的密密麻麻的窗、门，人人都热闹在别人的生活里。你家收音机唱到他家去，他家抽水马桶漏到你家来。搬运自家的煤球也成了十几个孩子的热闹。他们会没有听过丫头和两个弟弟那夹着日本词的话语？孩子们常常是楼上楼下地喊话："你家今晚吃啥？""吃包子！"大孩二孩会不会把回答喊回去："吃'色颗含'（日语：Sikihan，红豆饭团子）！"马大哈小环想从今往后不做马大哈，好好留神孩子们的对话。不过会不会已经晚了？

一场大雪把小环下得头脑冷飕飕地清醒。

　　小环回到家，小石喝得横到大屋的床上去了。张俭跟小环对看一眼，她和他刚刚想的是差不多的事。两人都悄悄地动作，因为都拿不准小石是真醉过去了还是装的。

　　门砰地开了，两个男孩通红着脸跑进来，小环嚷着：脱鞋脱鞋！现在她成了多鹤的规矩的严厉捍卫者。黑狗被小环堵在门外，因为它满身泥水。小环弯腰给大孩拿木拖板，黑狗进来了，头一件事就浑身上下地抖搂，泥珠子全甩到小环身上去了。

　　小环拽着它，进了厨房，把它搁在洗菜池子里，放开水龙头就冲。小环没有意识到，她是多么维护多鹤创造的整洁空间。狗大池子小，一脚踩出池沿，掉进刚堆砌整齐的煤球里，小环满嘴恶毒诅咒，朝狗屁股上打了两巴掌。二孩冲进来，要抢夺黑狗，被小环的后背抵在门外。她再次把狗放进水池。狗也来脾气了，冰针一样的水流刺进它的皮毛，它觉得它不应该继续忍受。它疯了似的又踢又甩，带黑色煤屑的水喷泉一样溅到天花板上，溅到小环脸上，也落进大锅里剩余的酸菜粉条上，落在盘子里的干茄子烧肉上。

　　小环突然满脑子黑暗，她抓着黑狗的两只前爪，飞奔着把它拎过走道，拎进大屋。二孩在她后面大喊："你要干啥?! 你要干啥?!"小环疯起来谁挡得住？小石也不醉了，上去拦她。她已经踹开门，到了阳台上，把黑狗直接从阳台栏杆上扔了下去。

　　二孩"啊"的一声扑上来，抓住她的手就咬。

　　小环脑子里亮了灯。她同时看清了：这个儿子不是她的。他没有把她当亲妈，也许从来没有，因为孩子的本能会告诉孩子，亲妈再错，也不能下嘴去咬。张俭和多鹤都赶来，见小环脸上永久的两团红晕没了，脸蜡黄蜡黄。二孩躺在地上，脸也蜡黄蜡黄。

　　小环跪下来，轻轻拍着二孩的胳膊、胸口，二孩就是不动，不睁眼，像是昏死过去了。小环手臂上一块紫色淤血，周围一圈深深的牙印，她觉得心里的牙印深得多，淤血也更加紫黑。她一面拍一面说："孩子，妈错了，快醒醒！妈还有一条胳膊，那，给你！你再咬一口！醒醒……"

二孩真的像昏死过去了。小环眼泪横一道竖一道地在脸上流淌。她今天心太乱了。那个把狗从四楼摔下去的根本不是她自己。

这时大孩说："黑子！"

人们听见门口传来黑子"哼哼哼"尖声细气的叫唤。就是那种狗受了人委屈，认了命，跟人们小小地哀怨一下的叫唤。

打开门，果然是黑子。它居然跟二孩一样，从同样的高度摔下去，毫毛未损。它不知自己是否还受欢迎，坐在门口仰头打量这个家里的每一个人。

二孩脸色还了阳。他慢慢支起上身，向黑狗转过脸。黑狗反而为二孩的样子担忧了，小心翼翼地走近他，在他脸上嗅嗅，头上蹭蹭，又舔了舔他的脖子。这时人们才发现，黑狗的后腿是蜷起的，走路时，后腿在地面上一点一缩、一点一缩。

黑狗的骨折好了，但那一点跛状永久地残留下来。二孩从此不跟小环说话。有非说不可的话，他会通过丫头说："姐，你跟我妈说，我不想穿那件衣服，穿了跟阿飞似的。"或者："姐，你让我妈帮我遛遛黑子，今天学校参观，我们得天黑才回来。"

小环想二孩气性够大的，他的舅舅或是他的姥爷或是他的祖姥爷通过多鹤，把这气性传到他血脉里。

等小彭来了就好了，张俭悄悄宽小环的心：小彭的话二孩肯听，因为黑狗是小彭给他的礼物。

小彭还没来，小环对于变数的焦虑却应验了。张俭出了大事。他开着吊车吊了一块钢材，操控得好好的，钢材突然落了下去。吊车吊的东西偶尔会脱钩落下去，但那是极其偶然的。张俭这样熟练的吊车手却也出了惊天动地的事故：钢材坠落，砸死了一个人。一个拖着氧气瓶，准备气割某块钢材的四级焊工石惠财。

小彭一回到厂里，听说小石被张俭吊的钢材砸死，就瘫坐在行李包上。

事故常常发生，张俭的解释也挑不出刺：小石是突然从一堆被退货的钢锭后面拐出来的，谁能躲得开？张俭被停了工，回家等待处分。

小彭感觉到整个事端成了一摊烂泥浑汤，再也没法弄清是非了。他挨了父亲几个大耳刮子，把离婚的状子交上了区法院。媳妇的银盘大脸成了个柴火棍瘦长脸，一听说小彭一分钱不少地照样寄抚养费，哭了一场还是同意和他分手。可是自由了的小彭突然不想消费他吃了大耳刮子才获得的自由。他突然洁身自好起来，什么多鹤、小石、张俭，烂泥浑汤他可不想去趟。

等张俭降了两级，作为平头工人再来厂里上班时，他见了他远远就绕道走开。

有一天他从澡堂出来，看见一群女工中有个背影是多鹤。这是一群刻字女工，在厂外临时搭建的席棚里刻阿拉伯数字和"中国制造"之类的汉字，把它们打在钢锭上，运到越南、阿尔巴尼亚或者非洲。

他向她走了几步，还是停住了。烂泥汤实在太浑，他一脚踏进去，是不是还抽得回来？他转身向单身宿舍楼走去，还是等泥沙沉淀一下。

就在这时，多鹤感到身后一热，又出钢了！傍晚出钢是多鹤看不厌的景观。她站下来，微仰着身，天成了金红色，她感觉环抱着她身体的空气在微微抽搐，似乎有一种巨大而无形的搏动。渐渐地，她放下举累了的目光，转身继续往前走。在她醉心观望出钢的景象时，她忽略了那个渐渐走远的小彭。

张俭被处分之后，工资减了三成，只能由多鹤做临时工凑上去。刻字是门技术活，闹喳喳的家属们做不了，多鹤的工友多是些年轻女单身，大多数都上过中学，不像那些家属，不屈不挠地整日替人做媒。所以多鹤对能够获得的宁静时间很感到幸运。俯身刻出一个字，仰起身来，一个小时已经过去。多鹤的白昼就是七八个不同的字码。临时工是一星期发一次工钱。多鹤第三个星期就比第一个星期多挣了一半工钱，因为她的日产量已经上升为十来个字。她仍像打矿石时期那样，回到家便从工作服口袋里掏出钞票，交到张俭手里。

张俭出事故那天，多鹤和小环正在生炉子。小环侍弄炉子神得很，一个冬天都不会熄。这天早上起来，封得好好的炉子却熄了。两人又是劈柴又是找废报纸，见张俭回来了，后面跟着的人小环觉得眼熟，再看

看，是保卫科那个干事。干事简短地说砸着了人。砸伤了？砸得够呛？死了……

小石当场就死了。张俭的白色帆布工作服上留着小石的血迹。他显然抱起他、唤过他。

多鹤和小环看着保卫干事把张俭押进大屋。邻居们胳膊肘你捣我捣你，在张家门外围成个半圆。保卫干事告诉张家两个女人，厂里正在跟兄弟厂竞赛，张俭的事故使他的厂丢了太多分数，输定了。

"当场有人看见那玩意儿咋掉下来的吗？"小环问。

"只有小石和张师傅看见。大夜班人本来就不多。"保卫干事说。

张俭坐在床沿上，两只踩着机油血污的翻毛皮鞋一只压着一只。多鹤记得她为他脱鞋时，他浑身一纵，好像突然发现有人偷袭他的一双脚似的。多鹤跪在地上，仔细地解着被血弄成了死结的鞋带子。

保卫干事走前对小环轻声说了几句话。后来小环把这几句话转告了多鹤：注意张俭的情绪，尽量不要让他单独外出。

中午饭张俭睡过去了。晚饭他又睡过去了。第二天中午，小环把一张葱花烙饼和一碗粥端到大屋，他还是昏睡不醒。孩子们耷拉着脑袋进屋出屋，黑狗夹起尾巴拖着舌头，跟着这一家人过着守丧般的日子。孩子们是在学校里听同学们说自己父亲如何砸死了人，邻居的孩子们又很快补充了消息：砸死的是常来的小石叔。大孩不愿去上学，因为班里的同学都避开他，曾经班里有个孩子的父亲当了强奸犯，班上同学也这么避开他。

第二天晚上，张俭起床了，把小环和多鹤叫到一块儿说："别怕，孩子们大了。"

多鹤见小环眼睛一红，鼻头跟着红起来。她还没悟透张俭这句没头没脑的话为什么催出小环的泪。张俭佝下腰，手在床下一双双鞋上抚过，最后从一双布鞋里掏出个老旧的绸钱包，从里面拿出一对金耳环、一个金锁、一沓钱。

"这是咱爸咱妈给孩子们的。"张俭说。

老两口在大儿媳家不知怎样克扣出两百多块钱，留给三个孩子。

"厂里建厂到现在，这样严重的事故没出过几起。你们都得有个准备。"

两个女人看着她们的巍巍靠山在土崩瓦解。

"小环，拿这点钱开个缝纫小铺，你做衣服做得挺好……"

他尽量平静如常地半闭着眼，字句在他焦干的嘴唇上懒懒地成型。

"把这点首饰当了吧。"正在塌下去的靠山给两个女人当最后一次家，"找个国营的当铺。这是我妈的陪嫁……"

钞票又旧又脏，被橡皮筋捆成一个微型的逃荒铺盖卷。两个女人的靠山成了这捆钞票和这点金器。张俭还在搜肠刮肚地想词，想把以后可能发生的孤儿寡妇的局面婉转地告诉她们。

"那个收音机话匣子，不太好使了，得买几个零件，我给你们修修，不然以后拿外头去修，又得花钱……"

"修什么呀？凑合听吧。"小环说，"没有话匣子，凑合听邻居的也行。你操那心？"

"还有自行车，拾掇拾掇，还能卖不少钱……"

小环站起身，把坐皱的衣服抹平。

"别扯了，"小环说，"吃饭。"

她把绸子钱包随手往床上一丢，同时抓起床栏杆上的围裙，一边系一边快步走出去。然后收音机沙沙沙地响了，一大帮儿童沙沙沙地开始了合唱："望北方呀望北方，胡伯伯的话呀记心上……"

小环摆出了昨天就做好的香肠、炸花生米，又拿出一瓶高粱大曲，用带细金边的牙咬住铁皮瓶盖，下巴一抬，瓶盖衔在齿尖上了，然后她把它往桌上一吐，自己先对着瓶嘴来了一口。

"酒不错！"她给三个人都满上。

"孩子们呢？"张俭喝了第一杯酒，活过来了，四下里看着。

"同学家去了。"小环说。

一顿晚饭吃得很安静，谁都没说话。酒烫得又香又热，油炸花生米被三个人一颗颗数进嘴里。那以后的一个月，张俭睡的时间多，醒的时间少，每一大觉都在他脸上狠揉一把，把脸揉得更皱了。等到处分下来，

164

他成了个小老头。多鹤总是长久看着他独自坐在阳台上微驼的背影。

徒步上下班的多鹤忽然觉得从钢厂通往家属区的路变得越来越短。她有足够的心事要在这条路上想，足够的莫名感动要在这条路上抒发。从事实上看张俭的事故纯属偶然，但多鹤总觉得这事故使他跟她又亲近了一层。砸死的不是别人而是小石，多少有些必然性。男人爱女人爱到不由自主，为自己为她去排除危险，为她去杀人，在代浪村的女子竹内多鹤看来太自然了。假如换了代浪村或崎户村的某个男子，为了她一挥武士刀撂倒一个上手玷污她、企图夺走她贞操的男子，不是太自然了吗？哪一桩深沉的爱情物语不见血？

穿着宽大的旧工作服，戴着鸭舌帽的竹内多鹤把这条龟裂的沥青路走成了代浪村的樱花小路。她的骑士苦苦地爱她：不拥抱、不亲吻、不交欢地爱，却是奋起杀戮地爱。宽大的工作服在三月的风里成了盛装和服，鸭舌帽是瑰宝的头饰，她的骑士对她的爱，只有她一个人知道。他的受罚，他消失的英俊，他不再有的魁梧，都让她更爱他。

出钢的红晕渐渐膨胀，胀满半个天。多鹤回头又看一眼，鸭舌帽也看掉了。

脸色异常红润的丫头在公共走廊上就开始叫："妈！小姨！"她冲进门，突然煞住步子，意识到她得脱了鞋才能进屋，却又控制不住刚才跑出来的冲劲，差点头朝前栽进来："妈，小姨！录取了！"

小环在厨房里就看见她跑过来，这时关上水龙头，擦着手来到过道。丫头踮一只脚尖，点着地，跷着另一只脚，把身子和手臂拉长，给自己搭了座桥，从门口跨到桌边，够着了那把茶壶。她打了个"等我喝口水再说"的手势，抱着茶壶，嘴对嘴地喝起来。

"脱鞋！"小环说。

丫头喝完说她马上还得出去，上班主任家去，通知她，自己被录取了，所以来不及脱鞋了。她搁下茶壶就踮脚尖往小屋去，一边从头上取下斜挎的书包。

"唉，你往哪儿去？脱鞋！瞧你那鞋脏的，成蹄子了！"小环拉住她，指着她脚上打补丁的白球鞋。

丫头这才想起母亲从头到尾是给瞒着的。她从口袋里抽出一封信，又抽出信瓤，交给母亲，没等她打开来，丫头上去搂住她的脖子。

"空军滑翔学校录取我了！妈，你可不知道，那些天我遭老罪了，天天想到山上上吊去！"

这半年山上常有上吊的，哪个孩子往松林里走深了，没准就会撞在两条当里当啷的腿上。"四清"工作队在各个厂里清出从解放以后就藏到儿子、媳妇家来的地主、富农、历史反革命，他们遛弯儿遛到山坡上，就吊死在那里。山坡不大，上吊的名声却传了出去，不少从外地来的反革命、远郊来的地主、富农专门爬到山上去上吊。所以邻居和邻居吵架常有一方会说："瞎说就到山上去吊死！"

小环这时打开了信纸，看见上方印着空军滑翔学校。

丫头眉飞色舞，全市就她一个女生考取了。考生要功课好、身体好、品德好。其他人身体都不如她张春美好，要上天，身体不好怎么行。要上天？怎么上天？开滑翔机飞上天。什么是滑翔机？就是比飞机小的飞机。

小环心想，真看不出来，丫头挺能自己打主意、拿主意，心里也那么存得住事。前一阵她跟邻居家的女孩借了一件羊毛大衣，问她干什么，她说穿着照相，原来是考试去了。考试的模样不能太寒酸，跟人家借体面衣服穿。想着丫头的懂事体贴，从来没穿过好衣裳，小环心一酸，赶紧找张俭存的那几张钞票。她得给丫头买真正的毛线，给她织件真正的毛衣。她翻出床下的鞋，一双双地找，丫头跟在她旁边，告诉她考试的经过，又说她爸出那么大的事故，她以为空军不收她了。她爸等处分，她等录取通知，那些天她天天想上山上吊去。

"别扯了，"小环直起腰，看着兴奋得眉毛跑到额头上的女儿，"你爸出事能是故意的？空军为这不要你那是空军没福分！"

丫头从班主任那里回来后，小环和多鹤都做了些吃的。大喜事来临，小环也是一副"不过了"的破落户作风，把家里小半瓶油、一碗花生米、四个鸡蛋都拿出来。她叫多鹤给孩子们做点日本好吃的。没有鱼虾，就凑合炸些红薯、土豆、灯笼椒的"贪不辣"。多鹤好久没这么阔气地用

166

油，手也没准头了，炸到一半，就用光了所有的油。小环在走廊上小跑，到邻居家去借油，陆陆续续借了三家，才炸完一筐箩"贪不辣"。

晚上一家人围着七八盘菜坐下，听丫头把考试经过讲了一遍又一遍。她说她的眼睛是全市学生里最顶呱呱的，那个眼科医生鼻尖顶到她鼻尖上，满嘴的蒜味快把她熏死了，他那盏灯也没从她眼睛里查出毛病。她眉飞色舞，叽叽喳喳成了只大喜鹊，有时还站起来比划，那手指不长的手，儿童气十足。张俭看了一眼多鹤，多么可怕，那双手是从她这个模子倒出来的。

丫头让全家几个月来头一次有了笑声。丫头也让小环几个月来头一次主动出去串门。她一撂饭碗就带丫头出去买毛线，却在楼上走了半小时还没下楼。一条走廊四家，她一家也不放过，敲开门就说："唉，现在丫头跟你们是军民关系了，啊？""咱们小空军慰问你们来了！""瞧我们丫头的小样儿，要飞飞机了，不知空军让不让她妈跟着去擦鼻涕！"

两个弟弟也重新抬起了头，一左一右地站在未来的空军身边，不时拉拉她的辫梢。张家要出雷锋阿姨了，邻居们热闹成了一团，然后那一团热闹越滚越大。

热闹远了。热闹下了楼梯。多鹤对张俭一笑。他看出她的满足。虽然她不是句句话都听得懂，但她听懂了"最好的眼睛""最好的身体"，她为此满足，因为它们有一半是从她这里来的。

她把餐桌上的空盘子收进厨房，张俭端了一只空锅跟进去。厨房的灯瓦数底，他的皱纹显得更深。她转过身，眼睛离眼睛只有半尺。她说她看见他笑了，吃晚饭的时候，他笑出声了。笑出声了？是，很久没看他这样笑。丫头出息了，总算养出来一个。是，出息了。

"你咋了？"他见她眼睛直直地看着他。

她说了句什么。

张俭大致明白她在说什么：为了她多鹤，他差点失去了笑。他刚想问她什么意思，她又说了句什么。他明白她一动感情日本词就多一些，唇舌也乱一些。他让她别急，慢慢说。她又说一遍。这回他听懂了，全懂了。她是说现在她相信他有多么在乎她，可以为她去拼杀。他的骆驼眼睁开了，大起来，原来的双眼皮成了四眼皮。她还在说，她说他为了她，结果了小石，等于为她去拼杀。

张俭不知多鹤什么时候离开的。事情也能被理解成这样。多鹤的理解似乎让他慢慢开窍，看到自己是有杀小石的心的。他这辈子想杀的人可不止小石，假模假式的厂党委书记，常常亲自提着一桶避暑的酸梅汤到车间，他也烦得想杀了他。因为书记一送酸梅汤就意味着有一小时的漂亮废话要讲，也就意味着耽误下的活儿要加班干。该杀的也不止小石。自由市场逮住一个偷东西的小叫花子，全市场的人都挤上去打，小叫花子皮开肉绽，滚成一个泥血人，人群里还有拳脚伸出来，不打着他冤得慌，就像分发救济粮，一人一份不领不公道。他想把所有出拳出脚的人都杀了。年轻的时候他想杀的人更多：那个给小环接生的老医生，问他留大人还是留孩子，这样问难道不该杀？把如此的难题推给一个丈夫、一个父亲，天都该杀了他！还有那四个追小环的鬼子……从那以后他看见单独活动的鬼子就琢磨怎么杀他，是零剐还是活埋，还是乱棍打。他在心里杀死过多少人？都数不清了。

而他吊的钢材砸死了小石，也是他琢磨出来的？下大雪那天，小彭走了后，小环追了出去。他和小石都喝红了脸。他半睁着眼，看了看小石。小石本来正在看他，赶紧把目光闪开，笑了一下。

这是一个陌生人的笑。小石的笑不是这样忧郁、暗淡，有一点亏心。小石一向是淘气淘到家的那种笑，是怎么也不会被激怒的人的那种笑。一个陌生人在小石身上附了体。这个陌生人给多鹤带来的将是凶还是吉，太难预测了。但张俭觉得凶多吉少，凶大大地超过吉。

在楼梯上截住多鹤，要挟她，在她身上留下黑爪印的，就是在小石身上附体的那个陌生人。

将来要多鹤就范，不从就把她送进劳改营的，也是那个附体在小石身上的陌生人。

当时小石给他夹了一块红烧肉，半肥半瘦，叫他"二哥，吃，吃"！他很久没叫张俭"二哥"了。在鞍山的时候叫过，调到了江南，上海人和东北人形成割据，张俭就不准他和小彭再叫他"哥"，让人把他们

168

看成行帮。"二哥，这么多年，最不容易的，是我小环嫂子。"

叫"二哥"是个征候。也许不是什么好征候。张俭把小石夹给他的肉搁回盘子里。

"小彭那小子，读几年技校还真装得跟书生似的。恐怕给咱小姨写的诗歌，豪言壮语，赶上给丫头抄的那一大本了。看他五迷三道的样儿……"

"你不也五迷三道？"张俭突然说，微微一笑。

小石吃了一惊，张俭很少有这种男人对男人的口气。

"我……我听小彭说，她是个日本人，想着抗战那么多年，啥时候跟鬼子靠这近过？"

"所以想尝尝鲜。"他又笑笑。

他看见小石两只圆眼睛着火了，好像在等他下一句话：那就尝尝吧。他端起酒杯，干了最后一口酒，再去看小石，那双圆眼睛里的火熄了。

"你放心，二哥，啊？"

张俭又看见那种不属于小石的笑容浮了上来。这回这笑容让他强捺下一阵冲动。等小石走了之后，他才去细想，他怎么会有那样想掐他脖子的冲动？因为他把"你放心，二哥"这几个字讲得像一句阴险警告吗？"你放心，我这里记了一笔黑账。""你放心，只要你得罪了我，这笔账我可以报上去。""你放心，二哥，你的苦头有的吃呢！"

这时张俭面对水池里的脏盘子、脏碗，呆呆地站着。多鹤在外面刷地板，刷子刷得他心都起了抓痕。她把事故看成是他先发制人，灭了小石，是为了保护她。为了保护他和她的隐情，保护这个并不十分圆满，也永远无望圆满的家庭。他想告诉她不是这样的，小石的死是他生死簿上被注定了的，他于此清白无辜。可他觉得讲不清。假如保卫科、公安局、法庭都以他们各自的理由认为他对小石别有用心，他同样有口难辩。他不记得这大半生自己强争恶辩过什么。

偏偏那是大夜班人最少的时候。人都去了哪儿？去吃夜餐了？小石偏偏在那一刻闪出来，就像他在楼梯口闪出来，挡住多鹤，两只黑手揉捏着她的身子。小石和他吊车吊的钢材的准星刹那间重合。找死啊？往枪口上撞？他偏偏在那一刹那间走了神，没有留心吊车之下。是准星和目标自己重合的，重合得天衣无缝。然后巨大的子弹发射出去。他一下子被那后坐力震醒。

没人看见小石到底怎么被砸中的。他肯定躲闪过，但恰恰躲错了方向。他在打盹还是在满脑子跑事儿？肯定是那块被吊着的钢材碰到了什么，碰松了钩。人们围在一摊血泊四周，目光避开七窍流血的人体推测着。

他抱着小石血红的上半身。腔子里成了什么了？血泡儿活泼泼的、开锅般从那曾经满是俏皮话的嘴巴里冒出。他那圆圆的、从来没正经的眼睛闭上了，闭得满足、惬意，让张俭鼻腔一酸。毕竟是对视了十多年的眼睛，闭上了，没那么白眼黑仁地指控他。

可是指控他什么呢？

假如那个假模假式，到车间来送酸梅汤的厂党委书记死于横祸，他张俭也因为心里杀死过他而该受指控吗？

此刻站在水池前刷碗的张俭感到多鹤进了厨房，走到窗子前，去擦玻璃上的油烟。整个一幢楼只有张家的厨房还有明晃晃的玻璃窗，其他人家的玻璃窗上积着十几年的油垢，和毛茸茸的灰尘搋了厚厚的毡，或者早就被三合板或彩色画报纸遮住了。卫生检查团一来，木板和彩色画报就更新一次。而张家的厨房玻璃晶亮，是人们对他们总结出的越来越多的怪癖之一。

"别擦了。"张俭对多鹤说。

多鹤停下手，看看他。又举起抹布。

"别擦了。"

他讲不清他绝没有为了她而灭除小石。他把她从窗边拉过来，心里就是几个字：擦什么?! 擦什么?! 他把她抱住。他多少年没有这样抱她？她手里的湿抹布触在他背上。他回手一抽，抽过抹布，扔在地上。擦什么?! 擦什么?! 小石那咕嘟嘟冒血泡儿的嘴，血泡儿那么活泛，那么温暖，怎么可能是从一腔死了的脏腑里浮出的？小石那么活泛个人，怎么可能被杀死？那么厚的皮，那么厚颜的笑脸，从来不会被激怒，自讨没趣也不红脸的小石，会自愿退出对于多鹤的求欢追逐，会被他张俭心里一个恶毒念头杀死？他给孩子们带过多少黄豆、绿豆、绿豆饼？可怜小石也用捆绑得齐齐整整的猪蹄无望地追求过多鹤。他生性粗鄙、下流，这他自己也没办法呀！

多鹤感觉他抖得厉害，抬头看着他。

他成了一大团再也讲不清的道理。他能做的就是紧紧抱住这个冤家，这个冤孽送来的女子——她怎么老像一个大了没长成女人却长成胖女孩的少女？他很久很久没有这样恶吻过她了。真的成了两个发生了奸情又谋害了眼证的天涯情侣？真的是偷渡到了彼岸之后紧紧抱成一团？似乎真成了这样，从多鹤感激流泪的脸上，他看到这样一个故事。他们抱着，因为躲过了天打五雷轰。

他们抱着，也是因为丫头要上天了，丫头凭她全市最好的品德、最好的眼睛、最好的身体要上天了。他们抱在一起，要自己和对方一再意识到，那些个"好"是丫头从他们这里各拿了一半。

他使劲亲吻她。多鹤被他吻得快要憋死了。终于，他停下来。她透过泪水看着他。她头一眼看到他，淡褐色雾霭——装着她的麻袋就像罩在她身边的淡褐色雾霭。

她给搁在台子上面，他是从浅褐色的雾霭里向她走来的。他个子高大是没错的，但他没有大个子人的笨拙；他的头、他的脸也没有一般大个子人的比例不得当。麻袋被他拎了起来，她蜷缩麻木的腿和冻僵的身体悬起，随着他的步伐，不时在他小腿上碰一下。完好的麻木被破坏了，随着他的一步一步，疼痛开始苏醒，开始在她血肉里游动。疼痛成了无数细小的毛刺，从她的脚底、脚趾尖、手指尖、指甲缝往她的臂膀和腿里钻。他似乎也意识到苏醒的疼痛反而不如麻木，便把步子放得平稳了些。他拎着她，从乌黑一大片肮脏的脚之间辟出一条路，她突然不再怕这些脚，不再怕这些脚的主人发出的嘎嘎笑声。这时听到一个老了的女声开了口。一个老了的男声附和进来。牲口的气味从麻袋的细缝透进来。然后她给搁在了车板上。牲口在鞭子催促下跑起来，越跑越快。一只手不断上来，在她身上轻轻拍打，雪花被那只手掸了下去。那只手老了，

171

伸不直，掌心很软。五十多岁的老母亲的手，还是六十多岁……车子进了一座院子，又是从浅褐色的雾霭里，她看见了一个很好的院子。房似乎也很好。她被拎进了一扇门，从雪天直接进入了夏天。温暖呼呼作响，她浑身解冻，疼痛在她全身爆裂开来……她醒来时一双手在解麻袋的结，就在她的头顶。麻袋从她周围褪下，她看见了他，也只是飞快的一眼。然后她才在心里慢慢来看她飞快看见的：他是不难看的。不对，他是好看的。不仅如此，他半闭的眼睛非常好看。它们半闭着，是因为他为自己的温和、多情而窘迫。

一个星期后，叫做张春美的丫头走了。她自己背着一个草绿发黄的被包卷，穿着油亮亮的新军装，在全楼人的欢送群体里像个欢快移动的邮筒。她被送到坡下，上了大马路。人们稀拉下来，向这个将来可能成为雷锋阿姨的丫头挥手，想到丫头在楼上楼下留的笑声、足音、美德，都眼睛湿漉漉的。

剩下的人是丫头最亲近的人，张家的三个长辈两个同辈一条瘸腿黑狗，以及丫头的班主任、两个女同学。他们要把丫头一直送到火车站。然后送行队伍再次缩减成两个人：妈妈小环和小姨多鹤。

小环和多鹤把丫头送到了南京。从这里，丫头要渡长江北上，去千里之外的滑翔学校。等火车的时候，三个人在到处躺着旅客的候车室艰难地走着，想找个清静地方告告别。许多乞丐也像他们一样，在被人体覆盖的地面上探地雷般地走动。这都是要逃什么难呀？小环只记得童年时看过这阵势。那是日本人占了东三省之后，父母带她和哥哥姐姐们往关内逃。

丫头头一次出远门，脑门外是汗脑门里是乱，这小环一眼就看出来了。火车站候车室有十来个孩子在哭，十来个大知了似的，比着拔高音拔长音。丫头说南京也有被录取的滑校学生，这时怎么也该到了，他们应该跟着领队来，不该迟到的。小环从头上拔下自己的塑料插梳，给她刮了刮被汗水粘住的前刘海。又不满意她的长辫子，干脆脱下她的新军帽，给她重新梳头。

多鹤拆开丫头另一根辫子，也替她重新编结起来。丫头的头一会儿被母亲拉向左，一会儿被小姨拉向右，她不时抱怨她们手太狠，辫子编得太紧。两个女人不加理会，自管自往下编。紧了好，紧了丫头在火车上不必再梳头，到了学校第二天都不必再梳头。最好她一个星期、一个月都不必梳辫子，带着母亲和小姨两人不同的手艺进入她的新生活——后来丫头在信里果然提到她的辫子，她好几天都不用梳它们，一直到第四天全体新生剪成一模一样的短发。

她们刚刚编好她的辫子，她高叫一声，向一个方向跑去，两只脚很高明，在躺满人的大厅里见缝插针。等她跑到检票口，多鹤才拉拉小环：一队穿着和丫头一样的新军装的女孩男孩正从侧面一扇门进站。

小环和多鹤跟着视线尽头越来越小的草绿色往前走，不断被人骂到祖宗八代以上。她们终于走到那扇侧门口，门已经关上了。隔着玻璃，看见二三十个新兵正往车的一头走。小环拍打着玻璃门，手都拍打得没了知觉。她把一个警察拍打来了，问她有票没有。没有。那瞎拍什么？走开走开……

多鹤拉着眼看就要上手拍打警察的小环艰难地走开了。

小环坐在肮脏的地上，两手高高举起，重重拍下，哭喊着。她的哭喊跟她的婆婆、母亲一模一样，却谁也没惊动。这个火车站中转南来北往的火车，什么样的哭喊都很寻常。

丫头成了班级里的宣传委员。

丫头考了期中测验第三名。

丫头终于请准了假，坐上长途汽车，去几十里以外的县城照了一张相片。她更加懂事的神情不知为什么让全家都黯然神伤。

小环拿着丫头的照片对两个男孩子说："你们这姐姐生下来就跟你俩不一样。你把她面冲墙搁着，她坐仨钟头也不会闹。你俩好好学学（读xiáoxiáo）人家，啊？"

大孩心服口服地看看姐姐那双跟父亲一模一样的骆驼眼，三分倦意，三分笑意。

二孩不理小环。他和母亲因为黑狗而结的怨还没了结。

只有张俭有点惴惴的：这个家从此交了好运？丫头是他们时来运转的福星？老天爷就这么便宜了他张俭？

张俭是从别的工友嘴里知道小彭帮了他。公安局、保卫科的人从小彭那里听到的全是有关张俭的好话。小彭现在是全厂的团委书记，他的一句好话顶工友们一百句。小彭的话把张俭铸塑成一个好心、略有些迟钝、只爱家庭朋友连钱都不知道爱的人。他还说到他和小石在张家度过多少阴历年、阳历年、吃过数不清的酸菜打边炉，把张家都快吃得底掉了。

但小彭从来没和张俭打过招呼。一次张俭在澡堂的储衣柜下面看到一把自行车钥匙，拴着一根脏分分的红塑料线。他一眼便认出它来。他把钥匙送到小彭宿舍，他的同屋接了过去，张俭请他转告小彭去他家喝酒。小彭没有应邀。

邀请一个月、一个月延续，小彭连句婉言谢绝的话也没有。他似乎也没有绯闻，为了多鹤重做单身汉的小彭连多鹤的面也不见。

一次开全厂大会，党委书记作报告，坐在第一排的一个人溜了号。他躬身往礼堂一侧的太平门走，走到布帘后面才直起身。坐在第十八排的张俭看到，那是小彭。小彭也烦这个讲起漂亮话没完的书记。张俭想到小彭明里暗里与他同盟，为什么就这样恩断义绝地不再踏张家的门槛了呢？

第十章

　　傍晚五点的路上自行车发山洪一样轰隆隆向前滚动。铁道西边，炼钢厂的工人和轧钢厂的工人交会，又和钢板厂的工人汇聚起来，从晒软的柏油上轧过，路面立刻低下去。铁道两边的芦苇沟干旱，纽扣大小的旱蟹晕晕乎乎爬上马路，似乎开始一场大迁移，被齐头并进的自行车轮碾得"噼噼啪啪"爆开。不一会儿，车流漫过去，路面安静了，旱蟹们像是烧在陶器上的画：蟹壳上十分细致的裂纹、一对对未及出击的钳子、两只原本就望着苍天的眼睛。

　　多鹤从刚刚形成的螃蟹化石上走过。家属区近了，大路分裂成纵横小路。楼房的红砖不再红了，白漆阳台也已不再白。上百幢的楼房新时新得一模一样，旧却旧得千般百种。各家都在阳台上搭出阳台的阳台——接出一大截木板，上面放着一盆盆葱蒜，或者花木，或者鸽子笼、兔子窝，或者朽烂的家具。有的人家的孩子们捡废纸，阳台的阳台就堆了一捆捆废纸，盖着褴褛的化肥袋。有的人家攒酒瓶，那里也是好仓库。多鹤是用阳台的阳台搭了个棚，储存一排玻璃瓶，里面是腌渍菜肴。老远一看，张家的阳台整洁得刺眼。

　　多鹤背着一个帆布工具包，里面装着十来个未刻的钢字。因为是计件拿工钱，她星期六就带十多个字回家刻。她把缝纫机机头收进去，夹上一个台虎钳就能工作了。走了二十分钟，肩膀有些疼，她刚换一个肩，一辆自行车夹在另外几辆车里过去。

　　张俭正听几个工友谈着什么，骑上了坡。

多鹤想，她在斜坡上走，他们骑上来的时候她是显著的目标。他会看不见她？他是不想看见她。当着他的工友他不愿意看见她。工友们讲着车间里的笑话或是非，她就成了个隐形的人。

多鹤进了家，慢慢脱掉沾满银色钢尘的旧布鞋。她解第二只鞋的纽襻时，手指发抖，动作不准确，一直解不开。这只手握刻字的小钢锉握残废了似的，每天晚上回到家要休息一会儿才能恢复正常的伸缩能力。

她脱下又大又宽的工作服，里面的短袖衫被汗湿透又焐干，一股令她恶心的气味。她进了厕所，脱下衣服，用接在水管上的胶皮管冲澡。她不舍得用刻字车间发的一周两张的澡票，为了大孩二孩可以每周洗一次正式的热水澡。洗了澡，进了大屋，见小环和张俭在阳台上说着什么。两人趴在阳台栏杆上，脸冲外，背朝屋内，小环边说边笑，张俭听听也跟着笑。多鹤的耳朵稍不用力，他们的话就成了一团嗡嗡响的声音迷雾，怎么也别想钻进去，穿透它。他们的亲密也是她无法钻入、参与的。他们这时的快乐不也让她酸楚？这种亲密得来的快乐永远也不会有她的份。他们说着笑着，不时朝对面楼上一个熟人叫道："来呀，上俺家坐坐来……"

对于许多人来说，世上是没有多鹤这个人的。多鹤必须隐没，才能存在。

她把工具包里的钢字倾倒出来，擦得过分光净、看上去被擦薄了的水泥地面承受那长方形的钢块，噔噔噔地响，听听也生疼。

阳台上两个人没有听见，肩并肩还在跟对面楼上的熟人耍嘴玩，说着笑着。

多鹤统统听不懂。那笑声也难懂了，嘎嘎咕咕，从天到地都是话语和嗓音的稠云迷雾。她想，这是一族多么吵闹的人！她在这些人中间活了这么多年，怎么头一次发现他们吵得她活不了?! 他们花多少时间在吵闹上？他们不吵闹或许地板可以干净些，家具可以整齐些，衣服可以平展些。若少花些时间在吵闹上，他们也不必"凑合吃"，"凑合穿"，"凑合活着"了。

她拉出缝纫机。在这个家里，每件东西都紧凑地镶嵌在彼此的空隙

176

里，因此搬动它们的动作必须精确。一不精确就会天崩地裂，兵败如山倒。缝纫机的轮子扭了一下，出了那看不见的秩序轨道，就撞在摆鞋的长条木板上，木板垮塌，一头碰了一下帐杆，帐子瘫软下来，披散了多鹤一头一身。多鹤在白色帐纱里披荆斩棘，终于出了头，穿木拖板的脚把放鞋子的木板蹬下来，连同脚上的木拖板一块蹬出去。

他俩跑来了。他们对她的表现也一点不懂。在一个窝里活这么多年，不愿懂就可以一点也不懂。张俭和多鹤的亲密是不见天日的，是几年不发生一次的，而他和小环的亲密天天发生，发生在一楼人面前，几十幢楼的人面前。

多鹤大声说了句话。两人穿越一大片"不懂"终于懂了：她的意思是张俭见她背很重的东西而装看不见她。

张俭说了句什么。小环怕她不懂，未等他话落音就替他翻译。他的意思是工友们在讲奖金不公平，要找领导，他不能在那个关口跳下车。再说他并不知道她的包很沉。

多鹤又大声说了句话。这回张俭愣住了，小环对她说："你再说一遍！"

她跟小环公然口角过多次，闷声赌气过无数次，从未见小环这副模样：眯细眼睛，一个肩膀斜出去，下牙咬到上牙外面。

张俭在小环后面了。小环用手推推他，脸朝着多鹤对张俭说："她说中国人都是撒谎精！"

多鹤大声说太对了，并且她听得懂，用不着小环翻译。她用这个词骂过大孩、二孩，尽管是玩笑里骂的。

"谁说中国人都是撒谎精?!"张俭问。

多鹤那个村的人说的，说为他们种地的中国长工。她母亲也这样说过福旦。

"那你母亲是混蛋。"张俭说。

多鹤看着他的脸。他眼睛还是半闭半睁，与世无争，见怪不怪，话还是从喉咙底部出来，而不是从嘴唇上出来。她吃力地想看懂他刚刚说的那句话。

"不懂?"小环肩又斜了一些,快斜到多鹤下巴上了,"他的意思就是说:你母亲说中国人撒谎,你母亲是混蛋!"她那微肿的眼皮、俏红的脸颊、深深的酒窝、闪亮的金牙都一块儿帮她忙,翻译了张俭的话。

多鹤摇晃一下。从她滴水的头发和被冷水冲凉的身体内,她感觉到心里的野火轰然而起。

她大喊了一句话。

小环揪住她洗得喷香的头发。没有抓牢实,她又去抓她的衬衣。衬衣穿旧了,剪了领子,改成了圆领汗衫,也难抓。多鹤反手却抓住了小环的头发。小环烫过的头发很好抓,一抓就顺藤摸瓜地把她的头控制了。小环横着脑袋被多鹤拖着走。张俭上来,手一夹,臂弯从后面卡在多鹤脖子上。多鹤手软了,松开小环。

多鹤喘得胸口像个鼓风机。她大声说了一句又一句。没有关系,他们不懂她也得说。她对于他们就是一个子宫,两个乳房,现在孩子们大了,子宫和乳房都没用了,来吧,把它们扔掉,从四楼扔下去!

她哇啦哇啦的日本话使她对面两个人渐渐老实了。这种楼房是墙这边放响屁,墙那边都听得见。她的日本话可比响屁响很多。他俩害怕了?多鹤不怕。她满心满身都是黑色的火苗。从土匪们骑马向她们飞奔过来,土匪的体臭和马的体臭热烘烘地扑近,她其实就没什么可怕的了。

是代浪村的女儿,就不应该这样给人当子宫和乳房用。她朝阳台扑过去。两只手在她身后拽住了她。

她哇哇哇地说着。邻居家阳台的钢门"哐啷"一声响。她冷静了。她身后这两个人,他们拉扯日子,拉扯孩子,拉扯着她。她已经被他们拉扯进去了。小环的"凑合"多可怕,稀里糊涂凑合起一大家子,没有面粉用麸子凑合,没有红烧肉用红烧茄子凑合,没有洗头粉用火碱凑合。她一个日本人,不知道怎么也就跟着凑合下来,凑合着凑合着,有时她突然一阵吃惊:她也能在无可奈何里得到一点满足,偷到一点乐趣。

这个傍晚之后,多鹤在过道放了条草席,铺上棉絮。她虽然在凑合,但也得表示她不愿和这一男一女中的任何一个人睡在一个屋里。

夏天过去,几场雨一下,山坡上的松树林落了许多松果。秋凉了。

"该落下病了，"小环对多鹤说，"搬进来吧。"

她淡淡的一张脸，该怎样还怎样。

"要不你睡大屋，跟俩儿子睡，我出来打地铺？"张俭说。他那笑让人看看就累死了，眉毛顶起一大摞皱纹，两个嘴角一边推出两条刀刻般的褶子。

多鹤咬咬嘴唇，心是软了软，但她想再等等，等他拉着小环来，正经八百地跟她讲和。

"让你倔！你跟洋灰地倔死你去！"小环说，把她自己床上的棉褥子抽下来，拿到过道里。小环和人打架吵架惯了，记仇是记不过来的。她对刚吵过打过的人往往最亲最甜。"也这么驴？冻死你！"她给多鹤铺好地铺，手这里拍拍、那里拍拍。

多鹤不吭气，也不动，等她走了，两腿一曲，跪在地上，把刚铺平整的褥子一五一十地卷好，又抱回小环床上。她可不要稀里糊涂的和解。

"瞧她，不是母驴是啥？"小环跟张俭咬耳朵。

多鹤知道他们咬耳朵说的是什么。

冬天来了，多鹤自己搬进了小屋，把被子放在大孩二孩中间。两个进入变声期的男孩瓮声瓮气地说："小姨来了，爸该走了，要不哪儿睡得下？"

跟孩子们睡一个屋，她马上就习惯了，常常一个腋窝夹一个男孩的脸，讲他们之间才能懂的话。这种语言他们上了小学就很少讲了，是他们的乳语，但两句一讲，他们马上又记起来。他们可以讲很多话，中文、日文加婴孩、毛孩的语言，现在他们俩的词汇量大了，就把成人的词也加进来。这是极其秘密的语言，把这家里的其他成年人都排斥在外。他们用这种话讲天讲地，大孩讲他的篮球中锋梦，二孩讲他的黑子，有时两人也讲到外面世界有了一种叫红卫兵的好汉，把市委省委都翻了个底朝天，把省长市长都绑到大街上。

三人睡一张大床，多鹤睡在最外面，大个子的大孩睡中间，二孩的位置靠窗，窗外是黑子的窝。有时多鹤在孩子们睡熟之后还能听到隔壁的谈话声。小环的烟油嗓音咯咯笑，张俭偶尔也说句把话。你们笑去吧，说去吧，她多鹤不再酸楚了。

　　偶尔两次，她醒来，发现大孩钻进了她的被窝，睡在她怀里。她把他连推带抱搁回去。大孩的身体很好看，肌肉已经起来了，多鹤不能想象这么大个男孩是从自己身体里出来的。

　　不久学校停课了。大孩二孩这天上午回到家，说要出去"串联"。"串"什么？就是"革命大串联"啊，这都不懂?! 听着不像啥好事，不准去。妈真落后！哦，才知道啊？落后好几十年了……

　　张家和楼上的所有家庭一样，都在禁闭、打骂不到年龄却心痒脚痒要出去"串联"的孩子们。从来没有这样巨大的晚辈反击长辈的热潮。从每一户门口经过，都能听见母亲们的吼声："敢！看我不撕了你个小兔崽子……跪好！谁说你能起来的……再'串联'给我顶两筐煤球！"……但孩子们还是走了。悄悄溜走、偷钱买票走的，搀和在年长学生里混走的。

　　张家的大孩二孩一块儿逃出去，在三天三夜吃不上、喝不上、拉不下、撒不下的火车上给挤散开了，一个去了广州，一个去了北京。去广州的二孩一个月后回来，带回来几个菠萝，身上别了五枚毛主席像章。他跟小环断了好几年的对话续上了，根本就没断过似的，进门就欢眉喜眼叫了声："妈，回来喽!"

　　大孩却一直没回来。从北京寄了一本毛主席语录，里面夹着一封信，说他让毛主席接见过两次，又要去大西北接见别人，传播革命火种。

　　大孩回来成了个"红小鬼"。一身洗白但斑斑污秽的军装，满口新词，对什么都有总结性发言。他的嗓音变得十分优美，个头又高了二寸。小环高兴得直落泪，口里说该死的小猪八戒，不交钱不交粮的日子怎么就把他养出那么一表人才！

　　夜里多鹤又想跟两个儿子说说他们的话，二孩跟她搭了几句腔，大孩背一转，很快睡着了。从此大孩再也不说他们那种秘密语言了。

　　丫头好几个星期没来信了。一般来说她一个星期来一封信，寄些好消息。没好消息，她也寄几句关照：妈妈别抽太多烟，听说烟对人有害；

小姨干家务别累着，家务越干越多；爸爸别老闷着，有空跟某某伯伯一块出去钓钓鱼吧。大孩别太害羞，去考一考少年篮球队试试……

现在写信给姐姐是两个弟弟最乐意干的事。他俩一连追问了姐姐几次，为什么很久不给家里写信。信终于来了，夹在一本毛主席语录里。一般丫头给家里寄三块两块的钞票，就装在毛主席语录的塑料封套里寄过来，让毛主席给看着钱特安全似的。她说能否请妈妈给她买几尺农民自织的土布，做一件衬衫。丫头的这个请求非常古怪，但小环还是照办了。又过一阵，她又要一双农家自制的土布鞋，明确说不要母亲和小姨做的那种城市人穿的，要地地道道土布做的。丫头越来越古怪，全家都猜不出她的意思，只有大孩懂得姐姐：穿农民做的鞋是不忘我军以农村包围城市的伟大战略和小米加步枪的伟大传统。虽然大孩在外面腼腆得令人作痛，他在家一向头头是道，连二孩有时都给他震住了。

他们发现丫头还在古怪下去：问种过庄稼的父亲小麦怎么种，怎么锄，怎么收；谷子和高粱什么节气种。父亲一一给了她回答之后，跟小环讨论："你说这丫头对劲不对劲？"

"也没啥不对劲吧？"

"她不是要飞飞机吗？成务农的兵了？"

"务农不耽误她当五好战士就行。"小环收到了丫头寄来的"五好战士"金属证章，给楼上十六家人，人人看一遍，拿到多鹤面前。多鹤不声不响地听小环讲"五好战士"是如何大的一个功臣，眼巴巴看着小环把证章拿走。第二天，小环发现证章被别在多鹤的枕头上。

"这证明我姐思想红，作风硬，不忘农民是我国最贫穷的阶级！"大孩是这样解释。

二孩像是多了个心眼，把姐姐的信反复看，每封信读好多遍，想读出谜底来。

这是个天天翻出无数谜底的大时代。楼上的一个邻居家里突然闯来一群红卫兵，揭了这家的谜底：台湾的潜藏特务，天天收听台湾广播。对面楼上的一个女人也被揭了谜底：在她做工人阶级的妻子之前曾经是国民党连长的臭太太。大孩、二孩中学里，原来一个教师正经人似的，红卫兵们稍微一追究，发现他是个漏划右派。

上百幢红白相间的家属楼破朽不堪，却被天天刷新的大标语白纸黑字地统一了。哪幢楼里多出了几个反面人物，哪幢楼便淡妆素裹，大标语从前阳台后阳台飘然垂降，挡风挡太阳。

大孩张铁、二孩张钢和黑子都觉得大时代的日子比家里风光，常常忙得两头不见亮。尤其张铁，也是一支红卫兵队伍的头目，穿着拿父亲帆布工作服跟市武装部的子弟交换来的破旧军装，对家里三个长辈满脸都是"你懂什么"的不耐烦。

七月是百年不遇的恶暑，人们搬着床板、拎着席子睡到顶楼上。半夜张俭被闷声闷气的搏斗弄醒了。男孩子们夜夜都有搏斗。他正要睡过去，发现这一对斗士是张铁和张钢。虽然张铁个子高，张钢的拧种脾气却往往使他克服劣势，反败为胜。首先他不怕疼，咬住他的皮肉和咬住他的衬衫没什么区别。张铁打不赢往往出牙齿，牙齿紧扣在弟弟肩头，却毫不阻挡弟弟出拳出脚。最精彩的是两人打得安安静静，十分庄重。

张俭拉开了两兄弟。张铁鼻子、嘴唇血糊糊一团糟，他脱下汗衫，堵住鼻孔，而弟弟张钢摸也不摸肩头的咬伤。父亲招一下手，要儿子们跟他下楼。大孩不肯动，二孩走了两步，见哥哥不动，他也站下来。他不愿单独和父亲去，成了先告状、告偏状的那一方。张俭了解他的小儿子，也不勉强他。他怕吵醒了邻居们，打了个恶狠狠的手势：先去睡觉，账他会慢慢跟他们清算。

第二天早上，张俭在吃早饭，准备去上班，兄弟俩夹着草席下楼来。大孩走前，二孩走后，中间隔六七步远，一看就是冤仇没打完。

"都站住。"他说。

两人老大的不情愿，站住了。一对光膀子，四只蛮横的眼睛，活活是两个小型造反好汉。大时代把这个家狂卷了进去。

"站好。"

都不动。

"会站好不会?!"张俭吼。

小环从厨房出来，看爷仨一大清早找什么不自在。多鹤还睡在楼顶

上没醒。她每天晚上领回的字头太多，干累了，早上醒不了。从楼顶上下来之前，小环把她的帐子重新掖了掖，防的是早出动的苍蝇。

两人把肋巴骨向前推动一下。

"为什么打架？"张俭嚼着很脆的腌黄瓜开审。

父亲的话像是让墙听去了，一点回音反应都没有。

小环插足了。她一边用手巾擦着大孩脸上的血迹，一边说："大孩，是不是你的革命观点和二孩发生分歧了？"如今小环用来揶揄打趣的，全是白纸上写出来的黑字，"咋不先他姥姥的辩论辩论，让咱听听也进步进步？"她嘻哈如常，毛巾被大孩的手一下抡开了。

张俭的手抡过来，给了大孩一耳光。

"你在外头当造反司令，你回来当一个我看看！"

大孩怒得肋巴骨更送得远，肋巴下面的上腹部形成一个可怕的深谷。

"二孩，你给我说，你俩为啥打？"父亲问。

二孩也坚决做哑巴。

张俭对眼前的两个打算做烈士的男孩狞笑一下："我已经知道了。"

两人毕竟不老练，都看他一眼。这回张俭几乎可以确定他的猜想。刚才两个男孩看他的眼光有所不同，二孩纯属好奇，大孩却心虚恐惧。他是根据两人都不告状猜到了一半。两人都不告状十有八九是大孩闯的祸。大孩闯祸二孩很少告状。反过来就不同，二孩在学校种种劣迹大孩都会如实告诉父母。二孩的劣迹确实也太多，通过大孩了解是必须的。

那么大孩深更半夜究竟闯了什么祸？张俭很爱吃多鹤的腌渍黄瓜，嘴里咕吱咕吱地嚼着，暗暗分析小哥儿俩的案情。

"二孩，你要不说话，你今天哪儿也别去。"

二孩权衡了一下，两眼混乱无比：外头的大时代等着他呢，他在这里为大孩做牢。

"你问我哥。"

"他没脸说。"张俭说。

两人全都大瞪着眼——父亲有神探才能。大孩的脸白了又红、红了又白，额上的一块旧时伤疤，白得像块骨头。

"你说，二孩！你爸给你撑腰！"小环把两个男孩的早饭端出来。

大孩精神已经垮了，挺出老远的肋巴骨收了回去，眼睛看着木拖板上的橡皮带子。

"爸，你还是让我哥他自个儿说吧。"

"那你别吃饭。我的饭不给窝藏坏分子的人吃。"小环笑嘻嘻地说。

"不吃就不吃。"二孩看了一眼热气腾腾的发糕。

张俭不能和他俩继续磨牙，起来穿工作服、穿鞋子，挥手让两个儿子"都滚"！二孩却不马上"滚"，木拖鞋立正成稍息，稍息成立正，"爸……"

张俭从鞋带上抬起眼。

"你别让我小姨上楼顶上睡觉去了。"二孩说。

张俭听见厕所里大孩刷牙的声音停止了。

"为啥？"他问儿子。一个大谜底就要被揭开。

"楼上……有流氓。"二孩说。

张俭心突然跳得厉害，就像自己有什么丑陋的谜底一点点正被揭起。

"谁是流氓？"小环问，也不瞎打哈哈了。

"反正叫我小姨就在家睡。"二孩说。

张俭一直听着厕所里的寂静。

"他咋流氓了？"小环站起来，饭碗搁在桌上。

二孩皱眉皱鼻梁，为小环逼他讲如此不堪的事而愤怒，两颊红得发紫。

"他掀开我小姨的蚊帐……还掀我小姨的衣裳！"

张俭一阵恶心，刚才吃过多的腌黄瓜，这会儿遭罪了，酸黄瓜和那丑恶的景象一块儿翻上来，堵在他嗓子眼。美味的酸黄瓜变了味儿，搅和在丑恶景象里直冲他的口腔。他奔进厨房，两手撑在水池的水泥边沿上，吐了起来。丑恶景象带着刺鼻的异味，一股一股地倾泻—— 一个男孩在月光下成了细细的黑影，这黑影潜行到一个床板边上，揭开蚊帐，看见一具白嫩的女体，汗衫被睡眠卷了上去……黑影子还嫌卷得不够，轻轻伸手，把那旧得快溶化的薄汗衫一点点往上掀，看见两个嫩白、圆圆的东

西……还不罢休，未成年的手朝那白嫩、圆圆的一对东西伸过去……

如此臭烘烘的丑恶景象是无法呕吐干净的，它在他的胃肠里开始了腐蚀。他的一双胳膊肘不知怎么已架在池沿上，头从耸得高高的两个肩头之间耷拉出来，大口喘息。他感到那丑恶景象已经驻在他的内脏深处，渐渐腐蚀出一片丑恶的伤痕，接着来了一阵钻心的疼痛。

他真想揪着那个不肖的东西，告诉他，那两个嫩白圆圆的东西是他来到人间的第一份口粮。

他和小环对视一眼，都是痛心的、不寒而栗的目光。

"二孩，你喜欢你小姨吗？"张俭问道。他心里骂自己，什么狗屁的话，这和他们说的事有什么关联。

二孩没有说话。

"小姨跟你们最亲了。为了你们，她都不肯成家。"他心里跟自己吼叫，你他姥姥的在往哪儿说？你想让孩子们知道什么？知道他们自己身边有个魔怪似的谜吗？

在上班期间，厂房里震耳欲聋的金属撞击声又加上时而发生的锣鼓声，一炉钢出来，也不知怎么就成了"反修钢"、"反帝钢"、"忠字钢"，然后人们就敲锣打鼓、吹拉弹唱，向毛主席报喜。报一次喜可以喜一两个钟头，也就是一两个钟头不必干活。张俭在如此的热闹中还企图听见自己心里的讨论：要把大孩往死里揍一顿吗？那多鹤会多么伤心？假如她能够公开她的母亲身份，这样的丑事或许不会发生。

人们不知从哪里弄来这么多红绸，到处挂彩球，吊车上也挂了四个红色绣球。张俭为多鹤痛心极了，她活这一辈子，母亲不是母亲，妻子不是妻子。彩绸飘起、落下，高音喇叭吼唱着"大海航行靠舵手"。一群跟工人们不一样的人进了车间。张俭从吊车上看到为首的那个人似乎是小彭。就是小彭。

小彭是厂里一帮造反派的司令。今天他要给党中央毛主席发贺电，告诉他们超额出产了多少"忠字钢"。每个工人都得听小彭的电文。

张俭看着已经相当男人气的小彭。他第一次渴望和他谈谈多鹤，假如他还爱多鹤，就带她走吧。苦命的女人好歹可以为妻一回，也许还可以为母一回。多少年的了解，他觉得小彭人品是端正的。

小彭和工人们握手，真成司令了。他穿着半新的卡其工作服，是蓝色的那种，腰比较紧，有点像军装。盛夏的厂房就像炼钢炉本身，小彭还一丝不苟戴着头盔。他说大家辛苦了，革命最可靠的阶级是工人阶级。他说他拿不出什么好东西慰问大家，但还是要表示一点心意。这时他走到一边，拖过来一个移动冰棍箱，从里面拿出一个大保温瓶。他走到一个个工人面前，递给每人两个牛奶冰棍。

张俭本来想跟他谈的心里话一句也没了。他原以为小彭和他一样，对送酸梅汤的书记腻味。张俭站在靠后的位置，溜号比较容易，但他刚走了两步，小彭就说："张师傅，辛苦了！待会儿咱们聊聊！"

从渴望和他聊到惧怕和他聊，中间就隔了一箱子冰棍。张俭不知道这叫不叫收买人心，或者收买人心究竟是不是值当他那么腻味，他此刻只想一避了之，眼不见为净。小彭的眼睛照准了他，他硬是避开了。他走进了厕所，干蹲了半小时。等他出来，人们告诉他，他那份牛奶冰棍已经替他吃了，也替他感激司令了。

工厂停工了几个月，因为钢铁公司有太多的人掌权，弄得所有工厂乱了套。张俭和对面楼上的朋友学会了养鸽子、驯鸽子。这天他和二孩带着黑狗出门放鸽子，看见一个穿空军制服的小伙子东张西望走过来。

不知为什么，张俭站下来，等他从大路拐上他们楼前的小路。他不知凭了什么知道他会往这边而不是那边拐。空军军官拐向他们，看看被烟熏火燎和大标语弄得只剩一点残迹的楼号，问张俭知不知道这楼的二十号在哪里。

二孩眼睛一亮，瞪着年轻的空军军官。

"您找谁?"张俭问。

"我姓王，有个叫张春美的女孩子，家是不是住这里?"

二孩再也忍不住作为张春美弟弟的荣耀，嘴快舌快地说："张春美是我姐！这是我爸!"

姓王的空军军官跟张俭握了握手。张俭马上意识到他带了个难以对

父母启齿的消息来。他紧盯着年轻的军官，他让他明白他精神硬朗，什么事都受得住。

"张春美同志身体很健康，您不必害怕。"军人说。

难道他在内心把自己支撑住，让对方看起来是害怕？只要丫头还活着，活蹦乱跳，什么他都不在乎。

"不过事情不那么简单。"军人看着他，眼里的那种光芒似乎很少在非军人眼里见到。

张俭让二孩回去告诉他妈，他姐的学校来人了，先把茶沏上。

"我还是先跟您说一下，一般做母亲的人容易感情用事。您要是觉得她母亲可以承受，再去和她谈，也不迟，您看好不好？"

张俭有点心烦意乱了。这个军人怎么老娘儿们腔？有话就说有屁就放！他狠狠地向二孩挥挥手，叫他走开，自己蹲了下来。空军军官也跟着蹲下来，蹲得跟他一样四平八稳，显然也是在挂着干玉米、干大蒜的北方农家屋檐下蹲着喝棒楂粥长大的。

等二孩一走，军人递给张俭一支烟。张俭摆了摆手。世上也有这么黏糊的军人。

"大叔，我来，是想调查一下张春美从小到大的成长情况。"

这让她的父亲从哪儿起头？

"她从小就是个好孩子，十个人有十个人夸的好孩子。"

"她有没有过精神上的非常表现？"

张俭不明白，不会是指精神病吧？

年轻的军官一边抽烟一边讲述起来。张春美到了滑校也是个十个人有十个人夸的女孩子。问题出在她的档案上。和她一批录取的新生有几十个，从南京上火车的有三个班，领队的人负责管理三个班新兵的档案。到了学校，张春美一人的档案被丢掉了。那也不是个事，十六七岁的高中生能有多复杂的社会经历、家庭关系呢？就让她重新填一张表格，告诉她她的一切都成了空白，她必须一项项重新建立自己的档案。她填完，人事科的人把表格放进了她新的档案袋，她就从这一页纸的表格开始军校生活了。

187

张春美是没说的，能吃苦，第一次坐教练的滑翔机吐出胆汁来了，照样要求超额训练。不够入党的年龄，但她很快成了党支部的培养对象。对了，主要是人缘好，跟人的关系处得放松、自然。那都是大家在她出事之前回想起来的。

出了什么事？

事情就出在档案上。她的档案完全是假造的。因为她知道一个中学生到军队，档案丢在路途上，这是个钻空子的大好时机。

她造了什么档案？！

她填写的表格里，父亲是公社社员，母亲也是公社社员，哥、姐、弟都务农，家庭非常贫困，祖父祖母都瘫痪。本来谁也不会发现她的档案是假的。和她同屋有七个女生，有时会被别人的梦话吵醒。一个女生有天夜里突然被张春美的梦话吵醒。这是什么话？好像有些中国字，有些外国词。第二天早上，这位女生告诉了张春美，当着全屋女生说：喂，张春美，你昨天夜里叽里咕噜讲了一大堆外国话！张春美说她胡扯。那个女生说，等着吧，等哪天找别人一块儿来听，证明她不是胡扯。

张俭头脑里跑滑翔机，响得厉害，几乎听不见年轻军官的话了。

……过了一阵，又有女兵发现张春美夜里不睡觉，坐在床上。又有人发现她夜里抱着被子出去了，去教室睡觉了。问她为什么违反校规，她说同屋的女生说梦话太吵闹，她无法入睡。教室无论如何是不能允许人睡的，上级要是查下来，会把这种不成话的事怪罪于学校的。两个女教师的屋子可以搭个帆布床，女教师们即便有梦话要讲，也形成不了七嘴八舌无比吵闹的大势。于是就把张春美搬进了两个女教师的宿舍。

张俭听到此处，已经明白什么将要发生了。

一个女教师在深夜听到张春美用日语说话。女教师虽然没学过日语，但她断定那是日语。她悄悄起身，把另一个女教师推醒。两人坐在床沿上，听张春美在一串混沌不清的谈笑里夹着几个日本词汇。她们跟学校汇报了这件事。一个家庭极其贫困的农民孩子，住的地方是穷乡僻壤，前不着村后不着店，她去哪里学的日语？对她档案和出身的怀疑，就从这儿开始。

张俭心想，丫头那么好的脑筋，怎么干出这种蠢事：假造的家庭是农民，农民不如工人阶级呀！

两个女教师没有惊动张春美。她们装着漫不经心地问她，家里种的是什么？一年种几季稻？养猪吗？张春美还真行，说的农务都还差不离。这时候同学们对她的议论也多了：张春美怎么看怎么不是农村人，刚上学时洗澡，身上还有游泳衣的印子！农村女孩的头发不一样，发梢都有点焦黄，太阳晒的。那时同学们甚至认为，她说不定是某个大首长的女儿，有的大首长怕下级拍马屁，不给他的孩子吃足苦头，末了他的孩子还是个特权子弟。两个女教师偷偷借了一台录音机，张春美又开始讲梦话的时候，她们给她录了音。找来的翻译把那些日本词汇翻译出来，更让她们摸不着头脑了——红薯、土豆、裙子、狗、姨妈、松果、红豆饭团子……

都是些无关紧要的话，张俭似乎不那么紧张了。

全是这些话。有时候像小孩子说话，那种腔调、发音。学校的校医跟张春美同学谈了一次话。他只问她从小长大的环境，村子里有几家人，几家人里有没有上大学念外语的。张春美一五一十地回答：村子很小，二十户人家，一边有一座山，山上开了梯田，她上高中要走两个多小时的路才能搭上长途车。医生说，家里这么穷，还送她上学吗？她说家家都送孩子上学，那是个风气很好的村庄。你看看，多有鼻子有眼？她是在南京考场考试的，学校的几个考官里有一个记得很清楚，张春美考试那天穿的衣服。那是件很洋气的红色羊毛大衣，黑色翻毛领，黑扣子外面一圈金环，绝不可能是乡下女孩的装束。学校保卫科被惊动了，跟张春美谈了一次话，就把实情给谈了出来。为什么要假造一个家庭背景？原先的家庭不更好吗？她不说话。不说话是要受严重处分的！她还是没话。难道她的家长有虐待现象？她摇摇头。摇得又狠又伤心，好像说亏你想得出来！

"那我闺女现在在哪儿？"

"您知道在军队里，假造身份是犯罪行为，要受军法制裁的。"

"她在哪儿受制裁?!"只要丫头能活着回来，受什么也无所谓。

"暂时停了她的课，让她住一阶段医院试试。幻想狂是能治好的。先给她用一阶段药……"

张俭一张愁坏了的脸朝着他面前的地面。用什么药？可别把好好一个闺女用傻了！地上一队蚂蚁欢快地爬过，有的扛着什么，有几只合抬一片蛾子翅膀。蚂蚁也是在"报喜"吗？他张俭的闺女给人当疯子关进了疯人院，他心都痛出洞来了，蚂蚁们照样报喜。他听不见年轻的军人还在叽里咕噜说什么。他会去那医院把丫头接回来，兵，我们不当了，一家人死也死一块儿！

"……学校让我来跟家长谈谈，看看张春美同学的生活环境。精神科的专家觉得张春美的病例不同其他人：她幻想的东西并不是那种……比如说，假如她说自己出生在一个将军家庭，这种幻想狂就好理解了。您明白我的意思吗？"

张俭点点头。

"我也去了您的厂里。附近的居委会对张春美的母亲评价也不错。从任何方面看，她的成长环境都很好，她在去滑校之前，也一直是好学生——她的老师我都见了。我能不能和她的母亲谈谈？"

这时，公共走廊的阳台成了看台，栏杆上趴着一大排人。人们都在看台上看一个人民解放军的空军军官和张师傅演出的什么戏剧。空军同志一定跟张师傅讲了糟心的话，张师傅蹲得抽背缩颈，一看就是糟心糟透了。那一定是他家丫头咋了。出啥事了？事好不了！别成烈士做了雷锋阿姨吧……

这时两个女邻居已经把小环拽到公共走廊上，两条竖着从楼顶垂到一楼的大标语之间有个空间：她们指给小环看楼下蹲着的两个人。

"是我们丫头有啥事吗？"小环大声问道。

张俭一回头，全楼的人都到场了。丫头还没咋的，已经要受公审了。他看见小环的话把多鹤也给招惹出来了，脸色白晃晃地看看他又看看那个军官。

他赶紧做了决断。暂时得瞒住孩子她妈，什么时候告诉她，怎样告诉她，由他这个一家之长做主。

军官对这位父亲突然出现的独断有些吃惊。他站起身，打算告辞，

这位父亲却仰起脸，朝他挥挥手。他走上主路，还看见父亲蹲在那里。他想这是个多老实的工人老哥，连请人喝杯茶的客套都忘了，被女儿突然给他带来的打击给打得站不起来了。

楼上四层看台上趴着的邻居看着张俭慢慢站起来，头晕眼花地站了一会儿，又老腰老腿地朝楼梯口走去。楼梯口的几十辆自行车和这楼一样破旧了，他碰翻了它们时，声响像是倒塌了一堆废铁。张师傅没有去扶起那些倒成一片的自行车，慢慢上楼来了。他对迎到二楼的孩子妈和孩子的小姨说："都跑出来干啥？有啥好看的?! 不就是丫头生病住院了吗？"

四层看台上的观众们听清楚了，相互交头接耳："生了啥病哩？"

"不是啥好病？"

"看把张师傅愁老了……"

张俭继续对小环和多鹤呵斥："都回家去！凑热闹！不出点事儿都不高兴！"

人们又相互递悄悄话："听听，还是出了事吧？"

他们没有听见小环轻声催问："到底丫头生了啥病？"

走到四楼，张俭一阵惧怕。他们家是最后一户，他和他的两个女人要通过整整一条走廊的夹道关切、夹道疑问才能到达家门口。这些夹道的好奇眼睛，会突然发现张家一男两女的蹊跷。这是个容不得蹊跷的大时代。

张俭把头皮一硬，脸皮一靦，对夹道关怀的邻居们笑笑，又对小环说："空军同志出差，顺道捎个信。丫头身体不好，住院治疗呢。"

一走廊的邻居们还是有点不甘心，但一看张师傅只跟他媳妇说话，无心理会他们，只好散去。

邻居们只知道张师傅五天之后才买上了火车票。因为铁路的某一段闹夺权，两派打起来，火车停开了好几天。张师傅是去看望他女儿的。没啥大病，就是睡不着觉，小环一户户地给邻居宽心。睡不着觉就上不了课呗，不过等她睡着就好了，啥事没有，小环串着门，让邻居们和她自个都想开些。二十户邻居都跟小环一块被蒙在鼓里。

只有小姨多鹤冥冥中感觉事情没那么简单。

一个多月之后张俭回来了，又干又瘦，像是一头骆驼走了断水缺粮、荒无人烟的几十天路，两只眼睛成了两片小沙漠。邻居想，怎么会成这样了？

张师傅没有交代丫头的病情：她是否能睡着觉了，是否又去班级里上课了，又坐着教练的滑翔机上天了，又在学校的女篮球队打球了。邻居们只好等着小环来跟他们一一做交代。不给一户户邻居一个交代是从来没有的事。这楼上楼下从来没有谁家的事没个交代就不了了之，把人人都悬在猜疑的半空中。

可就是没听张家人出来，把邻居们为丫头悬起的一颗颗心放下来。小环居然出出进进不提丫头的事，当初丫头去滑校谁没有跟她依依惜别？邻居们开始不满张家人了：你小环别又拿两个红豆沙江米团子来糊弄我们。

小环照样嘻嘻哈哈，提溜着一捆韭菜上楼梯，碰上人，便嘻哈着说，这老韭菜闻着臭，包了饺子香着呢！回头来吃，啊？

张家的小姨多鹤更安静了，白白净净地站在楼梯拐角，给上楼梯的人让路。有时人家手里拎着重东西或肩上扛着自行车埋着头登楼梯，她一声不响地站在昏暗里，像个白白的影子，把人能吓一大跳。多鹤的多礼、安静，以及她十多年来一贯对人们的不碍事，现在慢慢碍起事来。在邻居们眼里心里，她也是个张家人从来没给过像样的交代的疑团。他们突然觉得，有关这位神秘的小姨，张家人把他们悬搁在猜想中，一搁十多年。这怎么可以？楼上家家人的上下楼，进出门都没有相互隐瞒过动机、去向、目的——"出去呀？""唉，去买点盐。""做饭呢？做的啥？""棒子面发糕！""车给扛上来了？要修啊？""可不是，闸不紧！""这么晚了上哪儿啊？""他妈絮叨死了，烦得慌！"……这位张家的小姨闷声不响地过往，奔着谁也看不见的去向，干着从来不向他们袒露的事情。最多她半躬着身问一句："下班了？"但一看就知道她不打算给你搭讪下去的机会。

邻居们注意到她又穿上工作服戴上鸭舌帽背着工具包下楼了。厂子里复工了。几个月来，要出第一炉钢，所以也是大事，锣鼓彩绸又是铺天盖地。

192

第十一章

多鹤背着帆布工具包，把厂子停工时期刻的字头背到车间，有五十多个字头。现在的车间主任也是女的，问她怎么背得动这么多钢字头。她笑笑，点点头。车间主任说又来了新工人，因此多鹤的工作台要搬到门外的树下，等车间的席子棚扩大后，再给她好位置。她又点点头。树下支了几根杆，拉着一块湛蓝的塑料布挡雨。多鹤非常喜爱这个新环境。

她现在每天刻得最多的是"中国制造"几个字，因为这四个字难度最大。她刻的字从来不报废，一块钢一个字，个个都打在去越南、去非洲、去阿尔巴尼亚的火车轮毂上、钢板上。多鹤罕见的专注目光和手艺传播到三大洲去了。车间主任偶尔有事叫她，她从工作台上抬起头，主任怀疑多鹤根本不认识她。有时主任是想告诉她车间黑板报上的表扬名单里应该有朱多鹤，但因为她开会从不发言只好换别人表扬了。不过主任觉得这或许是多此一举，不提醒朱多鹤，她根本就不知道有"表扬名单"这回事，因此主任只说一声"辛苦啊"，就把下面的开导免了。主任怀疑朱多鹤不认识绝大多数车间工友，所有人的面目都给她看成了"中国制造"。

一个四月的下午，厂里的新领导来了。新领导是把厂长和书记关起来，又贬为"监外执行"的犯人之后成了领导的。这个三十多岁的厂革委会彭主任很不容易，一面要保持钢厂出钢，一面要反击另一个想做新领导的年轻人。那位年轻人是另外一支造反大军的司令，天天都组织总攻，企图搞政变，再从彭主任手里把权夺走。

193

彭主任本来只是偶尔从这里路过，从原先厂长的"伏尔加"里偶然向外瞟一眼，马上让司机停车。他看见两棵大槐树之间拉了一顶湛蓝色的棚，棚下有个半佝腰的身影。

他下了车朝那身影走去时有点后悔，已经理清了的陈事再乱起来就不好了。不过彭主任不是当年的毛头小伙子小彭，自信能掌握两千工人的乱和治，自己的感情乱一乱无妨，想治马上就能治。

他奇怪多鹤比他印象中要瘦小。她抬起脸，眼花了似的，大概有十秒钟才聚起光。彭主任向她伸出手，她鞠一个躬，把两只沾满浅灰色钢末的手掌翻给彭主任看。笑脸盛开，笑脸是有了丝线般的皱纹，但比她过去那不近情理的白净要生动一些。

彭主任突然又成了毛头小伙子小彭，隔着工作台把她的手拉过来，用力握了握。旧时的亲切温暖仅隔两层薄茧、一层钢屑。

他的话变得特别多，没有一句见水平，说他如何老远看见她，觉着眼熟，又不敢认。好像瘦了，其他没变……都是些家属水平的话。

她一面听他说话一面拿起小钢锉，把台虎钳钳住的字头这里修修那里修修。修两锉便站直身体，向他笑一笑。

他想上哪儿能找这么个好女人？整天两眼发直地做事情，一点不跟你啰嗦。他过去喜爱她，一部分原因也是因为她寡言。他从小到大的环境里，话说得好的女人太多了，没有沉默得这样好的。

车间主任来了，搬了一张粗制滥造的凳子让彭主任坐。凳子是给工人们坐上去刻字的，因此它不比工作台矮多少，彭主任一坐上去，马上下来了：坐上去他和多鹤视线都不在一个水平线上。

他临走时请多鹤去他那里坐坐。多鹤心里扑通一声他似乎都听见了。国家和人们都经历了多少变化，难道他的邀请还跟几年前一模一样？

多鹤把小彭送到他的伏尔加旁边。小彭坐伏尔加这桩事，肯定在她心目中留下极深的印象，是这几年来发生的所有大事中，值得她在心里好好注册一番的大事之一。小彭能在她脸上看到自己和伏尔加给她留下的了不得的印象。多鹤不再像原来坐在工作台旁边那样自如了。一个坐伏尔加的男人随意请她去坐坐不再是她想象的那么简单，他越随意，事

194

情就越不简单。

尽管小彭是坐伏尔加的身份，住的宿舍还是原来那一间，所改变的是整个走廊都成了小彭警卫队员的宿舍。小彭的安全现在很多人惦记。

小彭让警卫员们把自己的房间布置了一番，从厂部抬了一张旧沙发，面子太脏，他让人铺了一条澡堂拿来的蓝白条子浴巾。他想最得罪多鹤的就是让她在污秽的、充满烟味和脚气味的沙发上"坐坐"。被夺了权的书记看上去白净书生一个，却常常坐在这张沙发上挖脚丫。多鹤的干净整洁也是最让小彭可心的特点，那天见她在工作台前干活，工作服虽然大得像蓝色粮食口袋，但她洗熨得多么一板一眼。就算是一帮女工都穿一样的蓝色粮食口袋，多鹤那身也是漂亮的粮食口袋。

也许这因为她是日本人？

多鹤是日本女人这个秘密被封存在小彭这里了。小石一死，就灭了口。只要小彭漠视或保守这个秘密，多鹤大概可以安全地混迹于无数中国女人中，了此一生。每次这个秘密从他心里浮上来，他会同时被它吓着，又为它生出不可名状的温柔。她是一个外国人！是一个敌人繁衍出来的女人，也差一点就繁衍敌人了！享受一个敌人的女儿滋味一定不一样，一定更美味。

有时他的温柔源于他对她磨难生涯的怜悯，对她至今在张家非妾非妻的生活的不平。

有时他眷恋她，仅仅因为他冥冥之中觉得他永远不会跟她终成眷属。就算天下人都赞成，他自己也未必赞成。

有时他一蒙：你亏大了，为她挨了父亲的大耳刮子，受到自己儿子的背叛——他一旦成年，第一壮举就是背叛小彭这个父亲。为了她，你硬挺过了媳妇流泪的宽恕——媳妇流泪的宽恕把你心痛死了一块。什么都挺过来，就为了跟敌人的女儿多鹤不结婚？小彭想，原来自己从婚姻里赎出自己的自由，就为了能和多鹤自由相爱而不结婚。能结婚的女人到处都是，能不结婚而相恋的女人才独特到家。就凭她是敌人的女儿这点，也够小彭惊心动魄地和她相恋而没有彻底走近的危险。

他让警卫员们把玻璃擦得像空气那么透明。张家的玻璃透明得让人

195

误会那是空空的窗框。他也让他们撅着屁股擦地。这幢楼是木板地，只有把床下所有的鞋子、纸箱拖出来，你才会发现它最初也是好好地上着深红的漆。但屋内大部分地板坑坑洼洼，表层粗粝，快要还原成原木——那种被伐到岸上、经阳光风雨剥蚀多年的原木。警卫员们尽量让地板干净些，把木纹里多年的老垢擦去，剔出地板缝里的干饭粒、瓜子壳、铰下来的脚指甲、手指甲。

原来这房子可以很亮堂很芳香。四五月天，山坡上开满红茸茸的野百合，小彭让警卫员们采了一大捧。玩花弄草不符合他一个革委会主任的身份，但红颜色的花可以另作理解。

多鹤这天下了班就会来"坐坐"。

五点钟左右厂里的警报突然长鸣，一个警卫员向彭主任报告，对立派这次发起的总攻不比往常。他们去城郊动员了一大批农民，现在四面八方都有拿着农具的人从山坡上、卡车上、拖拉机上下来，渐渐往钢厂逼近。

对立派是上海人和其他南方人，在厂里占少数，本来是无望以武力攻占厂革委会的。他们去农民那里挑拨离间，说钢厂抽了他们水库的水，本来答应给他们接自来水管，但多年不兑现。钢厂的垃圾堆在他们地面上，也没有付过垃圾场地费。他们一旦从现任革委会再次夺权，自来水管道和垃圾场地费全包在他们身上。

小彭扎上铜头皮带，挎上五四手枪，戴上钢盔就走。多鹤这一刻是不存在的。他在楼梯上却和上楼来的多鹤撞了个满怀。

"不能回家，厂子被包围了！你现在回家会有危险！"小彭说着，拉了她一把。

多鹤跟在他身后快速下楼，又跟他穿过院子，坐进他的伏尔加。他身后所有的警卫员全部跳上自行车，刹那间个个都是赛车运动员，紧跟在伏尔加后面。

不久，多鹤跟着小彭进了厂部大楼。五楼顶上升起一面大红旗，小彭站在红旗下，手里拿着一个电喇叭筒向四周叫喊："革命的工人同志们！反动派要迫使我们停产，对于他们破坏反帝反修的反革命大反攻，我们的回答是：坚守岗位！谁敢踏上炉台，就让他在沸腾的钢水里化为一股青烟！"

工厂所有的大门都关闭了。围墙内站着小彭一派的工人们，拿着各种自制长矛、大刀，只要谁敢从墙上下来，他们就砍翻。

几部大吊车开到了厂部楼下，把一袋袋维修厂房的水泥吊到楼顶。工事很快筑起来。

多鹤被安排在厂部会议室里避难，另外有两个老秘书是她的难友。天黑之后，外面喊话的声音也听得很清楚，让小彭停止抵抗，尽快投降，不然他的小命得不到任何保障。

小彭不再跟外面的人打嘴仗。厂里的大照明灯都熄灭了，只有几个探照灯在黑暗里划来划去。探照灯光每划到会议室，多鹤就看一眼墙上的钟：八点、十点、十一点……

多鹤的两个老难友都快哭出来了。本来还有两年可以退休，安享抱孙子的晚年，这一来是善终不了了。对立派不杀进来，在这楼里困着，也得饿死。

两人想起厂部开会有时会拿些花生、瓜子招待。他们果然在一个柜子里摸出一包他们的牙口吃起来正合适的花生米。两人请多鹤的客，给她分出一捧。多鹤把花生米装进工作服口袋，赶紧上到楼顶。

小彭一见她上来，立刻叫她下去。她不理他，把花生米倒在小彭的衣兜里。小彭面前的地上还摊了一张地图，是手工绘制的厂区地形图。小彭凭记忆把图画下来，向周围人布置守与攻。

他一抬头，见多鹤没走，正看他指手画脚。看不清她的脸，也能看出大事频出的时代他这总指挥的模样又给她注册到心里了，跟其他所有翻天覆地的大事一块儿，同样的了不得。

他若是不吃那些花生米她是不会走的。于是小彭大咀大嚼，一边吃一边发布着充满受潮花生哈味儿的号令，人们一批批领了号令走了，又有新一批人聚来，等他发新的号令。发号令之余，他就对多鹤说："快下去！你在我这儿算咋回事?!"

这时出现了大危机。厂外的对立派根本不打算攻打正门、偏门，也不翻墙。他们不知怎样弄了一列火车，沿着铁道长驱直入。厂内的人开始没反应过来，等火车已进入了厂区，把一辆停在轨道上的空车皮撞翻，他们才发现。

火车里杀出来黑压压的农民大军。对立派毕竟是南方人，不像这一派的东北人这样容易上火，一打起来就不活了，他们的目的是要夺权，谁帮着他们夺都无所谓，反正农民闲着也是闲着，就把他们变成一火车的义勇军。农民们在少数工人的指引下，马上夺取了厂区大大小小的关口。东北人全撤进一座厂房和厂部大楼。农民不久占领了另一座厂房和厂部对面的俱乐部。俱乐部不如厂部大楼高，但射击起来至少不处于绝对劣势。

通往五楼顶的铁楼梯被锯断。只要守住端口，谁也别想爬上来。这就保障了彭主任的安全。

两方的射击开始在凌晨。

对方火力很猛。水泥袋给一个个打穿，泄出了水泥，工事一点点瘪下去。

小彭咬着牙说："这帮狗日的劫了武装部的军火库还是咋的？弹药这么足？"

打到天亮，双方熄火了。小彭查看了一下，发现没人挂花，连多鹤也如平常一样宁静。现在她走不了了，两人的约会成了这么一场生死情。还要和她一块儿待多久？没吃没喝地待在这个秃楼顶上，一根线上拴的两只蚂蚱，一只牛蹄子踩进泥里的两棵芨芨草，将一块儿从泥里一点点活过来。小彭觉得只要他们不给对过来的子弹打死，这种约会真是舞台上才有的。

"你渴吗？"小彭问多鹤。

多鹤赶紧四面张望，被搬上来的一大桶水已经给喝光了。

"我是问你！"小彭心想她可真是个好女人，马上以为是他渴。

小彭很快陷入新的战斗准备。多鹤一直看着他，希望他注意到自己最痛苦的不是渴和饿，而是排泄。等他那边布置得差不多了，小彭跟她打了个手势。她跟着他猫着腰跑到楼顶边缘，围着楼顶有一圈微微凹下

的槽，用来疏通雨水。小彭对所有的手下命令："都给我闭紧眼睛，脸转过去！"他自己也闭紧眼睛，不过脸没转过去。他蹲在她身后，为她撑开一件工作服。

她的脸红透了，脖子也红透了。

一直到对立派退兵，小彭都用一件工作服给多鹤建造临时厕所。后来也不往楼顶边缘跑了，小彭把那件工作服在多鹤身下一挡，就了事。好在没吃没喝，这件窘事七八个小时才发生一次。

农民纷纷想到了稻子快熟，要回去放水的事。有的农民家里老婆孩子们找来了，说一仗打死了家里少了挣工分最多的一个劳力，这个账跟谁结？农民的攻城大战在第三天清早结束。

人们又把铁梯子焊接上，一个个撤下楼顶。撤的时候下起大雨来，水泥给泡了，不久就会筑成永久的工事。小彭让所有人先撤，自己和多鹤留在最后。

大雨哗哗地在他俩脸上流淌，小彭看着雨注中的多鹤。这样的看比什么举动都浪漫。

"谢谢你。"

她不明白他谢她什么。

"谢谢你的花生米。"一天两夜他精神饱满地指挥作战，力挽危局，靠的是那一捧花生米？他也不知道。

她也说："谢谢你。"

"谢我什么？"

隔着一道道雨水他都看见她脸又红透了。

小彭还有天大的事要干，下了楼和多鹤就分了手。

张俭和小环见多鹤晃晃悠悠走来时都一块儿下楼迎了出去。一场仗把她打哪儿去了？怎么脸色这么坏？

多鹤说她给困在厂部的楼顶，一天两夜没饭吃。她和他俩一直没有真正和解，对话绝大多数是小环自问自答："咋弄的？一天两夜没吃吧？肯定没吃！也没洗脸？肯定是给堵在哪个没水的旮旯儿了……"

然后小环跟多鹤说她一天两夜也没吃饭——差不多没吃。她以为多鹤给子弹撂倒在哪旮旯，不知怎样在遭老罪呢！她一会儿推搡多鹤，一会儿拉着多鹤，每路过一家家厨房的窗口，不管窗子开着还是关着，她都朝里面大声报喜："回来了！啥事儿没有！"

碰到窗子打开的，就会从里面传出一句回应："他小姨回来了？那就好了！"

有的邻居在楼梯上碰到张家的三口子，就打听一两句小姨多鹤怎样脱的险。等他们三个背景不见了，这个邻居就想：这事不瞒大伙了？那你家丫头的事咋也不跟大伙说个明白呀？还不是得了啥见不得人的病！

小环知道他们家欠邻居们一个交代，有关丫头的交代。但她顶着他们追债似的眼光，照样跟他们嬉笑怒骂。欠的就只能欠下去。张俭又黑又瘦地回来好几个月了，才把实情告诉她和多鹤。丫头已经被滑翔学校退兵了，丫头不愿意再从夹道疑问的邻居们中间走回来，所以张俭把她送回了东北老家。凭张站长生前的关系，她在县城找一份工作还不难。小环一听就跟张俭差点动武，让他立刻去把丫头接回来，没听说天下有把人压死的羞耻。张俭告诉她，丫头说了，硬要她回来，她就一头撞死。

就在小环得知丫头去向的第二天，居委会的干部问小环："听说丫头在空军里讲日文，被发现了，开除了？"

小环正和居委会几个老太太闲扯，直接用闲扯的语气说："你妈才给开除了。我闺女把空军给开除了。空军有那福分要我女儿吗？"

她离开居委会没回家，上了山坡。她从来没上过山，喜欢热闹的小环怎么会往山上去？她找了块避风的地方坐下，眼界马上非常开阔。丫头和张俭都是什么见识？那么怕人家咬耳朵、戳胳膊肘。让他们咬去、戳去，什么羞耻都长不了，别人会很快出新的事，就会有新的羞耻。一有新的羞耻，旧的就复好如初，什么都没发生过。

下山后她就带着山上的视野和满脑子清凉的山风，她在晚饭时跟大孩、二孩、多鹤、张俭宣布：她要亲自出马把丫头接回家。

"连小偷、破鞋都有脸活着，吃一日三餐！"小环说，"咱楼上的反革命，不整天戴着白袖章在菜市场给他老婆买菜吗？"

大孩眉头皱成一疙瘩。他眉毛粗浓，原本和发际就暗暗连着，所以烦恼起来他一张脸就有三份烦恼。

"大孩你干吗?"小环用筷子敲敲大孩的碗。

"那我怎么跟我那些同学说呀?说我姐在梦里讲日语，又编造假身份……那些同学还凑钱买了日记本送她呢!"

"你就跟他们那么说!"小环说。

"哪么说?"大孩说，"说我姐让军法给处置了?"

"噢，你姐光荣你想沾光，你姐受处置就不是你姐了?"

"没说不是啊，"大孩顶完嘴，喝一口粥，就着稀里呼噜的声音说了一句，"要我，我也造假身份!"

"说啥?"张俭问。

大孩不做声了。

"他说他也编造家庭出身。嫌咱这家不好呗!"小环说，"他宁可编造一个家庭出身，说他爹他妈拉棍要饭，那也比咱家强!"

大孩的舌头和牙齿咬着多鹤腌的黄瓜，"咕吱咕吱"地说："可不!"

小环刚想驳他，顿时又把驳他的话忘了。因为她突然意识到丫头跟他一样，宁可选择家境更贫穷、更没什么可炫耀的父母做父母。她和大孩从小到大恐怕都感觉到这个家暗暗存在一团混乱，无法理出头绪的一大团，把他们的出生也乱在里面。并且一切都刚刚开始乱，小石叔的死是一个开始，小彭叔的消失又是一个开始。大人们对这二女一男的真实关系从来就支吾搪塞，他们猜想到这二女一男都不够清白。

小环心里一股不得劲。可怜的丫头，你以为她那么快活，那么红扑扑的脸蛋只给人看见笑，张嘴是笑，抿嘴也是笑。她心里是那么胆小、自卑。恐怕她从懂事的时候就小心翼翼等待什么大灾大祸降临这个家庭。因此她自卑地只想去做一个穷乡僻壤的农家女儿。她心里的那些担惊受怕，受的那么多熬煎成年人都没发现。或许她连她的血缘都猜到了：她说不定无意中看到多鹤那双手，手指不长，关节圆顺，一根根肉乎乎的……跟她自己的手一模一样?说不定她照镜子时忽然看见小姨的眼神从她那双跟父亲一模一样的骆驼眼里闪出来？她会不会注意自己的头发和后脖颈的胎毛：前者还没截止后者已经开始，所以穿衣服领子一高，就把毛茸茸的碎发挤到外面。丫头有没有发现这片永远长不完的胎毛跟小姨一模一样？发现了她会不会乍出一身冷汗？丫头从小就不哭不吵，是个特别让人省心的孩子，原来她不声不响把什么都看到眼里，听在耳朵里了。大人们都白费心机。什么也别想瞒过她。

小环那天坐在饭桌前，满心都在想披着桃红斗篷的婴儿丫头。年轻的小环抱着她，走到哪里，耳朵里都是"丫头福相"，年轻的小环那时都忘了丫头不是她自己生的。那个时候，她怎么也不会相信，丫头将来心里会这么苦。她什么时候开始懂事，什么时候就开始担惊受怕、忍辱负重？

大孩吃完饭，嘴一抹，站起身说："咳，全国人民都在闹革命，有啥事就应该趁早坦白。"

三个成年人一动不动，听着他这样离开了家，跻身到全国人民里面去了。

小环在多鹤楼顶被困的一天两夜里，心里出现过许多可怕的念头：她怎么会失踪了？也许谁告发了多鹤，把她直接从车间抓走，抓到某个不见天日的地方去了。她也想过，那次冲突后，多鹤跟张俭和她一直疏远，从来不跟他们说话，有话通过二孩大孩说，或许她终于受够了这种日子，自己结果了自己。这可是个自杀的大时代，多鹤又来自那个崇尚自杀的民族。

多鹤现在唯一谈话的对象是二孩。小环有时听见他和她在隔壁简短地对答几句，不知二孩说到什么，让多鹤咯咯地笑。二孩人缘不好，在这一带动手不动口，所以在外面也没有什么人可以讲话。常常有人告状上门，说二孩跟人摔跤，把好几个人摔趴下站不起来。二孩偶尔把黑子留在家，多鹤就跟黑子聊聊，语言也是她跟幼年的孩子们说的话一样，半日语半中文，夹着只有最蒙昧的生灵才懂的词汇。

第十二章

工厂又停工了。

渐渐热起来的天空偶尔会有几声枪响，把鸽哨和知了的声音压住。那种时候一切就会万籁俱寂，听枪声和回音迭起，又退去。现在的鸽子都晓得利害，只敢在各自主人的楼顶盘旋。

邻居们听说革委会的彭主任被对立的一派抓住了，权力归了对立派。又过几个月，彭主任那一派又救出了彭主任，大权又归回到彭主任手里。

军队派了一个师进驻到市里，军管了所有工厂，工厂再次复工。

刻字车间的新席棚终于搭建起来。多鹤依依不舍地告别了那顶湛蓝的帐篷。复工后她一直盼望再次邂逅小彭的灰色伏尔加，但总不走运。

半年前楼顶上的两个夜晚一个白昼果真像小彭想象的那样，变成了两个人一生中的奇特经历，这种经历当然值得多鹤常常回想。只要她一个人面对工作台，她看见的就是小彭在夜色里的轮廓：他把她带到楼顶边沿，让他手下的人都转过脸，闭紧眼睛。小彭半蹲着，缩脖缩肩，替她撑开那件工作服，实际上跟她差不多狼狈。多鹤开始不敢回忆这样狼狈、窘迫的场面，但后来她开始享受对这场面的回忆。她好像记得，在朦胧的光亮中，小彭催促地对她虎了虎脸，又飞快地笑一笑。就像两个早已没了任何隐秘的男女，这一点不浪漫的生理必需只能由他或她一人来为其服务。她觉得那时什么声音也没有了，连对方一直不断的喊话声都安静下来。只有她的排泄疾雨一样打在水泥上的声响。那声响离小彭最近，小彭甚至听到她由于释放而不由自主发出的长长叹息。他就那样替她撑开遮羞的工作服——谁的工作服？是他自己的吗？没法追究了。他闭紧了眼睛。闭紧了吗？要是没有呢？那他能看见什么？那么黑的夜，什么也看不见。不过真能看见多鹤也不在乎。她和小彭的关系一夜之间就已完全改变了。

每次小彭为她撑开工作服，半蹲在楼顶边沿上的时候，他的生命其实在受威胁。他的身体不在掩体后了，暴露给了偶然发射的冷枪。因此工事里背着脸、闭着眼的人们就会哑声催促他："彭主任！危险！快回来！"

她现在觉得缩着身体用工作服为她搭建临时茅厕的小彭一点也不狼狈，非常浪漫。

小彭的伏尔加终于出现了。多鹤的工作台早已挪进了新席棚，正对一扇窗子，窗外一片荒草，草那边是通往大门的路，小彭的灰色伏尔加驶过来，减速，几乎就要停在跟多鹤的窗子平齐的地方。多鹤朝车子挥挥手。路基比这一排芦席棚高很多，车轮正抵到窗子顶框的位置，因此车里坐的人看不见她。

灰色伏尔加停了停，又开走了。不一会儿，车间主任对多鹤说："刚才厂革委会的彭主任打电话来，叫你去一趟。"

多鹤仔细洗掉了手上的钢末，摘下帽子，想想，又把帽子戴回去。帽子戴了一天，里面的发式一定不怎么样，还是安安生生戴着帽子好。

彭主任一见到多鹤，马上对她说："去后门外面的开水灶等我。我马上到。"

去开水灶约会？

多鹤已经看过彭主任呼风唤雨，安排一场小小的约会肯定更加头头是道。多鹤打消了一刹那的犹豫，赶快往厂子的后门走。刚刚走到那家卖开水的店前，灰色伏尔加在她身边刹住。开车的是小彭自己。

他问她想去什么地方逛逛。

太受宠若惊，她笑着摇摇头。

小彭开着车往田野的方向走。马路上的沥青渐渐薄了。半小时过去，沥青马路成了石子铺成的乡间大道。他告诉她公园都关闭了，只有把田野当公园。然后他又问，她是不是常去公园？她摇摇头，笑笑。去过几次？两次。和谁去的？和张俭。

他不再说话。这时车子进入一片林子，似乎是苗圃。由于树苗没被及时移走，死的比活的多，有一些长得很高大，快成年了。

"这两年没人买树苗栽。看看，都毁了。"他停了车，打开车门，先下去，多鹤跟着他也下了车。

他从后备箱里拿出一个军用水壶，背上，顺着树苗中间的路往前走。多鹤跟上他，想和他走成一并排，路很窄，她不时给挤到路基下的苗圃里。

"你说这些树苗，它有的就死了，有的活下来，还长成了树，为啥呢？大概就是适者生存，生存下来的都是强的，能把泥里那点养分给抢过来的。"小彭说。

多鹤用嘴唇默诵她吃不准的一些词。小彭越来越深奥，从进化论又讲到唯物论，又讲到自己如何是个唯物主义分子。多鹤听得更吃力，理解力越发落在后面。他突然发现她暗暗使劲的嘴唇。她一直有这习惯，第一次发现它的时候，他二十岁，他被它迷住了。他突然在这苗圃深处明白，他从来都没有喜爱过她，而是为她着迷。着迷更可怕。

这天厂里的篮球场有一场比赛，是钢厂队对红卫兵队，他偶尔从那里经过，停下来，想看一会儿，刚刚和几个警卫员走上看台，下半场开始了，两方队员上场，红卫兵队的中锋大孩一看见他，脚不知怎么踏空一步，摔了一跤。把小腿、大腿的外侧都擦掉一层皮，一下子半条腿都红了。小彭球也不看了，走进球员休息室，见一个队员正在给大孩包扎，包扎得粗枝大叶。小彭走上去，换下那个队员，拆开绷带，重新包扎。

"小彭叔，我知道你为啥不来俺家了。是因为我小姨吧？"

现在已经叫做张铁的大孩把小彭惊着了，他没料到他会这样单刀直入地突袭他。

"你小姨？"他故作丈二和尚摸不清头脑。

"因为你知道她的老底。"

"啥老底？"

"你知道还问。"

"我咋会知道?"他对这少年心虚地笑笑。

少年张铁沉默下来。小彭觉得他沉默得阴暗无比。他只好挑起话头说:"她到底有啥底细?"

张铁不直接回答,说了一句预言似的话:"这场文化大革命的伟大之处,就是要搞清每个人的老底。谁也别想暗藏在阴暗角落里。"

钢厂革委会主任处理过多少复杂、残酷的事情,这一会儿却没了主张。

"小彭叔,我愿意跟你干。"

"你是个学生。"

"革命不分老少。"

"你打算咋跟我干?"

"你那儿需要刻钢板的吗?我会刻钢板。"

"你愿意上报社来,欢迎啊。"

"我能有张铺吗?"

"你不打算回家了?"

"那个家乌七八糟的。居委会的人都写了调查信到我们东北老家去了,用不了多久,谁也甭想暗藏。"

小彭帮他包扎的手慢了下来。几天后,张铁的话一直让他惭愧。连十多岁的孩子都明白革命的崇高,在于不容各种私情,而他却着迷于一个敌人的女儿,着迷那种畸形的"美味"。他当然一直伺机品尝这道美味。他的机会来了,她终于全副身心地把自己奉到他的供台上,请吧,为这道美味你等了好多年,其实我也等了很多年,只是不愿迈过挡道的张俭。现在她显然迈过来了,或者,就是张俭不再挡道。再美的美味也有倒胃口的一天,美味在张俭那儿大概变成了秋天的茄子,怀了一肚子籽,皮如橡胶那样耐嚼。

小彭和多鹤在苗圃深处的土包上坐下来。小彭从行军壶里倒出一壶盖樱桃酒,递给多鹤,又举起行军壶在她手里的壶盖上碰了一下。画眉在叫,快落山的太阳把细溜溜的树苗拉出细线般的影子,不管活苗死苗,在开着野花的草地上打出美丽的格子。没有张铁那一番话,彭主任跟多

206

鹤真的会享受这道美味。

彭主任的工作服口袋里装着一个油纸包，包着一包糖醋蒜头，工作服另一个口袋里装着一包花生米。樱桃酒的深红是假的，像水彩颜料，多鹤两片不断默诵的嘴唇不久就殷红如樱桃。小彭喝一口酒，赶紧用手背擦拭一下嘴唇，他要是也来个红樱桃小嘴，会让多鹤走神。他再次询问起代浪村和其他几个日本村庄的情景。

"你小的时候，父亲在家干农活吗?"

她说父亲在她出生不久就应征入伍了。中途回来过几次，因此她有了弟弟、妹妹。

"父亲当了个什么官?"

她回答好像是个军曹。

小彭心里一沉。假如多鹤的父亲是个中校或者少校，他亲手杀人的机会或许少一些。军曹却是在时时杀人，电影里最血腥的场面都有军曹，是不是?

"村子里的男人都被迫去当兵了?"

她说不是被迫的，假如谁家有个不愿当兵的男人，这家女人都没脸见她的女邻居。村里的男人个个都很英勇，从来没出过贪生怕死的败类。

多鹤的话间断很多，讲得也慢，但她比他们第一次见面时强多了，话一遍讲下来，就能让人听懂百分之八十，也许百分之七十——对那些从来没接触过她的人而言。

酒像一根软绸带一样在小彭肚子里飘忽，呈螺旋形漫卷、上升，在头脑里慢慢卷出柔软的漩涡。感觉太妙了。他看看多鹤，也看出樱桃红的漩涡在她眼睛里，在眼睛后面的脑子里。

一个敌人的女儿。

电影里的日本军曹是怎样屠杀中国老百姓的? 那成千上万的老百姓也有可能就是他小彭的父母、祖父母，只不过他们比被杀害的老百姓们走运。

多鹤两片樱桃红的嘴唇只应该品尝亲吻。它们多娇嫩多甜蜜，它们就是亲吻本身，亲吻的全部含义。

他低下头，吻在那两片嘴唇上，酿成了酒的嘴唇。那根丝绸带子在小彭头脑里漫卷出越来越快的漩涡。

一只手伸进了小彭的衣服，凉凉的手掌搭在他肩与脖子相连的地方。小彭觉得它要是一把刀就好了，杀了他，他就没有了选择。杀不了他，他反手夺过了刀，她也没有了选择。

多鹤那软刀子一样的手在小彭赤裸的脖子上摸来抚去。这是个暗示吗？暗示她要他解开衣服？小彭满心都是热望，他想，去他姥姥的吧！他把她翻到自己身下。

大孩张铁投奔到小彭的司令部，从此跟家里一刀两断。不久居委会的干部们就会收到东北方面的回信，证实多鹤的女日本鬼子背景。这个女鬼子在张家隐藏了二十多年，究竟干了些什么？张俭和朱小环才不会那么傻，说多鹤二十多年干的事就是生养孩子。为了孩子们的前途他们也不会那样说。他们会说张家当年买她，是看她可怜，把她当一个劳力，用来脱煤坯、挑水、扫车站……就这些？那为什么把她带到南方，跟所有人都隐瞒了她的鬼子身份？那么，把她裹带了几千里路，为的就是把她永远隐瞒下来，隐瞒一个日本人在这个有国防钢铁企业的城市，目的就是让她洗洗衣服、熨熨衣服、擦擦地板，到厂里来挣些小钱？这个钢厂生产的大部分钢都是派大用场的，用场大得谁也不敢问。那么这女鬼子在钢厂里窜了几年，情报弄到多少？给国家造成多大的损失？

多鹤在小彭最情急的时刻逃开了。她头上沾着碎草，瞪着大眼。他亲吻她的时候，似乎不是这感觉。感觉是在行动的进行中给置换的，偷偷地给换掉了。

"怎么了？"小彭问。

多鹤瞪着他，似乎这正是她想问的：你怎么了?!

他向她靠近一步，胳膊肘支着上半身。天快黑尽，蚊子发出共鸣很好的嗡嗡声。一切花花草草都要被黑暗盖住，头脑里的漩涡一圈圈慢下来，无精打采，它们一停，他不会再有勇气享用这个敌人的女儿。

多鹤向后退了一步。又是楼顶上的光线了，恰恰只看见他的轮廓。

这轮廓还是楼顶上的轮廓，但她似乎感觉得出来，所剩的也就是这个轮廓了。她又向后退了一步。

小彭遗憾地想，如果他不去看张铁赛球，不去休息室替他包扎，听他讲了那一番话，该多好。张铁早晚会把那些话讲给他听，但晚过今宵再讲就好了。小彭做不到一面与她敌对，一面享用她。那就太畜生、太欺负人了。

他们路上都没说话。他开车把她送到张家楼下的路口，看她在路灯的光亮里孤单单地走去。她的步子总是那么稚拙可笑，有一点像得过小儿麻痹症的人。她连路也走不利索，还能干什么了不起的坏事？

小彭回到革委会办公室，心已经完全康复。他把还在小报报社刻钢板的张铁找来，要他谈谈他从小到大家里的情况，他父亲和母亲与他小姨的关系。张铁说他听母亲和父亲争执的时候提到一件事，小姨曾经被父亲扔了出去，扔在江边，小姨周折了一个多月才回到家。那时他和弟弟二孩还在吃奶。

这个黑夜成了一大团无法解决的矛盾。彭主任不知道是要消灭敌人的女儿多鹤，还是要消灭张俭为她伸张不平。不单为多鹤，也为小石。

他坐在秋天深夜的一九六八年里，两手捧着被樱桃酒膨胀起来，又被夜晚凉意冷缩的头颅。小石啊小石，那个跟他一块进工厂，带给他许多欢笑的猴子，那个为了给他欢笑，宁可不顾自己廉耻的小石。小石的姐姐送他到火车站时，对张俭和小环如同托孤那样泪眼涟涟地拜托。结果呢，张俭把石家的独苗齐根斩断。张俭开了那么多年的吊车，从来没让吊的东西脱过钩，偏偏脱钩就发生在小石走过的那一刻？

小彭但愿自己在场，能推小石一把。

就像小石把他从火车轨道上拉下来一样。

小彭在脑子里一遍一遍看着小石怎样跳上铁轨，把蒙头转向朝错误方向跑的自己拉回来。小石这一拉，拉回来了一个钢厂新领导彭主任。

小彭想着小石的大度，明明知道小彭在和他争夺多鹤，还是拉了他那一把。他自己呢，为了多鹤多少次明里暗里诅咒过他。

结果让他遭了张俭的暗算。难道还不是明摆着的暗算吗？偏偏发生在他回老家去的时候。

这是一件命案。张俭这个凶手，居然还呆在法网之外，上班领工钱，下班赏鸽子，出门是工人阶级，进门是俩女人的男人。

小彭在三点多钟睡着了。早晨有人进来送开水，看见彭主任睡在沙发上，睡得十分香甜，都不敢叫他。他是被九点钟的第一批文件弄醒的。他盯着中央、省里、市里、厂里的一大摞文件，心里说："小石，你兄弟对不住你。"

他把军代表请到自己办公室，关严了门，跟他谈起一个叫石惠财的工人的死亡，以及一个叫张俭的吊车工的历史。

张俭在吊车上看见车间的军代表走在前，几个公检法的警察走在后，走到了车间主任身边。是车间主任下意识的那个转身让张俭警觉的。他们刚和车间主任说了几句什么话，车间主任弹簧一样向后上方看去。也就是说，是往吊车的轨迹看去。

车间主任走到吊车下，向张俭招招手，突然主任想到了什么，慌忙地向一边退。

已经够了。够他判断什么临头了。他停了吊车，喘了口气，厂房的顶就在他的头顶，下面的人和物都很小。他从来没看到前方的铁轨是怎样绕在一起，又怎样绕出各自的头，分头延伸，这一刹那都看清了。也许这是他最后一次在这个位置看那些铁轨，看厂房顶部，看吊车下的人。车间主任怕他再玩一次阴谋，把他也砸成第二个小石。

张俭下来之后，意外地发现自己非常惧怕。他走在几个公安人员前面，看着一向和蔼的军代表的背影，心里对自己说：我是清白无辜的，我能把事情讲清楚，一旦讲清了，事情就都过去了。他马上发现，正因为他对"讲得清楚"抱有很大希望，他才惧怕。

他们把他带进更衣室，让他把所有东西从自己的储衣柜里取出来，取干净，然后交出锁和钥匙。有两个躲在更衣室打盹的工人一见这情形，把帽檐拉低，从他们旁边溜过去。他把柜子里的一双木拖板、一个肥皂盒、一把梳子、一套换洗衣服拿出来。假如他们不让他回家，直接拘留，

210

这些东西很有用。他再次跟自己说：关不了多久，我会把事情从头到尾讲出来，讲清楚——从多鹤被买进家门那天开始。我们是一个平常百姓的家庭，父亲是老工人，只想救救一条快要饿死的性命。难道日本人就不该救，让她去饿死吗？我们附近屯子里的好心老百姓可不止张家一家，很多人把这些快饿死的日本小姑娘救回家了呀！你们可以去我们安平镇调查……

张俭把钥匙和锁交给车间主任时，发现自己的手在发抖。他抱的希望越大就越惧怕。等他清理完柜子，他的手似乎对他们没用了，一个铁铐上来，把它们铐在了一块儿。

拘留所是公安局的干训宿舍。因为真正的拘留所不够用。干训队在城市的另一头，张俭记得和多鹤热恋的时候曾经来过这一带。宿舍是简易房，砖墙的缝隙长着小小的蘑菇。地上也铺着砖，一走上去，地面跟着脚板动。窗子是十足的铁窗，钉着钢板厂裁下的废钢条，一条胳膊也别想伸出去。

第一天张俭坐在自己铺席上熟悉着环境，心里对每一个可能的提问都振振有词。他寡言大半辈子，是懒得争辩而已。

第二天一早，提审开始。他被押解着穿过院子，走向第一排平房。隔着窗能看到每个屋都是六七个人合囚。突然他一转念，想到为什么人家有六七个狱友，自己却单独囚着，说明自己的罪行不是太重就是太轻。那么就是太重，他们把他当死囚囚着。小石的那条命是非得要他偿了。所有希望刹那间破灭。没了希望，他成了一条大胆的好汉。

几只黄鹂落在树上，你叫一声它叫一声。那些幽会多鹤躺在他怀里，两人听过各种鸟叫。这辈子再也没有跟她一块儿听鸟叫的时候了。

审讯室也是临时的，一头的墙上，靠着一个侧翻起来的乒乓球桌。审讯者三十来岁，张俭进来的时候他在读案卷，头也不抬地说："坐那里。"

指的是他桌子对过的长板凳。

"问你的问题，你要老老实实回答。"审讯者说，"因为我们对你的情况已经了如指掌。"他还在读那一摞案卷。

张俭一声不吭。他的一生虽然过了一大半，但做的就是那几桩事，还至于这么用功去读？

审讯者终于抬起脸。这张脸竟有点像小石，比小石大两号而已。你觉得他坐在这样的桌子后面是他自己在找乐子。他没有铁面无私，执法如山的样子，反而让张俭刚抓住的自我感觉又失去了。这不会是个业余审讯吧？这年头业余的人物很多：业余厂长、业余车间主任、业余战士、业余演出队，都是些外行们做起了他们梦寐以求的事。张俭觉得业余是比较可怕的东西，它的自我弥补是把一切做得更过火，因此更业余。

"你出生在哪里？"

"黑龙江省，虎头镇。"

"……就完了？"

张俭的沉默是期待他开导，"就完了？"是什么意思？

"虎头镇就算交代清楚了？"

他还是沉默地等待对方启蒙。难道不清楚？请问你想要我们家的门牌号？街坊姓名？

"虎头镇是日本鬼子比中国人还多的镇子。这一点你为什么不主动交代？"

他觉得他更张不开口了。首先他没数过虎头镇的日本人口和中国人口，其次他刚刚两岁父亲就被调到了安平镇。假如审讯者用功读了卷宗，应该知道他离开虎头镇时的岁数。

"你父亲是伪满职工？"

"我父亲……"

"回答是或者不是就可以了！"

张俭决定不理睬他。

"所以你所标榜的工人阶级出身是冒牌的！"

"旧满洲的铁路工人有几千，你都说他们是冒牌工人阶级？"张俭发现自己原来十分伶牙俐齿，一下子把该说的说了，免得说慢了他叫他住嘴。

"可以这么说吧。"他倒不急眼，挺高兴有个吵嘴扯皮的对象。

212

"那李玉和呢？"

"谁？"

"《红灯记》里的英雄人物李玉和啊。"

"他是地下共产党员。地下共产党员不一样，国民党高官里还有地下共产党员呢。"

张俭又沉默了，看来他要从张站长那一代的开始否定他张俭。这很有可能，他也许会追认张站长为日本走狗。

"你们搬到了安平镇之后，和日本人有没有密切来往？"

"没有。"

"我可以马上指出你在撒谎。"

张俭想，果然是业余的。

"你父亲在抗战以后窝藏在家里的日本女人竹内多鹤是不是日本人？她在你家一藏二十多年，和你们的关系算不算密切？"

"她当时只有十六岁……"

"只需要回答'是'或'否'！我再问你一次，你们家窝藏的这个女人是不是日本人？是不是？！"

"是。"

"她在这二十多年里，到底干了些什么对中国人有害的事情？"

"她没有干过任何有害的事情。"

"那你为什么隐瞒她的身份？我们在东北调查过，确实有一些农民救了日本女人，跟日本女人结婚生孩子。不过他们没有隐瞒真相。当年东北解放的时候，就有肃清、惩处汉奸和日本间谍的组织，他们都在那里备了案。只有极个别的人没有备案。不备案，只能说明居心不良。你为什么把这个竹内多鹤带到鞍山，又带到这里，一直隐瞒她的身份？"

张俭想，这一瞒，的确是令人生疑的。当初父母只想平息小环，只想瞒住张家一夫两妻的事实，而开始了一场弥天大谎。多鹤为张家生了三个孩子，名副其实的一夫二妻关系就更得靠谎言隐瞒下去。新社会的新工人张俭怎么能逃脱重婚的罪责？何况三个成年人三个孩子早就过得你中有我、我中有你、打断骨头连着筋了。不隐瞒，最惨的肯定是多鹤，无论怎样把她从张家择开，她都是最惨的，因为她要和她亲生的三个孩子分开。而和三个孩子分开，她和世上的一切都分开了。

"竹内多鹤去钢厂刻字，是你介绍的吗?"审讯者问道。

"是。"

"假冒中国人朱多鹤，混进中国的国防重地，就是这个日本女人含辛茹苦、隐姓埋名隐藏二十多年的目的吧?"

也许是不该隐姓埋名、瞒天过海。从一开始就不该瞒。让人家生了孩子，又想把这孩子变成自己的，完全不沾日本血缘，就向安平镇所有人隐瞒，撒谎。难道他们到鞍山不是想进一步隐瞒吗?难道他们拖着多鹤一块儿走，不是想让她继续生养，续上张家的香火?他们想一劳永逸地隐瞒，才从东北搬到江南。他们拖着多鹤一道南迁，也出于良心的不安，因为他们不想让这个苦命的日本女子由于他们而更苦命。感谢这场审讯，它让他好好地把自己审明白了。他对于多鹤，是有罪的。

"其实怀疑竹内多鹤的人并不少。那个石惠财就是其中之一。他是不是跟竹内多鹤当面对质过?"

"没有。"

"我有铁的证据。"

张俭知道，证据来自于谁。无非是两个人，一个是小彭，一个是大孩张铁。小石过去肯定跟小彭谈过什么，张铁或许从家长们的争吵里判断出事情的大概。

"你抗拒也没用，我有证据。石惠财跟竹内多鹤私下对质过。现在我问你，是给你机会，不要自取灭亡。"

"他俩对质的时候，我在场吗?"

审讯者一愣。一会儿，他恍悟过来，说："据说你不在场。"

"我不在场，我怎么知道他俩对质过?"

审讯者又来了个停顿，然后他说："你比我们想得狡猾多了。竹内多鹤事后告诉了你。她是你的姘头，什么不能睡在枕头上告诉你?"

张俭想他的一贯沉默正是让这类人逼的。这类人的话讲着讲着就不要体面，不成体统。

"因此，你就决心杀人灭口。"

张俭不做声。争辩不争辩一个尿样。

"你决定跟石惠财上同一个夜班的时候行凶杀了他，对不对？"张俭不反应，扯皮扯不起来不刺激，审讯者很不甘心。这就像吃了泻药的肚子，一路毫无阻力地泻下来，缺乏大小肠子厮杀一团、最后一阵阵痉挛带来的战栗的快感。"你掐准了时间，等待大多数人都吃夜餐的时候下手，是不是？"

这是个冤案重生的大时代。辩争会召来麻烦的冤案，而不辩争将导致省事的冤案。张俭这一瞬间明白那些跳高炉的、上后山坡吊颈的都是怎样想通的。他们是经历了一连串皮肉麻烦和精神麻烦才想通的，张俭却这么快就想通了这个道理。给他们省事，也给自己省事。最重要的是给自己省事。看看那张乒乓球台子，一个人打过去，抽得再狠，没人抽回来，台子就得靠边竖起来，游戏就得收摊。

"你必须回答问题！"他狠拍一下桌子。狠抽了一个空球。

张俭半睁的骆驼眼看着他心目中的远方。

"那你默认你的罪行喽？"

"什么罪行？"

"你杀害石惠财以达到灭口目的的罪行。"

"我没有杀过任何人。"

"石惠财不是你杀害的？"

"当然不是。"

"你假造事故，对不对？"

他又钻进了沉默的甲壳。

"你算好时间，正好跟石惠财上同一个夜班，对不对？"

他的眼帘又合上一点。虚掉这个世界吧，暗去所有的现实吧。原来自己从小爱耷拉眼皮就是要把世界虚化。这样好，这样就看不清那四条桌腿后的人腿，一条抖完抖另一条。这样一个由不安分的腿组成的世界还是虚化成一片灰色比较好。多鹤在多年前的一个八月天，和他去公墓附近的塘边过日本的"Obon（鬼节）"，点起纸灯笼，接她在另一个世界的父、母、兄、弟、妹回家过节。可她不能接他们回张家，就在塘边上搭起一个和张俭共有的家：插了荷花摆着酒和饭团的草棚。棚子是从农民那里买的芦席扎的。也许明年，她接回家的亲人里有张俭。他已经成功地错过了审讯者的一连串提问。这场业余审讯的游戏该收摊了吧？

小姨

第十三章

最后一次得到张俭的消息是十一月底。来了个通知要小环把棉衣准备好，送到厂里。还要一双护膝。小环和多鹤讨论："护膝干啥用？他没有老寒腿呀。"

其实小环没有特别绝望，哭过之后，她马上劝哭不出来只浑身打战的多鹤：这年头谁家没有个被关起来的人？这楼上就有两个人被关了，又放出来了。她发现被关进去的人比关别人的人善些，她也发现关进去又放出来的人都有所长进，人品、做派都改进不少。

小环把一床棉絮重新弹了弹，给张俭做了一件暄乎乎的大袄，就像他在东北老家穿的。面子是深蓝的，领子上绣着张俭的名字，里子里绣了"春美""张钢""小环""多鹤"的小字。她把棉袄和十个咸鸭蛋打成一个包袱，用张俭的自行车推到厂保卫科。

她搁下东西，找到了正在刻钢板的大孩张铁。

"你来干啥？"张铁问。

小环二话不说，揪起他一条胳膊便从椅子上拖起来。张铁"唉唉唉"地叫，小环拳头和脚都上来了。每次她来给张俭送东西，叫大孩带她去找小彭，大孩都拒绝。这次她例外，打一阵说不定能把姓彭的打出来。上来拉的人感觉这女人长了不止一双手一双脚，左边右边的人拉住她，她儿子肩上、屁股上照样不断地挨拳脚。

果然就把姓彭的打出来了。

"怎么在革委会办公楼里打人呢？"彭主任说。

"我打我儿子！等我喘口气，我还得打我孙子！"小环微肿的眼泡儿饱满一束光芒，向小彭横射过来。

"有话好说嘛。"小彭干巴巴地说。

小环拢拢头发，掏出一个铁制烟盒，打开，里面的烟丝一头是焦煳的，一看便知是从烟蒂里剥出来的。她又恢复抽烟袋锅了，她一面往烟锅里摁烟丝，一面大声宣讲起来。

"都听着，冤枉好人张俭的下流坏子们：我丈夫出事故那天夜里，小石本来上的是小夜班，他临时跟人调换成了大夜班。张俭是咋预谋的？那天夜里，厂里自己发电，电力不足，关了两盏大灯，从吊车上，咋看得清下头走的是猫是狗？你们别当咱老百姓都是傻子，咱也知道调查调查，咱也会找证人！"

小彭毫无表情地看着小环。小环一会儿一个媚笑，一会儿一个狞笑，一会儿一个冷笑，金牙的尖梢一明一暗，每个句子把所有人都含纳进去，句号总是小彭的鼻尖、额头、嘴唇、大大的喉结。人们顿时明白，让眼睛很大的人瞪着不叫瞪，让她这双小眼睛瞪了，那才叫一瞪瞪到穴位。

"这儿喊不了冤，我喊到市里，喊到省里！让毛主席听俺们喊喊冤去！"小环一边说，一边把烟灰磕在原来就很肮脏的走廊上。她知道现在在搞大革命，清洁工也有自己的司令部，所以地得自己扫，正如上饭铺吃饭，盘子得自己端。

"揭老底是个时髦事儿。咱也能成立个揭老底司令部！"小环说，眼睛在众多面孔上拉出一整条句子，句点仍是重重落在小彭脸上。"不是也有人也想搞汉奸恋爱，玩命追求日本婆吗？就是没追上，急红了眼，急得闹革命来了，当司令来啦！"

小彭眼光一散，马上被小环看见。众多面孔已经你看我我看你了，他们听出小环影射的是小彭，但直直地去看小彭总是难为情的。

"别想赖。你赖得掉，见不得人的地方长的记号呢？那可赖不掉！"小环是纯粹诈他。她看见小彭的脸色更差。真诈着了！

人们开始哧哧地笑。小环觉得她的唱念做打收到叫好声了，角儿的精气神更加提了上来。

"我们是隐瞒了咱家小姨的身份，怎么着吧？不隐瞒她早就遭了你们这些人的老罪了。日本女人就该受你们祸害？解放军还优待俘虏、送日本人大烙饼吃呢！我把你们瞒住了，你们看看咋治我的罪，啊？我在家等着你们……"她走了几步，回过头，"彭主任，咱家又做了红豆糯米团子，你来啊，吃吃看，是不是比你以往吃的那些更甜！"

小环向楼梯口走，感觉她脊梁上一团冰冷，那是张铁厌恶的绝情的目光。她不在乎自己在儿子眼里做女小丑。她要让人知道，张家人不是一坨子肉，随他们宰割。小彭下刀的时候，心里也该打打鼓。

她走到厂部大楼的院子，看见一根铁丝上搭着一溜毛巾，一端印着"招待所"几个红字。红字剪下去还是挺好的毛巾。家里挣钱的人进了监狱，好几个月都吃寡饭，没有油盐酱醋，更吃不起荤。能顺手捞到什么就赶紧捞，缺毛巾的一天也不会远了。

她从铁丝下面钻过，怀里就抱着六块毛巾了。她一面飞快地走，一面飞快地折叠毛巾，又飞快地把它们压在她拢在袖口、架在胸前的胳膊下。窍门是千万别回头东张西望，假如有人看见你动作可疑，你东张西望也补救不了什么。假如人家没看出你的疑点，你东张西望就成了疑点。她得无中生有、一分钱不花地吃、喝、穿、戴，这不容易，但费点事也办得到。夏天的时候，她出厂子大门可就不走正路了，沿着铁道走出去，两头都通田地，先拔一堆菱角秧子，再把偷摘的苋菜、钢管菜之类藏进去。田地旁边常常有水塘，里面都有野菱角，不走到跟前看不出她实际上是在采蔬菜，而好像是在散闲心采菱角。采够了蔬菜，她就用头巾把它们兜起来，四个角上露出菱角秧子。

多鹤的工作和张俭是同时丢的。家里有资格工作的，就剩了小环。她去过许多地方申请工作：冰棒厂、熟食厂、屠宰厂、酱油酿造厂，都让她等通知，却都不了了之。她之所以去这些工厂申请工作，因为这些地方都肥，稍稍一涮也涮得出油水。冰棒厂的油水是古巴糖，屠宰厂总有猪下水，熟食厂更不用说了。小环腰细，偷几节香肠，一扇猪肺，塞进腰里跟正常的腰身差不多粗。

小环推着自行车从钢厂往家走，一个五十来岁的女人挎着一筐鸡蛋

走来。她迎上去，仔细挑选鸡蛋，一边跟农家婆满嘴热乎话，叫她大妹子，说她好福相。农家婆嘎嘎直笑，说她都四十九了。小环心里一惊，心想她看上去至少有六十三。挑了六个鸡蛋，小环一摸口袋，说她早上上班走得急，没带钱包，可惜了她花的这点挑鸡蛋的工夫！农家婆说生意不成交情在嘛，说不定以后还有缘见面。她正要挎着筐子离开，小环从衣服下拿出六条毛巾，上面印着红牡丹、臭虫血、"招待所"。

"这都是好棉纱。你摸摸，厚吧？"

农家婆不明白小环的意思，手被她拿过去，摸了摸毛巾，赶紧答应："厚、厚。"

"算咱老姐妹有缘，送你两条！"

农家婆更不懂她了，脸要笑不笑。

"比你们乡下供销社买的好多了，盖在枕头上，又进一回洞房似的！"小环把毛巾塞进她手里。

农家婆说怎么能无功受禄！小环说她工作的地方老是处理毛巾，稍微洗两水就处理了，不值什么，就是觉得攀个老姐妹不容易。小环说了就起身告别，走了两步，农家婆叫住她。既然攀老姐妹，也别一头热乎，她也得送小环点什么。鸡蛋是自家养的鸡下的，也不值什么，她说就把小环刚才挑的那六个鸡蛋做顺手礼吧。

"哎哟，那我不成了跟你换东西了吗？"

农家婆说换东西不正是礼尚往来？她把那六个大而光鲜的鸡蛋放在筐子外，催小环拿走。小环埋怨似的斜着眼、撅起嘴，一边慢吞吞蹲下。农家婆请她告诉她，毛巾上三个红字是说的什么。说的是"闹革命"，哎呀，那好那好，是时兴字！

小环心想，自己眼力真好，上来就看出这是个一字不识的大文盲。回家的路上，她想那农家婆到了家，把枕巾铺到床上，别人告诉她那三个红字是"招待所"，她一定会想，原来那个老妹子也一个大字不识。

她用头巾兜着鸡蛋，系在车把上，步子迈得秀气之极。马路上尽是麻子坑，柏油早给车轮滚走、给人的鞋底踏走了。公路局也忙着革命。自行车不断蹦上蹦下，她觉得自己的心比蛋壳还脆还薄，得提着它走。

她已经不记得家里多久没吃过鸡蛋了。张俭的工资停发后,她第一次下决心好好学会过日子。但存折上本来就不多的钱还是很快花完了。她觉得自己一拿到钱就是个蠢蛋,没钱的日子她反而过得特别聪明。她用张俭攒了多年的一堆新翻毛皮鞋、新工作服、线手套跟农民换米换面。工厂里多年以来发的劳保肥皂省了两纸箱,都干得开了裂。这年头肥皂紧缺,一箱子肥皂换的玉米面够吃两个月。

在所有东西卖完、换完之前,张俭的冤案就该昭雪了,要是没昭雪她也该找到工作了。路总不该走绝吧?连多鹤那个村子的人逃难逃得东南西北全是绝路了,还不是活出个多鹤来吗?

她身边一辆辆自行车擦过,下班工人们出来了。远不像过去那样铁流破闸的大气魄,现在上班的人不到过去三分之二,一些人被看起来了,一些人在看别人。车子也都老了,在老了的路上"咣当当、咣当当"地走,一个坑蹦三蹦,声音破破烂烂。

她得不断地吆喝,让别人躲开她。六个鸡蛋能做六锅面卤子。田里有野黄花菜,正是吃的时节,跟鸡蛋花做卤子就过小年了。二孩可以闷声不响地吃三大碗。眼下只有他一个孩子,两个女人都半饿着尽他吃。张俭被押进去之前,大孩回家来拿他的被褥和衣服,活像一个走错了门的陌生人。他进了家就往屋里闯,两脚烂泥留了一溜黄颜色脚印。他后面还有两个陪他来的小青年。小环那时还不知道他铁了心要跟家里断绝关系,一见他的样儿就嚷嚷:小祖宗你怎么不脱鞋呀?他就像从来不知道这个家多年的规矩似的,大屋践踏完又去践踏小屋。多鹤低头看看过道的一串黄泥脚印,什么也不说,就去找袜子。她从柜子里翻出一双雪白的、叠得平展无比的袜子,走到过道,张铁已经把自己的衣服翻出来了,翻了一地一床。

"你给我出来,把鞋脱了!"小环揪着他,把他拖到门口。两个陪大孩来的人见势不妙,退到了门外。

他坐在那张凳子上——张家人换鞋坐的那张矮腿长板凳。

"脱!"小环说。

"我不!"他身后的两个小青年站在打开的门口,向里张望。

"敢!"

"我不是没脱吗?我怎么不敢?"张铁把一只泥糊糊的鞋跷上来,跷成二郎腿,晃悠给小环看。

"那你就在那坐着。你往屋里走一步,试试!"小环顺手抄起笤帚。

"把我的被子褥子递给我!我稀罕进去?!"

"你要去哪儿?!"

"外面!"

"你不跟我讲清楚,一根针也别想从家拿出去!"

"我自己拿!"

张铁刚从凳子上站起,小环的笤帚把子就举起来了。

"脱鞋。"笤帚把子敲敲他的脚。

"偏不!"

这时多鹤上来解围了。她走到大孩面前,膝盖一屈,跪得团团圆圆。她翘起其他的手指,只用拇指和食指去解那糊满了泥的鞋带。小环正想说别伺候他,让他自己脱,张铁已经出脚了。那脚往回稍微一缩,"蹭"地蹬出去,高度正是多鹤的胸口。

小环记得那天多鹤在衣服外面罩了条白围裙,头上戴了条白头巾。张铁的四十三码的回力球鞋底,马上印在白围裙上。张铁的红卫兵篮球队每半年发给他一双鞋,他平常舍不得穿,更别说下雨在泥水里穿了。多鹤的白围裙刚刚做好,从缝纫机上收了针脚,正戴着打算去厨房,张铁回来了。好像一切都为张铁的一脚准备好了。

她还记得多鹤看了自己胸口一眼,其实那个四十三码的鞋印挺浅淡的,但多鹤用手掸了几下。她已经慢慢从地上站起来了,手还在掸那个鞋印子。

小环不记得的是她自己的反应。她的鸡毛掸子是不是打着张铁了,张铁护着自己的脸没有。她一点也记不清张铁怎么出的门。半小时后她才发现他什么也没拿。第二天早上她发现多鹤总是含着胸。她一面劝她不必跟小畜生一般见识,一面给她略微青紫的胸口揉白酒。

也就是那个上午,张俭被人从厂里带走了。

222

从张铁和张俭从家里消失之后，多鹤更安静了。小环发现她只要是独自一人时，就那样微微含着胸。好像接下去还有一脚不知什么时候踢过来，她已经在躲闪的途中。又好像那一脚留下的伤一直不愈，她必须小心地绕开那椎心的疼痛。不管怎样，只要多鹤以为没人看她、她可以放松无形的时候，就是这样一个姿势。它让她一下上了好些岁数。

小环总想开导她：张俭纯属冤案，不会在里面蹲长的。但多鹤什么都不说。她还是只跟二孩说话，能说的也就是：吃多些，该换衣了，黑子洗过澡了，袜子补好了，胡琴拉得蛮好。

二孩不知从什么时候开始学会了拉二胡。二孩像老二孩张俭，许多事等别人去发现。问二孩问紧了，他不耐烦地说："少年宫学的呗！"

原来他在少年宫就开始学，一直在拉，只是没当着家长们拉罢了。二孩似乎也参加什么组织，叫宣传队。这是小环从他二胡琴盒上印的字发现的。小环怀疑二孩回家全是看黑子的面子，不然说不定也会像丫头和大孩那样，心里对这个家暗怀怨恨。

小环拿着鸡蛋回到家已经六点了。楼上楼下都是菜下油锅的热闹。她们家的厨房今晚也能热闹热闹。小环进了门，多鹤又在擦地。

"别擦了。"小环说。

她停了一下，又"刷啦刷啦"擦起来。

"你不怕费力，我怕费水。水又不是不要钱！"

她又停了一下，再擦的时候声音不一样了，火辣辣的。意思小环明白，水也接到桶里了，难道把它白白泼出去不叫浪费钱？小环和多鹤眼下就是没好气地过日子，没好气地把一口好吃的推让给对方，没好气地劝对方多穿点衣服，别冻死。小环做好了打卤面，把桌子摆好，自己开始吃面条，对仍在擦地的多鹤说："做好了还要喂你吗？冷了还得费煤火再热！"

多鹤把擦地板用过的水拎进了厕所，又洗了洗手，走到饭桌边，端起上面盖着鸡蛋花和黄花卤子的面条，走进了厨房。小环跟着站起来。多鹤在厨房里就含着胸，上了一大把岁数。她想找个空碗把面条拨出来，小环一看她那令人作痛的样子更是气不打一处来。

小姨

"你就踏踏实实吃吧！那点猪大油，两个碗一捣腾，还不够往瓷上沾的！"

卧在厨房一角的黑子都听出小环的没好气来，白了她一眼。

门一响，二孩张钢进来了。他人沉默动作很响。脱鞋不坐凳子，一只脚蹬着空气，屁股靠着门，门被他靠得哐哐响。他的木拖板和别人一样厚薄、一样重量，走路却又急又响，满屋子跑"莲花落"。一般他回到家只讲两句话："妈！小姨！"然后就要靠别人问他了，并且得反着问，问得他不得不反驳，问答进行得才不那么吃力。

"今儿我怎么听说你又在学校跟人摔上跤了？"小环问。

"没去学校啊！"

"那你出去到哪儿跟人摔跤的？"她把堆成小山似的一碗面放在他面前。

"排练呢！都在礼堂里待着的。"

假如小环下一句问："都排练什么呀？"他肯定懒得回答。所以小环说："有啥好排的，就那几个老调调！"

"新歌！一个军代表写的。"

假如问他："那什么时候演出啊？"他肯定又没话了。小环于是又拿出瞧不上他的口气，说："老排什么呀，又没人看你们演出！"

"谁说的？我们下礼拜在市委大礼堂演，驻军首长都来看呢！"

小环用腿顶了一下多鹤的膝盖，多鹤目光也有了水分，在小环脸上闪闪，又在张钢脸上闪闪。她们也有很快乐的时刻，就像此刻。小环的意思已经传递给多鹤了："你看，探听到这小子的秘密了吧？咱俩到市委礼堂看他的好戏去！"

吃完饭，张钢从口袋里掏出五块钱。

"你交饭钱呢？"小环笑嘻嘻地看着折得整整齐齐的钞票。

他没说什么，直接去穿鞋子。

"下回偷钱多偷点儿，让人抓住也值！"小环说。

"宣传队的米饭能白吃，菜钱补助一天一毛二！"二孩怒发冲冠，冲黑子一招手，一竖一横两个黑影子从灯光昏暗的走道离去了。

224

多鹤不完全懂他的意思，看着小环。小环嘴张了一下，又作罢。还是不跟她翻译吧，何必弄得两个女人都于心不忍。顿顿吃白饭、省下菜钱养家活口的小男子汉张钢让小环一人愧痛就行了，别再拉上多鹤。可多鹤迟到的理解力赶上来了。她两眼失神，脸色羞愧，似乎在反省刚才不该吃那么一整碗面条，还竟然浇了一大勺卤子。

小环第二天一早挎着菜篮子来到自由市场。早上七点钟之前这里人最多。人越多对小环越有利。工人家属们上班前都是这时候买菜。小环的竹篮不大，却深，是一个木桶的形状。

有一年夏天，多鹤自己买了竹子，劈成篾，编了这个形状古怪的篮子。她手法又密又细，篮子装上大米都漏不出去，篮子底下搁了什么，外头也看不见。她扣了一个搪瓷大腕在篮子里。几乎每个买菜的人都这么做，万一碰上不要票的豆腐、肉馅什么的，临时找东西盛是来不及的。偶然碰上食品厂处理鸡蛋黄，（也不知他们拿滋味大大次于蛋黄的蛋白派什么用场），一勺一勺舀着卖，没有碗可就错过了一个大好机会。什么也碰不上，买了毛豆或者豌豆或者蚕豆，也能边逛边剥，剥出的豆直接盛进碗里。小环晃晃悠悠地逛到一个卖鸡蛋的三轮车旁边。这是禽蛋公司的销售点，所有的蛋都不保证质量，常常有顾客在车子边上骂街，说昨天买回去的蛋在碗边上一磕，磕出一只垂死的小鸡或者小鸭来。碰上个好心情的营业员，他会教给你，把小鸡的肚皮撕开，里面还能倒出半勺即将转化成鸡下水的蛋黄。营业员常常气急败坏，说你早干什么去了？不把蛋对着光照照？所以禽蛋公司的销售点四周都是人，都拿着蛋，对着从芦席棚漏洞透进来的一束束光线，横过来竖过去地照。蛋多光线少，小环两个刀刃似的肩膀有用了，把人群挑开，直接走到芦席棚的破洞跟前，举着一个鸡蛋，让窟窿聚起的光一点不漏地落在蛋上。这时会有人叫唤：哎，那女的，怎么把老子的光给挡住了?! 她会说，对不起对不起，不知道这光是你家包下的！然后就免不了一场舌战。小环一边舌战一边把鸡蛋一个个退回销售点的大筐里，其实她在搪瓷碗下面已经扣住了四五个鸡蛋。营业员往她篮子里瞥一眼，见那里面一览无余，除了一个印着"光荣劳模"几个字的白搪瓷碗，什么也没有。人们看够了好戏，在小环挎着古怪的篮子谢幕而去之后，继续检验鸡蛋。

有时她会到熟食摊子边打猎。国营熟食摊子一副店大欺客的样子，招牌后面几块油腻腻的案板，一排长方形盛卤猪头肉、卤心、卤肝、卤肺、卤豆制品的搪瓷盘，一个对谁也不理不睬的胖大嫂。每盘肉食上盖一块原先是白色但现在是酱色的纱布。有人来买东西，胖大嫂在听到召唤第三遍时会说："可有肉票？"如果回答是"有"，她一边慢慢走过来，一边说："昨天的啊。"意思是警告你，这里的肉食一天前就出了锅，爱吃不吃，吃坏肚子算你的。她有个毛病，一做事就东张西望，包括她切肉，都四面八方地看。这让人想起过去她或许是个劳模，对工作熟练得闭上眼睁开眼毫无区别。小环在胖大嫂身边打猎，说是需要技术不如说是需要魔术。因为胖大嫂东张西望的毛病，小环只能在她把脸转向反方向时，手朝纱布下的某块肉俯冲下来，揪住它，飞快扔进篮子。在她提溜起篮子的同时，得把肉扣进搪瓷碗。篮子里的搪瓷碗渐渐更换尺寸，越来越大，因为需要它扣在下面的东西越来越多。有次小环碰见卖雏鸡的，想买几只回来养，养大下蛋，于是就把搪瓷碗换成了一个铝盆。铝盆的用处太大了，有时一揭开，能从里面揭出若干样东西：几头蒜、一块姜、四个鸡蛋、一只猪耳朵……

张钢演出的这天，小环切了一盘打猎打来的猪耳朵，包了一包，准备送到后台，给他补补。

她和多鹤来到市委礼堂门口，看见人群乌烟瘴气地围在大门口。演出是军民联欢，不要票，跟着单位进场就行。小环跟多鹤不久就混进了场。里面乱得可怕，男流氓女阿飞隔着整整齐齐坐成四纵队的解放军打情骂俏，扔糖果、水萝卜、炒米糕。解放军们荒腔走板地唱了一首歌又一首歌，在最前面指挥的一个军人双手一刨一挖，像是左右开弓地炒大锅菜。

小环见门厅里有小贩卖瓜子，买了两包，塞一包在多鹤衣兜里。多鹤瞪她一眼，她嘴上嘻嘻哈哈地说："咱儿子孝敬咱们五块钱，瓜子能吃穷了？"但她心里一阵羞愧：她又当了一回败家子——自己到处打猎是容易的吗？况且儿子连午饭都舍不得好好吃，才省下这点钱，就急不可

耐地拿来败了。

演出结束后，阿飞流氓们全退场了，战士们继续唱着五音不全的歌也走了。第二排的一个矮胖军人对台上的学生们招招手，大家聚到台前面。小环和多鹤的眼睛一个个盯着找，也没找到张钢。

首长大声说："刚才拉二胡领奏的那个是哪个？"让首长的南方普通话一说，大家听成了"辣国死喇国？"

"拉二胡的有几个？"首长问，"举手！"

一下举起四只手。一个教师模样的年轻男子从侧幕里又揪出一只手来，高高举起。小环用胳膊肘戳戳多鹤，最后出来的这个二胡手是二孩。

"就是这个！"首长说，"我到后台去看了他！"

小环转过脸，对多鹤挑挑眉。

"唉，我问你，你拉二胡，为什么要把屁股对着舞台？"首长走到二孩面前。

二孩居然跟首长也不答不理。

"人家在舞台上跳舞，你这么转过身，把个屁股朝着他们，像不像话？"首长又问。

二孩就像老二孩张俭一样，根本听不见。

"我在台下听你拉，拉得真好！我就上台了，一看，这个小子就这样拉，拿后脑勺看台上演员跳舞！我问你，你为什么不看着舞台？"

首长满脸兴趣，从张钢左边转到右边，如同在石头缝里找蛐蛐。

"你不会说话呀？"

小环不由自主地说："会！他就是不爱说话！"

台上的学生演员们乐了，都帮张钢说起话来。这个说张钢特别封建，台上是女同学跳舞，他就把脊梁朝着她们。那个说：哪个女同学跟他开句玩笑，他就罢奏。一男一女两个老师出来说张钢的二胡等于是乐队指挥，都跟他的节奏走，他罢奏就没法演出了，所以就由着他用脊梁对舞台。

首长更加充满兴趣，背着手，仔细研究张钢。

小环心里害怕起来：这首长怎么像在打二孩什么主意呀？

"你还会什么？"首长问。

二孩看看首长，点点头，表示他会的东西很多。首长却问周围的学生："他还会什么？"

"手风琴、京胡……"男教师说。

"游泳、乒乓球。"一个男学生替教师补充。

"摔跤。"张钢突然开口，包括首长在内的人都先愣一下，又笑了。

小环坐在下面，急得跟多鹤说："不打自招啊！"

"摔什么跤？"首长问。

张钢脸憋得紫红，"军队有侦察连吧？就像那样摔跤。"

首长说："摔跤好。我们有特务连。哪天找个特务连的擒拿手跟你比一比？"

张钢又不说话了。

首长走到台下还回头看张钢，一面自己跟自己笑。小环看着首长和一群军人们顺着过道走出门，跟多鹤说："臭小子！首长要是记性好，真找个人来跟他比试，他还不给摔碎了！"

张钢那天晚上跟母亲、小姨一块儿回家，一路都闹脾气，怪她们不请自来，偷看他演出。这回轮到小环不吱声了。她得逞了，用不着吱声。她在纳闷：人们遇到灾祸时都觉得过不下去了，可过了一阵发现，也就那么回事，还得往下过。张俭刚被关起来的时候，她也以为这辈子不会再像今天这样乐了。

那位首长是军管会主任，人们叫他郝师长，记忆好得出奇。一个多月后，还真从特务连找了两个擒拿好手，又派人到红卫兵宣传队找到了张钢。摔跤比赛在新年前一个傍晚举行。师长让人把他家楼下的空地垫了一层暄土，他趴在二楼栏杆上观望起来。

第一个擒拿手刚跟张钢过了几个招式就宣布退出比赛。他说张钢根本不懂基本步法，就是乱打架。

首长摆摆手，让第二个擒拿手上。这人脸长个大，军帽檐本来就歪了，一上场他把帽檐拉到脑勺上。张钢叉着腿，一动不动看着他，上半身弓得很低。大个头擒拿手也不攻，一点点向张钢左边移，张钢跟着移，十五岁的男孩，额头上堆起一摞皱褶。大个头开始向右边移，张钢也跟着移，只是比他动作小，稳。

师长的夫人从屋里走到阳台上，看一眼楼下大声说："哟，这干什么呀？"

大个头擒拿手马上往楼上瞟一眼。张钢一动不动，就像没听见。

大个儿头不耐烦了，扑了上来。他腿力特好，张钢攻下三路没掀倒他。张钢很快又跟大个头陷入了乱打架。结果是大个头胜两局，张钢胜一局。

"我看今天是小鬼赢了，"师长说，"他乱打架打跑一个，剩下的体力还赢了一局。再说你们说他基本步法不会，他基本步法不会还把你们打成这样，会了还有你们活的？"师长给张钢鼓起掌来。

张钢不动，也没表情。他觉得大个头是险胜，他如果不跟他耗那么多体力，说不定能赢。

"知道小鬼为什么能赢你们吗？"师长问楼下比武的和观战的，"他专注，你们有没有看见他有多专注？眼睛能把石头都看出个洞来！"

师长夫人乐呵呵地搭腔："我看这小鬼长得挺俊的，要是我没儿子，我就认他做干儿子！"

下面看热闹的人起哄："有儿子就不能认他做干儿子了？"

"那得问人家爸妈答应不。小鬼，留下吃晚饭，啊？"

张钢摇摇头。

师长还没评说完这场格斗，他指着张钢说："并且，小鬼打得见风格。刚才我这口子大声咋唬，他的对手走了神，那是他进攻的时机，他放过了，因为他不愿意在对手没准备好的情况下，投机取巧胜他。"

师长夫人没留住张钢，似乎更加慈爱起来，又是留电话又是留地址，叫张钢有任何困难一定要找她。她是来这个城市探望支左的丈夫，平常和婆婆住在师部原址，离这个城市几百公里，几个孩子都当了兵。她把张钢送到马路上，才跟他告别。

张钢后来听说师长夫人去了红卫兵宣传队，但张钢已经被红卫兵宣传队开除了。人们知道了张钢的父亲被判了死缓，整天嘀咕他，他整天把那些嘀咕他的人撂倒、放平。

公审大会在市体育场开，小环瞒着多鹤，自己去了。被判死刑、死缓的人有三大排，小环坐得靠后，只能看见张俭的影子。春节和其他重大节日之前，总要凑出一大批人来杀。第一排人被拖下去，塞进了卡车，全市游街之后就上刑场。张俭成了第三排正中的一个。小环两手掐紧自己的大腿，想把自己从这个噩梦里掐醒。小时她做过类似的噩梦，日本人绑着父亲或大哥去杀了，她就这样哭不出声喊不出声地看着。

念到张俭的判决时，她听不见了，只听见什么东西呼嗵呼嗵地从喉口往下落，然后她发现那重重地从喉管落下去的是她含血的唾沫，她不知咬破了舌头还是嘴唇。

从张俭被关进去到现在，差一点就半年了，她一次都没见过他，他的头从黑毛栗子变成了白毛栗子——监狱剃的光头刚刚长了寸把长。大概是人手不够，也没在公审大会前再给他们推光头。几十年前，顶着黑毛栗子脑壳的张俭是个多让女人疼的后生！媒人离去后，朱小环大胆皮厚，写了张小条让人偷偷捎给张俭，让他跟她见个面，她要量量他的脚，给他做双鞋。那时还是张二孩的张俭却和镇上两个小伙子一块儿来了。正像小环自己也带了姐姐一块赴约一样，人一多大家都能发人来疯，正经不正经的话都好说。张二孩一句话没有，等大家吃完要付账的时候，发现他早早已经把账付了。揭掉小环的红盖头那一瞬，小环想到自己跟这个嘴含金子一样怕开口的男子张二孩一定会白头偕老。

小环觉得张俭缓刑的两年，她会很忙，她会踏破铁鞋去找那个伸冤的地方。张二孩揭开了她的红盖头，她心里默默许了他一个白头偕老的愿。她不能许他不算数的愿。

小环挤到体育场舞台的下面，那里正从台上下货似的搬下双膝瘫软、面无人色的犯人。张俭的脸色比别人暗，但膝盖和腿却像是死的。什么好汉在这场合说自己不怕都是假的。小环没有大声哭喊，她怕张俭还要分心来安慰他。她叫了一声："二孩！"她有许多年没叫他这乳名了。张俭抬起头，她的节制让他立刻哭了起来。她又成了那个常常撸他头发的

老姐，说："哭啥？忍着点，啊？老邱都放出来了！"

老邱是对面楼上的邻居，判进去的罪名是国民党军统特务，手上沾满地下共产党员的鲜血。本来判的也是死缓，但不知怎么一来就出狱了。

小环跟着押解的人和被押解的人往外移动，隔着三层全副武装的警察跟张俭说话，说家里个个都好：多鹤好，张铁、张钢、黑子都好！都叫她代他们问候。张俭平静了许多，不断点头。因为犯人们的手铐脚镣很沉重，也碍手碍脚，上卡车就真成了一堆货物，由警察们搬，这就给小环留下更长的喊话时间。

"他爸，通知我了，等你一进劳改队就能探监！"

"他爸，丫头来信说她找了个对象，列车员。她上月给家寄了钱，你放心，啊……"

"他爸，家里都好着呢，春节我再给你捎条新棉裤……"

直到她自己不相信她喊的话还能穿过一大团黄色尘烟，进入已经看不见的卡车上的张俭的耳朵，她才收住声音。她大声撒了一大串谎，这时哭起来。日子若像谎言一样就美死了。没人通知她什么时候探监。丫头信上说有人给她介绍一个死了老婆的列车员，但她从来没寄过什么钱。只有新棉裤或许能兑现，她无论偷、抢都得弄到几尺新布。现在她明白护膝有多大用处：整天跪着把膝盖都跪碎了。棉裤的膝盖部分，她要多絮一倍棉花。

从市体育场到家有二十多站公共汽车的路程，车票要一毛钱。小环去的时候没有买票，直直地站在售票员柜台前，像那种口袋里揣月票已揣了半辈子的女工。回去的时候她忘了乘公共汽车，等她意识到，一半路程已经走完了。她恨不得路再长些，晚些把另一套谎言讲给多鹤和二孩听。

二孩从整天野在外面到整天不出门。学校复课很久了，他去上了几天课就被学校送回来了：他在学校挨着个儿打同学。老师说父亲判死缓是事实，同学们喊两声他就把人撂倒、放平。多少同学团结起来才终于把他撂倒了，扭送回家的。两个月前，他拿着户口本出去，回来得了个"自愿上山下乡"的大红奖状。春节一过，张钢就要不吃户口本上的粮，去淮北当农民。看上去只有十二岁的小农民。

小环从体育场回到家，二孩还没起床。她自语：也不知这睡的是哪一觉，是昨晚上那觉还是中午这觉。他一动不动，头上捂着枕巾。收音机倒是开着，沙沙沙地播放着本市的节目：毛主席某条最新指示在某某厂如何掀起贯彻的热潮。小环突然意识到什么，走过去揭开那条枕巾，下面是哭了一上午的一张脸。他显然听到审判大会对父亲的审判。

小环赶紧起身，看看阳台，又到大屋和厨房看看。到处都没有多鹤。多鹤也听到收音机里的消息了?!

"你小姨去哪儿了?"她隔着枕巾问道。

二孩在枕巾下面一动不动，一气不吭。

"她也听到广播了? 你死啦?!"

枕巾下面的确像是一个儿童烈士。

小环又推开厕所门，那个擦地板盛水的铁皮桶里盛的是半浑的水——洗过一家人的脸、又洗过一家人的脚、再洗过一家人当天的棉袜子的水。看不出多鹤的任何非常行迹。那是什么让小环心里惴惴的?

这时黑子在门外呜呜地尖声叫门，小环把它放进来。自从二孩不出家门，遛黑子的事落在了多鹤身上。她上午、中午、傍晚各遛它一次，越遛时间越长。小环曾经有许多朋友，到哪里都有亲的热的，现在她虽然还是过去那副神气活现的模样在楼道上、楼梯上出现，却连一个真正的邻居都没了。偶然碰上一个人跟她说几句话，小环知道那人转脸就会告诉其他人：唉唉，朱小环的话让我套出来了——家里还吃鸡蛋打卤面（或者韭菜玉米面盒子），看来那判刑的过去挣的钱都让她攒着呢! 没了朋友的小环常常留神起黑子的行踪温饱、喜怒哀乐了。偶尔多鹤不出去，让黑子自己遛自己。看来这天黑子把自己好好遛了一趟，浑身冒着热气。

小环看见多鹤常常背出门的花布包挂在墙上。她打开一看，里面有一摞零钱，最大钞是两角。她注意到阳台上有时会晾晒着一双帆布手套，那是张俭在厂里用的。帆布手套的手指头被割破了。她问过多鹤，是不是去捡玻璃卖给废品站了，若是就好好化个妆，免得走出走进让邻居们看见丢张家的人。多鹤也没好气地回敬她一句。小环琢磨半天，明白多

232

鹤的意思是：她本来在楼上也不算个人，有什么人好丢。看着这些零票子，她确定了多鹤遛狗越遛越长的原因。

下午四点钟，多鹤还没回来。她从那堆零钞里取了两张一毛钱，去菜场捞筐底的菜渣子去。走到楼下，她才发现黑子也跟出来了，并且哼哼哼满嘴狗的语言，不知在告诉她什么。她说："你出来干啥？不是刚疯跑一天了吗？"

黑子哼哼哼地转头向坡下左边一条路走。

"去你的，我不遛你！"

黑子还是哼哼哼地往那条路走。她顺着大路直走，黑子又跟上来。小环想，这一家，除了不说话的就是不说人话的，再就是说了人也听不太懂的。

她进了菜场看见卖鱼的摊子上摆着个大鱼头，跟小猪头似的，她上去就指着它说："称称！"

称下来要六角钱。她只有两角。她好话说尽，人家答应她第二天把钱补齐。她拎着鱼头走出门，鼻子一酸，假如张二孩今天从公审会直接给拖去毙了，她不会去买鱼头。煮个好鱼头汤是为了让全家庆祝张俭没有被毙。这是多凄惨的庆祝。她破费花这笔钱，也是用鱼头汤哄大家高兴，哄大家相信死缓的两年有七百三十天，天天都有二十四小时，时时都有改判的转机。她得哄她的儿子张钢她的妹子多鹤，想开些，怎么样都得把日子往下过，往下过该吃鱼头汤还得吃鱼头汤。哪怕张俭今天真从公审会去了法场，他知道这家人没了他还吃得上鱼头汤，难道不是给他最大的安慰吗？晚上大家一块儿喝鱼头汤的时候，她会把谎言告诉多鹤和张钢：她找到门路替张俭改案子了。过了春节她就会行走起来，尽早把死缓改成无期，一旦成了无期，其实就是有期……

她回到家黑狗还是哼哼哼地讲它的狗话。小环看看天色，心烦意乱。多鹤捡玻璃捡到这时分，还能看见什么？手指头给玻璃划掉又是一笔医药钱！

等到晚上六点半，鱼头汤炖好了，小环突然觉得她有点懂黑子的狗话了。她把张钢叫出来，让黑子在前面走，她娘儿俩跟在后面，打了一支手电。出了楼梯口，黑子快步走下马路的那个大坡，在坡底等娘儿俩赶上来，又快步向左转去。

他们跟着黑子来到一个半截埋在地下的铁门。张钢告诉母亲，这是他们中学和另一个中学一块儿挖的防空洞，另一个门在学校里面。

黑子在铁门外坐了下来，一副恭候的样子。小环想，一定是多鹤让黑子在门口等她，她进去了，没有出来。小环浑身汗毛乍起，从洞口抓起一块大鹅卵石。二孩这时不沉默了，他说："妈，有我和黑子呢！"

三个人从一里多长的防空洞走出去，洞里除了粪便就是避孕套，其他什么也没有。

"你小姨大概在这里面上了厕所，太黑，转向了。就从那个门出去了。"说完她觉得不对，多鹤是常常转向，但按她推测的那样转了向，就成白痴了。

"我小姨是不想让黑子跟她。"

那她干什么去了？约会？这样重大的一天，可以吃鱼头汤，但是约会……

她和张钢跟着黑子往前走，黑子似乎心里很有数。半小时之后，他们来到钢铁公司的研究所。院墙有多处塌方，他们从碎砖上走过。黑子停下来，看着两个人，就差给他们讲解情况了。这里是一座火焚的废墟，几个月前三层楼上一个研究室着火了，烧了一整座楼。地面上不时露出一星一点闪亮，是碎了的实验瓶子被埋在砖土下面了。

小环和张钢明白黑子为什么带他们来此地、要向他们讲解而无法讲解的是什么。它给他们指出来，这里就是多鹤天天刨挖碎玻璃的地方。多鹤的手指头无端端地包着纱布、橡皮膏，黑子让他们终于明白了原委。

他们接着让黑子当向导。黑子这次把他们带到半山坡。几年前山上就开始挖一个容纳几十万人的防空洞，炸出来的石头堆积成另一座山，凹处积了雨水，成了一口池塘。谁都没料到此地会有如此清澈的一池水。张钢往池塘里扔了块石头，两人都听出它的深度。

黑子成了主人，带他们从这块石头跨到那块石头，最后来到一块十分平整的石头上，它从石堆里伸出来，悬在池水上方。

黑子在石头上坐下来，回过头看着小环和张钢。两人走过来。从黑子的位置正好看见池塘的中心。现在那里映着一颗星星。

黑子常常陪多鹤来这里，要么驴唇不对马嘴地交谈，要么是无言对无言。那么多鹤是不是用防空洞摆脱了黑子的跟随，独自到这里来了？水面非常静，似乎清澈得一点生命也没有。手电光亮中，看得见水里大块的浅色石头犬牙交错，一头扎下去，脑瓜肯定开瓢。她和张钢围着石头池塘走着，手电筒不时往水里探照。张俭判死缓的消息让她想绝了，做了代浪村的新鬼？她问张钢，小姨听了广播后有什么反应。张钢什么也不知道，公审的广播在大马路上狮吼虎啸，宣传车开过又是游街的刑车，方圆几里电喇叭传出的全都是公审大会的口号声……他的头捂在被子里，也是一被窝的口号声。他不知道小姨怎样了。他连自己怎样了都不知道。

真跳了池塘也得到明天才能打捞。小环只好领着儿子和黑子先回了家。在楼下看，张家的灯是暗的，多鹤没有回家。母子二人和黑子走到了二楼，黑子却飞似的蹿上黑洞洞的楼梯。张钢明白了，紧跟它一步三阶地跑上楼。

等小环到了家，拉亮灯，灰灰的灯光里，他们发现多鹤坐在换鞋的板凳上，一只木拖板，一只布鞋，不知是要出门还是要进门。

"找你回家吃晚饭把我脚都走大了！"小环半怨半笑地说。

她直接系上围裙进厨房忙去了。鱼头汤很快在锅里咕嘟起来。她切了一把从花盆里将的香菜，撒在汤面上，把大锅抬到了桌上。"别闲着！快给我把那个稻草圈拿来！要不把桌面烫坏了！"

多鹤还是一只脚穿一种鞋，呆坐在那里。

二孩跑进厨房，取来垫铁锅的稻草圈。

小环给每人盛了一大碗鱼肉和汤，自顾自先吃喝起来。多鹤脱下那只布鞋，踏进木拖板，也慢慢在桌边上落了座。过道的灯只有十瓦，又让汤的热气罩住，三个人谁也看不清谁的脸。小环不必去看清多鹤，她知道她已经把那个可怕的念头暂时留在了门外。

她开始告诉两个在蒸汽中模糊的面影，她打算如何为张俭伸冤。她的谎话把两个听众全说服了，从他俩喝汤的声音也能听出渐渐恢复的味觉和渐渐高涨的胃口。二孩正要盛第四碗汤的时候，小环干涉了，要他别撑坏了，留下的汤明天可以煮一锅杂面"猫耳朵"。

第二天桌上果然出现了一大锅杂面"猫耳朵"。小环连自己都没发现，她不懒的时候是个不错的当家人，她根本就不会去偿还欠鱼摊子的四角钱。

她去派出所闹来一张营业执照，在居委会楼下摆了个缝纫摊子，替人缝补衣服，也替人裁缝简单的新衣。她把多鹤带在身边，让她帮着缝缝扣眼、钉钉纽扣。她其实是不放心多鹤独处，胡思乱想，又想去冥界跟她那个村的日本乡亲们赶冥界的庙会。

张钢在春节后就去淮北插队了。

张铁却在春节后回到家来。厂革委会正规化了，让他这样不够年龄的志愿者光荣回家。红卫兵篮球队也正规化了，一部分给驻军篮球队收编，另一部分组成了市少年篮球队。张铁做少年篮球队员已经超龄，军队篮球队又测出他有一双罕见的大平足，缺乏长远的培养价值，只能劝他回学校打打业余篮球。

张铁回家那天，张钢正要离家。张铁亲热地叫了他一声："二孩！"

张钢见他大咧咧穿着破烂无比、看上去就奇臭的回力鞋走上来，马上说："咋不脱鞋呀？"

张铁没听见似的。

"脱鞋！"张钢犯了拧，挡住他哥。

"脱你个鸟！"张铁突然翻脸。

张钢也翻脸。从此之后张钢的信里一字不提张铁。张铁在学校和家里都是一副怀才不遇的清高模样，持续消瘦，形象持续俊美，后来终于病倒了，一查，他已经肺结核二期。

从此他常常跟小环说，他这一辈子遗憾太多，最大遗憾是不知从谁那里遗传到一双罕见的大平足。或许他的舅舅或外祖父就有一模一样的大平足在代浪村种稻、扬场、赶集。小环想。

第十四章

　　小环在居委会楼下摆缝纫摊让女干部们非常头疼。她们过去和小环要好，现在她是死缓的媳妇，要好好不成，不要好天天都是从她缝纫机旁边过。好在小环睡懒觉，每天摆出摊子就要到上午十点了，所以她们可以趁早溜上楼去。

　　这天多鹤把一些拼不起来的碎料子和碎线头扫到一堆，四处找不着簸箕，就上了楼，从楼梯口拿了簸箕，想借用一下再还回去。她刚刚拿起簸箕，一个居委会女干部就大声喊起来："怎么偷东西啊?!"多鹤急得直摇头。女干部又说："怪不得我们这儿老少东西呢!"

　　小环在楼下听得清清楚楚，大声叫喊："谁偷了我的一匹斜纹呢?我跟我妹子刚去了趟厕所咋就没了呢?!"她记得那女干部穿了条崭新的斜纹呢裤子。

　　"朱小环，你少血口喷人!"女干部从楼上冲下来，手指头捻着自己上好的斜纹呢裤腿，"这是偷你的吗?"

　　"是不是你心里明白呀!"小环说，"我买了一匹蓝斜纹呢，想做一批裤子去卖的。"

　　"你不要诬陷!"女干部说。

　　"我是不是诬陷你心里有数。"小环就那样不紧不慢地和她扯，看着女干部气得捶胸顿足。从小环两只微肿的眼睛也看出她如何心花怒放的。

　　朱小环自从失去了家属女干部这样上档次的朋友，很快结交了一群没档次的朋友：补锅的、鸡蛋换粮票的、炸炒米花的、挂破鞋游过街的、

237

摆耗子药摊位的，全都敬娘娘似的敬她。街上戴黑眼镜穿拉链衫留大鬓角的阿飞们，顽强地不下乡当知青，也帮小环跑差，一口一个"小环姨"。居委会干部们想，朱小环堕落成了社会渣子的老交际花。

本来干部们向省、市公安局询问，如何处理像竹内多鹤这样的日本人。省、市都没有处理过这样奇怪的案子，便派人去黑龙江调查，看当地公安系统怎样发落那一批被买进中国农民家庭的日本女人。调查结果是所有这批日本女人都在继续做中国人的儿媳、妻子、母亲，继续干沉重的中国农活和沉重的家务，似乎找不到比中国农活和中国家务更沉重的惩罚了。只有一个日本女人和邻居们吵过架，被打成了日本间谍，惩罚措施还是让她干平常的农活、家务，只不过给了她一个白布袖章，上面写了她的姓名和罪名。女干部们一直犹豫要不要也做一个白袖章给多鹤，小环和她们翻了脸，她们立刻动手把白袖章做出来，送到小环的缝纫摊子上，白袖章上写着"日本间谍竹内多鹤"。

小环看了袖章一眼，对尚未反应过来的多鹤说："让你戴，你就戴吧。做都做出来了，瞧这针脚，我脚丫子都缝得比这强。你就凑合戴吧。"

多鹤还是不动。

"要不我给它镶上荷叶边儿？"小环正经八百地说。把白袖章拿在手里，端详着，又从地上捡了根蓝色布条，比划来比划去。"这色儿的荷叶边儿，咋样？还凑合？"

一转眼工夫，荷叶边镶上了。多鹤把袖章慢慢套在手臂上，小环替她别好别针。女干部们看见，大声责问荷叶边是怎么回事。

"你们不是知道她是日本人了？日本那边，戴白袖章都镶荷叶边儿。"

"拆下来！"

"敢。"

"朱小环，你破坏捣乱！"

"哪个中央文件、毛主席最新指示说白袖章不能带荷叶边儿？你们找出来，我就是捣乱破坏。"

"像什么样子？！"

"看不惯？凑合看吧，啊？"

第二天，女干部宣布，从此朱多鹤必须清扫这个楼的楼梯、办公室、厕所，一天扫三遍。只要厕所里发现一只苍蝇一条蛆，多鹤就罪加一等。

"让扫就扫吧，"小环说，"就当你是饲养员，天天得扫猪粪。"她说着从缝纫机上抬起眯成两个弯弯的眼睛。

多鹤到哪里，黑子就跟到哪里，因此小环不怕她受欺负，也不怕她心里又生出什么自杀的新点子，黑子随时会向小环报告。她烦恼的只有一点：多鹤认认真真、毫不磨洋工地干活，把厕所真的冲洗得跟自家厕所一样干净。她特意跑到厕所，教多鹤怎样磨洋工：从厕所的镂花墙看见女干部来了，再操起扫帚。她还跟她说：反正居委会的自来水不要钱，一桶一桶水猛泼，扫都免了。她叫她下班时别忘了从厕所拎一桶自来水回家，省自家的水钱。不久她在自己缝纫机前面支开几把折叠椅，一张折叠桌，桌上放一壶炒草籽茶，拉拢居委会女干部们死看不上眼的社会渣子们，围聚在一块又聊又笑。她的生意眼见着旺起来。

"这茶咋样？"小环常常这样问她的下三流好友。

"挺香的！"下三流们一般都捧场。

"日本茶！"

"真的？难怪！"

小环就会把多鹤叫来，说她会做日本饭食，就是没有红豆、糯米。第二天，大鬓角的阿飞们就把糯米和红豆拿来了。小环让多鹤做了团子，自家吃饱又拿到缝纫摊子上，变成了她请大鬓角们的客。受到如此的日本款待，大鬓角们更是偷鸡摸狗地把吃的东西送给小环。他们都十七八岁，正是喜欢小环这种妖媚、能耐、也憋着一肚子"坏"的阿姨的年纪。他们顺便也厚待多鹤："小姨，冲厕所这种事您怎么能干？您是国际友人哪！包在我们身上了！"男男女女的阿飞们都留着长鬓角，把革命歌曲哼得下流三分，一天帮多鹤冲三次厕所。女干部们不准他们帮敌人赎罪干脏活，他们便叼着香烟说："管得着老子吗？"一天有个女干部威胁要把多鹤送公安局，阿飞们说："送啊，以后你家自行车的车胎可不愁没人扎眼儿了！你家窗子至少两天换一回新玻璃！还有你家孩子，我们可知道他是哪个学校的。"女干部又威胁把他们这群阿飞送到公安局，一个大个子阿飞说："我刚强奸完一个女的，她爬起来跟我说：谢谢，下回见！"

周围人全部让他恶心坏了，有的大笑有的笑中带骂。

多鹤没有全部听明白，却也跟着笑了起来。她想她自己居然从内到外地在笑。几个月前，她在石头池边上坐着的时候，哪里会想到自己还会这样破罐子破摔、过一日混一日地仰脸大笑呢？

几个月前的那场公审大会确实让多鹤险些和代浪村的人们到地下相会去了。那天她牵着黑子走在马路上，满街是杀人而引发的兴奋。兴奋像电流一样充斥着空间，她走过去，都被击得浑身发麻。大喇叭不厌其烦地念着受刑者的名单，一个个名字在湿冷的江南冬天的空气里凝结不散。张俭的名字就凝结在多鹤头顶、耳畔。

她走到防空洞门口，叫黑子在门口等待。黑子明白，只要她的手轻轻摁摁它的屁股，就是叫它坐下。一般要它坐下，都是要它等待。她进小店买包烟买斤咸盐，或到粮店买米买挂面，都会按一按它的屁股，它立刻会在店门口坐下。她在防空洞门口甩掉了黑子后的确走到半山坡的池塘边。天还是下午的天，灰白的云层匀称地铺到目极处，云层里透出白极了的太阳。

她多次和黑子在这里享受过宁静，她也多次和黑子以她曾经用来和孩子们说的语言闲聊。孩子们大了，这种带乳气的四不像语言渐渐荒疏了，只有跟黑子还能讲讲。讲着讲着，她似乎就在跟三个孩子讲了。

这条黑狗联系着三个人：小彭、二孩、她。那时小彭为了让二孩高兴而买了它。二孩那时的高兴不高兴小彭多么看重！因为二孩高兴多鹤才会多给小彭几张笑脸。小彭不会知道，多鹤现在话讲得最多的，是和黑子。她看到黑子为她愁死了：黑子看见她心里打主意要杀自己，最近可没为她少操心。一个人的彻底绝望是有气味的，一定有，不然黑子怎么嗅出来了，寸步不离地跟着她？

她坐在石头上，看着清澈见底的水。嶙峋的石头哪一块都好，都能

在她头冲下一扎的时候帮忙，让她缩短挣扎的时间。

她没有选择其他的法子，比如上吊、卧轨之类，因为这池塘像代浪村附近的一口池塘，也是炸山修铁路形成的。这口池塘进去，就进入了那口池塘。

可惜那时和张俭幽会，防空洞还没开始建造，没有这个池塘，不然这里多干净多宁静。她还是老忘不了那一段好日子，看见一块景色好的地方就情不自禁想到张俭。想到什么时候也带张俭来一次，连那回小彭带她去的苗圃，她后来做过梦，梦到和张俭去了那片苗圃。

她坐在池塘边坐得冷极了。她决定要马上对自己下手。对自己下手是不难的事，她的民族家庭都在这一刻给她果敢和力量。

她站起身，忘了这天是几月几日。她想不能连自己死的日期也不知道吧？那么她怎么会确定张俭会在地下找到她？冥界一定比阳界大，没有死亡日期大概会像没有生日一样找不到户籍。

她站在石头上，终于想到广播里公审大会的声音：这是个礼拜日。好了，多鹤死在一九七○年年初的一个礼拜日。那就是说，她和张俭中断讲话已经有两年多了？两年多。因为她上坡时背着沉重的工具包他没理她，又因为回到家他和小环并肩站在阳台上。她居然没有跟他和好就要走了，去了冥界还会和好吗？或许不会了。

多鹤步子匆忙地走下了石头的堤堰。太险了，她差一点跟他赌着气就走了。她得想法见他一次，跟他和解。唯一能让她见他的应该是小彭。小彭肯定有许多重要关系，让她尽快见他一面再把今天对自己开了一半的杀戒完成。她对杀自己太有把握了，她刚才心里一点不乱，只因为要去追随父母和所有亲人而急切。

多鹤从池边去了钢厂。她找到了小彭的宿舍，门锁着。她等了好几个钟头，等回来的不是小彭，是一对年轻夫妇。他们告诉多鹤彭主任早已搬到原先钢厂厂长的房子里了，但他们并不知道地址。

她又到了厂部大楼，找到了"革委会主任办公室"。所有的门都锁着，因为是星期天，也因为大家去看死刑犯游街。她到楼下的招待所借了一支笔，要了一张纸，写了几个字："明天会见你。多鹤"

回到家，小环带着二孩、黑子也随后回来了。不知为什么，吃完小环做的鱼头汤，她庆幸今天没有跳进池塘。二孩要去淮北，怎么也该跟孩子过个年，把他送走再结果自己。小环和多鹤最后那次吵架也吵得狠，这样走了小环一定会认为那次吵架要负部分责任，她不愿意小环内疚一辈子。

她第二天去厂部，"革委会主任办公室"还是锁着，一问，说是彭主任去省里开会了。过了一个月，她再次去，人们又说彭主任去北京开会了。多鹤觉得蹊跷，到楼下一个僻静地方等着，不久就见彭主任从楼里出来，跨进灰色的伏尔加。她赶紧跑上去。她脸上的表情非常激烈，意思是：看你往哪儿躲！撒谎精！

"你有什么事？"

"我要谈话！"

她自己扳开车门，就那样一只脚乘着彭主任的车不容置疑地要求。

"我太忙，没时间。"小彭冷冷地说，"开车吧！"

多鹤一手抱住司机座位的靠背，脚伸到司机座椅子下钩牢，车刚趔趄起出去五米，多鹤已经给拖在地上。

车只好停下来。多鹤还是不起来。她知道只要她的脚一脱钩，车就会从她身边扬长而去。

小彭怕人看见他和多鹤纠缠，便让多鹤进到车里面来讲话。多鹤的杀手锏就是要让人看见彭主任的车险些弄出人命，所以她一条腿在车里，身体其余部分还是躺在水泥地上。

彭主任只好答应她到家去谈。

多鹤跟小彭一块儿回到了小彭的家。彭主任还是单身一人，家跟办公室一样，也贴着马、恩、列、斯、毛的大相片，也搁着各种版本的毛泽东著作和公家的家具。只剩两人的时候，彭主任又蜕变成了小彭，首先替多鹤沏了一杯茶，还告诉她是黄山毛峰。

两人坐在公家的沙发上，小彭坐在中间长的那个，多鹤坐左边短的那个。他问她到底有什么事。她说是彭主任把张俭关进去的，彭主任必须设法让她见张俭一面。

"你这样讲可不公道。"小彭脸色阴暗下来。他明白他这样的脸色是有人看了就怕的。

她说了一句什么。

他稍微用了一下脑筋，才明白她刚才是说他对不对得起张俭，他心里清楚。

"哦，我包庇一个罪犯的杀人罪行，就对得起他了？那我怎么对得起受害的小石呢？"

多鹤不再说话。真相被扭曲得太厉害，她没什么可求他的，她只想见见张俭，像样地来一番生离死别。她眼泪打在补着补丁的裤腿上，打出响声来。

彭主任沉默着，好像在听她眼泪的声响。突然他站起身，走到窗前，又转过身："你还想着他？"

她瞪起眼睛，这是什么奇怪的问题？

他走回原先的沙发前，坐下去，然后拍拍他旁边的位置："来，坐这儿来。"

难道他要把苗圃里干了一半的事干完？假如干完它他能替她办事，让她见张俭一面，她肯付出这个代价。反正她已经决定要杀死她的这具肉体了。

她坐到了他身边。

他侧过脸，带点神秘的微笑，打量她的脸。

"你的父亲一定杀过不少中国人吧？"

她说她父亲的部队在南洋。

"这没什么区别，反正是敌人。"

多鹤没什么可说的了。他和她离得很近。

"假如说，你以为我是为了妒忌张俭，陷害他，你就把我看得跟你们这些女人、跟张俭一样低。"他说。

多鹤想，她曾经对他发生的那一场迷恋，差点要成爱情了，就因为她看到他有酷似高尚者的一刹那。

"你身上有股香气，"他又是那样神秘地笑着，"张俭闻出来没有？"

243

她觉得他有点可怕，令她汗毛过风。

"他没有闻出来。"他把头仰在沙发背上，闭上了眼睛，似乎一心一意嗅那股香气。"我二十岁那年，第一次去你家，你在我身边摆茶水，你的领子后面敞开着，一股香气从里面飘出来……"

他是不是有癔病？

"那时候我不知道你是日本人。我就想，这女人将来一定得是我的。她那香气让我……真他姥姥的。后来我就怀疑你和张俭的关系了。"

他的手指轻轻在她头发上揉搓。

"小石也闻不出这股香气。怎么会呢？它明明这么……就是说，这香气是为我一个人散发的？张俭闻不出，证明他是一头猪，山猪，吃不了细食儿！你还对他念念不忘！"他转过脸，神经质地瞪着她，"你对我念念不忘吗？对我这么个欣赏你的人，你怎么不会念念不忘呢？啊?!"

多鹤想，什么废话也没有，速战速决把那件事干了，她不那么在乎，但要她说她对他"不忘"，她死也说不了。

但他就等她这句话，像一个渴急了的人等锈住的水管子流出水。

她慢慢往沙发外面挪，挪得差不多了，一下子站起来，向门口冲去。

"你他妈的跑什么？"他拾起烟灰缸砸过去。

烟灰缸碎了，她无恙。

"我他妈的会跟你上床吗？我又不是猪，那么愚蠢！"

她还是急匆匆地拧门。

"你听着，他是被判死缓的犯人，关在哪儿都不清楚。我得先去打听打听，你听我信儿！"他在她身后说。

她已经进了过道，再往前，就是门厅，出了门就安全了。她什么都准备好了，就是没准备听一个疯人谈恋爱。两年多时间，什么把他弄疯的？他不是有权力有地位了吗？原先那个带人在楼顶打仗，用工作服帮她围厕所的孩子王哪儿去了？怎么是这样阴气袭人的一个怪物占领了小彭的躯壳？

那时小环在居委会楼下摆的缝纫摊生意红火起来，再后来多鹤被套上了白袖章，天天忙碌得很，到处清扫冲洗，一晃小一年过去了。

244

这天她冷不防想到自己在石头池塘边的决心，它竟像一场梦似的。小环缝纫机摊子边的一个女阿飞朋友说，探监，那还不容易？她马上能找到劳改农场的司务长。司务长的权力其实超过场长，他直接跟看犯人的队长打个招呼就行了。小环问这个女阿飞跟司务长是不是有特殊交情。女阿飞当然知道小环的"特殊交情"指的是什么。她说司务长倒是想有，她关在里面的时候他就今天捏一把明天掐一把。为了小环阿姨，她可以马上跟他建立"特殊关系"。

不几天探监的事就安排好了。小环给女阿飞的回报是一件按照她心意做的正宗阿飞裤。阿飞裤前些年是紧包腿的，这些年学了解放军，又成了大兵的大裤裆。

这个暑天似乎要把整个城市都炼成钢了，人在外面走几十分钟就恶心眼花。小环带着多鹤到处采购，准备探监时带给张俭的东西。食品紧缺，百货公司玻璃柜台里的蛋糕已经生了霉，但因为各家都缺糕点票，还是没人能买得起。小环把从她的下三流朋友那儿搜集到的糕点票全花出去，买了两斤浮面上带着淡淡绿苔的蛋糕。她最满意的是两大罐炸酱，里面有肉皮、大油、豆腐干、黄豆，盐放得狠，所以天再热它也坏不了。这样无论吃米饭还是红薯饼，或者面条、面片、稀粥，这炸酱都是好菜。

爆炒米花的老头给小环装了一口袋爆玉米花。修鞋的送了一对打了掌的新布鞋。卖冰棍的送了一套用冰棍竹棒削成的牙签。

晚上小环和多鹤把东西一样样装进包里，门从外面开了，进来的是大孩。他满头的血，衣服也被血泡透了。外面的孩子想找什么寻开心就在楼下叫"日本崽子"、"日本小老婆"！

多鹤赶紧上去，一边扶住他一边问他怎么回事。他却一把推开多鹤。

小环看着大孩。一看他剃过的眉毛就知道出了什么事。前几天大孩问她家里拔猪毛的镊子放在哪里。她说好多年没吃过猪蹄儿了，谁还记得镊子。现在她明白他怎么解决他浓重的眉毛了：用剃刀剃掉了一多半，剩了两条不对称的细线，还留下一条血口子。唇须和鬓角也剃得精光，好好的脸整得像个小老奶奶。再往下看，他不多的胸毛也过了一遍刀，

245

腿上的毛更是刮得干净，快成大姑娘的腿了。小环又是可怜他又是恶心他。能想象他怎样对着镜子，朝镜中那个浓眉秀眼、细皮白肉的俊美小伙子咬牙切齿。他那一副天生红润的嘴唇给咬白了，咬紫了，最后咬烂了。家里唯一的那面小镜子给挂在厕所水管子上，他对着镜子揪住自己一头浓厚得不近情理的黑发，只恨不能一把一把把它给薅下来。可这是薅不完的，因为还有腿上、胸前，这些日本毛要薅都得薅干净。为此他已经不再去公共浴室洗澡。终于，他下决心向自己动刀了。一刀一刀，下得恶狠狠的，假如能把他身体里那日本的一半给剔出去，他的刀会下得更深。世界上有没有仇恨自己的人？有没有像这个小伙子这样恨自己恨得对自己下毒手的人？看看他下的毒手吧。他的眉毛现在有多可笑，成了写坏了的笔画。就是那种被擦了重写的笔画，可是又给擦坏了，一连串的弄巧成拙，他居然敢带着这样一张小老奶奶的脸往外跑。换了小环，见到这张脸，也得喊打。

多鹤拿了红汞和绷带。小环费很大劲才忍住不去揭穿他剃眉毛和体毛。她一边替他清洗伤口一边说："让他们叫你日本崽子，叫叫又不让你掉肉！你要是给打死了咋办？"

"死了好！"他拖长声大喊。

"那他们可满意了。"

小环在血红脸盆里投毛巾，心里算了算，他头上身上的伤一共三个。

"你有肺病，长这点血容易吗？得费多少肉骨头汤、多少鱼头汤才补得起来呀？瞧你这样，这还是头吗？锅里搁点油，能拿它当肉丸子煎了！"

"那你该看看他们的头，让我给打成啥样了！"

"要打也得等我们带着黑子回来呀，有黑子你就不会给打得那么难看了，全该他们难看了！"

给大孩张铁涂了药，包上伤口，多鹤拿出两块发霉的蛋糕，放在一个小碟上，给大孩端到床边。

"我不吃！"大孩说。

多鹤解释了一句，意思是蛋糕都蒸过了，上面的霉斑不会碍事。

"不会说中国话，别跟我说话！"大孩说。

小环不动声色，抽出鸡毛掸就在大孩大腿上打了两下，然后她又把蛋糕端到他手里。

"日本人碰过的东西，我不吃！"

小环拉起多鹤的手走出小屋，猛地关上门。然后冲着门里面的张铁说："他小姨啊，明天开始做饭就是你的事了，啊？我厨房都不进了！小畜生这会儿不吃日本人碰过的东西？有本事他吃奶那会儿就别喂日本奶头子！那时候他英勇了，做了抗日婴儿，不也省得我现在给他饭里下耗子药吗？"

本来还想让张铁一块去探他父亲，这一看，小环明白他是不会认他父亲的。这年头不认父亲母亲是一大时髦，走运的话还能用这六亲不认找到工作，入党升官。二孩去了农村，大孩就有资格留下来。以他大逆不孝在城里找份工作，以他在家里对他们小姨的坚决抗日而入党升官。小环看着那扇紧闭的门，心里一阵从没出现过的惨淡。

第二天她跟多鹤天不亮就起床，走到长途汽车站。上了车天才亮起来。多鹤脸转向窗外，稻田的水在太阳下成了一块块碎裂的镜子。她知道多鹤还在为大孩张铁伤心。

"这条裤子料子好。"她从布包袱里抽出一条新裤子的裤腿，"就算他天天干粗活也能穿三年五载。你摸摸，这叫涤纶卡其，比帆布还经穿。"

她心满意足地翻腾起包袱来。自从她开始为张俭准备东西，每天都把攒起来的衣、裤、鞋摸一遍，欣赏一遍。也要多鹤陪她摸，陪她欣赏。她兴致很好，常常说完"够他穿三年五载"才想到他或许没那三年五载了。但她又想，有没有她都得按三年五载去置办东西。这年头事情变得快，几个月是一个朝代，不是又有人在厂里贴革委会彭主任的大字报了吗？大字报上说他是"白砖"（白专），要选块"红砖"（红专）上去坐主任的宝座。

下一站就是劳改农场了。小环突然大叫："停车！停下来！"

司机本能地踩闸，一车子带鸡蛋、鸭蛋、香瓜的贩子们都跟着叫："我这蛋呀！"

247

售票员凶神恶煞地说："鬼叫什么?!"

"坐过站了!"小环说。

"你要去哪里?"

小环说的是长途车发车后的第二站。她买的车票就只能坐两站。现在她们坐了十二站了。售票员每到一个站就站在车门口查票,省得她在鸡蛋、鸭蛋、香瓜上来回跨着查票。

"你耳朵呢?我叫站你耳朵聋了?"售票员二十多岁,拿出祖母训孙子的口气来。

"你那一口话俺们不懂!你断奶也有一阵了,咋还没学会说人话哩?!"小环站起来,一看就是骂架舍得脸、打架舍得命的东北大嫂。城里百分之七十是东北人,南方人从来不跟他们正面交锋。"叫你停车呢!"

"那也要到了站才能停。"司机说道。

小环想,当然要到了站才停,不然还得顶太阳走一大段路。

"你这车还开回去不?"小环问。

"当然开回去。"售票员答道。

"那你得把我姐儿俩再捎回去。"

"下礼拜九我们开回去。你等得及就等。"售票员说。

"那你得把我两张车票钱还给我!"

"你跟我到总公司要去。"

两人一拉一扯地闲磨牙,车靠站了。小环拉着多鹤下来,使劲捏捏她的手。等车消失在烟尘滚滚的远处,她笑着说:"省了两块钱。我们花两毛钱坐了这么远!"

劳改农场没有正式探监的房子。小环和多鹤给带到犯人的食堂,里面摆满矮腿板凳,是按听报告的样子摆的。小环拉着多鹤坐在头一排的板凳上。不一会儿,一个牙齿暴乱的眼镜走进来,说他姓赵。小环想起女阿飞介绍的那位司务长就姓赵,马上从包袱里抽出一条前门烟。赵司务长问小唐在外面怎么样,小环把女阿飞小唐夸得如花似玉,请赵司务有空去会会小唐,她做东请他们吃日本饭,喝日本茶。

赵司务长进来时浑身戒备,很快让自来熟的小环给放松下来,对小

环说，这里讲话不方便，他可以让卫兵把人带到他办公室去。小环马上说："方便方便！老夫老妻，不方便的话早说完了！"

赵司务长从没见过如此活宝的探监家属，忘了场合，露出暴乱的牙大笑起来。

小环心里一把算盘。赵司务长是能帮上大忙的人，他送的小人情她绝对不领。要欠他，就欠一笔天大的总账。

赵司务长离开后，两个荷枪实弹的卫兵押着张俭进来。张俭刚刚穿过阳光强烈的室外，进来站在门边愣着，显然一时看不见里面迎向他的人是谁。

"二孩，看你来了！"小环喉咙给扎住了似的，好不容易挤出大致欢快的声音。多鹤却站在矮腿长凳前面，不敢确定这个长白头发的黑瘦身影是张俭。

"多鹤！"小环回头叫道，"瞧他结实的！"

多鹤跨上前一步，突然给他鞠了个躬。她的神情还像是在辨认他的过程中。

卫兵让两个女人坐在第一排板凳上，张俭坐到最后一排板凳上。那咋行？说话听不见哪！听得见——这上头读文件，下头的犯人都听得见！可这不是读文件呀！读不读文件他都得坐那儿！听不听得见都从这时开始掐表！探视时间是一小时，一小时过后，这儿还得开午饭，饭后读文件！

小环和多鹤隔着几十排凳子看着张俭。窗子又小又高，屋里只有清早四点钟的光亮度，因此张俭看上去有些淡淡地发乌。

有两个卫兵在场，又相隔几十条板凳，说的只能是不说也罢的话："家里都好"、"二孩常有信来"、"丫头也常有信来"、"都好着呢"！

张俭只是听着，有时会"哦"一声，有时会"哼哼"一声笑。他虽然沉默不改，但小环觉得他的沉默跟过去不一样，是一种老人的沉默，心里在絮絮叨叨的沉默。

"钢厂有人贴小彭的大字报，要把他轰下台，说他'白专'。"

"哦。"

249

"他下了台就好了。"

张俭没声音。但他老人式的沉默中，小环听出了絮叨：好个屄啊好！这年头有好人当官的没有？你老娘儿们瞎吵吵，好啥好啊？！

小环想，他还比自己小三岁呢，心里已经絮叨上了。那种对什么都不信，对什么都败了胃口的人，才会像他这样满心絮叨。

"你听明白了吗？小彭那小子一下台，准保就好了。"小环说。

让那两个卫兵疑惑地交换眼色她也不怕，她得让他对一切都败了的胃口好起来。

他"哼哼"一笑。听明白了，就是不相信事情会怎样好起来。

多鹤似乎一直处在辨认中。小环想，他留在多鹤记忆里的甚至不是他被捕前的样子，而是更早，是他跟她钻小树林、翻小学校墙头的样子，是在俱乐部舞台后面那些布景里的样子。现在的张俭，恐怕只有她小环一个人不嫌弃了。

小环慢慢站起身，身上骨节开始这儿那儿地响。

"二孩，衣裳和吃的，你都别省着，说不定还能来看你，再给你捎，啊？"

她向一个卫兵打听厕所在哪里，然后走到无情的七月太阳里去了。她把一小段时间单独留给多鹤和张俭。她恨自己的命苦，苦在自己跟两个更加命苦的人绑在一块。谁也不要他俩，谁也不疼他俩，不就都轮到小环头上了吗？她小环这辈子怎么碰到了这对冤家？

回去的路上，两个女人都各看各的风景。车子开出去五六站了，小环问多鹤，张俭说了什么没有。什么也没说。

小环从多鹤的宁静中看出自己的英明。她让他俩单独待了那一会儿是对的。张俭命里的一部分是多鹤的，没有小环在的时候，属于多鹤的那个张俭才会活过来。

她们回到家已经是半夜。两人一整天只吃了几个干馒头。多鹤赶紧进厨房，下了两碗挂面。多鹤非常宁静，比去之前安详多了。两人一定讲了什么。两个谁也不要、谁也不疼的人相互说了句什么重要的话，让多鹤如此宁静？

　　小环把多鹤跟张俭留在身后，自己出去，走进了阳光肆虐的七月正午。所有的知了扯直了声音叫喊。多鹤和他之间隔着几十排板凳和一个卫兵。用她那种外人听起来很费劲的话说了一句话。她得压过知了的叫喊，所以她这句话也是喊出来的。她让他每天晚上九点的时候想着她，她也会在同一时刻想着他。他和她在那一刻专心专意地看着心里想出来的对方，这样，他们每天晚上的九点，就见面了。

　　他半闭的骆驼眼大了一下，在她脸上定了一会儿。她知道他明白了。他还明白，她为了两年多前和他闹的那场别扭懊悔：早知道下半生一个大墙里一个大墙外，她该好好地待他，好好和他过每一天，每一个钟点。现在她推翻了两年多前对他的所有指控。

　　"二河……"她看着地面。

　　他也看着地面。两人常常这么看对方：看着地面上，或空气，或心里的某个点，看见的却是彼此。最早他们也这样。飞快看一眼，马上调转开眼睛，再把刚刚看到的在心里放大，细细地看，一遍一遍地看。

　　她头一眼看到他，是在一个白色麻布口袋里。白色的麻布于是就成了一层细密的白雾。她给搁在台子上面，他是从白色雾霭里向她走来的。她蜷缩在麻袋里，只看了他一眼。然后她闭上眼睛，把刚刚看到的他放在脑子里，一遍遍地重新看。他个子高大是没错的，但他行动起来不像一般大个子人那样松散，他的头、他的脸比例十分得当。他把麻袋抱了起来，她的胸贴着他的胸。他抱着她，从乌黑一大片肮脏的脚之间辟出一条路，她突然不再怕这些脚，不再怕这些脚的主人们发出的嘎嘎笑声。然后她给抱进了一座院子。从白色雾霭里，她看见了一个很好的院子。房也很好。一个很好的人家。进了一扇门，就像从雪天直接进入了夏天。温暖呼呼作响，她很快昏睡过去。她醒来时一双手在解口袋的结，就在她的头顶。口袋从她周围褪下，她看见了他。也只是飞快的一眼。然后她才在心里慢慢来看她飞快看见的：他是不难看的。不对，他很好看。男子汉的那种好看。不仅如此，他半闭的眼睛好看极了。它们半闭着，是因为他为自己的善良、多情而窘迫。然后……他又把她抱了起来，搁在炕上……

她常常回忆她和他的这个开头。有时也怀疑自己的记忆不准确。但后来又想，她和他如此的相认，她怎么会记不准确呢？不过才二十年啊。就是五十年、六十年，她也不可能忘了这个开头的。

这时他们一个是探监人一个是坐监者，他对她的邀约点了点头。她的邀约让卫兵们听去，就是：每晚九点，想着多鹤、多鹤也想着你。你和多鹤，就看见了。

从那以后，每天晚上九点，多鹤总是专心专意地想着张俭，她能感到他赴约了，很准时，骆驼一般疲惫、不在乎人类奴役的眼睛就在她面前。对她而言，就是她在另一个世界，他也会准时赴约。

一天，多鹤对一直挥之不去的自杀念头感到惊奇：它怎么突然就不在了呢？小环还是天天叹着"凑合"，笑着"凑合"，怨着"凑合"，日子就混下来了。她也跟着她混下来了。按多鹤的标准，事情若不能做得尽善尽美，她宁肯不做，小环却这里补补，那里修修，眼睛睁一只闭一只，什么都可以马虎乌糟地往下拖。活得不好，可也能凑合着活得不太坏。转眼混过了一个月，转眼混过了一个夏天。再一转眼，混到秋天了。"凑合"原来一点也不难受，惯了，它竟是非常舒服。多鹤在一九七六年的初秋正是为此大吃一惊：心里最后一丝自杀的火星也在凑合中不知不觉地熄灭了。

她也学会给自己活下去找借口，就像小环找的借口一样可笑："我不能死，我死了谁给你们包茄子馅儿饺子啊？谁给你们做粉皮儿啊？""我得活着，死了上哪儿吃这么甜的香瓜去？"多鹤的借口是：她不能失约，她每晚九点和张俭有约，她不能让他扑空。

十月份钢厂的宣传车到处开，锣鼓震天响，大喇叭到处嚷，庆祝新的革委会主任上任。原来彭主任被拉下了台，成了新敌人。小环在缝纫摊子上跟人谈笑，说："多了个新敌人也要敲锣打鼓庆祝！"

新敌人的老账要被重新算过。新敌人的老敌人要一个个重审。不久

252

公检法重审了张俭的案子，把他的"死缓"改成了有期徒刑二十年。

小环对多鹤说："趁这个新主任还没变成新敌人，咱们得把张俭弄出来，谁知道万一又有什么人再把这位主任拉下去，把账又翻回去？"

她和赵司务长已经是"嫂子""兄弟"了。赵司务长开始还受小环的礼，慢慢就给小环送起礼来。他也跟小环所有的下九流朋友一样，觉得小环有种说不出的神通，很乐意被她利用利用，小环在他这样的人身上有利可图，是他的福分。每次来小环家，劳改农场干部食堂的小磨麻油、腊肠、木耳金针粉丝也都陆陆续续跟着来了。他早忘了他跟小环接近的初衷是为了接近女阿飞小唐，他一看见围在小环缝纫摊子边上的人争先恐后、勾心斗角地讨好小环，很快心生怨气："都不是个东西，也配给小环嫂子献殷勤！拿一包酱萝卜也想在她身边泡一下午！"

赵司务长指甲缝里刮刮，都比那些人倾囊还肥。他替张铁找了一份民办学校体育老师的工作，张铁住学校去了，从此张家不再有张铁那块抗日根据地。

小环一直不提让赵司务长找关系重审张俭案子的事。她还得等时机。她对时机的利用、心理的板眼总是掌握得非常精确。她准备春节之后再张口，那时候她给他做的一套纯毛华达呢中山装也做成了。

小年夜，二孩张钢回来了。出乎多鹤、小环的意料，他长得五大三粗。进门之后，他喝了一杯茶，又往外跑。小环问他去哪儿，他不吭气，已经在楼梯上了。多鹤和小环趴在公共走廊的栏杆上，看楼下搁着一个大铺盖卷。等张钢搬着铺盖卷上来，小环问他为什么把家当全搬回来，不就回来过个年吗？他也不回答，抿嘴对跟前跟后的黑子笑笑。

他把被子、褥子直接拎上自家阳台，黑子两个爪子搭在他胸口，乐得嘴叉子从一只耳朵咧到另一只耳朵。他把被子拎到阳台栏杆外面抖得啪啪脆响。黑子的爪子又搭在他背上。

"瞎亲热什么呀……我回来又不走了！"

小环和多鹤这才沾了黑子的光知道了他的长远打算。不回去只能像整天围在缝纫摊旁边的人那样做阿飞。这些抗拒学校、居委会、家庭的压力，坚决赖在城里的年轻人起初被社会看成阿飞，后来自己也就没有选择地做起阿飞来。小环看见二孩张钢的手生满冻疮，手指头红肿透亮如玛瑙，心想：做阿飞就做阿飞吧。

小姨

大年夜大孩张铁也回来了，坐在饭桌上，把多鹤给每人盛的米饭倒回锅里，又换了个碗，自己盛了饭，坐回来，谁都装作没看见。二孩跟多鹤说他认识一个拉二胡的天才，是个老头，他在淮北跟老头学了一年的琴。

小环知道二孩在和大孩划清界限：你不理小姨，我偏跟她亲热！她想，完了，家里的太平又没了。年饭前哥儿俩还相互说了两句话，现在又敌我矛盾了。晚上睡觉问题就来了，大孩张铁把过道变成了他的卧室，并且宣布谁也不准在夜里通过他的卧室去上厕所。

谁都不搭理他。

小环笑着说："比日伪时期的东三省还麻烦，日军、伪军、抗日联军！"

第二天早上，小环最后一个起床，发现两个男孩都出去了，中午一先一后回来，张铁一只眼是黑的。他过去打架就不是二孩的对手，现在二孩长高长粗了，认真打，他命都难保。

张铁在小屋的双人床之间挂了一条布幔子，里面是他的地盘，外面属于张钢。他宣布不去民办学校当体育老师了，理由之一是既然张钢回到家来吃白食，他也能吃。理由之二是体育老师挣的十八块钱不值当他每天听学生骂"日本崽子"。

小环只好日夜赶做衣服养活一大家子。好在穿黄军装的风头人们出够了，又开始穿起蓝的、灰的、米色的衣服来。年轻女孩子也开始把紫红的、天蓝的布料送到小环摊子上来做春天的衣服。可惜百货公司只有几种布料，一个女孩子大胆些，带头穿了一件紫红色带白点的无领衬衫，马上有十多个女孩子买了同样的布，让小环给她们做一模一样的无领衬衫。从小环前面马路上过的女孩子每天成百上千，小环数了数，她们一共只有十来个花色的衣服穿。

阿飞们也不再做阿飞了。他们的父母退了休，让出了位置，他们顶了上去。他们剃了大鬓角、小胡子、飞机头，换掉了拉链衫、瘦腿裤、

254

宽腿裤，穿上了白色帆布夹克，一个个提着父母的铝饭盒，原来也不是天生流里流气。他们都没忘小环阿姨，下班后路过她的摊子，还常常站下喝一杯日本茶，带给她新的时装样子。上海人、南京人现在时兴在裙子的哪个部位装一道边，绣哪样的花，等等。他们有时带来世界和全国的新闻，还会讨论一阵。

"田中角荣每天背一页字典呢！"

"'中日邦交'是啥意思？不是外交吗？"

"小姨，中日都邦交了，你啥时候回日本看看去呀？"

多鹤就给他们一个大大的笑脸。

十月的一天，大孩张铁跑到缝纫摊子上来向小环要钱。十九岁的人有许多开销，吃、喝、抽、玩。这天他要钱是换自行车胎。张俭的自行车给二孩张钢骑，张铁买了一辆跑车，常常骑出去远游。小环把口袋里两毛、五毛的零钱往外掏。多鹤从身上掏出一块钱，是原打算去买线的。张铁接了过去。

"放下。"小环说，"日本人碰过的东西你不是不要吗？"

张铁把钞票往地上一扔。

"给我捡起来。"小环说。

张铁英勇不屈地挺立不动。

"给你小姨捡起来！"

"妄想。"张铁说。

"回家再揭你皮。"小环说着，拿起凑成一堆的小钞从缝纫机后面走出来，"来，拿去吧。"

张铁走到小环面前已意识到上当了。小环一手抓住他的衣裳前襟，一手同时往后一伸，抄起缝纫机上的木尺。

"你捡不捡?!"

张铁眼睛眨巴着。

周围已围了几十号观众，居委会的四五个女干部全趴在栏杆上往楼下看。

这时一个外地口音说："让一让！让一让！"

人们不情愿地让了一让。被让进来的是个三十来岁的人，干部模样。他仰头对几个女干部说："我是省民政厅的，居委会在哪里？"

五个女干部马上对下面吼叫："朱小环，回家打孩子去！让省里领导同志看着影响坏透了！"

小环把大孩张铁往那一块钱钞票的方向拽了拽。

"捡！"

省民政厅的干部飞快地从"三娘教子"的戏台穿过，上楼去了。

张铁因为需要小环兜里的钱和地上这一块钱，在小环颤颤悠悠的木尺下弯下腰。他的脸血红，充满丧失民族尊严的痛苦。他的手碰到钱的时候，有人小声笑了，他的手又缩回来，木尺却擂在他后脑勺上，他高低不是，人们大声笑了。

张铁把钱仔细数了数，"还缺两块！"

"对不起啦，你妈和你小姨干了一上午，就挣了这点儿。"小环的缝纫机轻快地走动。

"那你让我拿什么去换胎？"张铁问。

楼上一个女干部伸出头来，叫道："竹内多鹤！你上来一下！"

小环抬头问："啥事？办公室不是给你们扫干净了？"

"省民政厅的同志要跟她说话。"女干部说。

小环觉得她的客气口吻十分可疑。

"不上去。省民政厅首长有什么话，下来说，竹内多鹤也叫朱多鹤。她有个姐叫朱小环，有人要把朱多鹤卖了，她姐想跟着分点钱！"

一会儿，五个女干部都趴在栏杆上劝说，要竹内多鹤上去，是好事情。

小环懒得回答，只是一心一意踩缝纫机，打手势让多鹤安心钉纽扣，什么都有她来对付。

省民政厅的干部下了楼，旁边陪着五个女干部。小环和多鹤看着他们。

女干部们轰鸡似的把围观的人都吆喝开了。大孩张铁正要离开，一个女干部叫他留下。

省民政厅的干部拿出一封信，是日文的。他把信递到多鹤手里，同时跟小环说："竹内多鹤的情况我们了解得很详细，信从黑龙江一直转到我们省。"

小环看多鹤两只乌黑的眼睛把信上的字一个个地嚼、吞。

省民政厅的干部又跟小环说："和田中首相来的随行人员里面，有一个护士，叫做什么久美。这个久美一来就打听竹内多鹤。当然是打听不到的。她回日本前，写了两封信：一封是给中国政府的，说竹内多鹤当年怎么救了她。另一封信，就是这封。"

小环对叫做久美的三岁小姑娘十分熟悉。多鹤讲的那个悲惨的故事里，久美是主角之一。再来看看多鹤，那断了很多年的故事又续了起来，她的眼泪成双成对地飞快落在久美的字迹上。

民政干部说："真不好找。不过找到就好了。"

居委会女干部们都站在旁边，都觉得民政厅弄来一件让她们为难的事。原来竹内多鹤是敌人，现在政治面目模糊了，今后谁冲厕所？

张铁也认为自己面临一道难题：这些年他习惯了非白即黑的事物，看看省民政厅干部对多鹤的态度，不黑不白，他以后拿什么脸子面对小姨多鹤？

小环早早收了摊子，陪多鹤一块儿回家。这是多鹤的重大日子，她得陪她感慨感慨、叹息叹息。多鹤却忘了身边还走着小环，两手捏着那几张用她自己的语言写的信笺，走几步，又停下看看。路上行人看这个四十多岁的女人毫不害臊地边走边流泪，都当成一道热闹看。

进了家门，多鹤仍然没有注意到跟进门来的小环，自己坐到阳台上，一遍又一遍地看信。

小环做了一盘炒豆腐干，一盘红烧茄子，一盘黄豆芽烩虾皮，一盘木耳炒金针。这是多鹤的重大日子。

张铁、张钢坐在桌边，浑身长刺似的不知该拿这个似乎有了新身份的小姨怎么办。小环给多鹤夹菜，看着她泪汪汪的，有形无魂地咀嚼着。小环朝两个直着眼端详多鹤的男孩瞪了一眼。

多鹤几乎什么也没吃，又去阳台上呆着了。黑子不放心她，坐在她身边。她低声跟黑子讲的话大家谁也听不懂。黑子是懂得的。黑子的理解跨过了中国话、日本话。

小环在厨房洗碗的时候，二孩张钢进来了。不知怎的，他抚摸了一下小环的肩膀。大孩也跟了进来。似乎多鹤发生了一件重大事情让兄弟俩的关系有所缓和。两人也老成了一些。

"你们是知道的，"小环忽然说，"小姨是你们的生身母亲。"她把碗一个一个从热水里捞出来，按多鹤的法子细细地刷。多鹤刷碗很讲究的。

两个男孩一句话也没有。他们当然知道。早就知道。早就为这个事情受尽委屈。

"恐怕，小姨要回日本去了。"

其实她自己刚刚想到这件事。多鹤一定会回去的。田中首相的护士还能不让她回去？

第十五章

十月的夜晚凉阴阴的，空气很爽透。多鹤拿着久美的信，坐在阳台上。久美也没有一个亲人，久美要多鹤做她的亲人。多鹤又给了她一次生命，原本就是她的亲人——久美在信里这样写。久美、久美，是圆脸盘还是椭圆脸？她是在病得没了原样的时候和多鹤结识的。真是大意啊，久美应该寄上一张照片，让多鹤想到久美时，脑子里不完全是一团模糊。

久美告诉多鹤，她和大逃亡的残留人员到达大连时，三千多人的逃亡队伍只剩下了几百人。成年人等在集中营里，不久一场流行伤寒使他们再次减员。久美与四百多个儿童乘船去了南朝鲜（即韩国），又转道回到了日本。船上病死的儿童很多，她是幸存者之一。她在孤儿院里长到六七岁时，就立志要学医。十五岁进了护校，十八岁成了一名护士。听说田中要访问中国，她把自己的经历写下来，寄给了首相，结果她竟然被选中成为随行护士之一。

来到中国的第一天，久美就把她写给中国政府的信请田中首相交给了翻译。久美给多鹤写的这封长达五页的信上说，她但愿多鹤活着。多鹤是个吉祥的名字，成千上万的纸鹤祝愿她早日回到家乡。代浪村的另一半在日本。

省民政厅的干部说，久美的信先是让中央批到了黑龙江省民政局。民政局头疼了，这么大的省去哪里找一个几十年前就不知死活的日本女子？信在文件柜里躺了一年多，打听出一九四五年确实有一批卖到中国人家当媳妇的日本女孩。一个个地找，查出来她们都在哪里落了户，又

从哪里搬到了哪里。所有的日本女子都找到了，就是没有叫竹内多鹤的。到了第三年，才查到曾经住在安平镇的张站长。又过了一年，久美的信开始南下，过黄河，过长江，信落到多鹤手里时，已经四年过去了。

收到久美第二封信的时候，省民政厅的干部又来了。多鹤需要填写各种表格。表格中最难填写的是某年某月某日，在哪里，做什么，谁证明。小环和两个男孩围在十瓦的灯光下，替多鹤一栏一栏地填写。男孩们才二十岁，手指却微微哆嗦，填错一个字，表格就废了。

从填表到收到护照只花了三个月时间。省民政厅没有办过这样大的案例：田中角荣首相的护士亲自出钱资助，不断来信催问此事。

最后一次，是居委会的五个女干部们一块到张家来的。她们说省民政厅把电话打到了居委会，请她们负责把多鹤送上去北京的飞机。多鹤在北京将由另一个人接应，然后送上去东京的飞机。小环对她们说不用了，心领了，女干部们对多鹤从来没负任何责任，最后几天，也让多鹤把那种没人对她负责的自在日子过完。

张家的两个男孩一个大人对多鹤都不知该拿什么态度了，他们发现无论什么态度都挺笨拙。小环在她身边坐坐、站站，但她发现自己有点多余，多鹤心里已经是用日本话在想心思了，所以她又讪讪地走开，让多鹤独自待着。没过一会儿小环又觉得不妥，她是家里的一口人，出那么远的门，也不知会走多久，怎么能不在最后的时间陪陪她？就是什么也不说地陪伴，也好啊。小环又走到多鹤身边，她脑子里尽走日本字就让它走去，她反正想陪陪她。很快小环发现，她是在让多鹤陪自己。

这么几十年，是好好陪伴，还是吵着打着陪伴，总之有好气没好气都陪伴惯了。

小环替多鹤赶做了两套衣服：一套蓝色春秋装，一套灰色干部装。现在的涤纶卡其不用浆也不用熨，笔直的裤线跟你一辈子。

他们一直等待赵司务长的消息。他去安排一次探监，本来说这两天一定回信，可一直到多鹤离开的那天，赵司务长才把电话打到居委会。最近跑了两个犯人，手眼通天的他也无法安排这次探监了。

多鹤对小环和两个男孩子说，她回日本看看，也许很快就回来。

多鹤在五年半之后才又回到这座已经破败不堪的家属楼。她听说张俭在劳改农场病得很重，释放以后已经丧失了独立生活的能力。

从南京来的火车停下，小环从一群灰暗的乘客中马上辨认出多鹤。多鹤早就挤到了火车门口，车刹稳后第一个跳下来……

一身浅米黄的西服裙里套了一件白色纱衬衫，在领口系了个结子，脸比走的时候窄，皮肤却珠圆玉润，眼睛、嘴唇点了点彩。她脚上的一双白色半高跟鞋让她走路不太得劲，小环记得多鹤没有这样大的脚。她的头发没变，齐到耳根下，但洗头的东西肯定不是火碱了，所以显得柔软，亮得惊人。竹内多鹤本来面目就该这样。几十年里，宽大的帆布工作服、打补丁的衣裤、单调的格格、条条、点点的衬衫，让水和太阳把单调的色彩也漂去——这一切就是一大圈冤枉路，没必要却无奈地绕过来，现在的多鹤跟几十年前的多鹤叠合在一块，让小环看到那绕出去的几十年多么无谓，多么容易被勾销。

多鹤上来就抱住小环。那打打吵吵的陪伴毕竟也是陪伴。小环有多么想念这陪伴，也只有小环自己清楚。多鹤的行李很多，列车停靠的七分钟仅仅够她搬下这些行李。她们拖着大包小包往站外走时，多鹤嘴不停地说，声音比过去高了个调，中国话讲得又快又马虎。

张俭一听见邻居们大声叫"他小姨回来了"就从床上起来了。他已早早换了新衬衫，是小环给他做的，白色府绸，印淡灰细图案，仔细看看是些小飞机。小环给他穿上时他抗议过，说这一定是男儿童的布料。小环却说，谁会把鼻尖凑上去看，套上毛背心，就要它一个领子两条袖子，小飞机就小飞机呗。他随小环摆布，因为他没力气摆布自己，也因为他没有信心摆布自己。在劳改营关了那么多年，外面是个人就比自己时尚。在多鹤走到家门口时，他突然想找块镜子照照。不过家里只有小环有面小镜子，随身带在包里。随着邻居们的问候声的接近，他抓起靠在床边的拐杖，努力要把下面的几步路走得硬朗些。

进来的女人有股香水味。牙真白。多鹤有这样一口白牙吗？别是假的——人，或者牙。一个外宾。东洋女子。张俭觉得自己的脸一定是古怪之极，表情是在各种表情之间，情绪在喜、怒、哀、乐之间，所有肌肉都是既没伸也没缩，也是中间状态。

多鹤掩饰不了她有多吃惊。这个黑瘦老头子就是她每晚九点（在日本是十点）专心想着，自认为想着想着就看见了的男人？

小环叫多鹤别站着，坐呀！坐下再换鞋！她还说大孩这就要回来了，今天他特意请假，没去厂子上班！

张俭想他一定也对多鹤说了一两句寒暄的话，路上辛苦之类。她鞠躬鞠那么深，光是这鞠躬已经把她自己弄成陌生人了。她也一定问了他的身体，病情，因为他听小环在回答，说该查的都查了，也没查出什么，就是吃不了饭，瞧他瘦的！

多鹤突然伸出手，把张俭因瘦而显得格外大的手握住，把脸靠在那手上，呜呜地哭起来。张俭原以为还要再花三十几年才能把这陌生去掉，现在发现他和她隔着这层陌生已经熟悉、亲密起来。

小环进来，两手端两杯茶，看着他们，眼泪也流出来。一会儿，两个茶杯盖就在茶杯上"叮叮叮"地哆嗦。她端着"叮叮"打颤的杯子赶紧退出去，用脚把门钩住，替他们掩上。

大孩回来的时候，一家人已经洗了泪水，开始看多鹤陈列她的礼物了。多鹤换了一套短和服，脚上的拖鞋是从日本带回来的。她带来的礼物从吃的到用的，人人有份，包括远在东北的丫头，以及丫头的丈夫、孩子。最让全家人兴奋的是一台半导体电视机，比一本杂志还小。

她又拿出一个录音机，说二孩喜欢拉胡琴，这台录音机可以让他听胡琴曲子。这时大家才告诉她，二孩在家里无所事事近两年，突然想到给原先军管这城市的师长夫人写信。师长夫人曾许诺帮他忙。夫人竟然没忘记他，给二孩办成了入伍手续，让二孩到军部歌舞团拉二胡去了。

多鹤看见穿了军装的二孩的照片，跟大家说三个孩子里，二孩的样子最像她自己，尤其他大笑的时候。可惜二孩笑得太少，没几个人记得起二孩大笑的样子。

多鹤给二孩买的衣服也就归了大孩。这样大孩有春夏秋冬的衣服各两套，一模一样的两套。多鹤心里记着他的身高，宽窄竟一寸不差，大

孩一件件试穿后，总是走到多鹤面前，让她抻抻这里、拉拉那里。

小环突然"扑哧"一声笑了，都不知她笑什么，一块儿抬起头看她。

"小兔崽子！日本人碰过的东西，你不是不要吗？"小环笑着指点着张铁。

张铁马上赖唧唧地笑了。眼下的场合，它也就是一句笑话。亲人和亲人间，不打不成交，打是疼骂是爱，事后把一切当成笑话，和解多么省事。满世界贴父亲大字报，揭发老子在家藏金砖、藏发报机的孩子们现在不又是老子的儿子了吗？张铁身上那一半来自多鹤的血液注定了他跟多鹤只能这样稀里糊涂地和解。

晚饭时多鹤说起久美的好处。一切都得靠久美。回到日本的多鹤成了个半残废，连城里人现在的日本话都听不懂。不懂的事情很多：投钱币洗衣服的机器，清扫地面的机器，卖车票的机器，卖饭和饮料的机器……久美得一样一样教她，有时得教好几遍。常常是在这里教会了，换个地方，机器又不同前一种，学会的又白学了。没有久美她哪里也不去，商店也不敢进。不进商店还有其他原因，她没什么需要买的，她的衣服、鞋子、用品都是捡久美的。捡不要钱的衣裳鞋子可美了。幸亏久美只比她高半头，衣服都能凑合穿，要是比她高一个头，衣服改起来有多麻烦！更万幸的是，久美的脚比她大两号，鞋尖里塞上棉花凑合穿，挺好，要是久美的脚比她小，就该她遭老罪了。

大家发现多鹤满嘴都是小环的语言，左一个右一个"凑合"，动不动就"可美了"，"遭老罪"。

多鹤还像从前那样刷锅洗碗。一面刷一面跟小环说，水泥池子太不卫生，沾了污垢容易蒙混过去，要把池子贴上白瓷砖才行。贴就索性把厨房都贴了，中国人炒菜太油，瓷砖上沾了油容易擦。她清洗完厨房的每一条墙缝，回到屋里，四下打量。小环心里直发虚：一个日本"爱委会"的检查员来了，她还想得什么好评语？多鹤却没评说什么，皱皱眉，放弃了。多鹤从小皮包里拿出一摞十块钱钞票，交给小环，要她明天就去买贴池子的瓷砖。

小环一躲，说："哎，怎么能拿你的钱？"

多鹤便把钱塞给张铁，让他去买。

"敢拿小姨的钱！"小环凶他。她想，多鹤穿着鞋尖里塞一大团棉花的旧皮鞋，脚在里头好受不了。什么都能凑合的小环鞋可从不凑合。没有比人的脚更霸窝的东西，它们在一双鞋里卧一阵，鞋就是它们的窝，按它们成了型，凹的凸的，哪里低哪里高，内八字外八字，翻砂翻出的模具似的。另一双脚进来，对不起，原先那双脚的形状丑也好美也好，都得硌你磨你，且得跟你的脚磨合一阵。要不你就得替原先那双脚矫枉过正地掰扯内八字或外八字，等掰扯过来，你的脚终于在鞋里霸了窝，鞋也该烂了。多鹤的钱有一部分是靠难为自己的脚省下的，小环可不愿多鹤的脚遭老罪，让厨房的墙舒服。

张铁又是赖唧唧地笑笑，从多鹤手里接过钱。小环为了给多鹤、大孩留面子，也就不再说什么。

张俭在床上半躺着，有气无力，却感到毕竟是有了一层陌生，它随时会出现，会膨胀，因此给这三十多平米的房子增加出紧张来。紧张得他都想躲开，又没地方躲。

多鹤什么都没做错，每件事她都是自己出钱出力地做，并都是建设性的事情，家里还是越来越紧张。连多鹤自己都意识到了，不断解释：她没有嫌弃他们，只想来点小改善，让他们更舒适更卫生些。

小环和多鹤陪张俭又去彻底检查了一次身体，五脏六腑似乎都基本健康。多鹤便终于开了口，说她这次回来之前，就打算把张俭带回日本去检查治疗。看了他的样子，她认为这打算是唯一出路。怎么可能没有大碍？他这样衰弱无力，消瘦得皮包骨会是基本健康？

能去日本治病的有几个？能去是福分！好好把病治好，晚年他能把被冤枉的那几年找补回来。不然人家冤枉自个儿，自个儿还冤枉自个儿！小环是这么劝张俭的。

要办就得马上行动起来。要正式结婚，要向两国同时申请，一是出国，一是入国。

大孩张铁请了长假，自行车后面带着父亲，多鹤在一边步行，一个机关大门出来，又进另一个机关大门。

邻居们看见张铁穿着新衣服匆匆去匆匆来，都说他的日本夹克好看，问他借样子剪个版。

"是你小姨带回来的吧?"一个邻居捏捏他那衣料，"就是不一样!"

"是我妈妈带回来的。"

"哟，不叫'小姨'啦?"邻居们促狭地笑。

张铁却非常严肃:"她本来就是我妈妈!"

邻居们听他在两个"妈"字之间拖了个委婉的小调，跟话剧或者罗马尼亚、阿尔巴尼亚电影里的人叫妈妈似的。

"那你跟着你'妈——妈'去日本吗?"

"肯定得去呀!"

"将来回来，就是日本人啦!"

"我本来就是日本人。"张铁走开了。他忙得要命，这些邻居一点都不识相，见他就打听。

张俭和多鹤办好一切手续，快要离开的时候，张铁的日本身世已经在他同年龄的小青年里广泛流传开。故事是这样的:他父亲在东北老家时，给一个日本人家做活，那是个非常富有的日本人，家里有个美丽的日本小公主，叫竹内多鹤。父亲悄悄地爱着这个美丽的日本小姑娘，看着她一天天长大，终于被许配给了一个日本大官的儿子。父亲痛苦得差一点自杀。他辞了工，回到家里，跟一个叫朱小环的农民女儿结了婚。有一天在赶集的时候，他碰上了日本姑娘，她已经十五岁了。她伤心地问父亲为什么辞了工，离开她家，害得她不得不答应大官家的婚约。父亲这才知道竹内多鹤从小就爱他这个中国长工，然后他们就干柴烈火了一场。那就是他姐姐张春美的生命在多鹤腹中开始之时。

然后呢?

然后张铁的父亲不断地和竹内多鹤幽会。

后来呢?

后来是大战结束，日本战败。那家日本人全被杀了，日本村子的人全逃了。竹内多鹤带着女儿春美找到张家，张家把她收留了。因为张家的正式媳妇朱小环不生孩子，所以张家人都知道张家真正的媳妇是日本媳妇竹内多鹤。

　　小青年们都为张铁这个漏洞百出的爱情故事感动得直叹气。要不是现在正是革命的大时代，他们认为张铁可以把这故事写出来，一举成名。

　　这天一早，多鹤搀扶着张俭慢慢下楼，往雇来的汽车里走的时候，所有邻居都以"有情人终成眷属"的目光祝愿他们。"朱小环还跟着去火车站干吗？""还不让人家一家三口子在一块儿待着！""不过朱小环也真不容易……"

　　这样一说，人们可怜起朱小环来。人家比翼双飞东渡扶桑了，她会咋想？

　　然而朱小环还是老样子。大孩张铁成了她笑骂、唠叨的唯一对象。每天张铁上班，她都追到走廊上："饭盒里的肉汤别洒出来，尽油！过铁道别跟人抢道！火车来了等会儿就等会儿……"她有时候追出来太急，一只脚穿了布鞋，另一只脚还穿的是木拖板。

　　张俭和多鹤走了一个多月，有天人们看见小环微肿的眼泡大大地肿起来，昨夜一定哭了很长时间。人们想问她，又不好意思，前几年跟她家别扭过，小环到现在也不原谅人们。他们好不容易抓住了无精打采的张铁。

　　"你妈咋了？"

　　"啥咋了？"

　　"你们娘儿俩吵架了？"

　　"噢，你是说我这个妈呀？她没咋，就大哭了一场呗。"

　　张铁觉得他已经把他们最好奇的悬疑给解答了，他们还瞪着他就没道理了。因此他皱皱眉，从中间走出去。

　　第三天穿了一身军装的二孩张钢回来了。把张钢也招回来，一定是张家出了大事。

　　这么多年，人们也摸出了跟没嘴茶壶张钢谈话的窍门。

　　一个大妈说："哟，张钢回来探他妈的病呀？"

　　"我妈没病啊。"

　　"那你回来准是相对象！"

"我爸病了。"

"在日本检查出来的？没什么大事吧？"

"是骨髓癌。"

张钢没事就坐在阳台上拉胡琴，拉得邻居们都听懂了什么。他们这天又问张钢："你马上要去日本看你爸？"

"来不及了。"

第十六章

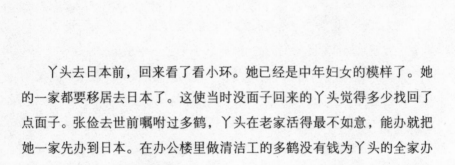

丫头去日本前，回来看了看小环。她已经是中年妇女的模样了。她的一家都要移居去日本了。这使当时没面子回来的丫头觉得多少找回了点面子。张俭去世前嘱咐过多鹤，丫头在老家活得最不如意，能办就把她一家先办到日本。在办公楼里做清洁工的多鹤没有钱为丫头的全家办经济担保，是久美帮了她的忙。

丫头没有带丈夫和两个孩子回来。小环明白她不愿花三个人的旅费，也许根本凑不上这笔旅费。丫头还像过去一样周到懂事，开口先笑，挽着小环的胳膊出出进进，邻居们都说像亲娘儿俩。只有张铁在丫头来了之后脾气大长，谁家有孩子哭他从门口经过也会说："跟这些人做邻居，算倒了八辈子霉了！"黑子迎他到楼梯上，也给他踹得直哼哼。

没人知道张家为什么自从丫头回来每天都有争吵。其实主要是张铁吵，有时小环听不下去，跟他恶声恶气做个对骂的搭档。

"凭什么给她（丫头）寄表格，让她填了去日本呀？她都给我妈（多鹤）做了什么了？！她给咱家做了啥了？做的尽是丢脸的事……"张铁说。

"那你个兔崽子都做什么了？！"

"我至少没给咱家丢脸，让学校给开除！我妈戴白袖章扫厕所的时候，她在哪儿呢？"

"你是没丢脸，那时你想丢丢不掉。当时要真能把你那张日本脸丢了，你肯定丢！你是丢不了啊，所以你才用把剃刀把那两道日本眉毛、

268

日本鬓角、日本胸毛给剃下来，丢厕所下水道里！对着镜子，天天想的就是怎么把你亲妈给你的这张脸给丢掉。"小环满面狞笑，揭露他最隐秘的痛处。她说着说着，突然想到自己那面小镜子最近又给挂在了厕所的水管子上。这小伙子爱起自己来了，看着自己的浓厚头发、浓黑的双眉、白皙的皮肤，越看越爱自己，越看越跟多鹤同一血缘。或者，他还是瞪着镜子，咬牙切齿，恨自己这个日本人不全须全尾，恨自己举手投足闪出了他中国父亲的眼神，那善良、柔情的眼神。更恨的是他满肚子的语言，绝大部分是中国母亲小环的语言。要是还能给自己下毒手的话，他就会下刀把他那一肚子不怎么高贵的中国乡村语言给剔出去。

"你现在认你妈了？"小环说，"你早干啥呢？你就差跟人一块喊口号打倒日本间谍了！小兔崽子！你生下来的时候是我接的生，就生在山上，我那时候怎么不一把捏死你！"

丫头上来劝小环，说她自己不跟弟弟一般见识，让母亲也别动怒。

"你不跟谁一般见识？"张铁换了个对手，矛头转向了姐姐，"你一个嫁出去的人，根本不该算张家人！你倒去日本了，凭什么呀？"

"那是你爸的意思！"小环说。

"我才不信！"

"不信你撞死去，死了你就能问你爸了。"小环说。

"噢，她过得不顺心，我就顺心了？在工厂里一天干八小时，暗无天日！凭什么就照顾她呀！"

小环哼哼地乐起来。

张铁不吵了，看她乐什么。

"我乐什么？我乐你悔青了肠子。你以为你伤完你小姨的心，她不记得？你伤谁的心，都别指望他（她）忘了！"

"只要是亲妈，就不会记着！"

"你啥意思？"小环问。她惧怕起来，怕接近那个回答。

"不是亲妈，才会记仇。"

小环想，她得到这回答是自找。她在接近它时就该停止，或绕开。现在晚了，拿着心往刀尖上碰。

269

丫头不断说宽心话：大孩不是真那么想的，是话撵着话说得收不住缰了。他说完，出了气，心里一定会后悔。小环只是无力地笑笑。

张铁也给多鹤写了信，他把信念给丫头和小环听。信里说他曾多少次被人骂成"日本崽子"，曾多少次受不了这侮辱躲在被窝里哭。也曾经多少次地为亲妈的尊严、他自己的尊严出击，为此受过多少次伤。然而，他受的这些委屈竟没有得到一点回报！他的姐姐并没有受过这么深的心灵创伤，她的家人更没有，而他们却得到了回报。他才是张家最不幸的一个……

小环听张铁念完信，不紧不慢地说："你去打听一下去日本的盘缠是多少。你妈在日本凑不齐这笔钱，我来凑。我砸锅卖铁也让你走。"

小环两脚在缝纫机踏板上日夜兼程，做了一年，攒了三百来块钱。提升成排长的张钢回来，一看小环就打破了沉默："妈你脸色咋这么黄？又瘦！眼睛都是血丝！咋回事?!"

小环把张铁想去日本的事告诉了他。张钢不说话了。

"二孩，是不是你也想去？我听说当军人不能出国，你得脱了军装才能去。"小环说。

"我不去。"张钢说。

"邻居们都羡慕死了。你姐走的时候，他们又跟送她去滑翔学校似的。"

张钢又不说话了。

"'四人帮'早倒了，也不光是工农兵吃香了，听说市里走了一个学生，去英国留学。全市的人都知道了。"

张钢还是不说话。张钢回部队前跟母亲说，他会替哥哥攒出去日本的机票钱，所以母亲不必再熬更守夜。张铁和张钢没见几回面，因为张铁正在上一个外语强化夜校，除了上学，就是躲到山上去背单词。他说楼上的邻居太缺乏教养，整个楼吵闹得像个养鸭场。他的伙伴们也不同于从前了，都是文绉绉的日语小组同学。有时他们也成群结队从楼下过，个个都像患有严重口吃的日本人。

这天，四个年轻人敲开了张家的门，其中两个是姑娘。一见小环，他们道歉说找错了门。小环说没有错，她从阳台上看见过张铁和他们一块上山。

"进来等吧，他一会儿下班。"小环说。

"不了，我们就在楼下等。"一个姑娘说。

门关上，小环听见一个小伙子问："这人是谁？"

"不知道。"一个姑娘说。

"可能是张铁家的保姆吧？"另一个小伙子说。

张钢从大屋出来，小环一看他的架势，就马上拦住他。张钢大声冲外面说："张铁是个王八蛋，他也配用保姆？"

外面静下来。

张钢一个月的探亲假结束了，回部队的前一天，他把张铁叫到大屋。小环听见门栓"哗啦"一声插上，然后里面就是她怎样也听不清的低声争吵。似乎张铁在辩解什么，张钢在不断揭露。

小环敲了敲门，两人都不理她。她绕到窗子那边，打开窗。大屋通向阳台的门没关，在小屋打开的窗子边上能听见哥俩的争吵。张铁说邻居们编出来的故事，他有什么办法？张钢不论理，所有回答就是说哥放狗屁放狗屁放狗屁。张钢已经向所有邻居调查，人家都说张铁告诉他们父亲在日本人家打长工，勾搭上了日本东家的女儿……

"放你的狗屁！你还敢赖！"二孩张钢说。

然后小环听见张铁压制住的呻吟。小环原先怕张钢手重，把他哥哥打废了，但又想，先让他打打再说。差不多五分钟过去，她才在窗口叫起来："二孩！解放军怎么能打人?!"

张铁打开门冲出来，直接冲到厕所去了。小环看见被擦得发蓝的水泥地面上，一溜血滴。

"你怎么往脸上打呀，"小环说，"打坏了脸咋去日本呀？"

母亲和儿子挤挤眼。厕所里水管子哗哗流着水。

尾声

　　多鹤常常给小环写信。她总是讲到她的梦。她梦见自己又在这个家里。她梦见楼下的那条马路，那大下坡。她说她常去东京的中国街买菜，那里的菜便宜，那里的人都把她当中国人。她说大孩张铁去了日本之后，她会把自己现在的小屋让给他住，她去和丫头一家挤一挤，等存了钱再说。她说她回日本已经晚了，日本没有她的位置了。她只但愿孩子们能学会日语，在日本找到位置。多鹤的信充满"但愿"——不少战后遗孤或遗留的子女向政府请愿，要求得到和日本公民平等的权利，就职或者享受社会福利。他们还向社会呼吁，不要歧视被祖国抛弃在异国的遗孤和遗留子女，把他们当成低能者，因为他们的低能是战争造成的。多鹤但愿这些请愿成功，丫头两口子就能找到像样的工作了。多鹤说自己就凑合挣一份清洁工的薪水，但愿她能攒下点钱来。

　　读多鹤的信是一件吃力的事，但它慢慢成了小环生活中一件重要的事，尤其在大孩张铁也去了日本之后。丫头的信很少，张铁从不写信，所以这姐弟俩的生活情形小环只能从多鹤的信中读到。

　　多鹤的信越来越长，多数是谈她又找到了原先代浪村的谁谁谁，或者谈请愿进行得如何。一点进展也没有。所以从中国归国的人成了日本最穷、最受歧视的人。多鹤还说到一个从中国回国的代浪村乡亲，他的孩子在学校里天天挨揍，因为同学们叫他中国佬。就像这孩子归国前中国同学叫他日本鬼子一样。小环意识到多鹤也是个上了年纪的女人，常常忘记一些事她上封信已经写过。多鹤要小环把每天的生活都记下，告诉她，包括她和人怎样吵架。她说大概走遍全日本也找不到一个像小环这样会吵架、又吵架吵得这么好的人。她觉得日本人有愤怒有焦虑，却没人把它好好吵出来，所以他们不快乐。像小环这样会吵得人家哈哈笑的人，一定不会动不动想去杀别人或者杀自己。

虽然多鹤唠里唠叨，但小环愣愣地笑了：多鹤似乎挺懂自己。

其实她已经不怎么吵架了。她意识到这一生吵吵闹闹多半是为了家里人，现在只剩下她一个人，周围的人和事她都马马虎虎对待，找不着什么事值得她吵。她连话都说得马马虎虎，因为马虎的话黑子也不马虎着听，照样听得无比认真，以它生满白内障的眼睛瞪着她。三个孩子都很好，至少比楼上邻居的孩子们前景要好，这是小环跟人家不再吵闹的最重要原因之一：我跟你们吵什么呀？你们有我这么好的三个孩子吗？知足的人才不吵架呢。

到了张俭去世后的第三年，小环才对自己忍得下心来拆看他的最后一封信。最后一封信装在一个大牛皮纸袋里，和他的老上海表、一把小银锁、一把家里的钥匙一块寄回来的。小银锁是婴儿张二孩时期的物件，他一直拴在钥匙上。钥匙他去日本前忘了给小环，揣在衣兜里带走的。老手表倒很准，停的时间是张俭心脏停止跳动的时间。多鹤在信里特意这样告诉小环。

张俭这封信没有写完。他说他近来胃口好了一些，多鹤总是给他做小环曾做的面条、面片、猫耳朵。他说等他身体恢复后，就去找一份不需要讲日本话的差事，就像丫头的丈夫那种给百货公司擦玻璃窗的工作，挣了钱之后，接小环来日本，他已经和多鹤谈妥。他们三个人中缺了谁也不行，打打吵吵一辈子，但都吵闹成一块骨肉了。他现在住在医院，明天做了手术就能出院了。

小环这才知道，他并不明白自己已经活到了头。看来多鹤和孩子们一直瞒着他，瞒到他被推上手术台。

张俭的这封信没写完。他写着写着就靠在摞起的枕头上，想着小环嫁给他时的模样睡了。小环这样想象着。他连写一封完整的信的体力和精力也没了。他一定把这封没写完的信压在褥子下，怕多鹤看见。他还得在两个女人之间继续玩小心眼儿，就像多年前一样。孩子们和多鹤瞒他瞒得真好，他一直都相信，他还有不少日子要过，还有不少麻烦要处理，比如他的两个女人，还有在她们之间玩小心眼的必要。他一定相信自己从手术刀下走一遭之后，便又是一条好汉，所以他才在信里为小环铺排出那样长远的未来。信没写完，他对小环的歉意却一望而知。

她对黑子笑笑说："咱心领了，啊？"

邻居们每天还是看见朱小环拎着装缝纫机头的箱子，从楼下的大下坡往居委会楼下走。她把那三角形的楼梯间租下来了，缝纫机架子就搁在那里。但她怕缝纫机被偷，每天固执地把它拎来拎去。黑子又老又瞎，却前前后后颠着屁股跟随着她。

黑子时常会飞似的蹿下大下坡，根本就不用视力冲到拐弯处。小环知道那是邮递员来了。假如二孩张钢有信来，邮递员就会让黑子叼着信冲上坡，交给小环。黑子常常扑空。但它从来不气馁，总是热情洋溢地扑下坡，对着邮递员瞪着它灰白无光的两只眼睛，嘴叉子从一个耳朵咧到另一个耳朵，摆出它那狗类的喜悦笑脸。

二孩被调到了西南，在那里娶了媳妇生了孩子。他有空总是给母亲小环写信，而这天却没有他的信。黑子朝着邮递员的笑脸却始终不挪开，直到邮递员骑车上了坡，它还站在原地，摇着尾巴。

小环只好安慰它了："黑子，明天就有信了，啊？"

图书在版编目（CIP）数据

小姨多鹤/严歌苓著．-北京：作家出版社，2008．4
（2009．5 重印）
ISBN 978 - 7 - 5063 - 4249 - 0

Ⅰ．小… Ⅱ．严… Ⅲ．长篇小说 - 中国 - 当代
Ⅳ．I247.5

中国版本图书馆 CIP 数据核字（2008）第 025387 号

小姨多鹤

作者：严歌苓
责任编辑：张亚丽
装帧设计：视觉共振设计工作室
出版发行：作家出版社
社址：北京农展馆南里 10 号　　　邮码：100125
电话传真：86 - 10 - 65930756（出版发行部）
　　　　　86 - 10 - 65004079（总编室）
　　　　　86 - 10 - 65015116（邮购部）
E - mail：zuojia@zuojia.net.cn
http://www.zuojia.net.cn
印刷：紫恒印装有限公司
成品尺寸：152×230
字数：250 千
印张：18.25
版次：2008 年 4 月第 1 版
印次：2009 年 5 月第 4 次印刷
ISBN　978 - 7 - 5063 - 4249 - 0
定价：28.00 元